온도의 임무

온도의 임무

Star Light

할 클레멘트 지음 | 최세진 옮김

아작

차례

1

임시 정박

조타수 비트체르말프는 탐사선이 정지하면서 진동이 가라앉는 걸 느꼈으면서도, 크웸블리호의 조타기를 놓기 전에 본능적으로 바깥을 쳐다봤다. 물론 헛수고였다. 해는, 아니 비트체르말프가 '해'라고 생각해보려 노력하는 그 천체는 약 20시간 전에 저물었다. 별빛이 보이기에는 하늘이 아직 밝았으나, 단조롭고 칙칙한 주변의 설원을 자세히 살펴볼 수 있을 정도로 밝지는 않았다. 조타기가 있는 자리에서는 속도를 전혀 알 수 없었지만, 선교 중앙에서 유일하게 보이지 않는 방향인 뒤쪽을 살펴보면 크웸블리호의 자취를 통해 시각적으로 확인해볼 수 있을 것이다.

조타수의 뒤쪽 위에 몸을 뻗고 누워 있는 돈드래그머 선장은 조타수가 왜 고개를 들었는지 정확히 이해했다. 선장은 그게 재미있었지만, 그 사실을 겉으로 드러내지는 않았다. 예측하기 힘든 메스클린 행성의 바다에서 인간 수명의 두 배에 달하는 시간을 보낸 선장은 불확실한 상황을 결코 좋아할 수 없었다. 그저 그 불확실성을 감내하며 살아갈 뿐이었다. 자신이 완전히 이해하지 못하는 '선박'을 지휘하면서 바다가 아닌 땅 위에서 이동하고, 고향에서 3파섹 떨어져 있다는 사실을 인식하는 것은 자신감을 북돋우는 데에 전혀 도움이 되지 않았다. 그래서 선장은 자신감이 부족한 저 젊은이에게 충분히 공감할 수 있었다.

"조타수, 크웸블리호는 멈췄어. 조타기를 고정시키고, 1백 시간마다 진행하는 정비 점검을 시작해. 우리는 여기 10시간 동안 정박할 거야."

"네, 알겠습니다." 비트체르말프가 조타기를 고정칸으로 밀어 넣었다. 시계를 힐끗 봤더니 당직 시간이 아직 1시간 넘게 남았다. 그래서 조타수는 조타기와 크웸블리호의 전방 트럭들을 연결하는 밧줄을 점검하기 시작했다.

밧줄들은 눈에 잘 띄었다. 필수 장비들을 벽 뒤로 감추려는 수고를 전혀 하지 않았기 때문이다. 이 거대한 탐사선과 열한 척의 자매 선박을 건조한 사람들은 겉모습에 신경을 쓰지 않았다. 선교의 갑판에서 몇 센티미터 위에 떠 있는 밧줄을 확인하는 일은 몇 초밖에 걸리지 않았다. 밧줄은 여전히 낡은 기미가 없었다. 조타수는 선장에게 몸짓으로 '모두 이상 없음'이라고 보고했다. 그리고 내려간다고 알려주기 위해 갑판을 두드렸다. 아래에서 신호를 줄 때까지 기다린 후 우현의 발판을 열고 경사로를 내려가 점검을 계속 이어갔다.

돈드래그머 선장은 조타수가 내려가는 모습을 무덤덤하게 지켜봤다. 조타수는 믿을 만한 선원이었고, 선장의 걱정은 다른 곳에 있었다. 선장은 탐사선의 조종 문제를 잠시 머릿속에서 미루어놓고, 45센티미터 신체의 앞부분을 곧추세워 머리가 통화관 높이에 닿도록 했다. 예전 메스클린의 태풍 속에서도 들을 수 있었던 사이렌 같은 그의 울부짖음이 선원들의 주의를 끌었다. 조용한 드라운의 설원에서는 그 소리가 우스꽝스럽게 들렸다.

"선장이다. 점검을 위해 10시간 동안 정박한다. 경계 근무 시작. 연구원은 일상 업무를 진행하고, 외부로 나가기 전에 선교에서 점검을 받도록. 정찰기는 점검을 마칠 때까지 비행을 금지한다. 동력실, 보고!"

"동력실 이상무." 통화관에서 나오는 목소리는 돈드래그머 선장보다 약간 더 굵었다.

"생명유지실, 보고!"

"생명유지실 이상무."

"통신실, 보고!"

"이상무."

"케르벤서 일등항해사는 선교로 와서 대기하라! 나는 외부로 나가겠다. 연구실, 외부 상황 보고하라!"

"잠시만요, 선장님." 목소리가 잠시 멈췄다가 다시 이어졌다. "온도 77도, 기압 26.1, 바람 21도 방향에서 안정적으로 시간당 2백 밧줄, 산소 비율 0.0122입니다."

"고마워. 많이 나쁘진 않군."

"네. 선장님이 허락해주신다면 저도 함께 나가서 지표면 표본을 채취하고 싶습니다. 드릴을 설치해도 될까요? 10시간 안에 적당한 깊이의 지층 표본을 채취할 수 있습니다."

"괜찮을 거 같다. 드릴 장비를 챙기느라 시간이 걸리면, 너희가 에어로크에 도착하기 전에 내가 먼저 밖으로 나갈 수도 있어. 아무튼, 준비되는 대로 외부로 나가도 좋다. 일지 기록을 위해 케르벤서 일등항해사에게 몇 명이 나가는지 말해둬."

"고맙습니다, 선장님. 금방 가겠습니다."

돈드래그머 선장은 자신의 자리에서 쉬었다. 아무리 엔진이 멈췄더라도, 교대자가 나타나기 전까지는 당연히 선교를 떠나지 않을 것이다. 일등항해사 케르벤서가 현재 맡은 임무를 자신의 교대자에게 넘겨주고 와야 하므로 도착하려면 몇 분 걸릴 터였다. 선장에게는 생각해야 할 일이 아주 많기 때문에 기다리는 시간이 성가시지 않았다. 그는 걱정이 많은 유형이 아니었다(메스클린인의 신경계는 불확실한 상황에 대해 그런 방식으로 반응하지 않는다). 하지만 실행하기 전에 상황을 꼼꼼히 생각해보는 것을 좋아했다.

크웸블리호가 손상을 입을 경우 도움을 줄 수 있는 사람들이 1만5천에서 2만 킬로미터 떨어져 있다는 사실은 그저 배경지식에 불과할 뿐, 특별한 문제가 아니었다. 이것은 그가 대부분의 삶을 보낸 메스클린의 광대한 바다에서 마주했던 상황과 본질적으로 다르지 않았다. 평소에 고요한 자신감 위에서 살랑거리던 돈드래그머 선장의 자아가 자신이 지휘하는 기계 때문에 요동치고 있었다. 이 탐사선은 뗏목처럼 유연하게 결합된 형태가 아니어서, 그가 생각하는 선박의 개념과 달랐다. 선장은 그래야 할 때가 오면 이 배가 뜰 것이라 확신했다. 탐사선이 건조된 메스클린에서 시험했을 때 실제로 떴기 때문이다. 하지만 그 뒤 탐사선은 분해되고 왕복선에 실려 메스클린을 도는 궤도로 올려졌다. 그리고 우주에서 성간 우주선으로 옮겨진 후 3파섹을 도약했다. 그 후 전혀 다르게 생긴 왕복선으로 다시 옮겨지고, 드라운의 지표면으로 수송된 뒤 재조립되었다. 돈드래그머 선장은 크웸블리호와 자매 선박들의 분해와 재조립을 직접 감독했지만, 중간 이동 과정은 그의 눈을 벗어난 상태에서 진행되었다. 돈드래그머 선장은 바로 그 문제 때문에 지금 밖으로 나가려는 것이었다. 조타수 비트체르말프를 비롯해 그가 선발한 다른 선원들을 평가할 때도 그랬듯이, 선장은 직접 확인하는 방식을 좋아했다.

케르벤서 일등항해사가 선교에 왔을 때, 돈드래그머 선장은 당연히 이런 말을 하지 않았다. 말을 할 필요가 없는 일이었다. 어차피 일등항해사도 똑같이 느꼈을 것이다.

"정비 점검이 진행 중이야. 과학자들은 구멍을 파러 나갈 계획이고, 나도 밖으로 나가서 살펴볼 거야." 돈드래그머 선장이 자리에서 떠나면서 한 이야기는 이게 전부였다. "필요한 경우에는 외부의 불빛으로 나한테 신호해. 자, 이제 자네가 맡아."

일등항해사 케르벤서가 흥겹게 집게 두 개를 딱 부딪쳤다. "이제 제가 맡을 테니까, 즐거운 시간 보내세요, 선장님." 선장은 교대자가 들어올 때 열어놓은 해치를 통해 나가면서 케르벤서가 말투와 달리 일을 설렁설렁 처리하는 사람이 아니라고 속으로 되뇌었다.

선교에서 갑판을 4층 내려가서 뒤쪽으로 18미터 가면 중앙 에어로크가 있다. 돈드래그머 선장은 가던 걸음을 여러 차례 멈추고, 크웸블리호 내부의 밧줄이나 기둥, 파이프 사이에서 일하는 선원들과 이야기를 나눴다. 그가 에어로크에 도착했을 때는 이미 과학자 네 명이 드릴을 챙겨 와서 우주복을 입기 시작하던 참이었다. 선장은 과학자들이 긴 몸통과 수많은 다리를 꿈틀거리며 투명한 외피 속으로 들어가서 단단하게 잠겼는지 시험하고 수소와 아르곤 공급을 점검하는 모습을 꼼꼼하게 지켜봤다. 만족한 선장은 그들에게 에어로크로 들어가라고 신호하고, 자신의 우주복을 입기 시작했다. 돈드래그머 선장이 밖으로 나왔을 때, 과학자들은 벌써 장비를 설치하고 있었다.

선장은 에어로크에서 지상으로 내려가는 경사로에 잠깐 멈춰서서 과학자들을 힐끗 쳐다봤다. 선장은 그들이 무슨 일을 하는지 잘 알고 있으며 그 일을 당연하게 받아들였지만, 이 날씨에는 절대 익숙해지지 않았다. 돈드래그머 선장은 에어로크의 바깥문을 잠그면서, 자신이 지휘하는 선체와 하늘을 바라봤다.

두 달에 한 바퀴를 도는 드라운의 자전 속도에 맞춰 흐릿한 해가 지평선 아래로 천천히 내려가면서 아주, 아주 느리게 어둠이 깊어갔다. 고향 행성 메스클린에 있을 때처럼 사방의 지평선이 그의 시선 높이보다 위로 보였다. 중력으로 대기가 압착되어 나타나는 현상이었다. 별이 보이기 시작하면, 역시 같은 이유로 격렬하게 반짝거릴 것이다. 돈드래그머 선장이 뱃머리 쪽을 돌아봤지만, 천구의 남극을 수호하는 쌍둥이 별인 포말하우트와 지구의 태양은 아직 보이지 않았다.

서쪽으로 빠르게 흘러가는 새털구름이 머리 위로 보였다. 낮에도 그랬듯이, 3백에서 6백 미터 상공에서는 바람이 지상과 반대로 부는 게 확실했다. 돈드래그머 선장은 이 상황이 곧 바뀌리라는 사실을 알고 있었다. 해가 지고 있는 수천 킬로미터 서쪽 지역에서는 여기보다 온도 변화가 훨씬 심할 것이다. 앞으로 10여 시간 안에 날씨가 바뀔 것이다. 메스클린에서 선원으로 오랜 세월을 보냈고, 외계 기상학과 물리학으로 역량을 강화한 돈드래그머 선장도 정확히 어떤 변화가 일어날지 알 수 없었지만, 대략 추측을 할 수는 있었다.

지금 당장은 괜찮을 것 같았다. 선장은 경사로를 따라 눈 덮인 벌판까지 내려갔다. 그리고 동쪽으로 백 미터를 걸어가 잠시 다른 쪽 하늘을 살펴보고, 자세한 조사를 하기 전에 탐사선을 전체적으로 둘러봤다.

서쪽 하늘이 다른 쪽 하늘보다 더 위협적으로 보이지는 않았다. 돈드래그머 선장은 잠깐 힐끗 보는 것으로 괜찮다고 판단했다.

크웸블리호는 평소의 모습과 다르지 않았다. 인간들에게는 이 탐사선이 시가 형태로 만든 밀가루 반죽을 평평한 테이블 위에 한동안 놓아둔 모양처럼 보일 것이다. 탐사선의 길이는 30여

미터고, 너비는 6미터에서 7.5미터 사이이며, 가장 높은 곳은 바닥에서 6미터 높이였다. 사실 그렇게 높은 곳은 딱 두 군데뿐이었는데, 하나는 뒤쪽에서 3분의 1 정도 지점에 선체 상부가 불룩하게 솟은 부분이었고, 다른 하나는 선교였다. 직사각형에 가까운 6미터 길이의 선교는 탐사선의 뱃머리 가까이에 가로대처럼 놓여서 선체의 부드러운 곡선을 망가뜨렸다. 선교에는 선장과 조타수, 지표면을 살펴보는 조타수 보조만 들어갈 수 있었다. 탐사선은 앞쪽의 트럭이 갈 수 있는 곳이라면 어디든 항해할 수 있었다.

탐사선의 납작한 바닥면은 끊임없이 이어진 트럭들이 떠받쳐서 눈 덮인 지면에서 1미터가량 떠 있었다. 이 트럭들은 각기 독립적으로 움직일 수 있는 무한궤도가 달렸으며, 섬세한 밧줄로 복잡하게 연결되었다. 덕분에 크웸블리호는 마찰력을 꽤 완벽하게 제어하며 상당히 작은 반경의 회전이 가능했다. 트럭과 선체 사이는 공기 매트리스로 적절하게 분리되어서 들쭉날쭉한 지면에 밀착되면서도 지형에 따른 영향을 분산시킬 수 있었다.

육상 탐사선의 선체 왼쪽을 따라 애벌레 같은 형체가 느리게 움직였다. 조타수 비트체르말프가 장비들을 계속 점검하는 모양이었다. 돈드래그머 선장으로부터 20미터 떨어진 곳에 표본 추출용 드릴을 위한 낮은 탑이 세워졌다. 선장이 있는 장소에서는 잘 보이지 않았지만, 위쪽에서 다른 선원들이 선체에 달린 손잡이들에 달라붙어 이음매가 단단한지 검사하며 탐사선을 기어 올라가고 있었다. 이것은 메스클린인을 극도로 긴장시키는 작업이었다. 극지방의 중력이 지구보다 6백 배 이상 강하고, 심지어 고향의 중력도 지구의 2백 배에 달하는 행성에서 자란 존재에게는 고소공포증이 정상적이고 건강한 정신 상태라고 할 수 있다. 지금 이 행성 드라운은 상대적으로 중력이 약해서 지구의 40배 정도인 $400m/s^2$밖에 되지 않았기 때문에, 선체를 기어 올라가는 일은 아무것도 아니었지만, 선체 점검은 여전히 선원들에게 가장 인기 없는 임무였다. 돈드래그머 선장이 그 작업을 도와주기 위해 하얀 결정체와 갈색의 먼지가 섞여 단단하게 뭉친 지면을 가로질러 여기저기 제멋대로 뻗어 있는 덤불들에 방해를 받으며 기어가 선체 옆으로 올라갔다.

이 거대한 곡선의 금속판은 붕소 섬유를 산소-불소 중합체에 결합해서 제작되었다. 그 재료들은 메스클린인이 한 번도 본 적이 없는 행성에서 제조했지만, 대부분의 선원은 그 행성 태생의 인간들과 관계를 맺어왔다. 인간 화학공학자들은 그들이 예상할 수 있는 모든 부식성 물질에 견딜 수 있도록 선체의 구성 요소를 설계했다. 인간들은 이 행성 드라운이 산소와 물이 있는 자신들의 행성보다 더 심각한 부식 문제를 일으킬 수 있는, 우주에서 드문 행성이라는 사실을 잘 알았다. 그들은 드라운의 중력에 대해서도 아주 잘 이해했다. 인간들은 이 모든 요소를 고려해서 선체의 구조재와 이 구조재들을 하나로 붙일 접착제를 합성했다. 메스클린에서 시험할 때에는 임시 접착제를 사용했지만, 드라운에서 탐사선을 재조립할 때에는 영구 접착제가 이용되었을 것이다. 돈드래그머 선장은 인간의 기술을 전적으로 신뢰했지만,

인간은 자신들이 만든 제품이 맞닥뜨려야 하는 상황을 직면한 적이 없었으며, 앞으로도 직면할 가능성이 전혀 없다는 사실을 머릿속에서 지울 수 없었다. 메스클린인으로서는 이해되지 않는 비유이긴 했지만, 낙하산을 포장하는 사람들은 공중낙하를 하지 않는 법이라 했다.

돈드래그머 선장은 이론을 존중하는 만큼, 이론과 현실의 차이도 아주 잘 이해했다. 그래서 이 거대한 선체 각 부분을 잇는 이음매들을 최선을 다해 점검했다.

이음매가 여전히 튼튼하고 촘촘하다는 사실을 돈드래그머 선장이 확인하며 만족할 즈음 하늘이 눈에 띄게 어두워졌다. 선장이 선교 바깥에서 두드리며 손짓을 하자 케르벤서 일등항해사가 외부등을 일부 켰다. 탐사선을 기어 올라가던 선원들이 그 불빛의 도움을 받아 일을 마치고 지상의 눈 위로 내려갔다.

조타수 비트체르말프가 거대한 선체 아래에서 모습을 드러내더니 조타기에 연결된 선들이 완벽한 상태라고 보고했다. 드릴에서 작업하던 과학자들은 표본을 몇 미터 채취했고, 각 표본 조각을 손에 넣자마자 대기의 온도를 고려해서 연구실로 가져갔다. 사실 이 지역의 지상에 있는 수분은 대부분 눈이 된 것 같으므로, 온도가 물의 녹는점보다 낮을 게 틀림없지만, 지표면에서 어느 정도의 깊이까지 이 온도가 유지될지는 아무도 확신할 수 없었다.

탐사선의 인공적인 불빛 때문에 하늘이 잘 보이지 않았다. 날씨가 변하는 첫 조짐은 갑작스러운 돌풍이었다. 조밀한 공기가 그들을 훑고 지나갈 때, 크웸블리호가 살짝 들썩이고 조타기 연결선들이 윙윙 울었다. 메스클린인들은 불편하게 느끼지 않았다. 드라운의 중력에서 메스클린인을 날리려면 상당히 큰 회오리바람이 불어야 할 것이다. 드라운에서 메스클린인은 지구에서 실물 크기의 금 조각상에 맞먹는 무게였다. 돈드래그머 선장은 반사적으로 지면의 칙칙한 눈을 발톱으로 움켜잡긴 했지만, 바람 때문에 마음을 졸이지는 않았다. 하지만 선장은 구름을 보고도 바람이 함께 올 것이라는 사실을 미리 알아채지 못했다는 사실 때문에 몹시 짜증이 났다. 아마도 약 3백 미터 상공의 깃털 같은 새털구름에서 변화가 일어나 중간쯤의 고도에서 불안정한 층운 형태의 돌풍으로 바뀌었을 것이다. 아직 위에서 뭔가 내리는 기미는 없었으나, 이내 뭔가가 내릴 거라는 사실을 의심하는 선원은 없었다. 다만 어떤 형태로 내릴지, 얼마나 격렬할지는 짐작하기 힘들었다. 메스클린인들은 드라운에서 지구 시간으로 1년 반을 보냈지만, 자신들의 행성보다 훨씬 큰 이 행성의 온갖 변덕을 다 배울 수 있을 정도로 충분하지는 않았다. 그사이 이 행성이 공전을 한 바퀴 돌았더라도 선원들이 모든 변화를 알기에는 부족할 텐데, 이제 겨우 4분의 1도 공전하지 않은 상태였다.

선장이 바람 소리보다 큰 목소리로 말했다.

"다들 안으로 들어가. 베르젠디, 레펠, 스타켄디는 이리 와서 드릴 작업을 도와줘. 가장 먼저 승선한 사람은 케르벤서 일등항해사에게 엔진을 대기시키고 다른 사람들이 다 승선한 뒤 뱃머리를 바람 쪽으로 돌릴 준비를 하라고 전해." 돈드래그머 선장은 명령을 내리면서도 따르기 힘든 지시를 하고 있다는 사실을 알았다. 현재 진행하고 있는 점검 단계에서는 엔진의 시동을 걸지 못할 가능성이 매우 높았다. 하지만 선장은 일단 명령을 내린 후 더 이상 그 문제에 대해 생각하지 않았다. 가능하면 실행할 것이다. 지금은 다른 일에 신경을 써야 했다. 드릴이 가장 중요했다. 드릴은 조사 장비로서, 드라운에 메스클린인이 온 이유였다. 인간의 동기와 의도를 의심하는 많은 메스클린인들보다 생각이 자유로운 돈드래그머 선장조차 인간 과학자들은 선원 한두 명의 생명보다 드릴을 더 가치 있게 여길지 모른다는 의심이 들었다.

선장이 드릴에 도착했을 때는 이미 과학자들이 드릴 비트를 거둬들여 탐사선으로 이동하기 시작하는 참이었다. 그들은 드릴 비트에 이어 근육의 힘으로 작동하는 장비를 담은 상자와 크랭크를 옮겼고, 지지틀과 유도탑만 남아 있었다. 이것들은 인간의 지원을 받지 않아도 대체할 수 있는 장비들이라 상대적으로 덜 중요했다. 하지만 바람이 더 이상 심해지지 않았기 때문에, 선장과 몇몇 선원들이 그곳에 남아 그 장비들까지 수거했다. 그들이 일을 마쳤을 때 다른 선원들은 이미 탐사선 안으로 들어간 상태였다. 케르벤서 일등항해사가 선교에서 안달하고 있을 게 틀림없었다.

돈드래그머 선장이 일행을 데리고 경사로를 올라가 에어로크 안으로 들어갔다. 선장이 마지막으로 빗장을 걸었다. 그들은 이

제 에어로크에 놓여 있는 1미터 너비의 발판 위에 서서, 에어로크의 절반을 채우고 있는 암모니아수 웅덩이를 바라봤다. 가장 무거운 장비를 든 선원은 선체 외곽에 설치된 것과 비슷한 손잡이를 붙잡고 액체 속으로 내려갔지만, 다른 선원들은 선장처럼 암모니아 속으로 첨벙 뛰어들었다. 에어로크의 내부벽은 암모니아 수면에서 1.2미터 아래까지 이어졌는데, 내부벽 아랫부분에서 암모니아 탱크의 바닥까지는 약 1미터의 틈이 있었다. 선원들은 그 틈을 지나 건너편으로 넘어간 뒤 에어로크의 입구와 비슷한 발판 위로 올라갔다. 그들은 내부문을 통해 크웸블리호의 중앙부로 들어갔다.

그들의 몸에서 산소의 악취가 살짝 풍겼다. 에어로크를 통과해도 늘 바깥 공기의 기포가 조금씩 따라서 들어왔다. 그러나 이런 정도의 골칫거리는 선체 내부의 암모니아 가스와 여러 곳에 내놓은 촉매제로 통제할 수 있다고 오래전에 입증되었다. 대부분의 메스클린인은 아주 적은 양의 산소 가스는 해가 없다는 사실을 알았기 때문에, 그 악취를 특별히 신경 쓰지 않았다.

과학자들은 우주복을 벗고, 암모니아액으로부터 표본을 보호하는 상자와 장비들을 챙겨서 급히 떠났다. 돈드래그머 선장은 선원들을 해산시켜 각자의 정규 임무로 돌려보낸 후 선교로 향했다. 선장이 해치를 통해 들어가자 일등항해사 케르벤서가 선장 자리에서 물러나기 시작했다. 선장은 손을 흔들며 그대로 있으라고 지시한 후 선교의 우현 끝으로 갔다. 그쪽의 바닥은 일부분이 투명했다. 인간 설계자들은 본래 선교 바닥 전체를 투명하게 만들려 했지만, 그런 형태는 메스클린인의 심리에 맞지 않았다. 선체에 올라오는 것만 해도 이미 마음이 불편한데, 4.5미터 높이 허공에 뜬 투명한 바닥 위에 서는 것은 완전히 정신 나간 짓이었다. 선장은 투명한 바닥판의 가장자리에 멈춰 서서 조심스럽게 아래를 내려다봤다.

거대한 탐사선 주변의 희끄무레한 지면에는 변화가 없었다. 선체를 흔들었던 바람은 지면에 쌓인 눈에 전혀 영향을 미치지 못한 게 분명했다. 지구의 40배에 달하는 중력이 저 눈을 수도 없이 꽉꽉 눌러서 압착시켰기 때문이었다. 심지어 크웸블리호 주변을 휘감았던 소용돌이의 흔적도 전혀 보이지 않았다. 하지만 돈드래그머 선장은 그 바람이 트럭의 무한궤도 둘레를 긁어서 홈을 팠을 거라 짐작했다. 불빛이 미치는 더 먼 곳까지 내다봤지만, 표본을 추출했던 구멍들과 때때로 바람에 실려 오는 덤불 가지들 외에는 광활한 설원밖에 보이지 않았다. 선장은 다른 데는 몰라도 표본 구멍들에는 바람이 조금이나마 영향을 미칠 거라 짐작하고 몇 분간 지켜봤다. 하지만 결국 다시 하늘로 관심을 돌렸다.

빠르게 지나가는 구름 사이로 밝은 별들이 가끔 보이기 시작했으나 남극의 수호자 포말하우트와 지구의 태양은 여전히 보이지 않았다. 수호자들은 빛의 굴절 때문에 남쪽 지평선에서 몇 도 위에 떠 있을 테지만, 구름이 굴절된 별빛을 가렸다. 비나 눈이 온다는 징후는 없었지만, 설령 온다고 해도 그것을 예측할 방법이 없었다. 바깥 온도는 아직 순수한 암모니아 녹는점 바로 아래였고, 물의 녹는점보다는 훨씬 낮았다. 그러나 암모니아와 물이 섞여서 내려올 가능성이 컸다. 돈드래그머 선장으로서는 그게 탐사선 아래에 있는 거의 순수한 물-얼음에 무슨 작용을 일으킬지 짐작하기 힘들었다. 선장은 물과 암모니아가 서로 용해된다는 사실을 알았지만, 다양한 혼합물의 상태 변화 도표나 녹는점에 대한 표를 외우려 시도해본 적은 없었다. 만일 눈이 녹는다면 크웸블리호가 뜨는 능력을 보여줄 기회가 될지도 모른다. 하지만 굳이 그 시험을 해보고 싶은 생각은 없었다.

돈드래그머 선장이 생각에 잠겨 있을 때 케르벤서 일등항해사가 끼어들었다.

"4, 5분 내로 이동 준비가 완료됩니다, 선장님. 동력을 켤까요?"

"아직은 켜지 마. 바닷물이 해변에 끌어다 올려놓은 배에 부딪히고 썰물로 빠져나갈 때처럼 바람이 우리 아래의 눈을 파헤쳐서 탐사선을 넘어뜨릴까 봐 걱정돼. 그런 일이 일어날 경우에는 뱃머리를 들고 있는 게 나아. 하지만 아직은 위험한 상황 같지 않으니까, 비상시 5분 이내에 동력을 켜기 위해 필요한 항목들을 제외하고 점검을 계속 진행해."

"이미 그렇게 진행하고 있습니다, 선장님. 아까 선장님이 명령을 내렸을 때 그렇게 조치했어요."

"잘했어. 그러면 외부등을 켜두고, 다시 출발할 준비가 완료되거나 이 바람이 멎을 때까지 주변 지면을 살펴봐."

"언제 바람이 멎을지 모르니 성가시네요."

"그러게. 고향에서는 태풍이 하루 이상 지속하는 경우가 드물고, 1시간 이상 지속하는 경우는 절대로 없었잖아. 하지만 이 행성은 너무 느리게 돌아서 폭풍 하나가 대륙만큼 크기 때문에 지나가는 데에 수백 시간이 걸릴 수도 있어. 우리는 그저 바람이 잦아들 때까지 기다리는 수밖에 없어."

"그러면 바람이 멈추기 전까지는 항해를 못 한다는 말씀인가요?"

"확실하지는 않아. 공중 정찰은 위험할 거야. 하지만 정찰을 하지 못한 상태에서는 충분히 빨리 갈 수 없잖아. 정찰은 힘들어도 할 만한 가치가 있어. 인간들의 생각에는 그렇대."

"어쨌든 너무 빨리 가는 건 안 좋더라고요. 한동안 멈춰 서지 않으면 주변을 둘러볼 수가 없잖아요. 빌어먹을 인간들이 흥미롭게 생각할 만한 것들을 우리가 많이 놓쳤을 거예요."

"인간은 자기들이 뭘 원하는지 아는 것 같아. 아마 드라운이 행성인지 항성인지 결정할 수 있는 뭔가를 찾으려는 거겠지. 그래서 우리한테 대가를 지불했잖아. 흥미롭지 않은 똑같은 일을 반복하는 게 사람을 얼마나 지루하게 만드는지는 나도 잘 알아."

케르벤서 일등항해사는 그 말에 아무런 대꾸도 하지 않았다. 일등항해사는 자신이 인간에 대해 모욕적인 말을 하더라도, 선장은 그들에 대해 일부러 무례하게 말할 사람이 아니라는 사실을 잘 알고 있었다. 돈드래그머 선장이 다른 선원들과 다른 점이 바로 그 부분이었다. 선장은 그 외계인들이 수완 좋은 상인들처럼 최대한 많이 차지하려 애쓰는 상황을 당연하게 받아들였다. 대부분의 메스클린인과 달리 선장은 지구인, 파네쉬인, 드롬인 과학자들과 친밀하게 소통하며 오랜 시간을 보냈기 때문에, 그들에 대해 누구보다 관용적이고 협조적이었다. 그래서 다른 많은 메스클린인들은 선장이 외계인들에게 살갑게 군다고 여겼다.

그 문제에 관해 이야기를 나누는 경우는 흔하지 않았지만, 조타수 비트체르말프가 선교에 올라오는 바람에 대화가 중단되었다. 조타수가 점검을 완료했다고 보고했다. 돈드래그머 선장은 비트체르말프에게 이만 쉬고 새로운 조타수를 선교로 올려보내라고 지시했다. 그리고 다음 조타수가 도착할 때까지 조용히 기다렸다. 하지만 새로 올라온 조타수 타쿠어치는 묵묵하게 맡은 일을 하는 유형의 사람이 아니었다. 타쿠어치는 선교에 올라온 후 얼마 지나지 않아 자기 딴에 '대화'라고 여기는 수다를 늘어놓기 시작했다. 케르벤서 일등항해사는 평소처럼 동료 선원의 상상력과 뻔뻔스러움을 즐기며 계속 말을 시켰다. 돈드래그머 선장은 타쿠어치 조타수가 쏟아내는 말을 무시했지만, 이따금 대화에 끼어들었다. 선장은 사실 그 수다보다 바깥이 어떻게 진행되는지에 훨씬 관심이 많았으나, 지금 당장은 거의 변화가 없는 것 같았다.

선장이 가장 낮은 조명등을 제외한 외부등과 선교의 전등을 모두 끄자, 지면의 상황을 놓치지 않으면서도 하늘이 더 잘 보였다. 구름은 적어졌고 작아졌지만, 그전과 마찬가지로 아주 빠르게 흘러갔다. 바람 소리도 거의 엇비슷했다. 더 많은 별이 서서히 모습을 드러냈다. 메스클린인 선원들이 처음에 보자마자 이름을 붙였던 남극의 수호자 중 하나가 남쪽의 낮은 고도에서 얼핏 눈에 들어왔다. 하지만 둘 중 어느 별인지는 알 수 없었다.

드라운에서 볼 때는 포말하우트와 지구의 태양이 똑같은 밝기로 빛났다. 게다가 이 거대한 행성의 대기를 통과하느라 격렬하게 반짝거려서 별의 색을 제대로 알아보기 힘들었다. 구름이 완전히 사라지지 않은 탓에 그 별이 모습을 보인 건 아주 잠깐이었다.

"뗏목 우현에 있던 선원들이 모조리 쓸려 갔다니까. 뗏목에서 나 빼고는 죄다…."

아직 비나 눈이 오지 않은 상태에서 점차 맑아지는 하늘을 보니 이제 뭔가 내릴 가능성은 적어진 것 같아서 돈드래그머 선장은 안심되었다. 통화관을 통해 연구실에 확인한 결과 온도가 떨어지고 있었다. 이제 75도였다. 암모니아의 녹는점보다 3도 아래다. 여전히 물과 암모니아 혼합물이 문제를 일으킬 가능성이 있었지만, 올바른 방향으로 진행되고 있었다.

"딩바의 남서쪽 섬이었어. 태풍에 휩쓸려서 절반이나 부서진 뗏목을 타고 뭍으로 올라갔는데, 내가…."

이제 머리 위의 별들이 대체로 잘 보였다. 질주하던 구름은 거의 사라졌다. 당연하게도 별자리들이 익숙했다. 드라운은 메스클린과 3파섹 거리에 불과해서 밝은 별들의 위치가 대부분 별로 달라지지 않았다. 아무튼 돈드래그머 선장은 그 미묘한 차이가 익숙해질 정도로 드라운에서 많은 시간을 보냈기 때문에, 이제는 더 이상 그 차이를 느끼지 못했다. 선장은 다시 수호자들을 찾아봤지만 보이지 않았다. 남쪽에는 아직 구름이 많은 모양이었다. 이제는 너무 어두워서 확실히 알 수 없었다. 남은 조명까지 모두 꺼도 별로 도움이 되지 않았다. 하지만 조명이 꺼지자 다른 두 명의 관심을 끌어서, 그들이 계속 이어가던 옛날이야기가 잠시 끊어졌다.

"무슨 변화라도 있습니까, 선장님?" 일등항해사 케르벤서가 일순간에 장난스러운 태도를 지우고 물었다.

"글쎄, 그럴 수도 있고, 아닐 수도 있어. 위쪽의 별들은 보이는데, 남쪽은 안 보여. 실은 모든 방향에서 지평선 가까이에 있는 별들이 보이지 않아. 불빛을 비춰봐."

일등항해사 케르벤서가 선장의 지시대로 전기 제어판을 만지작거리자 선교 뒤쪽에 있는 조명 하나가 위쪽을 비췄다. 돈드래그머 선장이 밧줄 한 쌍을 조작하니 빛줄기가 서쪽 지평선을 향해 움직였다. 내려가던 조명이 지면과 평행을 이루기 시작했을 때, 케르벤서가 울부짖는 소리를 냈다. 인간이 놀라서 내뱉은 탄식에 해당하는 메스클린인의 소리였다.

"안개입니다!" 조타수가 소리쳤다. "옅긴 하지만, 저 안개가 지평선을 가리고 있었던 겁니다." 돈드래그머 선장이 동의한다는 손짓을 하면서 통화관을 향해 몸을 곧추 일으켰다.

"연구실!" 선장이 빽 소리쳤다. "예상 강수량과 저 안개가 뭔지, 그리고 안개가 탐사선 아래에 있는 물-얼음에 어떤 영향을 미칠지 확인해."

"표본을 추출하려면 시간이 걸립니다, 선장님." 대답이 왔다. "가능한 한 서두르겠습니다. 저희가 밖으로 나가도 괜찮습니까? 아니면, 선체에서 작업해야 하는 건가요?"

선장은 잠시 가만히 바람 소리를 들으며, 그 정도 바람이 어떻게 느껴질지 머릿속으로 그려봤다. "나가도 좋다. 가능한 한 빨리 끝내."

"지금 갑니다, 선장님."

돈드래그머 선장이 손짓하자 일등항해사 케르벤서가 서쪽을 비추던 조명을 껐다. 그리고 세 사람은 선교의 우현 끝으로 가서 바깥으로 나간 일행을 살펴봤다.

과학자들이 빠르게 움직였는데도, 에어로크가 열릴 때쯤에는 안개가 눈에 띄게 짙어진 상태였다. 애벌레 같은 두 형상이 원통형 용기를 함께 들고 나갔다. 둘은 선장이 지켜보고 있는 선교 바로 아래까지 이동해서 장비를 설치했다. 그리고 깔때기를 바람이 불어오는 쪽으로 돌려서 여과기로 바람을 집어넣었다. 과학자들이 충분한 표본을 얻었다고 확신할 때까지는 몇 분이 더 걸렸다. 마침내 과학자들이 장비를 분해한 후 에어로크의 액체를 막아주는 통 속에 여과기를 집어넣고 탐사선 입구로 돌아왔다.

"과학자들이 저게 뭔지 알아내려면 족히 하루는 걸릴걸요." 케르벤서 일등항해사가 투덜거렸다.

"난 그렇게 생각하지 않아." 돈드래그머 선장이 말했다. "과학자들은 지금까지 물-암모니아 용액에 대한 간이 시험을 계속 진행해왔어. 예전에 보른덴더가 적절한 양의 표본이 주어진다면 농도는 별로 상관없다고 했던 적이 있어."

"그렇다면 왜 이리 오래 걸리는 거죠?"

"과학자들은 아직 우주복도 제대로 못 벗었을 거야." 선장이 참을성 있게 지적했다.

"표본을 연구실로 가져가기 전에 우주복을 꼭 벗어야 하는 건가요? 안 벗으면 안⋯."

통화관에서 훅훅 소리가 들려와 케르벤서의 말을 끊었다. 돈 드래그머 선장이 대답하자 과학자들이 보고했다.

"선장님, 순수한 암모니아입니다. 과냉각된 액체의 방울들로 짐작됩니다. 여과기에 거품 형태로 얼어붙었다가 연구실에서 녹으면서 거품 안에 있던 극소량의 외부 공기가 퍼져나갔습니다. 선장님이 몇 분 내에 산소 냄새를 맡게 된다면, 바로 이 냄새일 겁니다. 이 안개가 선체에 얼어붙기 시작했을 겁니다. 만일 이 액체 방울들이 여과기에 달라붙듯이 선교를 덮으면 시야를 가리겠지만, 지금으로서는 그 정도의 문제 외에는 달리 떠오르지 않습니다."

돈드래그머 선장이 전혀 생각지 못했던 문제였다. 하지만 선장은 추가적인 설명이 없어도 그 말이 무슨 뜻인지 이해했다.

"이건 우리가 드라운에 온 이후 한 번도 일어난 적이 없는 종류의 사건이야." 선장이 말했다. "일종의 간절기에 접어드는 게 아닌가 싶군. 드라운이 해에 조금씩 가까워지고 있잖아. 인간들이 우리에게 드라운 탐사 계획을 팔아먹기 전에 오랜 시간 동안 이 행성을 관찰했길 바랄 뿐이야. 어떤 일이 발생할지 알 수 있다면 많은 도움이 될 테니 말이야. 케르벤서, 시동 걸어. 준비가 되면 바람이 불어오는 쪽으로 뱃머리를 돌리고, 아주 천천히 앞으로 가. 물론 앞을 볼 수 있을 때의 이야기야. 시야가 가려지면 가능한 한 작은 반경을 그리며 좌현으로 원을 그리며 돌아. 그래야 우리가 알고 있는 지면 위에 머무를 수 있으니까. 무한궤도에서 눈을 떼지 마. 진짜로 보라는 게 아니라 비유적으로 하는 말이야. 밖에 나가지 않고는 무한궤도를 볼 수 없잖아. 무한궤도에 뭔가 달라붙는 조짐이 느껴지면 나한테 알려줘. 그리고 선원 하나를 배꼬리에 배치해. 탐사선의 자취를 살펴보면 뭔가 보일 거야. 알겠지?"

"지시하신 내용은 잘 알겠습니다, 선장님. 그런데 뭘 기대하시는 건지 모르겠습니다."

"내 짐작이 틀렸을 수도 있어. 혹시 내 생각이 맞더라도 우리가 달리 할 수 있는 일은 없을 거야. 나는 외부로 나가서 손으로 무한궤도를 청소해야 한다는 생각이 마음에 안 들어. 잘되길 바라자고."

"네, 알겠습니다." 일등항해사 케르벤서가 업무로 돌아갔다. 크웸블리호의 무한궤도 트럭에 있는 핵융합 엔진에 시동이 걸리자, 돈드래그머 선장이 높이와 너비 10센티미터, 길이 30센티미터의 플라스틱 벽돌로 고개를 돌렸다. 그 벽돌은 선장 자리 옆에 놓여 있었다. 선장이 블록의 한쪽 면에 있는 작은 구멍에 집게발을 넣어 제어판을 만지작거리더니 말하기 시작했다.

2
특별관람석

　돈드래그머 선장의 목소리는 빠르게 날아갔지만 가야 할 길이 멀었다. 선장의 목소리를 실은 전파는, 묵직하지만 금방 옅어지는 드라운의 대기권을 뚫고 그 너머의 우주를 헤치며 나아갔다. 전파가 날아가는 동안 약해지긴 했지만, 처음 발사된 지 30여 초가 지난 후 그 에너지는 지름 3미터의 접시 안테나에 영향을 미치기에 충분했다. 전파는 지름 90미터, 길이 45미터의 원통에서 돌출된 안테나에 부딪혔다. 그 원통은 역기처럼 생긴 구조물의 한쪽 끝 부분이었는데, 그 구조물은 양쪽의 무게추와 수직을 이루는 축을 중심으로 삼아 천천히 회전하고 있었다.

　그 전파에 의해 안테나에 유도된 전류는 지극히 짧은 시간 동안 경쾌하게 움직이며 핀 꼭대기 크기의 수정 속으로 들어갔다. 수정은 전파를 정류하고 검파한 뒤 그 결과를 이용해 손가락만

한 발전기가 공급하는 전자의 흐름을 변조했다. 이 전자들이 원통의 중앙부에 가까운 3제곱미터의 방에서 동역학적으로 작동되는 원뿔 모양의 구식 스피커를 움직였다. 돈드래그머 선장이 중얼거린 단어들이 정확히 32초 후 그 방에 앉아 있는 열다섯 명의 인간 중 세 명의 귀에 재생되었다. 선장은 그 시간에 그 방에 누가 있을지 몰랐기 때문에 자신의 언어가 아니라 그동안 배웠던 인간의 언어로 말했다. 그래서 세 명 모두 선장의 말을 이해했다.

"크웸블리호에서 보내는 중간보고입니다. 우리는 일상적인 점검과 조사를 위해 2시간 30분 전에 멈췄습니다. 당시 약 2백 밧줄 속도로 서풍이 불었고, 하늘에는 부분적으로 구름이 끼어 있었습니다. 우리가 일을 시작한 직후 바람이 3천 밧줄로 빨라졌습니다…."

인간 청취자 중 한 명이 아리송한 표정을 짓다가 다른 사람과 눈이 마주쳤다.

"메스클린인의 1밧줄은 약 60미터예요, 보이드." 눈이 마주친 사람이 조용히 말했다. "바람이 시간당 약 8킬로미터의 속도로 불다가 96킬로미터로 빨라졌다는 이야기죠."

"고마워요, 엘리스." 두 사람은 다시 스피커에 귀를 기울였다.

"지금은 안개가 탐사선을 완전히 감싼 채 점점 더 짙어지는 상황입니다. 내가 계획했던 대로 이동할 엄두가 나지 않아서, 무한궤도가 얼어붙지 않도록 계속 제자리를 돌고 있습니다. 우리 과학자들의 말에 따르면 안개는 과냉각된 암모니아인데, 이

지역 지면은 물로 이루어진 눈으로 덮여 있습니다. 우리 과학자들은 별일 없을 거라고 하지만, 나는 70도 정도의 온도에서는 안개가 물-얼음을 녹여 액체로 만들 가능성이 있다는 생각이 듭니다. 탐사선이 액체에 뜨도록 만들어졌다는 사실은 압니다. 그리고 지표면의 아주 깊은 곳까지 녹을 거라고 예상하지는 않습니다. 그러나 무한궤도 주변의 액체가 얼면 어떻게 될지에 대해서는 아무도 생각해보지 않았던 것 같습니다. 나도 전혀 생각해보지 않았다는 사실은 인정하겠습니다. 하지만 근육의 힘으로 얼음을 깨서 탐사선을 꺼낸다는 생각은 그리 매력적이지 않군요. 그런 상황에 대응할 수 있는 특별한 장비가 이 탐사선에 실려 있지 않다는 사실도 알고 있습니다. 내가 직접 이 기계를 조립하고 하역했으니까요. 어쩌면 우리가 계획보다 훨씬 오래 여기에 머물게 될지 모른다는 사실을 알려주려고 연락했습니다. 계속 정보를 보내겠습니다. 크웸블리호가 꼼짝 못 하게 되면, 우리 과학자들을 바쁘게 만들 수 있어서 즐거울 겁니다. 과학자들은 통상적인 정박 때마다 여러분이 해야 한다고 정해놓은 조사 활동을 이미 거의 마친 상태거든요."

"고마워요, 돈드래그머 선장님." 엘리스가 대답했다. "우리도 대기하고 있겠습니다. 우리 관측 담당자와 기상학자에게 안개층의 규모와 탐사선 주변에 얼마나 오래 머무를지 가늠할 수 있나 물어볼게요. 여러분이 밤이 된 지역에 하루가량 있었으니까, 어쩌면 벌써 쓸 만한 자료를 가지고 있을지도 모릅니다. 담당자들이 그 문제와 관련된 기류 사진을 확보했을 수도 있어요. 저는 그들이 사용하는 장비의 기능이 어느 정도인지 잘 모릅니다. 아무튼, 확인하고 알려드릴게요."

엘리스는 자신의 말이 드라운을 향해 날아가는 동안 마이크의 스위치를 끄고 다른 사람에게 말했다. "돈드래그머 선장의 목소리와 말투만 듣고도 그가 진짜로 걱정을 하는 건지 아닌지 알 수 있으면 좋겠어요. 이들이 그 끔찍한 세계에서 새로운 문제 때문에 고생할 때마다, 나는 우리가 대체 얼마나 뻔뻔하기에 그들을 거기로 보낸 건지, 또 그들은 대체 무슨 용기로 거기에 간 건지 궁금해져요."

"메스클린들인이 속임수에 당했거나 강제로 저기에 가지 않은 건 확실해요, 엘리스." 엘리스의 동료가 지적했다. "일생의 대부분을 선원으로 보내고, 고향 행성의 적도에서 남극을 오가는 메스클린인들은 탐험이나 개척에 관해 절대로 천진난만하게 생각하지 않아요. 우리가 그러고 싶었더라도 저들을 속일 수는 없었을걸요."

"나도 머리로는 알아요, 보이드. 그런데 가슴으로는 믿기지가 않아요. 크웸블리호가 정착지에서 겨우 8백 킬로미터 떨어진 곳에서 모래에 박혀 꼼짝 못 했을 때도, 그들이 다시 꺼낼 때까지 이를 꽉 다물어야 했어요. 진흙이 아래로 흘러내려 형성된 틈에 덴시게레프 선장의 스모프호가 빠져 가라앉고 있을 때, 구출을 위해 대형 월면차들을 보내자는 발리넌 사령관의 결정을 지지했던 사람은 나밖에 없었어요. 나와 친하게 지내던 메스클린인 두 명이 에스켓호의 선원들과 함께 실종되었을 때, 구조대

32

를 보내지 않기로 결정한 앨런 기획연구실장과 발리넌 사령관에 맞서 싸웠던 사람도 나였어요. 난 지금도 그들이 틀렸다고 생각해요. 드라운에서 해야 할 일이 있다는 건 알아요. 그리고 메스클린인들이 그런 위험에 관해 잘 이해한 상태에서 동의했다는 사실도 알지만, 선원들이 위험에 빠질 때마다 내가 저들과 함께 거기에 내려가 있다는 상상을 하게 돼요. 그래서 구조 활동에 대한 논쟁이 벌어질 때마다 그들 편에 서게 되죠. 난 언젠가 그 문제 때문에 여기서 해고당하고 말 거예요. 하지만 내가 자초한 일이니 어쩔 수 없죠."

보이드 메르소로가 낄낄거리며 말했다.

"걱정하지 말아요, 엘리스. 당신이 이 일을 하는 건, 당신이 바로 그렇게 반응했기 때문이에요. 우리의 의견이 발리넌 탐사대와 너무 다를 때는, 그들이 우리로부터 965만 킬로미터 떨어진 곳에서 40g의 중력을 견디고 있으므로, 발리넌 사령관이 내키는 대로 행동할 수 있다는 사실을 기억해두세요. 사령관이 마음대로 움직일 때가 되면, 그가 자기편으로 간주할 만한 누군가가 여기에 있는 사실이 우리에게 아주 큰 이득이 될 겁니다. 앞으로도 당신의 태도를 바꾸지 마세요, 부탁이에요."

"흠." 엘리스 호프만은 그 말을 듣고 기뻐해야 할지 안심해야 할지 감이 잡히지 않았지만, 겉으로는 드러내지 않았다. "내 남편 아이브도 항상 그렇게 말하는데, 난 그 사람의 편견일 뿐이라고 여겨서 지금껏 그 말을 무시했어요."

"남편이니까 당연히 편견이 있겠죠. 그렇다 해도 그가 올바른 의견을 낼 수 없을 거라고 판단하지는 마세요. 아이브의 이야기를 믿으세요."

"고맙습니다, 엘리스." 돈드래그머 선장의 대답이 그 대화에 끼어들었다. 이번에 선장은 자신의 언어를 사용했다. 인간들은 이해하기 힘든 언어였다. "여러분의 당직자들이 자료를 제공해준다면 기쁘겠습니다. 여러분이 특별히 알려야 할 이유가 없다면, 일부러 발리넌 사령관에게 보고할 필요는 없습니다. 아직 우리가 실제로 곤란한 상황에 처한 것은 아니니까요. 아직 일어나지도 않은 일까지 걱정하지 않더라도 사령관에게는 골치 아픈 일들이 많을 겁니다. 조사 제안서는 저를 거치지 않고 연구실의 2번 통신기로 곧장 보내도 됩니다. 제가 중계하다 보면 뒤죽박죽이 될 수도 있으니까요. 저는 이만 무전을 끊겠지만, 통신기 네 대 모두에 사람들을 계속 배치할 겁니다."

스피커가 조용해졌다. 그러자 그 소리를 듣고 있던 세 번째 인간 앨런 어코인 기획연구실장이 자리에서 일어나 엘리스를 바라보며 통역을 부탁했다. 엘리스가 통역을 해줬다.

"조사 작업에 대한 이야기군요." 기획연구실장이 말했다. "크웸블리호가 이후 진행할 이동 계획에 맞춰 기획했던 장기 프로그램들이 많거든요. 하지만 지금 있는 곳에서 오래 지체될 가능성이 있으니, 그 기획을 진행할 수 있는 다른 탐사선이 있는지 확인해보는 게 좋겠군요. 선장의 말에 따르면 크웸블리호가 금세 움직일 수 있으리라 생각하지 않는 것 같으니까요. 난 먼저 컴퓨터실로 가서 '그림자 위성'들을 이용해 돈드래그머 선장의 정확한 위치를 다시 확인해볼게요. 그 후에 기상연구실에 들러 의견을 듣고, 기획연구실로 갈 겁니다."

"기상연구실에서 나랑 만나겠네요." 엘리스가 대답했다. "보이드, 혹시 여기 당직을 맡아줄 수 있으면, 난 돈드래그머 선장이 원하는 정보를 구하러 갈게요."

"잠깐은 괜찮을 겁니다. 나도 할 일이 있긴 하지만, 크웸블리호의 모니터는 놓치지 않고 지켜볼게요. 돈드래그머 선장에게 여기에 누가 있는지 말해주세요. 그래야 '스텐어'인지 뭔지 자기네 언어로 급한 전언을 보내지 않을 테니까. 그런데 생각을 해보니, 여기서 우리가 선장을 위해 해줄 수 있는 일이 거의 없다는 사실을 고려한다면, 60초 이상 지체되는 게 큰 문제는 아닐 것 같기도 하네요."

엘리스가 어깨를 으쓱하더니, 통신기를 통해 그 작은 선원들의 언어로 몇 마디 보내고, 보이드에게 손을 흔들었다. 그리고 그녀의 마지막 말이 돈드래그머 선장에게 닿기 전에 통신실을 나갔다. 앨런 어코인 기획연구실장은 이미 떠난 뒤였다.

기상연구실은 원통에서 '가장 높은 층'에 있었다. 우주정거장의 회전축에 가까웠기 때문에 통신실에 있을 때보다 몸이 10퍼센트 가벼워졌다. 늘 그렇듯 운동 시설이 제한적인 우주정거장에서는 설계 때부터 엘리베이터가 생략되었고, 인터컴은 비상시에만 사용하는 장비로 간주되었다. 엘리스 호프만은 원통의 중심축에 있는 나선형 계단을 이용하거나 여러 군데에 설치된 사다리로 가야 했다. 그녀는 손에 아무것도 들고 있지 않았으므로 구태여 계단으로 갈 필요가 없었다. 엘리스의 목적지인 기상연구실은 통신실의 바로 '위'에 있는 거나 마찬가지였기 때문에 1분도 채 걸리지 않아 도착했다.

기상연구실에서는 지름 6미터 반구로 만들어진 드라운의 지도 두 개가 가장 눈에 띄었다. 각 지도에는 실시간으로 온도와 기준 고도의 기압, 풍속, 정보의 입수 장소, 그리고 저궤도 그림자 위성이나 메스클린인 탐사대들로부터 입수한 다른 정보들이 표시되었다. 적도 바로 위의 북쪽에는 녹색 불빛이 반짝이며 정착지를 나타냈다. 정착지 인근에 여기저기 흩어져서 희미하게 깜빡거리는 아홉 개의 노란 불빛은 육상 탐사선들이었다. 탐사선들은 기상학자들이 '알파 저압대'라 부르는 지역의 서쪽에 동서로 약 1만3천 킬로미터, 남북으로 3, 4만 킬로미터에 걸쳐 흩어져 있었는데, 거대한 행성을 배경으로 보니 무안하리만치 자그마한 영역으로 보였다. 서쪽의 저온 지역으로 깊숙이 들어간 두 개를 제외한 나머지 일곱 개의 노란 불빛들은 저압대에서 대충 둥그렇게 원호 형태를 이루며 뻗어나갔다. 나중에 원형으로 관측소를 세우는 게 목표였지만, 지금까지는 13만 킬로미터에 이르는 둘레의 4분의 1 남짓만 겨우 확보한 상태였다.

이 프로젝트에는 비용이 많이 들었다. 엘리스가 흔히 투여된 노력의 척도로 간주하는 돈만 들어간 게 아니었다. 많은 생명이 투여되었다. 엘리스의 눈이 저압대를 향하며 빨간색 테를 두른 노란 불빛을 찾았다. 그 불빛은 에스켓호의 위치를 나타냈다. 인간이 에스켓호 선원들의 흔적을 마지막으로 본 것은 7개월(드라운의 자전을 기준으로 3.5일) 전이었다. 하지만 에스켓호의 통신기들은 지금까지 계속 내부 영상을 전송했다. 때때로 엘리스는 친했던 카브렘 일등항해사와 데스틱메트 선장을 쓸쓸하게 떠올렸다. 크웸블리호의 선장에게 그런 사실을 이야기하더라도 더 알아낼 수 있는 게 없는데도, 그녀는 종종 돈드래그머 선장의 양심을 자극하고 괴롭혔다.

"어서 오세요, 엘리스." "안녕, 엄마." 사람들의 인사 덕분에 엘리스의 우울한 생각이 멈췄다.

"기상 예보관 여러분, 안녕하세요." 엘리스가 인사했다. "기상 예보를 기다리는 친구가 있어서요. 도와줄 수 있나요?"

"이 우주정거장 내부의 기상 예보라면 확실히 도와줄 수 있죠." 벤저민이 대답했다.

"얘야, 빈정대는 투로 말하지 마. 너도 이제 나이가 들었으니, '전혀 모르는 상황'과 '전부 알지는 못하는 상황'이 얼마나 다른지 잘 알잖아. 크웸블리호의 돈드래그머 선장이 요청한 거야." 엘리스가 지도의 노란 불빛을 가리키며 상황을 간략히 설명했다. "도움이 될지는 모르겠지만, 앨런 기획연구실장이 크웸블리호의 정확한 지점을 가져올 거야."

"그다지 많은 도움이 되지는 않을 겁니다." 수머스 맥데빗 박사가 말했다. "빈정대는 말을 싫어하시니, 제가 조심스럽게 말을 골라서 해야 하겠죠. 저 지도의 불빛은 수백 킬로미터 반경 내의 어딘가를 가리키는 겁니다. 우리가 과연 의미 있는 차이를 만들수 있을 정도로 정확한 예측을 계산해낼 수 있을지 의문이에요."

"여러분이 어떤 기상예보든 척척 해낼 수 있을 정도로 충분한 데이터를 가지고 있다고 생각지는 않아요." 엘리스가 대꾸했다. "이 행성에서도 기상 변화가 서쪽에서 동쪽으로 진행된다는 사실은 나도 알아요. 그런데 서쪽 지역은 지금 며칠째 햇볕이 닿지 않는 상태잖아요. 그런 장소에 대해서는 유용한 데이터를 구할 수 있지 않나요?"

"아, 당연하죠, 엄마." 벤저민의 말투에서 빈정거리는 태도가 사라지고, 초등학교 이후 사춘기로 방황하던 그를 대기물리학에 눌러앉게 하였던 열정이 그 자리를 차지했다. "우리는 드라운에서 반사된 햇빛은 별로 측정하지 않아요. 대체로 그 행성이 직접 발산한 에너지를 측정하죠. 드라운은 해에서 받는 양보다 더 많은 에너지를 발산하거든요. 엄마도 드라운이 항성인지, 행성인지에 대한 케케묵은 논쟁을 들어봤을 거예요. 우리는 지면 온도에 대해서는 알 수 있어요. 지면과 고도에 따른 온도 변화와 구름에 대해서도 잘 알아요. 하지만 바람은 조금 힘들어요…." 벤저민이 머뭇거리며 자신을 쳐다보는 수머스 박사의 눈을 바라봤지만, 기상학자의 무표정한 얼굴에서는 아무것도 읽어낼 수 없었다. 마침내 문제가 무엇인지 알아챈 수머스 박사는 벤저민이 자신감을 다 잃어버리기 전에 그 말이 맞는다는 의미로 고개를 끄덕여주었다. 수머스 박사는 교사를 해본 적이 없었지만 자질이 있었다.

"바람에 대해 알기 힘든 이유는 구름의 고도가 약간 불확실한 탓인데, 구름의 위치에 관해서는 기단(氣團)의 특성보다 공기의 팽창과 압축으로 인한 단열온도변화가 더 중요하기 때문이에요. 저런 중력에서는 몇백 미터만 올라가도 공기의 밀도가 절반으로 떨어지고, 급격한 압력과 부피의 변화로….” 벤저민이 다시 머뭇거렸다. 이번에는 엄마를 쳐다봤다. “이런 것들은 이미 잘 알죠? 아니면 좀 천천히 이야기할까요?”

엘리스가 대답했다. “네가 방금 말한 항목들에 대해 양적인 계산을 하는 건 싫지만, 질적인 차이는 아주 잘 이해하고 있어. 돈드래그머 선장에게 언제 안개가 사라질지 금방 알려주기는 힘든 모양이구나. 선장에게서 지표면의 기압과 바람에 대한 정보를 받으면 도움이 될까? 너도 알겠지만, 크웸블리호에도 측량 장비들이 있어.”

“도움이 될 수도 있습니다.” 수머스 박사가 대답하고, 벤저민은 말없이 고개를 끄덕였다. “제가 크웸블리호와 직접 이야기해도 되나요? 그 사람들 중에 제 말을 이해하는 사람이 있을까요? 제가 스텐어를 전혀 몰라서요.”

“여러분의 기술용어를 제대로 전달할 수 있을지 모르겠지만, 내가 통역을 해줄게요.” 엘리스가 대답했다. “그렇더라도 이 우주정거장에서 한 달 이상 근무를 할 생각이라면, 우리 작은 친구들의 언어를 배워두는 게 좋을 거예요. 우리 언어를 아는 메스클린인이 많지만, 그래도 고마워할 겁니다.”

“압니다. 저도 배울 생각이 있어요. 도와주신다면 감사하겠습니다.”

“도와줄 수 있다면 당연히 도와드려야죠. 하지만 벤저민하고 훨씬 더 자주 보시잖아요."

"벤저민요? 얘는 저와 함께 여기 온 지 3주밖에 안 되어서, 저만큼이나 그 언어를 배울 기회가 없었잖아요. 우리는 그동안 지역 관측 정보와 컴퓨터 네트워크를 점검하고 프로젝트 배경 자료를 입력하느라 바빴어요."

엘리스가 아들을 쳐다보며 활짝 웃었다.

"그럴지도 모르지만, 벤저민이 엄마를 닮아 언어광이거든요. 메스클린인보다 나한테 스텐어를 더 많이 배우긴 했어도, 얘가 유용하다는 사실을 박사님도 알게 될 거예요. 벤저민은 누나가 알아들을 수 없는 언어를 자기한테 가르쳐달라고 나를 조르곤 했었어요. 이게 그저 부모의 자랑일 뿐이라고 생각하시면 어쩔 수 없지만, 녀석에게 기회를 줘보세요. 물론, 나중에요. 지금은 정보를 입수하자마자 돈드래그머 선장에게 그 정보를 전해주고 싶거든요. 선장은 서풍이 시속 약 96킬로미터로 불어온다고 했어요. 그 정보가 도움이 되면 좋겠네요."

기상학자가 잠시 생각하더니 말했다.

"그 정보를 추가하고, 모두 종합해서 계산해보겠습니다. 그러고 나면 선장에게 연락해서 뭔가를 줄 수 있을 거예요. 그때는 선장이 우리에게 다른 수치 정보를 주더라도, 금세 다시 계산할 수 있을 겁니다. 잠시만 기다리세요."

기상학자와 소년은 장비로 돌아갔다. 그리고 이후 그들이 몇 분간 진행한 작업은 엘리스로서는 거의 이해하기 힘들었다. 그들이 컴퓨터에 숫자 자료와 가중치를 입력하고 있다는 사실은 엘리스도 알고 있었다. 컴퓨터는 그 데이터들을 적절하게 다룰 수 있도록 이미 프로그램된 상태일 것이다. 그녀는 벤저민이 별도의 지시가 없어도 자기 몫의 일을 제대로 처리하는 모습을 보니 기뻤다. 엘리스와 남편은 아들의 수학 실력이 그의 관심 분야에서 요구하는 수준에 미치지 못할 수도 있다는 사실을 잘 알고 있었다. 물론 벤저민이 지금 하는 일은 내용을 이해하든 말든 상관없이 조금만 훈련받으면 누구나 해낼 수 있는 일상적인 작업이었다. 하지만 엘리스는 그 모습을 고무적으로 받아들이기로 마음먹었다.

"당연한 말이지만…." 컴퓨터가 입력된 정보들을 소화하는 동안 수머스 박사가 말했다. "어찌 됐든, 의심의 여지가 완전히 제거된 상황은 아니에요. 저 해가 드라운의 지표면 온도에 많은 영향을 미치지 않지만, 그렇다고 그 영향을 완전히 무시할 수는 없습니다. 3년 전 우리가 여기에 왔을 때부터 이 행성은 꾸준히 해에 가까워지고 있습니다. 그리고 그로부터 1년 6개월 후 메스클린인의 정착지를 세울 때까지 대여섯 대의 로봇에게서 얻은 것 외에는 지상의 정보를 구할 수 없었어요. 게다가 메스클린인들의 측량도 여전히 행성의 지극히 좁은 영역에서만 이루어지고 있는 형편이에요. 우리가 아무리 물리학 법칙을 신봉하고 싶어도, 기상예보는 거의 전적으로 경험을 바탕으로 이루어집니다. 그렇지만 드라운의 기상에 대해서는 아직 경험적인 이론을 세울 수 있을 정도로 충분한 데이터를 모으지 못했습니다."

엘리스가 고개를 끄덕였다. "무슨 말인지 알겠어요. 돈드래그머 선장도 마찬가지예요. 그래도 여러분은 선장보다 많은 정보를 가지고 있잖아요. 현 상태에서 선장은 어떤 정보라도 환영할 것 같아요. 도움을 줄 수 있는 손길이 수천 킬로미터가 떨어져 있는 상황에서 아직 시험 단계인 탐사선을 타고 있는데, 주변이 제대로 보이지도 않는 상황이라면, 외부와 연결하는 게 도움이 될 거예요. 대화를 주고받는 것만으로도 힘이 되겠지만, 그들이 나를 볼 수 있고 내가 어떤 조사를 하고 있는지 안다면 더 도움이 되겠죠."

"우리가 선장의 말을 확인하기는 엄청나게 힘들어요." 벤저민이 끼어들었다. "드라운의 대기가 맑은 날에도 우주정거장에서 거기까지 965만 킬로미터는 망원경으로 쉽게 볼 수 있는 거리가 아니잖아요."

"그렇지, 네 말이 맞아. 하지만 내가 무슨 말을 하고 있는지는 너도 알 거야." 엄마가 조용히 말하자 벤저민이 어깨를 으쓱하더니 더 대꾸하지 않았다. 그 뒤 약 30초가량 긴장된 침묵이 이어졌다.

그때 컴퓨터가 끼어들어 암호 같은 기호들이 그려진 종이를 수머스 박사 앞에 토해냈다. 엘리스는 그 분야에 그리 밝지 않았지만, 벤저민과 함께 박사의 어깨너머로 종이를 살펴봤다. 벤저민이 자료를 5초 정도 훑어보더니 웃음소리와 경멸하는 콧소리의 중간쯤 되는 소리를 내뱉었다. 기상학자가 벤저민을 힐끗 쳐다봤다.

"벤저민, 계속 살펴봐. 네가 이 결과를 마음 편하게 빈정댈 수 있을지 몰라도, 나라면 이 결과를 그대로 돈드래그머 선장에게 주는 데에 반대할 거야." 수머스 박사가 말했다.

"왜요? 문제가 뭔가요?" 엘리스가 물었다.

"글쎄요, 대부분의 데이터는 당연히 그림자 위성 기록입니다. 당신이 제공해준 풍속은 약간 여유 있게 입력했어요. 저로서는 저기 아래에 있는 애벌레들이 어떤 종류의 장비를 가졌는지, 그리고 당신에게 얼마나 정확한 수치를 알려줬는지 알 수 없으니까요. 바람의 속도가 96킬로미터라고 하셨잖아요. 안개가 있다는 사실 외에는 저에게 말해준 정보가 없어서 입력할 수치가 없었기 때문에, 안개에 대해서는 입력하지 않았습니다. 이 컴퓨터 출력 자료 첫 줄은 가시거리를 나타냅니다. 물론 인간의 눈으로 가시거리를 나타낸 건데, 메스클린인도 대충 비슷할 겁니다. 그런데 이 자료에 따르면 35킬로미터 거리에 있는 물체까지도 거의 또렷하게 보일 거라고 나와요."

엘리스가 눈살을 찌푸렸다. "그건 말이 안 되잖아요? 일기예보에 대한 옛날 농담들은 이미 오래전에 사라지지 않았나요?"

"케케묵은 농담들이었죠. 제 설명은 간단합니다. 우리가 컴퓨터에 완벽한 정보를 넣지 않았고, 넣을 수 없다는 사실 때문에 벌어진 일이에요. 무엇보다 부족한 건 저 행성의 상세한 지형도입니다. 특히 크웸블리호의 서쪽 5백만 제곱킬로미터의 정보가 제대로 없어요. 조금 전에 벤저민이 지적했듯이, 바람이 1킬로미터에 10센티미터 정도의 고도 차이가 나는 경사면을 오르거나 내려와도 압력과 부피 변화 때문에 기단의 온도가 급격하게 변합니다. 바로 그런 효과를 계산할 수 있는 지형도가 있으면 좋겠지만, 현재의 지도로는 대략적인 계산밖에 할 수 없습니다. 돈드래그머 선장의 과학자들로부터 더욱 세밀한 측정값을 받아서 다시 계산해보겠습니다. 기획연구실장이 크웸블리호의 더 정확한 위치 정보를 가지고 올 거라고 하셨죠?" 수머스 박사가 말했다.

그 말을 하자마자 앨런 기획연구실장이 기상연구실로 들어와서 엘리스는 대답할 겨를이 없었다. 기획연구실장은 엘리스가 기상학자들에게 배경 설명을 해주었을 거라 판단하고 인사도 생략한 채 말했다.

"적도에서 남쪽으로 8.455도, 정착지의 자오선을 기준으로 동쪽으로 7.92도예요. 거의 정확하다고 맹세할 수 있습니다. 여러분에게는 1킬로미터 정도의 오차도 너무 큰가요?"

"오늘은 다들 빈정대는 날이군요." 수머스 박사가 중얼거렸다. "고맙습니다. 그 정도면 충분해요. 엘리스, 저희가 통신실로 내려가서 돈드래그머 선장과 이야기를 나눠도 될까요?"

"좋죠. 벤저민도 데리고 갈 건가요, 아니면 여기에서 저 아이에게 할 일이 남았나요? 벤저민을 돈드래그머 선장에게 소개해주고 싶어서요."

"말이 난 김에 벤저민의 언어 능력을 볼 수 있겠네요. 좋습니다. 함께 가죠. 실장님, 당신도 가나요?" 수머스 박사가 물었다.

"아니요. 할 일이 남아서요. 그렇더라도 여러분이 믿을 만하다고 생각되는 기상예보 결과가 나오면 나도 자세히 알고 싶습니다. 그리고 돈드래그머 선장이 우리 계획에 영향을 미칠 수도 있는 내용을 보고하거든 알려주세요. 나는 기획연구실에 있을게요."

기상학자가 고개를 끄덕였다. 앨런이 기획연구실로 떠나자, 다른 세 명은 사다리를 타고 통신실로 내려갔다. 보이드는 아까 말했던 대로 모습이 보이지 않았다. 하지만 다른 당직자가 그의 자리에 앉아 크웸블리호의 모니터를 지켜보고 있었다. 엘리스가 통신실로 들어가자, 그는 손을 흔들어 인사하고 자신의 자리로 돌아갔다. 다른 사람들은 엘리스 일행에 대해 거의 신경 쓰지 않았다. 통신실에는 항상 당직자가 10명 이상 자리를 지키도록 하는 규칙이 있었기 때문에, 그들은 엘리스와 보이드가 자리를 비웠던 사실을 알고 있었다. 하지만 우주정거장은 엄격한 일정표에 따라 임무를 할당하지 않았다. 너무 엄격하게 일정표를 유지할 경우 '고속도로 최면'처럼 주의력이 떨어지는 상황이 발견되었기 때문이었다.

크웸블리호와 연결된 통신기 네 대의 스피커들 앞에는 의자 여섯 개가 놓였다. 각 통신기가 송신한 영상을 보는 모니터는 스피커 위에 설치되어서 뒤쪽에 있는 일반 의자들에서도 보였다. 여섯 개의 통신실 의자에는 마이크와 스위치가 달려서 크웸블리호에 있는 통신기 네 대에 동시에, 혹은 각각의 통신기에 연결할 수 있었다.

엘리스가 가운데 의자에 편안하게 자리를 잡고, 스위치를 움직여 돈드래그머 선장의 선교에 있는 통신기로 연결했다. 선교의 모습을 비추는 모니터에는 거의 아무것도 보이지 않았다. 통신기의 카메라가 선교의 창문을 향하고 있기 때문이었다. 안개에 대한 메스클린인의 보고는 정확했다. 조타기와 조타수의 모습이 모니터의 왼쪽 아래 구석에 살짝 보였다. 모니터의 나머지 부분은 온통 직사각형 창틀에 둘러싸인 단조로운 회색이었다. 선교의 불빛들은 약했지만, 창 너머의 안개는 크웹블리호의 외부 조명을 받아 밝게 빛났다. 엘리스가 추정하기로는 그랬다.

"선장님!" 엘리스가 소리쳤다. "엘리스예요. 지금 선교에 계신가요?" 엘리스는 타이머를 켜고, 선택 스위치를 크웹블리호의 연구실 통신기로 돌렸다. "보른덴더, 아니면 누구든 대답하세요." 엘리스가 스텐어로 계속 소리쳤다. "우리가 현재 가지고 있는 정보로는 신뢰할 만한 기상예보를 하기 힘듭니다. 지금 선교와 이야기 중이긴 하지만, 현재 온도, 풍속, 외부 압력, 그리고 안개에 관해 여러분이 가지고 있는 수치 정보를 최대한 정확히 저희에게 주면 고맙겠어요. 그리고…." 그녀가 잠시 주춤했다.

"그리고 지난 몇 시간 동안 진행된 정보도 주세요. 되도록 시간 간격을 촘촘하게 해서요." 벤저민이 스텐어로 끼어들었다.

"선교와 대화를 마치자마자 정보를 받을 준비를 할게요." 엘리스가 계속 말했다.

"대기와 안개, 눈의 성분에 대해 여러분이 알고 있는 정보도 필요해요." 그녀의 아들이 덧붙였다.

"여러분이 생각하기에 도움이 될 것 같은 자료가 있다면 무엇이든 환영합니다. 우리는 여기에 있지만 여러분은 현장에 있으니까, 여러분에게는 드라운의 기상 상태에 대해 나름의 생각이 있을 테죠." 엘리스가 말을 마칠 즈음 타이머가 종소리를 냈다. "이제 선교에서 무전이 올 겁니다. 선장과 이야기를 마치면 여러분의 대답을 기다릴게요."

스피커에서 흘러나오는 첫 마디가 엘리스의 마지막 마디와 겹쳤다. 타이머는 전언이 광속으로 드라운과 우주정거장 사이를 왕복하느라 지연되는 시간에 맞춰져 있으므로, 엘리스의 말을 듣자마자 선교에서 즉시 대답했다는 의미였다.

"저는 일등항해사 케르벤서입니다, 엘리스 호프만 부인. 선장님은 생명유지실로 내려가셨습니다. 원하시면 선장님을 부를까요? 아니면 그쪽에서 생명유지실에 있는 통신기로 스위치를 돌려 무전을 하셔도 됩니다. 하지만 저희한테 조언할 게 있다면 최대한 빨리 듣고 싶네요. 선교에서는 한 치 앞도 볼 수 없습니다. 움직일 엄두가 안 나서 제자리만 뱅뱅 돌고 있어요. 우리가 멈추기 전에 비행사들이 주변을 살펴봤습니다. 지면이 충분히 단단한 것 같긴 하지만, 운을 믿고 앞으로 나가는 모험을 할 수는 없습니다. 저희는 현재 25밧줄 지름의 원을 그리며 아주 천천히 돌고 있습니다. 뱃머리나 배꼬리가 바람을 향하고 있지 않을 때는 금세라도 전복될 것 같은 느낌이에요. 안개가 창문에 닿자마자 얼어붙어 밖을 전혀 볼 수 없습니다. 아직 무한궤도는 깨끗한 것 같은데, 무한궤도가 계속 움직이기 때문에 얼음이 손상을 입히기 전에 부서져서 그럴 거라고 저는 짐작합니다만, 조타기 연결선들은 언제라도 얼어붙을 수 있습니다. 밧줄에서 얼음을 떼어내는 건 엄청난 작업이 될 거예요. 외부 작업이 불가능할 것 같지는 않지만, 바람이 멈추기 전에 제가 나가서 그 일을 하긴 싫습니다. 우주복이 얼어붙는 소리는 별로 즐겁지 않거든요. 좋은 생각 있으신가요?"

엘리스는 케르벤서가 말을 마칠 때까지 참을성 있게 기다렸다. 전언이 64초 지연되는 현상은 우주정거장과 행성 사이에서 통신하는 모든 사람에게 전반적으로 말을 많이 하도록 만드는 효과를 일으켰다. 그들은 상대방이 듣기 원하리라 짐작되는 말을 한 번에 최대한 많이 하는 경향이 강해졌다. 엘리스는 케르벤서가 말을 마치고 대답을 기다리고 있다는 사실을 알게 되자마자 메스클린인 과학자들에게 전달했던 메시지를 빠르게 요약해서 말했다. 그때와 마찬가지로, 엘리스는 날씨가 맑을 거라는 컴퓨터의 계산 결과는 전달하지 않았다. 메스클린인은 인간의 과학이 언제나 옳다고 생각하지는 않았다. 사실, 대부분의 메스클린인은 많은 인간들보다 과학의 한계에 관해 훨씬 더 현실적이고 건전하게 생각했다. 그렇지만 굳이 일부러 그들에게 멍청한 모습을 보여줄 필요는 없었다. 물론 엘리스가 기상학자는 아니지만, 그녀도 인간이므로 케르벤서는 그녀를 다른 인간들과 비슷한 존재로 여길 것이다.

엘리스가 말을 마치자 일행이 조용히 일등항해사의 답변을 기다렸다. 벤저민이 수머스 박사를 위해 속삭이며 동시통역을 해줬는데, 엘리스가 말을 마친 후 몇 초가 채 지나기 전에 마무리했다. 마침내 돌아온 답변에는 간단한 인사와 인간이 곧 쓸 만한 정보를 제공해주길 바란다는 정중한 바람만 담겨 있었다. 곧이어 요청했던 자료를 크웸블리호의 과학자들이 보내줬다.

엘리스와 아들 벤저민은 자료를 받을 준비를 했다. 엘리스는 통역하기 전에 기술 용어를 확인하기 위해 녹음기를 켰다. 하지만 메시지는 인간의 언어로 날아왔다. 메스클린인 과학자 보른덴더가 보낸 게 확실했다. 수머스 박사는 잠시 놀라워하다가 재빨리 정신을 차리고 메시지를 받아 적었다. 벤저민은 연필 끝을 쳐다보면서 스피커에 귀를 기울였다.

엘리스로서는 통역할 필요가 없어서 다행이었다. 그녀는 스텐어에 능통했지만, 양쪽 언어 모두 낯선 과학용어가 많아서 어느 쪽으로도 통역하기가 쉽지 않았다. 엘리스는 그 사실을 부끄러워하지 않아도 된다고 생각했지만, 그래도 부끄러운 건 어쩔 수 없었다. 메스클린인을 생각할 때면 《로빈 후드》나 《천일야화》에 나올 법한 수준의 문명이 떠오르긴 했지만, 엘리스는 지난 반세기 동안 메스클린인 수백 명이 광범위한 과학과 기술 교육을 받았다는 사실을 잘 알고 있었다. '낙후된' 사람들에게 앞선 지식을 너무 많이 알려주는 게 좋지 않다는 생각이 지구 인간들 사이에 매우 넓게 퍼져 있었는데, 그들에게 열등감을 일으키고 더 나은 진전을 막을 가능성이 크다는 생각 때문이었다. 그래서 메스클린인을 교육한 사실은 인간들에게 널리 알려지지 않았다.

기상 담당자들은 조심성이 없었다. 마지막 인사말이 날아오자, 수머스 박사와 그의 조수 벤저민이 가까운 마이크에 대고 허둥지둥 고맙다는 말을 날리고는 기상연구실로 서둘러 달려 갔다. 엘리스는 마이크의 스위치가 선교의 통신기에 맞춰진 걸 확인하고, 스위치를 연구실로 제대로 돌린 후 훨씬 조심스럽게 인사말을 보내고 무전을 껐다. 그리고 그녀는 기상연구실에 가 봐야 소용이 없으리라 판단하고, 크웸블리호에서 전송하는 영 상 네 개가 가장 잘 보이는 의자에 기대앉아 무슨 일이 일어날 지 기다렸다.

다른 이들이 떠난 몇 분 후 보이드가 돌아와서, 엘리스가 그 에게 진행 상황을 알려줬다. 그 외에 별다른 일은 일어나지 않 았다. 가끔 신체가 길고 다리가 많이 달린 형상이 영상에 잠깐 씩 비치긴 했지만, 메스클린인은 인간 당직자들을 특별히 신경 쓰지 않고 자신의 일을 계속했다.

엘리스는 케르벤서 일등항해사와 다시 대화를 시작할까 하는 생각이 들었다. 그녀는 일등항해사를 선장만큼이나 잘 알고 좋 아했다. 그렇지만 이야기와 답변 사이의 통신 지연이 떠오르자 의욕이 사라졌다. 중요하게 할 이야기가 없을 때는 종종 그 랬다.

통신 지연이 없더라도, 대화 자체가 시들했다. 엘리스와 보 이드 사이에도 서로에게 이야기하지 않은 주제가 거의 남지 않 은 상황이었다. 지구로부터 1년간 떨어져 있었더니, 사적인 문 제와 개인적인 관심사, 전문적인 업무 관련 대화를 제외한 대부 분의 주제가 바닥났다. 엘리스가 보이드를 좋아하긴 했지만, 사 적인 내용은 거의 공유하지 않았다. 그들의 업무에서 겹치는 지

50

점은 메스클린인과의 대화뿐이었다.

그 결과로 통신실에서는 거의 소리가 나지 않았다. 몇 분에 한 번씩 지상에 있는 탐사선 한두 대로부터 보고가 날아왔는데, 그 보고들은 적절한 절차를 거쳐 메스클린인 정착지로 전달됐다. 하지만 당직을 서는 대부분의 인간들은 엘리스와 보이드보다도 잡담하는 경우가 적었다. 엘리스는 기상학자가 언제 예보를 들고 올지, 새로운 예보는 얼마나 믿을 만할지 궁금했다. 기상연구실까지는 2분, 서둘러서 가면 1분 걸린다. 새로운 자료를 컴퓨터에 입력하는 데에 1분, 컴퓨터 작동 2분, 그리고 엘리스가 아는 벤저민이라면 이번 예보를 앞선 것보다 조금이라도 낫게 만들기 위한 토론에 5분을 사용할 것이다. 변수의 가중치를 수정해서 다시 돌린다. 그리고 통신실로 돌아오는 데 2분. 연구실로 갈 때와 달리 올 때는 서두르지 않을 게 틀림없다. 그들은 아직 토론 중일 것이고, 곧 여기로 올 것이다.

그들이 도착하기 전에 상황이 갑자기 바뀌었다. 선교의 영상이 엘리스의 주의를 끌었다. 지금까지는 얼어붙은 암모니아로 뒤덮인 회색 창문이, 한쪽 구석에 보이는 조타수의 부분적인 모습을 압도하는 모양새였다. 일등항해사 케르벤서가 앞서 설명했던 대로, 조타수는 크웸블리호를 원형을 그리며 돌게 하느라 조타기를 한쪽으로 기울인 채 거의 움직이지 않았다.

그런데 그때 갑자기 창문이 맑아지며 창문 너머의 모습이 조금씩 보이기 시작했다. 통신기 카메라의 각도가 높아서 조명이 비치는 지면의 모습은 볼 수 없었다. 메스클린인 두 명이 더 나타나더니 창문 쪽으로 몰려가 밖을 내다보며 격앙된 몸짓을 했다. 보이드가 다른 모니터를 가리켰다. 크웸블리호의 연구실에서도 동요가 일어나고 있었다. 아직 그 작은 탐험가들은 무슨 일이 일어났는지 알려줄 상황이 아닌 듯했다. 엘리스는 그들이 당면한 문제 때문에 바쁜 모양이라고 생각했다. 게다가 메스클린인들은 인간과 특별히 대화를 원하는 상황이 아닐 때 관례적으로 소리 볼륨을 낮추거나 완전히 꺼버렸다.

기상 담당자들이 돌아왔다. 엘리스는 곁눈으로 아들을 힐끗 보고는 고개를 돌리지 않고 물어봤다. "지금 유용한 정보가 있을까요?"

수머스 박사가 짧게 대답했다. "네. 저들에게 벤저민이 통역하게 할까요?"

"아니요. 메스클린인들은 지금 뭔가 문제가 있는 모양이에요. 직접 말을 하세요. 돈드래그머 선장이 지금 선교에 있을 겁니다. 지금 당장 선장이 자리에 없더라도 상황이 저렇게 돌아간다면, 당신의 말이 거기에 도착할 즈음엔 와 있을 거예요. 여기에 앉아 마이크를 사용하세요."

기상학자는 되묻지 않고 그 말을 따랐다. 수머스 박사가 엘리스에게 이렇게 고분고분한 모습을 보이는 건 몇 달에 한 번 정도였으므로 앞으로 당분간은 보지 못할 것이다. 그는 자리에 앉으며 이야기를 시작했다.

"돈드래그머 선장님, 앞으로 약 19시간 동안 시계(視界)가 좋지 않을 겁니다. 얼어붙은 안개는 1시간이 되기 전에 사라질 겁니다. 온도가 내려가기 때문에 안개가 암모니아 결정체로 바뀌어 창문에 달라붙지 않을 겁니다. 어쨌든, 여러분이 창문의 얼음을 제거할 수 있다면, 창문을 통해 눈을 볼 수 있을 거예요. 바람은 앞으로 5시간에 걸쳐 차츰 가라앉을 겁니다. 그때가 되면 산소와 암모니아 혼합물의 녹는점을 걱정하지 않아도 될 정도로 온도가 낮아질 거예요. 그리고 45시간 동안 구름이 높게 떠서…." 수머스 박사가 계속 말했지만 엘리스는 더 이상 듣지 않았다.

수머스 박사의 두 번째 문장이 끝나갈 무렵, 그의 메시지가 드라운에 닿기 훨씬 전에, 한 메스클린인이 선교의 통신기에 너무 가까이 다가와 그의 괴상한 얼굴이 모니터를 거의 가득 채웠다. 그가 집게가 달린 팔을 화면의 한쪽으로 뻗었다. 엘리스는 그가 목소리 송신 장치를 켜는 거라고 이해했다. 엘리스는 아주 차분한 말투로 말하는 선장의 목소리가 들려왔을 때 놀라지 않았다. 하지만 엘리스 자신이라면 그런 상황에서 그렇게 차분하게 말하지 못했을 것이다.

"엘리스 혹은 현재 당직자가 누구든 발리넌 사령관에게 특별 보고를 보내주세요. 기온이 6도 올라 103도가 되었습니다. 몇 분 전에 창문에 있던 얼음이 녹았고, 우리 탐사선은 지금 액체 위에 떠 있습니다."

3
신경 중추

　돈드래그머 선장은 인간의 언어로 보고하는 게 쉽지 않았을 것이다. 통역을 위해 시간이 걸렸다면 수머스 박사의 충격을 조금이나마 완화해줬을지도 모르겠다. 나중에 기상학자의 말에 따르면, 가장 안 좋은 부분은 자신의 예보가 드라운으로 날아가고 있는데 그걸 멈추게 할 방법이 없다는 사실을 깨달은 것이라고 했다. 수머스 박사는 우주선을 타고 전파를 쫓아 행성으로 날아가서 크뤱블리호의 통신기에 닿지 못하도록 차단하는 미친 상상을 잠시 했다. 그저 스쳐 지나가는 생각이었을 뿐이었다. 32초 안에 할 수 있는 일이라곤 그게 다였다. 게다가 우주정거장에는 빛보다 빠르게 날아가는 우주선이 한 대도 없었고, 대부분의 우주선은 그림자 위성을 수리하는 일에 사용되었다.

　옆자리에 앉은 엘리스는 수머스 박사의 예보와 돈드래그머 선장의 보고 사이의 불일치를 알아채지 못한 듯했다. 아무튼 엘리스는 수머스 박사의 친구였다면 십중팔구 보였을 비웃는 표정으로 그를 힐끗거리지도 않았다. 수머스 박사는 엘리스가 그럴 사람이 아니라고 생각했다. 바로 그래서 엘리스가 이 일을 하는 것이다.

엘리스는 크웹블리호로 연결된 네 개의 모니터 위에 있는 작은 모니터에 집중하며 선택 스위치를 다시 만졌다. 처음에는 그 작은 모니터 옆의 표시등이 빨갛게 빛났는데, 그녀가 스위치를 돌리자 녹색으로 바뀌며 사무실처럼 생긴 방에 메스클린인 십여 명이 빼곡한 화면이 모니터에 비쳤다. 엘리스는 곧바로 전달사항을 말하기 시작했다.

엘리스의 전언은 간결했다. 그녀가 보낼 수 있는 전언이라고는 돈드래그머 선장의 몇 마디를 반복하는 것밖에 없었다. 엘리스는 영상에서 자신의 말이 수신되고 있다는 기미가 보이기 훨씬 전에 전언을 마쳤다.

그들이 보여준 반응은 확실했다. 화면에 보이는 애벌레 같은 몸뚱이들이 일제히 통신기를 향해 꿈틀꿈틀 다가왔다. 엘리스는 메스클린인의 '얼굴'에 비친 표정을 읽을 줄 몰랐지만, 팔을 거칠게 흔들며 집게를 딱딱거리는 모습은 오해의 여지가 전혀 없었다. 한 생물이 방의 반대편에 있는 반원형 출입구를 향해 달려가더니 밖으로 나갔다. 이 생물은 빨강과 검정이 혼합된 색이었는데도, 엘리스는 그 장면을 보면서 몇 년 전 딸이 스파게티 가닥을 후루룩 빨아들일 때의 모습이 떠올랐다. 지구의 40배

55

에 달하는 중력에서 메스클린인은 인간의 눈에 다리가 보이지 않을 정도로 빠르게 후다닥 달려갔다.

드라운 쪽에서는 아직 소리가 들어오지 않았지만, 인간의 통신실에서는 대화 소리가 요란했다. 탐사선이 어려움에 빠지는 경우는 특이한 일이 아니었다. 일반적으로 그 상황을 무기력하게 바라보는 인간들보다 메스클린인들이 오히려 그런 어려움을 훨씬 차분하게 받아들였다. 우주정거장에는 인터컴이 부족한데도 소문이 빠르게 퍼져나가서, 사람들이 통신실로 몰려와 뒤에 있는 의자를 채우기 시작했다. 당직 앞에 있는 모니터들이 정착지에 있는 '본부'에 맞춰졌다. 그러는 동안 엘리스와 보이드는 크웸블리호의 통신기 네 대의 상황에 주의를 기울이고, 다른 영상은 가끔 힐끗 쳐다봤다.

통신기는 크웸블리호에 밀착해서 함께 움직이므로 영상에 선박의 움직임이 잡히지 않았고, 탐사선 내부에도 앞뒤나 좌우로 흔들리는 움직임을 볼 수 있는 느슨한 장비가 거의 없으므로, 영상으로는 탐사선이 액체 위에 떠 있다는 사실을 분명하게 알 수 없었다. 탐사선의 선원들은 훈련된 이들이었다. 그들은 평생 익힌 습관대로 물건들을 불안정한 상태로 내버려두지 않았다. 엘리스는 선교의 영상을 꼼꼼히 살펴보며 탐사선 외부에 일어나고 있는 상황을 알 수 있는 뭔가가 눈에 띄기를 바랐지만, 창문을 통해서는 아무것도 보이지 않았다.

돈드래그머 선장이 앞으로 다가와 보고를 하면서 다시 유리창을 가렸다.

"당장 급박한 위험은 없는 듯합니다. 하지만 탐사선의 항적을 보면 바람의 영향 때문에 아주 빠르게 움직이고 있다는 사실을 알 수 있습니다. 나침판에 따르면 66도로 나아가고 있습니다. 우리는 액체에 2층 갑판까지 잠긴 상태로 떠 있습니다. 과학자들이 액체의 밀도를 계산하고 있지만, 이 탐사선의 배수량* 변화를 미리 계산해놓은 사람이 없는 모양입니다. 혹시 여러분이 그 정보를 가지고 있다면, 우리 과학자들이 기뻐할 겁니다. 탐사선이 뭔가 단단한 것에 부딪히지만 않는다면, 나로서는 그럴 가능성이 얼마나 되는지 짐작하기 힘들지만, 그런 일만 안 벌어지면 우리는 안전할 겁니다. 무한궤도가 디딜 만한 데가 전혀 없다는 점을 제외하면, 모든 기계가 잘 기능하고 있습니다. 현재 무한궤도에 동력을 넣으면 공회전하게 될 겁니다. 지금은 이게 다입니다. 혹시 여러분의 그림자 위성이 우리의 위치를 계속 추적할 수 있다면, 가능한 한 자주 정보를 주기 바랍니다. 발리넌 사령관에게는 현재까지 모두 이상 없다고 전해주세요."

 엘리스가 마이크 스위치를 바꿔서 선장의 보고를 최대한 그대로 반복했다. 잠시 후 드라운의 정착지 본부에서 그 말을 적는 모습이 보였다. 엘리스는 기록자가 뭔가 질문하기를 바랐지만, 대답해줄 수 있을지는 자신이 없었다. 다시 무기력하고 무능한 느낌이 들기 시작했다. 하지만 그 메스클린인은 정보를 받

---

* 선박이 액체 위에 떠 있을 때 잠긴 부분이 밀어내는 액체의 중량

왔다는 신호만 보낸 뒤 메모를 들고 문을 향해 갔다. 엘리스는 그가 발리넌 사령관에게 가려면 얼마나 멀리 가야 하는지 궁금했다. 인간들은 메스클린인 본부의 구조를 잘 알지 못했다.

사실, 그의 이동 거리는 짧았다. 본부는 대부분 마치 지붕이 없는 것처럼 보였다. 메스클린인은 머리 위에 무거운 물체가 있는 상황을 불안하게 여겼기 때문이다. 메스클린의 정상적인 중력에 비하면 지극히 중력이 약한 행성에서도 그들의 사고방식은 극복하기 힘들었다. 정착지의 지붕은 대부분 그들의 고향 행성에서 가져온 투명한 막이었다. 정착지에는 일반적인 도시 너비의 지상층이 지형에 따라 건설되었다. 메스클린인에게는 지하실이나 2층에 대한 관념이 전혀 없었다. 크웸블리호와 자매 선박들에 있는 여러 층의 갑판은 기본적으로 파네쉬인과 인간이 설계했다.

전령은 미로 같은 복도를 이리저리 누비며 2백 미터를 달려가 발리넌 사령관의 사무실에 닿았다. 사령관실은 30센티미터 높이의 구조물이 모여 있는 구역의 북쪽 끝에 있었는데, 그 구역이 정착지의 상당 부분을 형성했다. 정착지는 2미터 높이의 절벽 가장자리 가까이에 동서로 2킬로미터가량 펼쳐져 있으며, 십여 개의 인공적인 경사로로 분할되었다. 절벽 아래의 지면에서는 투명하게 덮인 '도시' 위로 두 척의 거대한 탐사선의 선교가 어렴풋이 보였다. 사령관실은 벽도 투명해서 가까이에 있는 탐사선 한 척이 바로 보였다. 다른 한 척은 동쪽으로 3백여 미터 떨어진 곳에 정박해 있었다. 밖에 우주복을 입은 메스클린인들도 몇 명 보였는데, 그들이 향하고 있는 거대한 탐사선 때문에 더욱 작게 보였다.

발리넌 사령관이 이 정비사들을 바라보고 있을 때 전령이 달려 들어왔다. 전령은 형식적인 인사를 생략하고 엘리스가 중계해준 보고를 쏟아냈다. 사령관이 글로 쓴 보고서를 받으려 몸을 획 돌렸을 무렵에는 전령이 구두로 보고를 다 마친 상황이었다.

물론 그 보고는 만족스럽지 않았다. 발리넌 사령관은 앞서 첫 번째 전령이 온 뒤 몇 가지 궁금한 부분이 있었는데, 이번 전언에도 그 의문들에 대한 해답이 없었다. 사령관은 조바심이 나는 것을 자제했다.

"인간 기상 전문가들에게서 아직 유용한 정보가 오지 않았다고 받아들여도 되나?"

"우리에게는 오지 않았습니다, 사령관님. 물론 우리가 듣지 못한 상태에서 인간들이 크웹블리호에 뭔가 말했을 수도 있습니다."

"그렇겠지. 우리 기상학자들에게는 그 보고를 전달했나?"

"제가 아는 한 아직 못했습니다, 사령관님. 기상학자들에게 이야기할 만큼 그다지 유용한 정보는 없었지만, 구즈민 통신부장이 거기로 전언을 보냈을 수도 있습니다."

"그렇군. 어쨌든 기상학자들과 직접 논의를 해보고 싶네. 앞으로 30분쯤 후에 연구단지로 갈 테니까, 구즈민에게 말해둬."

전령은 집게로 알겠다는 몸짓을 하고 자신이 들어왔던 문으로 나갔다. 발리넌 사령관은 다른 문으로 나가 느긋하게 서쪽을 향해 걸어가며 건물들을 통과해서 정착지를 하나로 이어주는 연결 경사로로 갔다. 사령관이 걸어가는 동안 경사로가 대체로 올라가는 방향이었기 때문에, 절벽에서 남쪽으로 방향을 틀 무렵에는 사무실보다 1.5미터 정도 높은 곳에 있었다. 하지만 아직 그의 뒤쪽에 있는 탐사선의 선교 높이에는 도달하지 못했다. 발리넌 사령관 위에 있는 지붕막이 살짝 팽팽하게 부풀어 올랐다. 밀도가 높은 기체들이 혼합된 드라운의 대기는 고도가 올라갈수록 기압이 빠르게 떨어지지만, 정착지의 거의 순수한 수소의 기압은 높이에 따라 급격하게 변하지 않기 때문이었다. 정착지는 드라운에서 아주 높은 고도에 건설되었다. 외부의 압력은 메스클린 해수면의 기압과 대략 비슷했다. 그래서 탐사선이 낮은 고도로 내려갈 때 내부 압력 균형을 유지하기 위해 여분의 아르곤을 싣고 갔다.

드라운의 대기에는 산소가 2퍼센트 포함되어 있으므로, 메스클린인은 기체가 새어 들어오지 않도록 주의했다. 발리넌 사령관은 처음 인간을 만난 직후 산소-수소 폭발이 초래했던 꼴사나운 결과를 아직도 잊지 않았다.

연구단지는 정착지 서쪽 끝의 가장 높은 곳에 있었다. 이곳은 대부분의 다른 구조물들로부터 완전히 분리된 형태였고, 투명하면서도 단단한 지붕이 덮여 있어서 다른 구조물과 구별되었다. 연구단지는 정착지의 다른 부분과 달리 2층 건물과 비슷했는데, 지붕 위에 여러 가지 장비들을 올려놓았기 때문이다. 메스클린인은 경사로와 액체를 이용한 공기차단 에어로크를 통해 2층으로 올라갔다. 이 장비들은 정착지에 대한 외계인 후원자들이 공급해준 게 아니었다. 지난 50년 동안 자신들의 창의력과 독창성을 통해 만든 장비들이었는데, 드라운에 오기 전까지는 메스클린인이 마음대로 창의력을 발휘할 수 없는 느낌을 받았었다.

탐사용 선박들과 마찬가지로 연구단지에는 조잡함과 정교함이 뒤섞여 있었다. 에너지는 수소핵융합 장치로 공급했지만, 화학 실험용 유리제품들은 그들이 직접 만들었다. 궤도를 선회하는 우주정거장과의 통신은 반도체를 이용한 레이저 송신기를 통해 이루어졌지만, 주변 건물에는 전령이 직접 전달했다. 그러나 메스클린인은 인간들 모르게 이런 통신 과정을 변화시키고 있었다. 메스클린인이 전신에 대해 이해한 이후 그들의 음역대 소리를 전달할 수 있는 전화를 만들어내기 직전이었다. 하지만 정착지에는 아직 전화나 전신이 설치되지 않았다. 발리넌 사령관이 대부분의 행정 역량을 다른 계획에 쏟고 있기 때문이었다. 그 프로젝트는 에스켓호 선원들에 대한 엘리스의 연민을 자극했었다. 산야를 가로질러 전신용 회선을 설치하는 일은 많은 노력이 필요했다.

발리넌 사령관은 인간 후원자들에게 그 계획에 관해 한마디도 하지 않았다. 사령관이 인간을 좋아하긴 했지만, 돈드래그머 선장이 그들을 좋아하는 정도로 좋아하지는 않았다. 발리넌 사령관은 인간의 놀랄 만큼 짧은 수명을 항상 마음에 새겨두었다. 그 문제 때문에 사령관은 함께 일하는 인간과 진심으로 친해질 수 없었다. 그 인간도 곧 다른 인간으로 교체될 것이기 때문이었다. 발리넌 사령관은 지구인과 드롬인, 파네쉬인의 수명이 짧다는 사실을 알게 된 후, 죽음의 공포가 그들을 밀어붙였기 때문에 그런 능력을 가질 수 있었는지 모른다는 생각이 들었다. 메스클린인에게는 외계인들과 나이 문제에 관한 대화를 피하라는 방침이 생겼다. 또한 어쩔 수 없는 경우 외에는 그들에게 과도하게 의존하지 말라는 방침도 생겼다. 다음에 교체될 이들이 그들과 같은 태도를 보일지 알 수 없기 때문이었다. 대부분의 메스클린인은 외계인들을 본질적으로 믿고 의지할 수 없는 존재라고 느꼈다. 그들에 대한 돈드래그머 선장의 신뢰는 명백히 예외적인 사례였다.

사령관이 도착하는 모습을 본 메스클린 과학자들도 이런 사실을 모두 알고 있었다. 과학자들은 응급상황에 우선 관심을 보였다. "누군가에게 문제가 생겼나요? 아니면 그냥 방문하신 건가요?"

"유감이지만, 문제가 생겼네." 발리넌 사령관이 대답했다. 그리고 돈드래그머 선장의 상황을 간략하게 설명했다. "쓸 만한 사람들을 모아서 지도방으로 와." 사령관이 4제곱미터 넓이의 방으로 들어갔다. 그 방의 바닥이 알파 저압대의 '지도'였다. 발리넌 사령관이 그 방에 먼저 가서 기다렸다. 현재까지는 지극히 좁은 지역만 지도로 만들어졌다. 전에도 종종 그랬듯이 아주 힘든 하루가 되리라는 느낌이 왔다. 수백만 킬로미터 상공에 있는 인간 당직자들이 그들의 지도를 보게 된다면 어떻게 생각할지 모르겠지만, 발리넌 사령관은 이 지도를 바라볼 때 큰 용기를 얻었다. 메스클린인과 인간의 지도는 둘 다 탐사선들이 답사한 부채꼴 모양과 일부 지형을 보여줬지만, 메스클린인의 지도에는 신경 세포를 연상시키는 검은 선들이 거미줄처럼 추가로 그려져 있었다.

메스클린인의 지도에서 특이한 데이터는 대체로 에스켓호가 위치한 지점을 중심으로 그 주변에 집중적으로 표시되었다. 빨갛게 표시된 이 정보들은 인간의 직접적인 도움을 받지 않고 확보한 것들이었다. 발리넌 사령관이 정착지를 관리하는 한 이 방에는 영상 송신기가 설치되지 않을 것이다.

그러나 지금 발리넌 사령관은 에스켓호에서 남쪽으로 조금 떨어진 장소에 주의를 기울이고 있었는데, 안타깝게도 그곳에는 붉은색이든 검은색이든 데이터 자체가 거의 없었다. 크웸블리호의 자취를 나타내는 선은 홀로 떨어져 있는 듯했다. 사령관이 머리를 높이 들어 올리자 그의 눈높이가 15센티미터 정도까지 올라갔다. 그가 침울하게 지도를 보고 있을 때 과학자들이 도착했다. 과학자 벤디븐스는 언제나 매우 낙관적이거나 매우 비관적이었다. 발리넌 사령관은 벤디븐스가 거의 스무 명에 가까운 인원을 회의에 데리고 온 이유가 어느 쪽인지 감이 잡히지 않았다. 그들은 사령관에게서 조금 떨어진 거리에 옹기종기 모여 머리를 들고 사령관이 새로운 정보와 질문을 던질 때까지 정중하게 기다렸다. 발리넌 사령관이 바로 본론으로 들어갔다.

"크웸블리호가 마지막으로 보고한 장소가 여기다." 사령관이 장소를 가리켰다. "크웸블리호는 설원을 가로지르고 있었는데, 크웸블리호 과학자들의 설명에 따르면, 용해된 물질은 거의 없지만 상당히 지저분한 물로 이루어진 설원인 듯하다."

"과학자라면, 보른텐더 말인가요?" 누군가가 물었다. 발리넌 사령관은 몸짓으로 그 말이 맞는다고 확인해준 뒤 계속 말을 이어갔다.

"설원은 여기서 시작된다." 발리넌 사령관이 표시된 위치에서 북서쪽으로 1미터 정도 떨어진 지점으로 기어가며 말했다. "설원은 두 개의 산맥 사이에 있는데, 위치는 대략적으로밖에 알지 못한다. 데스틱메트 선장의 비행선은 아직 이렇게 먼 남쪽까지 가지 못했거나, 갔더라도 우리에게 정보가 도착하지 않은 상황이다. 그리고 돈드래그머 선장의 비행사들도 정찰을 그다지 많이 하지 못했다. 조금 전 크웸블리호가 정기점검을 위해 정박하는 동안 강풍이 불어온 뒤 순수하거나 거의 순수한 암모니아로 이루어진 짙은 안개가 다가왔다. 그때 갑자기 온도가 몇 도 상승하더니, 탐사선이 액체 위에 떠서 바람에 의해 서쪽으로 난폭하게 밀려가는 상황이다. 우리는 이 상황의 원인을 파악해야 하며, 건설적인 조언이 절실하게 필요하다. 왜 온도가 상승했을까, 그리고 왜 눈이 녹았을까? 이 두 현상 사이에 연관성이 있을까? 크웸블리호에서 언급한 가장 높은 온도가 103도밖에 되지 않는다는 사실을 떠올려봐. 그 온도는 물이 녹는점보다 26, 27도 아래야. 왜 바람이 불었을까? 이 상황은 얼마나 지속될까? 바람이 크웸블리호를 에스켓호 남쪽의 알파 저압대에 있는 따뜻한 지역으로 끌고 갈 거야." 사령관이 바닥의 지도에서 빨간 데이터들이 밀집된 지역을 가리켰다. "크웸블리호가 얼마나 멀리까지 떠내려갈지 알 수 있을까? 나는 돈드래그머 선장이 이번 항해에 나가는 걸 반대했었다. 나와 선장이 서로 잘 맞지 않는 부분이 있긴 하지만, 그래도 그 녀석을 잃고 싶지는 않아.

인간들에게 도움을 요청하겠지만, 우리는 우리 자신의 머리를 이용해야 한다. 여러분 중에 몇몇은 드라운의 기후를 이해하려 노력하고 있다는 걸 알고 있다. 이 상황에 적용해볼 만한 괜찮은 제안이 있나?"

몇 분 동안 침묵이 흘렀다. 다들 발리넌 사령관과 오랜 시간 함께 일을 해왔기 때문에, 툭하면 그럴듯한 미사여구를 늘어놓는 사람들도 지금 흰소리를 하다간 위험하다는 것을 알았다. 한동안 실제로 쓸모 있는 건설적인 제안이 나오지 않았다. 그때 한 과학자가 문을 향해 종종걸음으로 달려가더니 "잠깐만요, 표를 살펴봐야 할 것 같아서요."라는 말을 남기고 사라졌다. 그러고는 30초 후 돌아왔다.

"온도 상승과 물이 녹은 현상을 설명할 수 있습니다." 과학자가 자신 있게 말했다. "지표면은 물-얼음이고, 안개는 암모니아였습니다. 둘이 만나서 섞이면 용해열이 발생해서 온도가 올라갑니다. 암모니아와 물의 혼합물은 낮은 온도에서 녹는점이 형성되어 71도에서도 녹을 수 있습니다."

과학자들이 찬사가 담긴 부드러운 훅훅 소리와 찬성하는 집게짓으로 이 의견을 지지했다. 발리넌 사령관은 익숙하지 않은 용어가 있었으나 다른 과학자들과 함께 찬사를 표했다. 그렇지만 의문이 모두 해결된 것은 아니었다.

"그렇다면 크웹블리호가 얼마나 멀리까지 떠내려갈지 알 수 있을까?"

"이것만으로는 모릅니다. 설원의 넓이에 관한 정보가 필요합니다. 그 지역에 있는 건 크웹블리호뿐이기 때문에, 인간이 만든 사진 지도만이 유일한 희망입니다. 그렇지만 사진 지도를 보더라도 얻을 수 있는 정보는 적을 겁니다. 얼음과 구름이 구별되지 않는 경우가 많거든요. 게다가 그 사진 지도는 전부 우리가 드라운에 도착하기 전에 찍은 것들입니다."

"아무튼, 시도해봐." 발리넌 사령관이 명령했다. "운이 따른다면, 동쪽으로 이어지는 저 산맥이 크웹블리호의 현재 경로를 막아줄지 알아낼 수 있을 거야. 만일 그렇게 된다면, 크웹블리호가 수십만 밧줄 이상 떠내려가지는 않을 거 아니야."

"맞습니다." 한 과학자가 대답했다. "확인해보겠습니다. 벤, 디즈 따라와. 사진 지도는 너희가 나보다 익숙하잖아." 셋이 문으로 나갔다. 다른 과학자들은 옹기종기 모여서 발아래에 있는 지도나 가까운 연구실에 있는 자료에 대해 논쟁을 주고받으며 흥분한 듯 손을 흔들어댔다. 발리넌 사령관은 잠시 그 모습을 묵묵히 지켜보다 지침을 조금 더 주는 게 좋겠다는 생각이 들었다.

"돈드래그머 선장이 가로지르고 있는 저 설원이 순수한 물로 이루어졌다면, 아주 오랜 시간 동안 암모니아 비가 없었다는 의미일 텐데, 왜 갑자기 상황이 바뀐 걸까?"

"계절에 따른 영향이 거의 틀림없습니다." 한 과학자가 대답했다. "제 짐작일 뿐이지만, 바람의 형태가 계속 바뀌는 것과 관련이 있을 것 같습니다. 행성의 다른 부분에서 불어오는 공기의 흐름은 지나가는 지면의 특성에 따라 물이나 암모니아를 머금게 될 겁니다. 주로 온도의 차이로 인한 영향이 클 거라 추측됩니다. 이 행성은 태양에 가까울 때와 멀 때의 거리 차가 거의 두 배가량 되고, 행성의 축은 메스클린보다 훨씬 많이 기울어져 있습니다. 1년 중 한 시기에는 그 고원에 물만 응결되었다가 다른 시기에는 암모니아가 유입된다고 쉽게 추정해볼 수 있습니다. 사실, 물은 증기압이 너무 낮으므로, 더 많은 암모니아를 공급하지 않으면서 물이 대기 중으로 유입되는 게 어떤 상황일지는 알기 어렵습니다. 그러나 저는 충분히 가능하다고 확신합니다. 그 문제에 관해서는 연구해보겠습니다만, 이 행성이 공전하는 1년 동안 행성 전체에 대한 정보가 우리에게 있다면 훨씬 나았을 겁니다. 인간들이 지독하게 서둘렀다는 생각이 듭니다. 우리를 여기에 내려놓기 전에 몇 년 정도는 기다리며 정보를 수집할 수도 있었을 텐데 말입니다."

발리넌 사령관은 인간이 이도 저도 아닌 어정쩡한 태도로 툴툴거릴 때 내는 소리에 해당하는 몸짓을 했다. "현장 자료가 있으면 편하겠지. 앞으로는 준비된 자료가 주어지는 게 아니라, 그런 자료를 만들려고 우리가 여기 온 것이라고 생각하는 게 좋을 거야."

"물론입니다. 돈드래그머 선장을 돕기 위해 칼리프호나 후르쉬호를 보내실 건가요? 이건 에스켓호와는 확실히 다른 상황이 잖아요."

"우리 관점으로 보면 그렇지. 그렇지만 지난번에 구조대를 보내자는 그들의 말을 듣지 않다가 이번에는 구조대를 보내자고 주장하면, 인간들이 이상하게 생각할 거야. 그 문제를 고민해보지. 맞바람을 맞으며 항해하는 방법에는 여러 가지가 있는 법이니까. 자네는 방금 말한 그 이론을 연구하게. 그리고 크웸블리호 쪽으로 답사를 맡게 되면 어쩔지에 대해서도 생각해봐."

"알겠습니다, 사령관님." 과학자는 이미 몸을 돌렸지만, 발리넌 사령관에게는 할 말이 아직 남아 있었다.

"그리고 젬블라키. 자네는 또 통신실을 어슬렁거리다가 인간 동료들과 이야기를 나눌 거야, 그렇지? 하지만 이 일에 대해서는 언급하지 마. 용해열과 녹는점 이야기 말이야. 인간들이 먼저 이야기를 하게 놔둬. 그리고 인간들이 이야기를 해주거든, 적당히 감동한 척해줘. 무슨 말인지 알겠지?"

"완벽하게 이해했습니다." 만일 그들이 표정을 지을 수 있었다면, 그 과학자는 사령관에게 무슨 뜻인지 안다는 의미를 담은 미소를 지었을 것이다. 젬블라키가 방에서 나갔다. 발리넌 사령관도 잠시 생각을 하다가 방에서 나갔다. 사령관이 이 자리에서 무게 중심을 잡아주면 남은 연구자와 기술자들이 흔들리지 않고 더 잘해나갈 수 있겠지만, 그에게는 다른 할 일이 있었다. 사령관이 조타기에서 집게를 떼자마자 과학자들이 항로를 제대로 잡지 못하고 헤맨다면, 당분간은 떠내려갈 수밖에 없을 것이다.

발리넌 사령관은 곧 인간의 우주정거장에 연락해야 했다. 논쟁이 진행될 가능성이 다소 커 보이므로, 미리 계획을 조금 짜놓는 게 좋을 것이다. 2족 거인들은, 예를 들어 앨런 어코인 기획연구실장의 경우에는, 인간의 방침에 대해 말하는 것을 중요하게 여기는 것 같았으며, 메스클린인의 관점에서 중요하게 생각되는 활동이라도 예비 장비를 사용하거나 위험에 처하게 하는 일을 주저했다. 그 외계인들이 이 장비들에 대한 비용을 부담하므로 전적으로 이해할 수 있었고, 심지어 칭찬해줄 수도 있는 태도였다. 가능하다면 그들과 좀 더 편안한 자세로 잡담을 나누는 것도 나쁘지는 않을 것이다. 그가 마음대로 할 수 있다면, 메스클린인에게 각별히 호의적인 엘리스 호프만이라는 여성과 대화를 나누는 게 최선일 것이다. 인간들의 업무시간이 불규칙적이라는 사실이 너무 안타까웠다. 인간들이 통신실에서 제대로, 그리고 정규적으로 당직을 선다면, 발리넌 사령관은 오래전부터 그들의 업무 일정을 계산해서 원하는 사람을 고를 수 있었을 것이다. 사령관은 혹시 불규칙한 일정이 바로 그런 행동을 차단하려고 일부러 설정한 것은 아닌지 궁금해졌다. 이번에 처음 떠오른 생각은 아니었다. 하지만 그것을 확인할 방법은 없었다. 발리넌 사령관이 직접 물어보기는 힘들었다.

정착지의 통신실은 연구단지에서 한참 떨어져 있어서, 발리넌 사령관은 가는 길에 생각할 시간을 벌 수 있었다. 그의 사무실도 통신실에서 가까웠기 때문에, 인간들과 목소리로 펜싱 경기를 펼치기 전에 사무실에 들러 몇 가지 적어갈 수 있었다.

돈드래그머 선장에게 닥친 곤란한 상황 때문에 탐사선이 심하게 손상된다면, 대화는 구조 문제를 중심으로 진행될 수밖에 없을 것이다. 하늘에 떠 있는 저 구두쇠들이 몇 달 전 에스켓호와 관련된 상황에서 어떤 징후를 알아챘다면, 칼리프호를 구조선으로 보내자는 제안을 원칙적으로 반대할 것이다. 물론, 발리넌 사령관이 그 문제를 자기만의 방식으로 진행하기로 결정할 경우 인간들이 할 수 있는 일은 아무것도 없다. 그러나 사령관은 정중하고 품위 있는 대화를 통해 그런 사실을 적당히 가릴 수 있기를 바랐다. 사령관으로서는 이 상황이 그런 방향으로 진행되지 않는다면 훨씬 즐거울 것이다. 그렇기 때문에 그는 엘리스 호프만이 지금 우주정거장 통신실에서 일하고 있기를 바랐다. 왠지는 몰라도, 인간과 메스클린인 사이에 논쟁이 벌어질 경우에 그녀는 메스클린인의 편을 드는 경향이 있었다. 에스켓호 사건이 벌어졌을 당시 공개적인 논쟁이 벌어지지 않은 것도 엘리스가 있었기 때문이다. 하지만 당시 논쟁이 벌어지지 않은 더 중요한 이유는, 구조용 탐사선을 보낼 의향이 조금도 없었던 발리넌 사령관이 앨런 기획연구실장의 편을 들었다는 사실이었다.

어쨌거나 통신실에 가면 인간의 우주정거장에 누가 당직을 맡고 있는지 확인할 수는 있을 것이다. 발리넌 사령관이 온몸을 물결치듯 흔들었다. 이는 인간이 어깨를 으쓱하는 행동과 같은 의미였다. 그리고 사무실 바닥에 늘어져 있던 45센티미터의 몸을 일으켜 복도로 나갔다. 바로 그때 그 바람이 정착지에 도착했다.

처음 몇 분 동안은 안개가 없었다. 지붕에 잔물결이 일어나듯 펄럭거리기 시작하자, 발리넌 사령관은 즉시 계획을 바꿔 연구단지로 방향을 틀었다. 그러나 사령관이 과학자들에게서 뭔가 건설적인 정보를 얻기도 전에 별빛이 흐려지기 시작했다. 얼마 지나지 않아 메스클린인의 몸길이 높이 위에 있는 회색의 단단한 천장에 전등이 켜졌다. 연구단지의 천장은 견고해서 복도에 부는 바람에도 흔들리지 않았지만, 적어도 한 명 이상의 과학자들이 이 건물이 실제로 얼마나 안정적인지 궁금하게 여길 정도로 바깥의 바람 소리가 요란했다. 사령관이 있는 상황이기 때문에 과학자들이 그런 생각을 입으로 내지는 않았지만, 바깥의 무거운 공기가 내는 윙윙 소리가 높아지면 과학자들이 가끔 위를 쳐다보는 모습을 보면서, 사령관도 그들의 생각을 짐작할 수 있었다.

발리넌 사령관은 자신이 과학자가 아니라 지휘관으로서 지금 여기에 있는 게 쓸데없는 짓이라는 생각이 들었다. 정착지에서 사령관이 제대로 명령을 내릴 수 없는 유일한 존재가 그를 둘러싼 바로 저 과학자들이기 때문이었다. 발리넌 사령관은 딱 한 가지만 질문했다. 현재 풍속은 1만6천 킬로미터 떨어져 있는 돈드래그머 선장이 보고했던 풍속의 약 절반 정도라는 대답이 돌아왔다. 사령관이 통신실로 향했다.

발리넌 사령관은 사무실로 돌아갈까 하는 생각이 잠깐 들었지만, 구즈민의 본부에서 누군가가 곧 자신을 찾을 거라는 생각이 들었다. 그러는 동안 한 가지 질문이 사령관의 머리를 스치고 지나갔다. 인간의 우주정거장을 통해 그 질문을 전달한다면 어떤 경로보다 빠르게 대답을 들을 수 있을 것이다. 시간이 지날수록 그 문제가 더욱더 중요하게 느껴졌다. 발리넌 사령관은 저 위에 엘리스 호프만이 근무 중인지 확인하고 싶다던 생각을 지워버리고, 통신실에 뛰어 들어가서 통신기 앞에 있던 선원을 슬쩍 옆으로 밀어냈다. 사령관은 제대로 자리를 잡기도 전에 이야기부터 시작했다. 그리고 모니터가 켜질 때 엘리스의 모습이 비치자 안심이라기보다 뜻밖의 기쁨이 느껴졌다.

"정착지에 안개와 바람이 도착했습니다." 발리넌 사령관이 인사를 생략하고 말하기 시작했다. "몇몇 사람들이 바깥에 나가 있는데, 지금 당장은 그들을 위해 내가 취할 수 있는 조치가 없습니다. 하지만 몇몇은 바깥에 정박해 있는 탐사선 안에서 일하고 있으니까, 당신이 그들의 통신기를 통해 거기 상황이 괜찮은지 확인해주면 고맙겠습니다. 돈드래그머 선장이 보고했던 것보다는 풍속이 훨씬 느린데다 이 고도에는 대기의 밀도도 훨씬 낮기 때문에, 심하게 걱정하는 건 아닙니다. 그렇더라도 안개 때문에 전혀 보이지 않는 상황이므로, 탐사선에 있는 사람들의 상태를 알아야 안심이 될 것 같습니다."

발리넌 사령관이 요구사항을 말하고 있는 동안 영상의 엘리스가 말하기 시작했다. 사령관의 요구에 대한 대답은 분명 아니었다. 광속으로 날아간 전파가 갔다가 돌아올 시간이 아직 안 되었기 때문이다. 인간들 역시 뭔가 할 말이 있었던 모양이었다. 발리넌 사령관은 구즈민 통신부장이나 다른 선원이 들어오는 전언을 받아 적을 거라는 사실을 알기 때문에, 자기 말을 마칠 때까지 자신의 메시지에 집중했다. 통신 환경 때문에 메시지가 엇갈리는 일이 자주 발생했는데, 그럴 경우에는 사전에 정해진 절차에 따라 처리되었다.

발리넌 사령관은 자신의 말을 마친 후 그 전언이 날아가고 있는 동안 인간이 원하는 게 뭔지 물어보려 구즈민을 향해 고개를 돌렸는데, 그 질문을 하기 전에 방해를 받았다. 한 선원이 방으로 뛰어들어오더니, 사령관을 보자마자 보고하기 시작했다.

"사령관님, 북문으로 나간 두 팀을 제외한 모든 선원의 소재가 확인되었습니다. 그 두 팀 중 한 팀은 후르쉬호에서 일하는 중이고, 다른 팀은 20밧줄 북쪽 탐사선 정박용 골짜기 옆에서 새로운 단지를 세우기 위해 지면을 평평하게 고르는 작업을 진행하고 있습니다. 첫 번째 팀은 여덟 명, 두 번째 팀은 스무 명입니다."

발리넌 사령관이 네 개의 집게를 동시에 닫으며 이해했다는 몸짓을 했다. "곧 우주정거장에서 후르쉬호에 있는 팀에 무선으로 연결한 결과를 알려줄 거야." 선장이 대답하고, 이어서 질문했다. "바람과 안개가 정착지에 도달한 이후 밖에 있던 선원들 중에 몇 명이나 돌아왔나? 그 선원들은 외부의 생존 조건이나 이동 조건에 대해 뭐라고 보고했지? 다친 사람은 없어?"

"다친 사람은 없습니다, 사령관님. 바람은 크게 불편하지 않았답니다. 선원들이 돌아온 것은 일할 때 앞이 보이지 않았기 때문입니다. 몇몇은 길을 찾는 데 곤란을 겪었다고 합니다. 제 짐작입니다만, 지면을 고르는 선원들이 지금도 더듬거리며 돌아오고 있을 것 같습니다. 그냥 그 자리에서 기다리기로 결정하지 않았다면 말입니다. 후르쉬호에 있는 선원들은 선박 안에서 이 상황을 알아채지도 못했을 가능성이 있습니다. 지면 작업을 하는 팀이 연락 없는 상태로 너무 오래 밖에 머물면 전령을 보내겠습니다."

"전령이 길을 잃으면 어떡하려고?"

"나침반을 주고, 밖에서 작업을 많이 해서 지면을 잘 아는 사람을 선발하면 됩니다."

"그러면 안…" 발리넌 사령관의 반대는 무선이 들어오며 중단됐다.

"발리넌 사령관님…" 엘리스의 목소리가 들어왔다. "후르쉬호와 칼리프호에 있는 통신기는 잘 작동하고 있습니다. 우리가 볼 수 있는 한 칼리프호에는 아무도 없고, 그냥 정박된 상태입니다. 움직임이 전혀 없어요. 후르쉬호의 생명유지실에는 세 명에서 다섯 명 정도가 있습니다. 지난 몇 분 동안 영상에 동시에 모습을 보인 선원들이 가장 많았던 때는 세 명이었지만, 각 선원을 구별했다고 확신하기는 힘듭니다. 후르쉬호는 바람의 영향을 받지 않은 것처럼 보입니다. 그 탐사선의 선원들은 자신들의 일을 계속할 뿐 저희에게 전혀 관심을 보이지 않아요. 지금

잭 브레이버맨이 통신기로 그들의 관심을 끌어보려고 애쓰는 중입니다. 하지만 제 생각엔 걱정할 필요가 없을 것 같아요. 사령관님이 말했듯이, 크웸블리호가 바람에 손상을 입지 않은 걸 보면, 더 느려진 바람의 속도와 엷어진 대기가 여러분의 정착지를 위험하게 만들지는 않을 거 같아요."

"난 걱정하지 않아요. 아무튼 많이 걱정하지는 않습니다. 잠시 기다려주면, 당신이 앞서 보냈던 전언을 확인해서 대답하겠습니다." 발리넌 사령관이 메시지를 보냈다. 그는 자신이 차지하고 있는 자리의 원래 주인인 당직 선원을 바라봤다. "그녀가 한 말을 받아놨지?"

"네, 사령관님. 급한 것은 아니었지만 흥미로웠습니다. 돈드래그머 선장이 보낸 중간보고였는데, 크웸블리호는 여전히 액체 위에 뜬 상태로 아직 떠내려가고 있지만, 한두 번 바닥이 끌리는 느낌이 들었으며, 바람이 계속 불고 있다고 합니다. 선박이 움직이는 상황이기 때문에, 크웸블리호의 과학자들은 풍속이 바뀌는지 아닌지 확실하게 파악하기 힘들다고 합니다."

발리넌 사령관이 전언을 접수했다는 몸짓을 하고, 통신기로 돌아가서 말했다. "고맙습니다, 엘리스 호프만 부인. '변화가 없는 상황'에도 이렇게 빨리 알려준 것에 감사합니다. 난 당분간 여기 있을 테니, 무슨 일이 일어나든 가능한 한 빨리 알려주기 바랍니다. 혹시 여러분의 기상학자들이 신뢰할 만한 예보를 내놨나요? 아니면 발생한 상황에 대한 설명이라도?"

그 방에 있는 다른 메스클린인들은 발리넌 사령관이 질문할 때 표정을 감추기 위해 최선을 다하고 있다는 사실을 뚜렷하게 알 수 있었다. 사령관은 조심스럽게 팔과 다리의 긴장을 풀고, 집게도 너무 꽉 다물거나 헤벌리지 않았으며, 머리도 바닥에서 너무 높게 들거나 낮추지 않았고, 눈을 모니터에 차분하게 고정했다. 지구인 당직자들은 사령관이 마음속에 품고 있는 생각을 자세히 알 수 없겠지만, 그가 겉으로 보이는 모습보다는 그 질문에 더 집착하고 있다는 사실은 알아챘을 것이다. 사령관이 몸으로 보이는 표정을 인간들이 이해할 가능성이 거의 없으므로, 선원 중 일부는 사령관이 왜 저렇게까지 표정을 자제하려 애쓰는지 의아하게 생각했다. 하지만 발리넌 사령관을 잘 아는 선원들은 사령관이 그런 일을 운에 맡기는 사람이 아니라는 사실을 알았다. 아무튼, 모니터에는 인간들이 몇 명 보였는데, 그중에 엘리스 호프만이 두드러지게 눈에 띄었다. 메스클린인의 관점에서 그녀는 아주 편안한 사람이었고, 인간 발성 기관의 한계에도 불구하고 스텐어를 할 수 있었다.

엘리스의 대답이 돌아올 때, 메스클린인들은 영상에 뜬 인간이 사령관의 태도를 알아챘다는 기미를 보일지 궁금해하며 흥미롭게 모니터를 바라봤다. 통신실에 있는 모든 선원은 인간들의 표정에 꽤 익숙했다. 그들 대부분은 십여 명의 인간들을 얼굴과 목소리만으로 구별할 수 있었다. 발리넌 사령관은 오래전부터 그런 능력을 연마해야 한다고 강조해왔다. 사령관은 잠시 모니터에서 눈을 떼어 곁에서 열심히 귀를 기울이고 있는 선원들을 돌아봤다. 사령관은 자신의 표정이 드러나지 않도록 조심했지만, 선원들의 표정은 즐겁게 바라봤다. 발리넌 사령관은 엘리스의 답변이 돌아오면 선원들이 어떻게 반응할지 궁금했지만, 그것을 확인할 기회가 없었다.

그 인간 여성은 사령관의 질문을 듣는 모습을 보이더니, 대답하는 말을 시작하다가 갑자기 다른 곳으로 관심을 돌렸다. 몇 초간 엘리스는 뭔가 다른 소리를 듣는 게 틀림없었다. 그녀의 눈이 정착지 통신기의 영상에서 벗어나 다른 데로 향했다. 곧 다시 발리넌 사령관을 바라봤다.

"사령관님, 돈드래그머 선장의 보고가 다시 왔습니다. 크웸블리호는 멈췄거나 거의 멈춘 상태입니다. 좌초되었습니다. 하지만 액체의 흐름은 아직도 느려지지 않아서, 탐사선이 조금씩 끌려가고 있습니다. 아래의 지면이 어떤 상태인지 모르지만, 탐사선이 기울어져 있어서 무한궤도가 바닥에 닿지 않습니다. 강물에 더 끌려가지 않는다면, 거기에 그대로 멈추게 될 겁니다. 돈드래그머 선장은 액체의 수위가 내려가는 것 같답니다."

4
잡담

조타수 비트체르말프는 호기심과 더불어 무기력한 느낌을 받았다. 크웸블리호의 조타기는 도르래와 밧줄을 이용한 간단한 장비로 무한궤도에 연결되어 있었다. 멈춰 있을 때는 메스클린인의 근력으로도 무한궤도의 방향을 돌릴 수 없었다. 탐사선이 앞으로 움직일 때는 조타가 가능했지만, 쉬운 일은 확실히 아니었다. 그런데 지금 탐사선이 액체 위에 뜬 상태라서 구동 장치가 바닥에 닿지 않으니, 슬쩍 건들거나 선체가 살짝 일렁거리기만 해도 휙휙 움직였다. 이론적으로 탐사선은 바다에서도 조종할 수 있도록 만들어졌지만, 그러려면 무한궤도 트럭에 추진을 위한 물갈퀴를 달아야 했다. 지상에서는 아주 쉽게 할 수 있는 일이었다. 돈드래그머 선장은 탐사선이 표류하고 있다는 사실을 알아채자마자 우주복을 입힌 선원을 내보내서 물갈퀴 설치를 시도할까 잠깐 생각했지만, 아무리 선원들이 안전선으로 선체에 단단하게 달라붙어 작업하더라도 그런 위험까지 감수할 가치는 없다고 결론을 내렸다. 그리고 크웸블리호가 지금 어디에 떠 있든, 선원들이 그 일을 끝내기 전에 강가나 호수 기슭에 닿을 가능성이 더 크리라는 것은 누구라도 예상할 수 있었다. 탐사선이 바닥에 닿을 경우 선박의 밖에서 작업하던 선원에게는 안전선이 있어 봤자 거의 소용이 없을 것이다.

자기 자리에 엎드려 있는 조타수 비트체르말프의 머릿속에도 같은 생각이 스치고 지나갔지만, 입 밖으로 내지 않았다. 비트체르말프가 어리긴 해도 자기 이외에 다른 사람들이 그렇게 분명한 사실을 아무도 깨닫지 못했을 거라 추측할 정도로 어리지는 않았다. 그는 언제라도 선장의 전문적 역량을 찬양할 마음의 준비가 되어 있었다.

하지만 시간이 지나도 돈드래그머 선장이 아무 명령도 내리지 않자, 비트체르말프는 걱정되기 시작했다. 뭔가 가능한 일이 있을 것이다. 그냥 넋 놓고 동쪽으로 떠내려갈 수는 없었다. 조타수가 나침판을 슬쩍 바라봤다. 그랬다, 동쪽으로 마냥 흘러가고 있었다. 마지막 공중 정찰 보고에 따르면 산맥이 있었다. 지금까지 5, 6천 킬로미터를 지나는 동안 그 산들이 탐사선 왼편으로 멀리 지평선 위로 드문드문 보였었다. 설원의 경계를 이루는 그 산들은 색으로 미뤄볼 때 얼음이 덮이지 않은 바위산이었다. 크웸블리호가 떠 있는 액체가 설원에서 녹아내린 물로만 이루어졌다면, 곧 어딘가에 부딪힐 게 틀림없었다. 비트체르말프도 다른 사람들과 마찬가지로 이 탐사선이 얼마나 빠르게 움직이고 있는지 알 수 없었지만, 선체의 강도는 선장의 능력에 비례한다고 확신했다. 조타수는 메스클린에 있을 때도 그랬지만, 드라운에서는 더욱 암초에 걸리고 싶지 않았다.

어쨌든, 공기 밀도를 고려했을 때 바람이 탐사선을 아주 빠르게 밀어붙이지는 못할 것이다. 선교를 제외한 선체 윗부분이 부드러운 곡선 모양인데, 바닥에 달린 무한궤도 때문에 속도가 상당히 느려졌을 것이다. 공중 정찰대가 확인한 바에 따르면 설원은 평평하다고 했으므로, 액체 그 자체는 제자리에서 움직이지 않을 것이다. 외부 압력을 확인해보면 그 사실을 확인할 수 있을 거라는 생각이 들었다. 조타수는 그 생각을 이리저리 굴려본 뒤, 선장을 힐끗 쳐다보고 주저하다 입을 열었다.

"선장님, 선체 외부 압력계를 확인해보면 어떨까요? 우리가 떠 있는 액체가 어딘가로 흘러간다면, 탐사선은 아래쪽으로 떠내려갈 수밖에 없습니다. 압력계를 보면 그 사실을 알 수 있지 않을…."

돈드래그머 선장이 그 말을 잘랐다. "하지만 수면은 수평이었어. 아니, 네 말이 맞아. 확인해보는 게 좋겠군." 선장은 통화관까지 몸을 곧추세워 연구실을 호출했다. "보른덴더, 압력이 어떻게 돼? 당연히 계속 확인하고 있겠지?"

"물론입니다, 선장님. 우리가 떠내려가기 시작한 이후부터 뱃머리와 배꼬리에 있는 안전용 공기주머니가 팽창하고 있습니다. 탐사선은 6몸길이만큼 하강했습니다. 저는 아르곤 가스를 배출시킬 준비를 하던 참이었습니다."

돈드래그머 선장이 알았다고 대답한 후 조타수를 돌아봤다.

"네 생각이 맞았어. 내가 그 생각을 해야 했는데 말이야. 그렇다면 크웸블리호는 바람만이 아니라 액체의 흐름에도 영향을 받고 있다는 의미군. 우리가 어디에 멈출 것인지와 속도, 거리는 모두 운에 달린 셈이야. 액체가 흐른다는 사실은 공중 정찰대가 경사면을 놓쳤다는 뜻이야. 그리고 경사가 있다는 것은 이 설원의 액체가 어딘가로 배출된다는 의미겠지."

"크웸블리호는 거친 항해에도 끄떡없을 겁니다, 선장님. 하지만 우리가 달리 뭘 할 수 있을지 모르겠네요."

"한 가지가 있지." 돈드래그머 선장이 단호하게 말했다. 선장이 다시 몸을 일으켜 통화관에 대고 사이렌 같은 소리로 전원 호출을 외쳤다. 모든 선원이 그 소리를 들었다는 게 확인되자, 그는 각 시설로 연결된 모든 통화관들과 비슷한 거리가 되도록 살짝 물러나서 모두가 다 들을 수 있게 큰 소리로 말했다.

"모든 선원은 가능한 한 빨리 우주복을 착용하라. 그 목적을 위해 담당 구역에서 벗어나도 좋다. 하지만 최대한 빨리 다시 자리로 돌아오라." 돈드래그머 선장은 머리를 내리고 선장 자리로 돌아가며 비트체르말프에게 말했다. "네 우주복과 내 우주복을 가지고 와. 빨리!"

조타수는 90초가 지나기 전에 장비들을 챙겨 돌아왔다. 그는 우주복을 입는 선장을 도와주려다 단호한 몸짓으로 거절당한 후 자신의 우주복을 챙겨 입었다. 2분이 채 지나기 전에 두 사람은 머리 덮개만 빼고 모두 착용한 상태로 각자 자리로 돌아갔다.

하지만 그렇게 서두를 필요는 없었던 것으로 드러났다. 몇 분의 시간이 더 흘러가는 동안 조타수 비트체르말프는 쓸데없이 조타기만 만지작거렸다. 돈드래그머 선장은 인간 과학자들이 정보를 내놓은 게 있는지, 새로운 정보가 나왔다면 그것으로 무엇을 할 수 있을지 궁금했다. 선장은 위성이 크웸블리호의 속도에 대해 뭔가 알려주길 바랐다. 어차피 탐사선은 충돌을 일으키며 멈출 텐데, 그때 얼마나 세게 부딪힐지 아는 게 과연 도움이 되겠느냐는, 다소 냉소적인 생각도 들었다. 선장도 위성들을 이용하는 게 얼마나 까다로운지 이해했다. 드라운에는 서른 개의 '그림자 위성'이 궤도를 돌고 있지만, 지상에서 고도 5천 킬로미터 이하에 떠 있는 저궤도 위성들이었다. 위성들의 궤도를 정렬하려 시도하지 않았기 때문에, 위성들의 시야와 초단파 범위가 제한적이고 균일하지 않았으며 지표면 전체를 포괄하지도 않았다. 그 위성의 주요 목적은 통신이 아니기 때문이었다. 정착지의 자오선 965만 킬로미터 상공에서 정지궤도*를 돌고 있는 인간의 중앙본부는 원래 그런 업무를 도와주는 역할을 하기 위해 만들어진 게 아니었다. 인간 당직자들은 저궤도 위성들이 초당 140킬로미터 이상의 속도로 돌더라도 이동하는 기준선을 확

---

* 행성의 자전주기와 일치하는 궤도. 참고로, 지구의 정지궤도 위성은 약 3만6천 킬로미터 상공을 돌고 있다. 드라운에서 인간의 우주정거장이 965만 킬로미터 상공의 궤도를 도는 이유는 드라운의 중력이 지구보다 훨씬 강하면서도 자전 속도가 느리기 때문이다.

인해서 도움이 된다고는 하지만, 돈드래그머 선장이 보기에 크웸블리호의 속도를 확인하기는 어려울 수밖에 없을 것 같았다. 선장은 위성을 통해 크웸블리호의 속도를 알 수 있을 거라고는 기대하지 않았다. 지금껏 한 번도 그런 식으로 탐사선의 속도를 구하지 않았으므로 어차피 상관없었다.

크웸블리호가 떠내려가기 시작한 후 30분이 지났을 무렵 선체가 잠시 심하게 덜커덩거리며 흔들렸다. 돈드래그머 선장은 탐사선이 바닥에 닿은 모양이라고 우주정거장에 공식적으로 보고했다. 다른 선원들도 모두 비슷하게 추측했으며 점차 긴장이 쌓여갔다.

표류가 끝나기 직전에 작은 조짐이 있었다. 연구실로 연결된 통화관에서 훅훅 소리가 들리더니, 압력이 더욱 빠르게 치솟기 시작하므로 안전용 공기주머니가 파열되는 걸 막기 위해 아르곤 가스를 탐사선 내부 대기에 추가로 방출한다는 보고가 들려왔다. 속도가 더 빨라졌다는 느낌은 없었지만, 그 보고의 의미는 명확했다. 탐사선이 더욱 빠르게 하강하고 있었다. 수평으로는 얼마나 빠르게 움직이고 있을까? 선장과 조타수가 서로를 바라봤다. 그 질문을 입 밖으로 내지 않았지만 서로의 표정을 읽을 수 있었다. 시간이 지날수록 긴장이 더 커졌다. 기둥과 손잡이를 잡고 있는 집게에 더욱 힘이 들어갔다.

그때 우레와 같은 굉음이 들렸다. 선체의 방향이 휙 틀어졌다. 다시 방향이 돌아가더니 우현으로 급격하게 기울어졌다. 몇 초 동안 위아래로 격렬하게 흔들거리고, 뱃머리와 배꼬리도 좌우로 움직이는 게 느껴졌다. 여전히 안개에 가려서 밖이 보이지 않아 어떤 상황인지 알 수 없었다. 그때 다시 쿠쿵 소리가 엄청나게 크게 들리더니, 크웸블리호가 우현으로 60도 정도 기울어졌다. 하지만 이번에는 원위치로 회복되지 않았다. 바닥이 긁히고 갈리는 소리로 볼 때 조금씩 움직이는 듯했지만, 선체의 자세에는 그다지 변화가 없었다. 선체를 훑고 지나가는 액체의 소리가 처음으로 크게 들렸다.

선장과 조타수는 다친 곳이 없었다. 지구 중력의 2백 배를 정상으로 간주하고, 6백 배를 약간 불편한 상태로 여기는 메스클린인들에게 그 정도의 급격한 가속은 아무 의미도 없었다. 그들은 붙잡고 있던 손잡이도 놓치지 않았고, 그 자리를 그대로 지켰다. 돈드래그머 선장은 선원들이 부상을 당했을까 봐 걱정하지 않았다. 선장이 처음으로 뱉은 말을 통해서 그가 상황을 훨씬 멀리까지 보고 있다는 사실을 알 수 있다.

"각 부서 보고하라!" 돈드래그머 선장이 통화관에 대고 소리쳤다. "선체의 모든 지점에 이상이 없는지 확인해서 갈라진 곳과 터진 곳, 찌그러진 곳, 그리고 액체가 새어 들어오는 다른 징후까지 모두 보고하라. 연구원들은 긴급 상황실로 가서 산소를 확인하라. 생명유지실은 산소 확인을 마칠 때까지 공기 순환을 중단하라. 즉시!"

적어도 통화관이 손상되지 않은 것은 확실했다. 곧 대답하는 훅훅 소리들이 들어오기 시작했다. 보고가 연이어 들어오자, 조타수 비트체르말프는 안심이 되었다. 사실 그는 드라운의 유해

한 대기를 막고 있는 이 탐사선의 외피가 그런 충격을 견딜 수 있으리라 기대하지 않았었다. 외계인 공학자들에 대한 그의 신뢰감이 몇 단계 상승했다. 비트체르말프는 지금껏 인공 구조물이 생물의 신체보다 강도와 내구성 측면에서 일반적으로 열등하다고 여겨왔다. 물론, 그가 그런 관점을 가진 데에는 충분한 근거가 있었다. 그럼에도 불구하고, 각 부서의 보고가 모두 들어올 때까지 주요한 구조적인 고장이나 눈에 띄는 파열에 대한 보고는 없었다. 제어용 밧줄이나 장비를 위해 존재하는 선체의 틈과 선원이나 장비의 출입을 위해 구조적으로 어쩔 수 없이 발생하는 일반적인 누수가 더 심해졌는지는 앞으로 한동안 알아채기 힘들 것이다. 물론 압력계와 산소 점검은 일반적인 업무 절차에 따라 계속 진행되었다.

동력은 아직도 유지되었는데, 아무도 그 사실에 놀라워하지 않았다. 독립적인 수소 핵융합로 스물다섯 개는 크웸블리호에서 에너지를 사용하는 곳이라면 어디라도 가지고 갈 수 있도록 만들어진 동일한 형태의 모듈인데, 반도체 장치로서 핵융합로에 주입하는 기체 분자보다 큰 부품은 존재하지 않았다. 핵융합로는 대장간 망치로 두들겨도 손상을 입지 않았다.

외부의 전등은 대부분 고장이 났거나 작동되지 않는 상태였다. 하지만 전등은 교체하면 된다. 그래도 여전히 몇몇 전등이 작동하고 있어서, 액체에 잠긴 선교의 끝 부분에서는 선체 외부를 볼 수 있었다. 액체 위로 올라가 있는 선교 위쪽 부분은 아직 안개 때문에 시야가 꽉 막힌 상태였다. 돈드래그머 선장이 조심스럽게 아래쪽 끝으로 가서 슬쩍 살펴봤더니, 선장의 몸길이 절반 크기부터 20배에 이르는 동글동글한 바위 더미 사이에 탐사선이 끼어 있었다. 선장은 조심스럽게 다시 자리로 돌아와 통신기의 소리를 활성화하고 그 사실을 인간들에게 알렸다. 잠시 후 발리넌 사령관이 이 보고를 들었다. 돈드래그머 선장은 대답을 기다리지 않고 조타수에게 지시를 내렸다.

"비트체르말프, 인간들이 뭔가 말을 할 수도 있으니까 이 자리로 와. 나는 크웸블리호를 꼼꼼히 점검하러 갈 거야. 특히 에어로크를 살펴봐야겠어. 탐사선의 설계에 대해 이런저런 이야기들을 들었지만, 승선할 때 그 문제를 제대로 고민해보지 못했어. 지금 중앙 에어로크가 아래쪽에 있는 거야. 설령 우리가 내부문을 열 수 있더라도 외부문은 막혀 있을 테고, 격벽이 아직 액체에 잠겨 있을 테니까, 소형 예비 에어로크를 사용해야 할 거야. 네가 원한다면 인간들과 잡담을 해도 괜찮아. 그들의 언어를 할 줄 아는 사람들이 늘어나고, 우리 언어를 할 수 있는 인간들이 늘어나면 좋은 거니까. 네가 선교를 맡아."

돈드래그머 선장이 지금 상황으로서는 다소 불필요하지만 습관적으로 '나간다'는 신호를 건너편에 전달하기 위해 해치를 두들겼다. 그리고 해치를 열었다. 선장은 조타수 비트체르말프만 남긴 채 선교를 떠났다.

조타수는 당장 상공에 있는 우주정거장에 연락해 잡담을 나눌 생각이 없었다. 선장이 생각할 거리를 너무 많이 남겨놓고 갔기 때문이었다.

비트체르말프는 이런 상황에서 선교를 책임지는 위치에 남겨진 게 기쁘지만은 않았다. 그렇다고 중앙 에어로크가 막힌 문제를 그리 많이 걱정하는 것도 아니었다. 소형 에어로크들로 충분할 것이다. 그런데 생명유지장치가 소형 에어로크를 통과하지 못한다는 사실이 문득 떠올랐다. 뭐, 당장은 밖으로 나가는 게 그다지 바람직하지 않을 것이다. 그러나 크웸블리호가 완전히 구제불능 상태에 빠지면 나갈 수밖에 없다.

그 상황에서 진짜 문제는 과연 밖으로 나가는 게 좋은 선택인가 하는 것이었다. 약 2만 킬로미터(비트체르말프는 이 거리를 약 33만 밧줄로 생각했다)는 걸어가기에 멀고도 먼 거리였다. 특히 생명유지장치를 짊어진 상태에서는 너무 먼 거리였다. 생명유지장치가 없이는 걸어가는 것을 아예 생각할 수도 없었다. 메스클린인은 인간 생물학자들에게 믿기지 않을 정도로 엄청나게 튼튼하고 온도 변화에 내성이 있는 생물이다. 하지만 산소는 전혀 다른 문제였다. 외부의 대기 중 산소의 부분 압력이 3.4기압 정도 될 텐데, 그 정도면 수초 내로 크웸블리호의 선원들을 모조리 죽이기에 충분했다.

지금 가장 바람직한 일은 이 거대한 기계를 다시 무한궤도 위에 세우는 것이다. 그게 가능할지, 그리고 어떻게 할지는 좌초된 선체를 빠르게 지나가는 액체의 흐름에 달려 있다. 저런 유속에 밖에 나가 일하는 게 불가능하지는 않겠지만, 힘들고 위험할 것이다. 우주복을 입은 메스클린인이 작업 도중에 떠내려가지 않도록 무거운 추를 달아야 할 것이고, 안전선이 세밀한 작업을 방해할 것이다.

물론 저 액체가 영원히 흐르지는 않을 것이다. 단순히 날씨의 변화 때문에 발생한 흐름이므로 갑자기 멈출 수도 있다. 하지만 '날씨'와 '기후'가 다르다는 사실은 비트체르말프도 잘 알았다. 만일 강의 발생이 계절적인 현상이라면, 메스클린인에게는 이 '일시적인' 자연 현상이 지나치게 오래 지속할지도 모른다. 드라운의 1년은 지구의 8년 정도이고, 메스클린의 1.5년 이상으로 길기 때문이다.

이 분야는 인간의 정보가 유용할 것이다. 그 외계인들은 드라운에서 반년 가까이 자세히 관측했고, 그보다 훨씬 오래전부터 이따금 관측을 진행했다. 인간들은 드라운의 계절 변화에 대해 뭔가 알고 있을 것이다. 현재 선장이 없어서 조타수는 우주정거장에 있는 누군가에게 그런 질문을 던지는 게 명령을 벗어나는 건 아닐지 궁금했다. 물론, 선장이 통신기로 잡담해도 좋다고 허락할 때 그에게 해도 좋은 말과 하지 말아야 하는 말에 대해 언급하지는 않았다.

드라운 탐사대의 인간 후원자들과 대화할 때 에스켓호 사고 외에 어떤 것이든 말해도 좋다는 지시는 비트체르말프 수준의 지위까지 내려가지 않았다. 어린 조타수가 우주정거장을 호출해보기로 마음을 먹을 때쯤 그의 옆에 있는 통신기에서 말이 흘러나왔다. 나무랄 데 없는 수준의 억양은 아니었지만, 메스클린인의 언어로 말했다.

"돈드래그머 선장님, 많이 바쁘실 거라 생각합니다. 지금 선장님이 대화할 수 없다면 다른 사람이라도 좋아요. 저는 벤저민 호프만입니다. 우주정거장에 있는 기상연구실에서 조수로 일하고 있어요. 누구든지 시간을 낼 수 있는 사람이 있다면 두 가지 도움을 받고 싶어요.

먼저 언어를 연습하고 싶어요. 저는 반드시 스텐어를 배워야 합니다. 연구실에서는 아주 난처한 상황이에요. 저희는 드라운의 여러분이 있는 지역에 대해 두 번 연속으로 완전히 틀린 일기예보를 했거든요. 자세한 정보가 모자라서 예보를 제대로 할 수 없어요. 여기서 진행하는 관측으로는 충분히 분석할 수 없고, 그 근처에는 기상관측소가 충분하지 않아요. 여러분과 다른 탐사대들이 조사하면서 자동관측기들을 많이 심어놓았지만, 알다시피 아직 넓은 지역의 정보를 모으지 못하고 있어요. 정확한 예보가 여러분에게 유용하듯이 저희에게도 유용하므로, 저는 여러분의 과학자들과 실제 상황에 대해 자세히 이야기를 나누고, 여러분이 잘 알고 있는 지역의 배경 계산을 보완해서 기상 형태를 산출하면 정말로 괜찮은 예보를 할 수 있을 거예요. 적어도 여러분의 주변 지역에 대해서는요."

조타수가 열성적으로 대답했다.

"벤저민 호프만, 선장님은 지금 선교에 안 계세요. 저는 비트 체르말프입니다. 지금 당직을 맡은 조타수예요. 지금처럼 업무가 한가할 때 언어 교환 연습은 저로서도 아주 좋아요. 유감이지만 과학자들은 한동안 바쁠 거예요. 당분간은 저 혼자뿐일 것 같아요. 여러분이 모든 사항을 자세히 알지는 못하겠지만, 우리에게 문제가 생겼어요. 몇 분 전에 선장님이 보고하는 소리를 들었는데, 전체적인 상황을 이야기해줄 시간이 없었어요. 제가 가능한 한 상황을 완벽하게 설명하고, 선장님이 선교를 떠난 후 저한테 떠오른 생각들을 이야기해줄게요. 그 정보를 기록해서 다른 인간에게 주거나, 제 생각에 대한 의견을 줘도 괜찮아요. 만일 당신이 선장님에게 이야기할 가치가 없다고 판단하면, 굳이 전달하지 않을게요. 선장님은 안 그래도 바쁜 분이니까요. 당신이 기록할 준비가 되거나, 기록하고 싶지 않다고 말해줄 때까지 기다렸다가 이야기를 시작할게요." 비트체르말프가 말을 멈췄다. 방금 말한 이유 때문만은 아니었다. 그는 조잡하고 설익은 것처럼 보이는 생각으로 외계인을 괴롭히는 건 아닌가 하는 의문이 문득 들었다.

설령 그렇더라도 사실을 바탕으로 한 보고는 유용할 게 틀림없다. 현재의 크웸블리호 상태에 대한 자세한 정보가 많은데, 인간들은 모를 가능성이 컸다. 스피커에서 벤저민이 동의한다는 소리가 들려왔을 때쯤에는 조타수도 어느 정도 자신감을 되찾은 상태였다.

"비트체르말프, 그 제안은 좋은 것 같아요. 당신의 보고를 녹음할 준비가 됐어요. 언어 연습을 위해 어차피 녹음할 생각이었거든요. 당신이 원하는 건 뭐든지 알려줄게요. 메스클린인 과학자들이 바쁘더라도, 제가 말했던 기상 정보를 우리 둘이 처리할 수 있을 거예요. 당신은 과학자들의 측정값을 구할 수 있을 테고, 현장에 있으니 모든 걸 볼 수 있잖아요. 당신이 메스클린에서 빌리넌 사령관에게 고용된 선원이라면, 틀림없이 날씨에 대해 잘 알 거예요. 제가 아는 게 맞는다면, 당신은 제 평생의 두 배에 달하는 시간 동안 메스클린에서 공학과 연구방법론을 배웠을 테니까요. 자, 말씀하세요. 저는 준비됐어요."

그 말이 조타수 비트체르말프의 사기를 완전히 회복시켰다. 메스클린인 중 소수를 선발해서 외계인이 교육한 것은 메스클린의 햇수로 10년밖에 되지 않는다. 이 인간은 틀림없이 다섯 살이거나 그보다 어릴 것이다. 인간의 종에서 그 나이가 어느 정도 성숙한 것인지는 알 수 없었고, 그에 관해 물어보기도 힘들었다. 그러나 모든 외계인들이 그렇듯 그를 둘러싼 비범한 분위기에도 불구하고, 다섯 살짜리를 우월한 존재로 생각할 수는 없었다.

60도 기울어져 있는 바닥에서도 편안하게 자세를 잡을 수 있는 조타수가 크웸블리호의 상황을 묘사하기 시작했다. 그는 이제 강으로 인식할 수밖에 없는 액체를 따라 흘러왔던 표류와 결과를 자세히 설명했다. 그리고 지금 선교에서 볼 수 있는 모습도 상세히 묘사했다. 비트체르말프는 지금 어떻게 좌초되었는지 설명하고, 탐사선을 똑바로 세울 수 없을 경우 선원들이 처하게 될 상황에 대해 힘주어 말했다. 또 에어로크의 구조를 자세히 묘사하고, 중앙 에어로크를 사용할 수 없는데 왜 다른 에어로크는 사용할 수 있는지도 설명했다.

"이 강이 어떻게 될지 믿을 만하게 예측할 수 있다면, 선장님이 계획을 짤 때 아주 큰 도움이 될 거예요. 특히 이 강이 과연

마를지, 그리고 마른다면 언제 마를지 알게 된다면 말이에요. 현재 계절의 변화에 따라 설원 전체가 녹아내려 이 강을 통해 빠져나가는 상황이라면 1년의 대부분을 여기서 보내야 할 테니, 그에 맞춰 계획을 짜야겠죠. 당신이 그리 오래 기다리지 않고도 마른 땅 위에서 일할 수 있을 거라는 희망을 준다면 아주 기쁠 거예요."

이번에 벤저민의 대답은 64초 이상 걸렸는데, 그의 말에는 생각할 거리가 더 많았다.

"당신이 자세히 설명해준 내용을 녹음해서 기획연구실로 보냈어요." 마침내 벤저민의 목소리가 도착했다. "기획연구실에서 각 연구실로 복사본을 배포할 거예요. 제가 보기에도 그 강의 미래를 예측하는 건 쉽지 않겠더라고요. 정보가 더 모이지 않으면 아마 예측이 불가능할 거예요. 당신이 말했듯이, 계절 변화에 따라 설원 전체가 녹기 시작했을 수도 있어요. 대륙의 물 전체가 하나의 강으로 빠져나가는 상황이라면, 당신은 거기에 아주 오래 머물러야 할 거예요. 저는 여러분의 공중 정찰대가 얼마나 넓은 지역을 조사했는지 모르고, 여기서 찍은 사진들이 얼마나 흐릿한지도 모르지만, 지도를 전부 제대로 가지고 있더라도 논쟁을 피할 수 없는 부분이 있을 거예요. 설령 모든 사람이 결론에 동의하더라도, 음, 우리는 아직도 그 행성에 대해 많이 알지 못하는 상황이니까요."

"그렇지만 여러분은 다른 행성들, 여러 행성에 대한 경험이 많잖아요!" 비트체르말프가 따졌다. "그런 경험이 도움될 거라고 생각했어요."

다시 전파의 왕복시간만으로 설명할 수 있는 시간보다 좀 더 지연된 후 대답이 도착했다.

"인간과 동료 외계인들은 여러 행성을 경험했어요. 그건 사실이에요. 저도 그에 관해 많이 읽었어요. 문제는 그런 경험이 여기에서 실질적인 도움이 되지 않는다는 거예요. 행성은 기본적으로 세 종류가 있어요. 제1형은 우리의 고향 행성과 비슷해서 '지구형'이라고 불러요. 작고, 밀도가 높고, 수소가 거의 없죠. 제2형은 '목성형'이라고 해요. 훨씬 크고 밀도가 낮은 경향이 있는데, 처음 형성될 때 만들어진 수소를 거의 그대로 가지고 있어서 그런 거라고 우리는 생각해요. 우리 항성계를 떠나기 전까지는 이 두 가지밖에 몰랐어요. 우리 항성계에는 그 두 가지뿐이거든요.

제3형은 몹시 크고, 아주 밀도가 높은데, 설명하기가 아주 힘들어요. 이론적으로 제1형이 수소를 잃어버린 건 초기의 작은 질량 때문이에요. 제2형이 수소를 가지고 있는 이유는 거대한 중력 때문이죠. 제3형 행성에 대해 듣기 전까지는 그 이론만으로도 괜찮았어요. 제가 우리 기초과학 선생님처럼 말하는 걸 용서해준다면, 우리가 많이 알지 못할 때까지는 그 이론에 완벽하게 만족했고 신뢰했었죠.

당신이 있는 그 행성 드라운은 제3형이에요. 제1형 행성이 있는 항성계에는 그런 행성이 전혀 없어요. 아마도 이유가 있겠지만, 저는 그 이유를 몰라요. 음, 우리가 성간 여행을 하는 방법을 알게 된 이후 거대한 규모로 항해하기 시작하고, 거주 가능한 새로운 행성을 찾는 일이 우주선이 돌아다니는 주요한 이유였던 수준을 넘어서기 전까지 '공동체'의 종족들은 제3형 행성에 대해 전혀 몰랐어요. 그런 행성의 존재를 알게 된 후에도 목성형 행성을 연구하는 정도 이상으로는 직접 연구할 수가 없었어요. 매우 비싸면서도 별로 신뢰할 수 없는 특수 로봇을 몇 대 보내긴 했지만, 그게 다였죠. 사실, 제3형 행성의 중력이나 제2형 행성의 기압을 견딜 수 있는 종족을 만난 건 여러분이 처음이에요."

"그렇지만 당신의 설명에 따르면 메스클린도 제3형 행성 아닌가요? 여러분도 지금쯤은 메스클린에 대해 많이 알고 있을 거예요. 우리와 10년 이상 접촉했고, 가장자리에 착륙한 인간들도 있었잖아요. 아, '가장자리'는 적도를 가리키는 말이에요." 비트 체르말프가 되물었다.

"지구의 햇수로는 50년 정도죠. 문제는 메스클린이 제3형 행성이 아니라는 거예요. 메스클린은 특이한 제2형 행성이에요. 메스클린이 18분에 한 번씩 자전하며 달걀 프라이 모양처럼 되지 않았다면, 목성처럼 수소를 가지고 있었을 거예요. 메스클린과 비슷한 다른 행성은 아직 발견되지 않았고, 그 중간에 해당하는 사례도 알려지지 않았어요. 최소한 저는 들어본 적이 없어요. 바로 그랬기 때문에 '공동체'의 종족들이 그 많은 어려움과 고생을 무릅쓰고 오랜 시간을 들여 여러분의 행성과 접촉하며 이 드라운 탐사를 준비했던 거예요. 드라운의 구조에 대해서는 그림자 위성의 중성미자 측정기를 이용해 30년 안에 대략 파악하겠지만, 여러분이 설치한 지진계들 덕분에 세밀한 정보를 추가해서 불확실성을 상당히 제거할 수 있을 거예요. 여러분의 화학 조성 탐사도 도움이 될 테고요. 여러분의 햇수로 5, 6년 이내에 왜 그런 행성이 존재하는지를 합리적으로 추정할 수 있을 정도로 충분하게 알게 될 거예요. 최소한 이걸 항성이나 행성 중 뭐라고 불러야 할지는 알게 되겠죠."

"당신들이 메스클린인과 접촉했던 이유가 드라운에 관해 더 알아내기 위해서였다는 말인가요?"

"아니요, 그런 뜻으로 한 말이 아니에요. 사람은 사람이죠. 사람들을 알게 되는 건 그 자체만으로도 가치가 있어요. 그렇게 생각하지 않는 이들도 있긴 하지만, 어쨌든 우리 부모님은 그렇게 생각하세요. 메스클린에 대학을 개설하고 한참 시간이 지난 후에야 드라운 프로젝트에 대한 생각을 떠올렸을 거예요. 그게 언제쯤인지는 엄마나 앨런 어코인 기획연구실장이 아시겠죠. 제가 태어나기 오래전 일이거든요. 물론, 여러분이 드라운 같은 곳을 직접 조사할 수 있을 거라는 생각을 누군가가 떠올리자 다들 앞뒤 가리지 않고 달려들었죠."

비트체르말프는 그 이야기를 듣다보니 평상시에는 인간의 일일 뿐이고 자신과는 상관없는 일이라고 여겼던 문제들, 즉 다섯 살이 얼마나 성숙한 인간이냐 같은 질문이 떠올랐다. 그가 정신을 차리기 전에 질문들이 입에서 나가고 말았다. 그 후 비트체르말프와 벤저민은 1시간이 넘도록 드라운 프로젝트 같은 활동을 하는 이유에 대해, 그리고 뚜렷한 소득을 기대하기 힘든 활동에 그렇게 엄청난 노력을 바치는 이유에 관해 토론했다. 벤저민은 인간의 입장을 그다지 잘 대변하지 못했다. 그는 '강한 호기심' 때문이라는 일반적인 답변을 했는데, 그것은 비트체르말프도 어느 정도 이해할 수 있었다. 벤저민은 수소 핵융합로가 개발되기 전에 인간과 다른 종족들이 에너지 고갈로 멸종할 뻔했다는 역사에 대해 충분히 알고 있었지만, 그 과정을 설득력 있게 전달하기에는 너무 어려웠다. 경험이 부족한 탓에, 모든 문명의 운명이 우주의 법칙을 얼마나 이해하느냐에 달려 있다는 이야기를 납득되도록 설명할 수 없었다. 심지어 자기 자신에게조차 그다지 설득력 있게 들리지 않았다. 대화는 격렬하게 진행되지 않았다. 발언한 후 답변을 듣는 사이에 냉각 기간이 설정된 대화에서 격렬하게 논쟁을 하긴 힘들었다. 그 대화에서 만족스러운 부분은 벤저민의 스텐어 공부뿐이었다.

비트체르말프 조타수가 갑자기 주변의 상황이 변했다는 사실을 알아차리면서 대화가 중단됐다. 지난 1시간 동안 조타수는 벤저민의 말과 자신이 할 대답에 온 정신을 쏟았었다. 그동안 기울어진 선교와 콸콸 흐르는 액체는 그의 마음에서 저 먼 곳에 있었다. 비트체르말프는 문득 하늘 위에서 반짝거리는 오리온 별자리의 모양을 알아보고 무척 놀랐다. 안개가 걷힌 것이었다.

조타수는 주위를 둘러보다 한 번 더 놀랐다. 선교 주변의 수면 높이가 약간 낮아진 듯했다. 10분 동안 조심스럽게 살펴본 결과 낮아졌다고 확신했다. 강물이 빠지고 있었다.

비트체르말프는 벤저민에게서 질문을 받고 10분 동안 갑자기 침묵했던 이유를 설명했다. 소년은 즉시 기상학자 수머스 맥데빗 박사에게 알렸다. 비트체르말프가 수위의 변화를 확신할 즈음에는 우주정거장에서 이 문제에 관심을 가진 인간들이 그 소식을 들었다. 조타수는 무전으로 간단히 보고한 후 즉시 통화관을 통해 돈드래그머 선장에게 소리쳤다.

선장은 연구실 구역 뒤의 배꼬리 쪽에서 안전용 공기주머니가 있는 격실로 막 들어가려던 때에 그 소리를 들었다. 비트체르말프가 말을 끝낸 후 잠시 정적이 흘렀다. 조타수는 몇 초가 채 지나기 전에 선장이 선교 해치를 통해 달려 들어올 거라 예상했지만, 선장은 그 유혹을 참았다. 선장이 있는 구역을 포함해 선체의 다른 구역에 있는 선창들은 선교의 창문에 비해 너무 작아서 수위의 변화를 정확히 판단할 수 없었기 때문에, 조타수의 판단을 받아들일 수밖에 없었다. 돈드래그머 선장은 젊은 선원의 예기치 않은 소식에 반응하기보다는 이렇게 지시를 내렸다.

"다음 조타수와 교대할 때까지 계속 지켜보면서 수위가 내려가는 비율을 정확히 기록해." 선장이 명령했다. "신뢰할 만한 값을 얻었다는 확신이 들면 최대한 빨리 인간들과 나에게 그 비율을 알려줘. 그 후에도 네가 추산한 값이 변경될 때마다 우리에게 알려줘."

조타수 비트체르말프는 명령을 접수하고, 선교를 가로질러 기어 올라갔다. 그리고 창문틀을 긁어 수위를 표시했다. 그 활동을 선장과 인간 청취자들에게 보고하고, 자기 자리로 돌아가 수위 표시에 눈을 고정했다. 액체의 잔물결이 그보다 몇 센티미터 위에서 찰랑거리다가 아주 가끔 그 밑으로 내려왔다. 그래서 수위의 변화를 완전히 확신하기까지는 조금 시간이 걸렸다. 우주정거장에서 재촉하는 질문이 두세 번 날아와서, 조타수는 아직 유창하지 않은 인간의 언어를 최대한 끌어모아 정중하게 답변했다. 곧 벤저민이 다른 탐사선을 관찰하고 있는 별 볼 일 없는 사람들 외에는 다시 자기 혼자만 남았다고 알려왔다. 그 후 타쿠어치가 선교에 조타수 근무 교대를 하러 오기 전까지 대부분의 시간을 서로에게 자신이 살아가는 세계에 관해 이야기하고 지구와 메스클린에 대한 서로의 오해를 바로잡으며 언어 연습을 했다. 둘 다 서로를 완벽하게 이해하지는 못했지만, 따스한 우정을 키워갔다.

비트체르말프는 6시간 후에 다시 돌아와 타쿠어치와 교대했다. 사실, 메스클린인의 계산 방식으로는 표준 당직 시간 간격이 24일이었다.* 수위는 비트체르말프가 처음 표시했던 것보다 거의 30센티미터나 내려가 있었다. 타쿠어치가 비트체르말프에게 벤저민이라는 인간이 조금 전에 휴식 시간에서 돌아왔다고 알려줬다. 어린 조타수는 자신이 타쿠어치와 교대한 이후 휴식시간이 되었다는 사실을 벤저민이 얼마나 빨리 알아차렸을지 궁금했다. 물론 그런 질문을 할 수는 없었다. 비트체르말프는 자리에 앉자마자 호출 신호를 하늘 위로 날려 보냈다.

---

* 메스클린 행성의 하루는 약 18분이다.

"내가 돌아왔어, 벤저민. 타쿠어치 아저씨가 최근에 어떻게 보고했는지 모르겠지만, 물은 몸길이 반이 넘게 내려갔고, 흐름도 훨씬 느려진 것 같아. 바람도 거의 잠잠해졌어. 인간 과학자들이 알려줄 만한 정보 있을까?"

비트체르말프는 대답이 돌아올 때까지 기다리다 마지막 질문이 별로 의미가 없다는 사실을 깨달았다. 인간 과학자들에게 원하는 소식은 무엇보다 강이 얼마나 유지될지에 관한 믿을 만한 정보였지만, 지금은 어떻게 되더라도 할 수 있는 게 없었다. 그래도 어쩌면 인간들이 뭔가 유용한 사실을 알아냈을 수 있다.

"타쿠어치 조타수도 물과 바람에 관해 이야기해줬어. 다른 이야기들도 많이 해줬고." 벤저민이 말했다. "네가 돌아와서 기뻐, 비트체르말프. 연구실에서는 아직 아무 이야기도 못 들었지만, 탐사선이 기울어진 형태와 물이 낮아지고 있는 비율, 그리고 여기에 있는 탐사선의 모형으로 판단해볼 때, 내 생각에는 60시간 내지 70시간 정도면 강이 마를 것 같아. 물론 물이 같은 비율로 계속 낮아질 경우 그렇다는 말이야. 그런데 저 강물이 말끔한 수로를 따라 흘러가는 게 아니기 때문에, 그걸 기대할 수는 없어. 비관적인 이야기를 하기는 싫지만, 액체가 모두 빠져나가기 전에 속도가 느려질 거야."

"네 말이 맞을 것 같아." 비트체르말프가 동의했다. "그렇더라도, 흐름이 느려지면 액체가 모두 사라지기 전에도 밖으로 나가 안전하게 일할 수 있을 거야." 이 말은 예언이 되었다. 조타수의 말이 아직 우주정거장을 향해 날아가고 있을 때 통화관에서 훅훅 소리가 들려와 그의 주의를 끌었다.

"비트체르말프! 인간들에게 네가 지금 케르벤서 일등항해사와 교대할 거라고 말해. 그리고 즉시 우주복 입고 우현의 예비에어로크로 와. 무한궤도와 조타기 밧줄을 점검해야겠어. 안전을 위해서 너와 함께 두 명이 더 나갈 거야. 나는 빨리 하는 것보다 정확하게 처리하는 걸 더 좋아해. 우리 탐사선이 수평이된 이후보다 현재 기울어진 상태에서 더욱 쉽게 수리할 수 있는 손상을 발견하면 나한테 알려. 손상된 부분을 확인한 후 전반적으로 살펴봐. 탐사선이 이 위치에 얼마나 단단하게 박혀 있는지, 그리고 수평으로 세워 이동할 수 있으려면 얼마나 많은 작업이 필요할지 대충이라도 알고 싶어. 나도 밖에 나가서 직접확인하겠지만, 다른 사람의 의견도 듣고 싶거든." 선장이 말했다.

"네, 알겠습니다." 비트체르말프가 대답했다. 그는 이 명령을 듣고 무척 놀라서, 하마터면 벤저민에게 알려주는 일을 잊을 뻔했다. 그가 놀란 것은 밖으로 나간다는 사실이 아니라, 선장이본인의 판단을 확인해줄 사람으로 자신을 선택했다는 사실 때문이었다.

조타수 비트체르말프는 선장이 선체가 온전하다고 통보했을때 우주복을 벗었었지만, 30초 만에 다시 챙겨 입고 재빨리 에어로크로 향했다. 선장과 네 사람이 우주복을 입고 기다렸다. 선원들은 밧줄을 감아서 들고 있었다.

"어서 와, 비트체르말프." 선장이 그를 맞아줬다. "스타켄디가 먼저 밖으로 나가서 가장 가까이 있는 고리에 밧줄을 연결할 거야. 네가 따라가면 그 뒤로 프라펜이 따라갈 거야. 너희는 각각 다른 고리에 밧줄을 연결해. 그리고 네가 맡은 임무를 하면 돼. 잠깐… 이걸 우주복 벨트에 묶어. 무게추를 달지 않으면 떠내려갈 거야." 선장이 쉽게 풀 수 있는 벨트용 클립이 달린 무게추 네 개를 조타수에게 건넸다.

소형 에어로크를 통해 조용히 밖으로 나갔다. 에어로크는 액체를 이용한 U자 형태의 차단 장치인데, 기본적으로 중앙 에어로크와 유사하게 작동하고 충분히 깊기 때문에, 크웸블리호가 기울어졌어도 작동에는 크게 이상이 없었다. 어쩌면 바깥문이 액체 안에 잠겨 있다는 사실 때문에 차이가 날 수도 있겠다. 곧바로 강물의 흐름 속으로 뛰어들어간 비트체르말프는 안정적으로 밧줄을 잡아준 스타켄디에게 고마워하며 안전선을 묶을 곳을 찾았다.

잠시 후 세 번째 선원이 그들에게 합류했다. 그리고 그들은 함께 강바닥에서 벗어나 짧은 거리를 기어 올라갔다. 선교에서 봤던 것처럼 강바닥은 둥글둥글한 바위들이 강의 흐름을 가로질러 능선을 이루며 파도의 골과 마루처럼 줄지어 있었다. 비트체르말프는 이 모습을 처음 봤을 때 탐사선이 두 파도 사이의 골에 좌초된 듯한 인상을 받았다. 외부에 달린 전등들의 상태가 아주 이상적이지는 않더라도 아직 충분히 많은 수가 작동하고 있어서 주변을 볼 수 있었다.

세 선원은 탐사선의 아랫면을 살펴보기 위해 배꼬리로 이동했다. 불빛이 잘 비치는 상태는 아니었지만, 보자마자 돈드래그머 선장에게 보고할 게 잔뜩 있었다.

크웸블리호는 무한궤도 트럭 60대가 떠받치고 있는데, 각 트럭은 가로 1미터, 세로 2미터가량이었고, 다섯 대씩 열두 줄로 정렬된 형태였다. 모든 트럭은 좌우로 회전할 수 있는데, 비트체르말프의 주요 임무인 조타기의 밧줄에 복잡하게 연결되어 있었다. 각 트럭에는 동력 장치를 장착할 수 있는 공간이 있고, 15센티미터 굵기의 축으로 이루어진 자체 모터가 달렸는데, 이 축에 미세 구조물이 있어서 회전하는 자기장을 직접 붙잡았다. 그런 방식을 통해 핵융합로가 에너지를 전달했다. 동력 장치를 장착하지 않은 트럭은 자유롭게 움직였다. 사고가 났을 당시 무한궤도 트럭에는 크웸블리호에 있는 핵융합로 스물다섯 개 중 열 개가 장착되어 있었는데, V자형에서 뾰족한 쪽을 앞쪽으로 한 형태로 뱃머리부터 배꼬리까지 정렬되어 있었다.

동력 장치가 들어 있던 다섯 대를 포함해서 탐사선의 배꼬리 쪽에 있던 무한궤도 열여덟 대가 사라졌다.

5
프라이팬에서 냉장고로

    정확히 말해 그 무한궤도 트럭들이 모두 사라진 건 아니었다. 바위 위에 놓여 있는 몇 대가 눈에 들어왔다. 마지막으로 충돌할 때 빠진 게 분명했다. 그 전에 충돌할 때 빠진 트럭들은 아마 몇 킬로미터 상류에 있을 것이다. 조타수 비트체르말프는 그 거리를 어림하기조차 쉽지 않아서 찾는 게 걱정되었다. 그건 나중에 확인해도 괜찮을 것이다. 남아 있는 트럭들을 먼저 점검해야 했다. 조타수는 점검을 시작했다.

    뱃머리 쪽은 전혀 손상을 입지 않은 것 같았다. 무한궤도 트럭은 모두 제자리에 있었고, 미로 같은 조타기 밧줄도 문제가 없었다. 탐사선의 중간 부위에는 엄청난 강도의 메스클린 섬유가 사용되었는데도 많은 밧줄이 끊긴 상태였다. 몇몇 트럭은 뒤틀려서 제자리에서 어긋났는데, 그중 몇 대는 손만 대도 이리저리 흔들거릴 정도였다. 배꼬리 부분에서 잃어버린 부품의 형태가 규칙적이라 그나마 조금 위로가 되었다. 5열 종대로 늘어선 트럭들을 좌현으로부터 번호를 매겼을 때, 1열에서는 뒷부분의 트럭 다섯 대를 잃었다. 2열과 3열은 뒷부분의 네 대를 잃었고, 4열은 뒷부분 세 대, 우현에 있는 5열은 뒷부분 두 대를 잃었다. 대각선으로 선체의 바닥을 쓸고 지나간 동일한 충격에 부서져 나간 모양이었다. 떨어져 나간 몇 대가 주변에 있는 거로 봐서, 잘하면 모두 근처에 있을 가능성이 있었다.

조사원들은 트럭이 뜯겨 나가며 발생한 손상이 예상외로 적어서 놀랐다. 비트체르말프와 동료들은 크웹블리호나 다른 자매 탐사선들의 설계에 관여하지 않았다. 그들은 탐사선이 어떤 개념으로 만들어졌는지에 관해 대략적인 수준 이상은 알지 못했다. 근육과 바람의 단계에 여전히 머물러 있는 문화에서 온 존재들에게 가장 발달되고 정교한 에너지원에 의해 가동되는 기계를 운영하도록 할 때 생길 문제나, 일단 드라운에 내려간 후에는 시설을 수리하거나 교체해줄 수 있는 사람들이 아예 없는 상태가 된다는 사실에 대해 그들은 전혀 생각해보지 않았다. 그들이 셀신 모터*나 유사한 장치로 동력을 전달하지 않고, 조타기와 밧줄로 탐사선을 조종했던 것도 그런 이유 때문이었다. 에어로크가 그렇게 간단하면서도 너무 단순하지는 않았던 이유이기도 했다. 그렇기 때문에 생명유지장치도 수동으로 작동되

* 기계적으로 연결하기 어려운 축을 전기적으로 연결해서 움직이도록 한 장치

었다(식물의 생존을 위해 비추는 불빛은 예외였다). 메스클린 과학자와 기술자도 설계에 참여했었다.

메스클린인 수백 명이 외계인의 교육을 폭넓게 받았다. 하지만 새로운 지식이 메스클린인 문화 속으로 퍼지게 하려는 노력은 하지 않았다. '대학 졸업자' 대부분은 현재 드라운에 있었다. 비트체르말프 같은 신입 선원도 그중 하나였다. 바다에 인접한 발리년의 나라 선원들 중에 자원한 사람들로서 대부분 젊고 상당히 지적이었다. 바로 이들이 탐사선을 수리하고 정기적인 관리를 했다. 탐사선의 설계자들은 이런 사실을 염두에 두고 끊임없이 되새겼었다. 메스클린인의 관리를 받으며, 아주 오랜 시간 동안 드라운 같은 환경에서 수천 킬로미터를 움직일 수 있는 안전한 탐사선을 설계하면 필연적으로 놀라운 장비가 만들어질 수밖에 없다. 조타수 비트체르말프가 탐사선의 부품들이 너무 쉽게 다시 조립되거나 탐사선 자체의 손상이 너무 적다는 사실에 놀라선 안 되는 것이었다.

물론, 메스클린인의 지능을 고려한 설계였다. 그들의 지능 덕분에 로봇에 의지하지 않게 되었다. 우주 탐사가 시작되던 초기에 로봇을 이용한 방식이 그다지 만족스럽지 않다고 판명되었다. 메스클린인의 지능은 지구인이나 드롬인, 파네쉬인에 비교해도 절대 뒤지지 않았다. 그들은 네 개의 행성에서 매우 다른 지질학적 시간을 거치며 진화한 생물들이었기 때문에, 그 사실은 그 자체로 놀라웠다. 메스클린인들은 평균적으로 인간보다 아주 오래 사는 게 거의 확실했다. 하지만 이상하게 그들은 그 이야기를 하기 싫어했다. 사실, 메스클린인의 전반적인 역량이 얼마나 되는지는 드라운 그 자체만큼이나 의문투성이였다. 이것은 모든 측면에서 위험한 프로젝트인데, 대부분의 위험 부담을 메스클린인이 감당하고 있었다. 인간의 우주정거장에서 가까운 궤도에 거대한 화물선이 떠 있어서 응급상황이 발생했을 때 정착지 전체를 대피시킬 수 있었다. 하지만 이것은 사실 의례적인 조치에 불과했다. 탐사선을 타고 정착지에서 멀리 떨어져 있는 이들에게는 특히 그랬다.

크웸블리호의 손상을 점검하는 세 선원에게는 이런 생각이 전혀 떠오르지 않았다. 그들은 트럭들이 연결구에서 단순히 떨어져 나간 것뿐이라서, 잃어버린 트럭들이 발견되는 대로 별로 어려움 없이 집어넣어 회전시킬 수 있다는 사실을 알고는 그저 놀라워하고 기뻐할 뿐이었다. 비트체르말프는 이 문제가 만족스럽게 해결되자, 안전선이 허용되는 한도까지 내려가서 강바닥을 재빨리 훑어봤다. 그리고 인근에 떨어져 있는 트럭 열두 대를 발견했다. 부서진 트럭들도 있었다. 무한궤도가 부서지거나 연결이 끊긴 것도 있었고, 무한궤도를 지지하는 바퀴가 깨진 것도 있었다. 몇 대는 축이 구부러졌다. 세 선원은 손이 닿고 옮길 수 있는 부품들을 그러모아 크웸블리호의 배꼬리 쪽으로 들고 갔다. 조타수는 안전선을 두 배로 늘려 수색 반경을 넓힐 생각을 했지만, 선장에게 보고하고 허락을 얻는 게 먼저라는 생각이 들었다. 사실, 그는 선장이 직접 외부를 점검할 거라던 말과 달리 일찍 모습을 보이지 않아 약간 의외라고 생각했다.

비트체르말프는 동료들과 함께 배꼬리에 있는 에어로크에 가서야 그 이유를 알아차렸다. 돈드래그머 선장은 비트체르말프와 함께 있었던 다른 동료 두 명, 그리고 그사이 불러낸 게 틀림없는 선원 여섯과 함께 크웸블리호의 중간 부위에서 중앙 에어로크 부근에 있는 바위들을 치우고 있었다.

우주복에는 별도의 통신 장치가 없었다. 우주복 안에 들어 있는 수소-아르곤 충전재와 우주복을 둘러싸고 있는 액체를 뚫고 전달되는 소리는 극단적으로 빈약했다. 하지만 폐가 아니라 수관(水管)에서 만들어지는 메스클린인의 목소리는 인간 생물학자들을 괴롭히는 또 하나의 사례였다. 조타수가 깊은 훅훅 소리를 지르며 선장의 주의를 끌더니, 탐사선의 배꼬리 쪽으로 따라오라는 몸짓을 했다. 돈드래그머 선장은 중요한 일인가 보다 추측하고, 다른 이들에게 계속 일을 하라고 지시한 후 조타수를 따라갔다. 선장은 한 번 둘러보고 비트체르말프와 몇 마디 나누는 것만으로 재빨리 상황을 파악했다.

선장은 잠시 생각한 후 잃어버린 트럭을 지금 찾아보겠다는 제안을 거절했다. 강물의 수위가 지금도 계속 낮아지고 있었다. 너무 오래 걸리지만 않는다면, 물이 사라지고 난 뒤 훨씬 안전하고 쉽게 수색을 할 수 있을 것이다. 그동안 앞서 발견한 부품들을 수리하면 된다. 비트체르말프는 명령을 이해하고, 그 작업을 준비하기 위해 손상된 부품들을 정리하기 시작했다.

작업을 위해서는 조심성이 필요했다. 다른 부품들에서 분리했을 때 액체의 흐름을 따라 떠내려갈 수 있을 정도로 가벼운 부품들도 있기 때문이었다. 이미 사라진 부품 중 일부는 아마도 그런 식으로 떠내려갔을 것이다. 조타수는 휴대용 전등을 가져다놓고, 몇 미터 떨어진 하류에 조수 한 명을 배치해서 자신이 놓친 물건을 붙잡도록 했다. 비트체르말프는 그물이 있다면 많은 도움이 될 거라는 생각이 들었지만, 크웸블리호에는 그런 물품이 없었다. 탐사선에 실려 있는 밧줄 몇 킬로미터로 그물을 만들어볼 수 있겠지만, 그렇게 시간을 투자할 가치가 있을 것 같지는 않았다.

종종 쉴 때마다 벤저민과 잡담을 나누긴 했지만, 비트체르말프가 8시간 동안 일하고 나니 망가졌던 트럭 세 대가 다시 쓸모 있게 되었다. 일부 부품은 초기의 품질을 유지하지 못해 비트체르말프와 선원들이 임시변통으로 대체했다. 그들은 외계인의 중합체와 합금뿐 아니라 가지고 있던 메스클린 섬유와 밧줄도 이용했다. 메스클린인의 작업 도구는 자신의 몸뚱이였다. 그들의 문화에서는 손재주에 대한 기준이 높았고, 톱과 망치와 갖가지 날카로운 도구는 선원들에게 익숙했다. 메스클린 생물들의 일반적인 조직적 특성을 고려했을 때, 도구들이 메스클린 생물의 뼈와 뿔, 껍데기로 만들어졌다는 사실은 전혀 문제가 되지 않았다.

회전 이음쇠에 있는 부품들을 수리해서 교체하는 일은 메스클린인의 기준으로도 힘든 작업이었다. 트럭이 뜯겨 나갈 때 고정대 안의 금속이 구부러져서 도구를 사용하는 작업을 더 해야 했다. 첫 트럭 세 대는 4열에 장착되었다. 5열은 아직 강바닥의 바위들에 눌려 있는 상태이고, 1, 2, 3열은 편하게 작업하기에 너무 높기 때문이었다. 비트체르말프는 어쩔 수 없다고 판단하고, 작업이 가능한 곳들에 트럭을 부착한 후 돌아가서 부품들을 더 수리했다.

강의 수위가 꾸준히 낮아지고 흐름도 느려졌다. 돈드래그머 선장은 조타수와 조수들에게 선체 아래에서 작업하지 말고 다른 곳으로 이동하라고 지시했다. 크웸블리호를 받치고 있는 부력이 약해질 경우 일어날 일이 예상되기 때문이었다. 곧 선장의 조심성이 옳았다고 입증되었다. 바위들이 갈리는 소리가 나더니, 탐사선의 기울기가 60도에서 30도로 낮아지면서 두 열의 트럭들이 바닥에 닿아서, 작업하고 있던 두 선원이 짓눌리지 않기 위해 바위틈으로 숨었다.

이때가 되자 설령 수위가 낮아지더라도 탐사선이 더 내려오지 않으리라는 게 명확해졌다. 선체 아래 좌현에서 뱃머리로부터 3분의 1, 트럭의 1열과 2열 사이의 한 지점이 약 5.5미터 반지름의 바위 위에 놓여 있었는데, 바위의 절반이 강바닥에 파묻힌 상태여서 크웸블리호의 무게가 위에서 누르지 않더라도 제거하는 게 불가능했다. 비트체르말프는 자기에게 주어진 일을 계속했지만, 선장이 돌출된 바위에서 선박을 어떻게 들어 올릴지 몹시 궁금했다. 또 선장이 성공할 경우 어떤 일이 벌어질지도 궁금했다. 울퉁불퉁한 바위로 이루어진 강바닥은 크웸블리호를 설계할 때 거의 고려하지 않았던 지면 형태였다. 조타수는 탐사선이 과연 그런 바닥 위에서 움직일 수나 있을지 매우 걱정되었다. 유일하게 비교할 만한 사례인 메스클린을 떠올려보면, 중력이 높은 행성들은 지면이 평평한 경향이 있는 것 같다. 설계자들은 마찰력이 약한 곳이 존재하더라도 선원들이 그런 곳으로 올라가는 모험을 자제하기만 하면 된다고 예상했던 게 틀림없다. 이는 자동화된 로봇보다 지적인 존재가 탐사하는 게 대체로 낫다는 또 하나의 좋은 예시일 것이다.

잠시 생각에 잠겨 있던 비트체르말프는 '뒤늦은 후회'가 쌓여야 통찰력이 생기는 모양이라고 결론을 내렸다.

같은 문제를 생각하고 있던, 즉 탐사선을 자유롭게 풀어놓을 방법을 고민하던 돈드래그머 선장은 조타수보다 나은 해법을 떠올리지 못한 채 좌초된 후 50시간을 보냈다. 일등항해사와 과학자들도 같은 문제로 시달렸다. 하지만 그들은 걱정하지 않았다. 선장이 예외적이긴 했지만, 그의 감정 상태도 인간의 '걱정'과 정확히 일치하지는 않았다. 몇 시간 전부터 선장은 선교에 올라와 있는 조타수 비트체르말프와 함께 인간 당직자들과 대화를 계속 이어갔다.

대화는 낙관적인 말투로 진행 상황을 정기적으로 알려주며 시작됐다. 돈드래그머 선장은 아직 실행 계획을 생각해내지 못했다는 사실에 대해서는 기꺼이 인정할 수 있었지만, 앞으로도 생각해내지 못할 거라 포기하지는 않았다. 선장은 이런 말로 맺었다. "우리에게는 생각해낼 시간이 무궁무진합니다."

우주정거장에 있는 엘리스가 다른 의견을 낼 수밖에 없었다. "선장님의 생각처럼 그렇게 시간이 많지는 않을 겁니다. 여기에 있는 동료 중에는 그 바위들을 걱정하는 사람들이 있어요. 당신의 보고나 선교의 통신기 영상을 보면 바위들이 동그스름하잖아요. 우리의 경험에 따르면, 그런 모양은 대체로 강바닥이나 해변에서 물에 닳아 생기는 겁니다. 그렇게 큰 바위를 움직이려면 당연히 엄청난 물살이 필요하겠죠. 우리는 여러분의 탐사선을 끌고 간 물결이 실은 간절기에 처음으로 녹은 물이 찔끔 흘러나온 게 아닌지 걱정하고 있습니다. 당신이 거기에서 금방 벗어나지 않으면 훨씬 많은 물이 흘러내려 오는 모습을 보게 될 거예요."

돈드래그머 선장이 잠시 생각에 잠겼다.

"무슨 말인지 알겠습니다. 하지만 우리는 이미 최선을 다해 일하고 있습니다. 우리가 제시간에 빠져나갈 수 있을지 모르겠지만, 최선 이상으로 더 잘할 수는 없습니다. 여러분의 과학자들이 그 대홍수에 대해 구체적인 예보 같은 걸 해줄 수 있다면 저희로서는 당연히 기쁘겠습니다. 그렇지 않다면 저희는 지금껏 했듯이 계속 일을 해갈 수밖에 없습니다. 일이 너무 많지 않을 때는 여기 통신기 옆에 부하를 배치해놓겠습니다. 이 통신기 옆에 선원이 없는 경우에는 연구실로 연락해보세요. 정보를 줘서 고맙습니다."

돈드래그머 선장은 다시 일하고, 생각하기 위해 돌아갔다. 선장은 결코 당황하는 사람이 아니었다. 그는 사적인 논쟁을 할 때보다 비상 상황일 때 더욱 차분해지는 사람 같았다. 선장의 인생관은 기본적으로 방금 그가 말했던 그대로였다. 언젠가 이 시간이 끝나리라는 사실을 철저히 인식한 상태에서, 그 시간 안에 할 수 있는 일을 모두 하는 것이었다. 지금 이 순간 선장은 자신이 할 수 있는 최선이 무엇인지 알고 싶을 뿐이었다.

저 큰 바위가 중요한 문제였다. 그 바위 때문에 무한궤도의 마찰력이 힘을 쓰지 못했다. 무한궤도가 바닥에 닿아서 묵직하게 밀고 나아가기 전까지는 크웸블리호가 자체 동력으로 움직일 수 없다. 메스클린의 가장자리나 지구였다면, 선원들이 근육의 힘으로 탐사선을 옮겨볼 수도 있겠지만, 드라운의 중력에서는 어림도 없었다. 여기에서는 들판에 있는 60센티미터 지름의 바위도 움직이기 힘들었다.

도르래를 만들 수 있는 장비가 안에 있긴 했지만, 기계적인 이점을 적절하게 활용하더라도 움직이지 않는 선박의 무게를 떠받칠 수 있을 만한 것은 없었다.

무한궤도 트럭 중 몇 대가, 정확히 말해 네 대가 문제의 바위에 닿아 있었다. 5열에 그보다 많은 트럭들이 바닥에 닿아 있는 상태였다. 아직 그 트럭들에 동력이 들어가지 않았지만, 핵융합로를 그 트럭들로 옮길 수 있을 것이다. 바위 위에 있는 네 대, 그 앞에 있는 트럭들, 그리고 5열에 있는 트럭들에 모두 동력이 공급된다면 크웸블리호를 간단하게 뒤로 뺄 수 있지 않을까?

그럴 수 있을 것이다. 그걸 의심할 이유가 전혀 없었다. 적당한 마찰력이 있는 평지 위에서는 동력 장치 네 대만 적절한 간격으로 배치해도 탐사선이 움직였다. 선박의 무게가 몇 대의 트럭에 집중되면 마찰력이 평소보다 더 좋아야 하므로, 후진은 주로 아래로 내려가는 방향으로 해야 할 것이다.

돈드래그머 선장이 이 계획의 대략을 통신기로 지켜보고 있던 인간에게 알려준 것은 자신감이 부족해서가 아니었다. 그는 자신의 의도를 알려준 것이지, 조언을 구한 게 아니었다. 선장의 보고를 들은 인간은 공학자가 아니었기 때문에 으레 그러듯이 그 계획에 동의했다. 당직자는 평소처럼 그 정보가 우주정거장에 퍼져나갈 수 있도록 그 상황을 기획연구실에 전달했다. 그 결과 이 정보는 1시간 내로 공학자에게 전달되었다. 돈드래그머 선장이 자신의 계획을 실행할 준비를 하기 훨씬 전이었다.

공학자는 그 소리를 듣고 눈살을 찌푸리더니, 크웸블리호의 축소 모형으로 빠르게 시험해보고, 2분 동안 계산자를 이용해 재빨리 계산했다.

그 공학자가 언어에 약하긴 했지만, 엘리스 호프만을 찾은 이유는 그것만이 아니었다. 그는 돈드래그머 선장을 잘 몰랐기 때문에, 그 메스클린인이 비판에 어떻게 반응할지 알지 못했다. 그는 드라운 프로젝트와 관련해서 주로 드롬인들과 일을 해왔었다. 분위기를 풀어줄 수 있는 누군가가 그가 말하려는 요점을 전달해주는 게 안전할 것 같았다. 엘리스를 찾아가자, 그녀는 돈드래그머 선장이 합리적인 조언을 싫어한 적이 없다며 공학자를 안심시켰다. 그렇지만 아무리 선장이 인간의 언어에 유창하더라도, 그녀가 스텐어를 더 잘 알고 있으므로 도움이 되리라는 점에 동의했다. 둘이 함께 통신실로 갔다.

벤저민은 근무 시간이 아닐 때 늘 그러듯이 통신실에 있었다.

이제 그는 메스클린인 친구를 몇 명 더 만들었지만, 여전히 조 타수 비트체르말프가 가장 좋았다. 최근에 사고로 인해 비트체 르말프가 오랜 시간 일을 하긴 했지만, 둘 간의 대화가 완전히 끊긴 건 아니어서, 벤저민의 스텐어가 놀라울 정도로 향상되 었다. 그는 이제 엄마가 믿고 맡겨도 괜찮을 정도로 실력이 좋 아졌다.

엘리스와 공학자가 통신실에 도착했을 때, 벤저민은 조타수 타쿠어치의 이야기를 듣고 있었다. 하지만 선장에게 보낼 중요 한 전언이 있다는 이야기를 듣더니 별 아쉬움 없이 그 대화를 중단했다.

돈드래그머 선장이 몇 분 후 선교로 돌아왔다. 선장은 다른 선원들과 마찬가지로 쉼 없이 일하고 있었지만, 다행히 호출이 갔을 때 마침 탐사선 안에 있었다.

"엘리스, 접니다." 마침내 선장의 목소리가 들려왔다. "타쿠 어치 말로는 당신이 업무상 호출을 했다더군요. 말씀하세요."

"돈드래그머 선장님, 바위에서 후진하려는 당신의 계획에 대 한 이야기입니다." 엘리스가 말을 시작했다. "여기서 우리가 모 든 상황을 다 알 수는 없지만, 우리 공학자들은 두 가지를 걱정 하고 있습니다. 첫째는 선체가 3미터 이상 공중에 떠 있는 상태 에서 탐사선 앞쪽에 있는 트럭들이 그 바위에서 벗어난다는 사 실입니다. 그 부분에는 선교도 있죠. 트럭이 굴러 내려가고 선 체가 바위에서 바닥으로 떨어질 때 발생할 위험을 계산해봤나 요? 또한, 바위에서 떨어지기 직전에는 선체의 무게 전체가 거의 뱃머리와 배꼬리에 실리게 될 겁니다. 공기 매트리스로 이루어진 하부구조가 하중을 분산시키긴 하겠지만, 우주정거장에 있는 제 동료들은 확신하지 못하고 있어요. 만일 공기 매트리스가 아니라 크웸블리호의 선체가 무게의 절반을 버티는 상황이 된다면, 드라운의 중력이 상당히 영향을 미쳐 탐사선이 반으로 쪼개질 겁니다. 그 부분에 대해 점검했나요?"

돈드래그머 선장은 아직 확인하지 못했다는 사실을 인정할 수밖에 없었다. 그리고 그 계획을 더 진행하기 전에 점검하겠다고 말했다. 선장은 엘리스와 동료들에게 감사를 표한 후 얼마 전에 사용할 수 있도록 정리한 중앙 에어로크로 갔다.

바깥 물살의 흐름은 더 이상 안전선이 필요 없을 정도로 느려진 상태였다. 바닥에 깔린 가장 작은 자갈들의 평균 높이를 기준으로 했을 때 액체의 깊이는 약 2미터 정도였다. 그 수위는 액체 안에서 전체 상황을 바라보기에는 몹시 불편한 높이였다. 돈드래그머 선장은 바위 위로 기어 올라가야 했는데, 힘든 일이었지만 부력이 좀 있어서 그나마 도움이 되었다. 선장은 앞쪽의 트럭들 사이로 커다란 바위의 굴곡과 뱃머리의 아랫부분을 모두 볼 수 있는 곳으로 갔다. 선체가 뒤로 움직이면 자세가 바뀔 것이기 때문에, 선장은 자신의 계획에 대해 완벽하게 확신을 내릴 수 없었다. 선장은 자신이 바라보고 있는 상황이 마음에 들지 않았다. 아마 인간 공학자가 옳을 것이다. 선체가 손상될 위험이 있을 뿐 아니라, 조타 장치에도 위험했다. 조타 장치는 액체로 공기를 차단하는 방식으로 기계적으로 밀폐되어 공기 매트리스 바로 앞부분의 선체를 통과해 조타기의 복잡한 밧줄로 연결되었다. 조타기에 심각한 손상을 입으면 탐사선이 진짜로 마비될 것이다. 배꼬리에 조타기 복제본이 하나 더 있긴 했지만, 아무렇지 않게 감수할 수 있는 위험은 아니었다.

그때쯤 되자 돈드래그머 선장은 전체 상황을 명확하게 인식할 수 있었다. 하지만 선장은 1시간 이상 그 모습을 더 지켜봤다. 인간 심리학자가 이 상황을 보며 몹시 안달했다는 이야기를 나중에 들었다. 심리학자는 인간과 메스클린인의 정신세계에서 중요한 차이점을 찾고 있었지만, 발견한 건 오히려 유사성이 수없이 많다는 사실이었다.

당연한 말이지만, 해결책에는 노동이 뒤따랐다. 여기에서는 가장 작은 자갈조차도 무거웠다. 그렇지만 멀리 가지 않더라도 충분히 구할 수 있는 자갈들이 수없이 많았다. 선원들이 좌초한 탐사선의 배꼬리부터 문제의 바위까지 빠른 속도로 자갈을 쌓으며 경사로를 만들었다. 크웸블리호의 모든 선원이 그 일에 매달렸다. 단, 아직 트럭을 수리 중인 비트체르말프와 일행만 예외였다.

경사로를 만드는 작업은 조타수 비트체르말프에게도 도움이되었다. 손상된 베어링 부품을 사용할 수 있도록 수리를 마쳤을 때, 그전까지는 손이 닿지 않았던 새로운 설치 장소에 부품을 설치할 수 있었다. 바위 운반 작업을 하던 선원들과 비트체르말프가 거의 동시에 일을 마쳤다. 부품을 잃어버려서 수리하지 못한 트럭은 네 대였다. 그는 이 트럭들을 알뜰하게 이용하기 위해 다른 트럭에 필요한 부품들을 떼어냈다. 그리고 어쩔 수 없이 생긴 빈자리들은 탐사선의 하중을 합리적으로 잘 분산시킬 수 있도록 충분히 넓게 떨어뜨려 놓았다. 거의 강바닥에 파묻힌 5열의 트럭들에 작업하기 위해 조타수는 그 부분의 매트리스에서 공기를 빼서 수축시켜야 했다. 트럭 두 대를 교체한 뒤 다시 공기를 집어넣을 때 선체가 약간 움직이는 바람에 돈드래그머 선장과 아래에서 일하던 선원들이 깜짝 놀랐다. 다행히 움직임은 미미했다.

돈드래그머 선장은 대부분의 시간 동안 다음에 올 홍수에 대한 믿을 만한 예보를 기대하며 통신기와 작업 구역을 오갔다. 작업 구역에서 선장은 경사로의 진행 상황과 상류에 주의를 기울였다. 경사로가 거의 완료될 즈음에는 수위가 1미터도 채 되지 않았고, 강물의 흐름은 완전히 멈췄다. 강이라기보다는 웅덩이에 가까웠다.

이제 완전히 한밤중이었다. 해가 지고 나서 1백 시간가량 지났다. 날씨가 아주 맑아 외부에서 일하는 선원들은 격렬하게 반짝거리는 별들을 볼 수 있었다. 메스클린의 태양은 보이지 않았다. 드라운의 무거운 대기 때문에 시야가 가장 좋을 때조차도 희미하게 보였는데, 지금은 지평선에 너무 가까웠다. 돈드래그머 선장도 당장은 그 별이 지면의 살짝 아래에 있는지 위에 있는지 알지 못했다. 가장 지식이 부족한 선원조차 남쪽을 가리킨다고 알고 있는 지구의 태양과 포말하우트가 남쪽으로 몇 킬로미터 떨어진 낮은 언덕 위에서 반짝거렸다. 어둠이 내려온 후 두 별

사이를 잇는 가상의 선은 인간의 척도로 20도 이하로 기울어져 있었다. 메스클린인 항해사라면 4도 이하라고 했을 것이다.

크웸블리호의 전등 너머의 바깥은 완전히 깜깜했다. 드라운 에는 달 같은 위성이 없었고, 별은 지구나 메스클린에서와 마찬 가지로 그다지 조명의 역할을 해주지 못했다.

온도는 거의 변화가 없었다. 크웸블리호의 과학자들은 지식 과 장비가 허락하는 한 완벽하게 주위환경을 측정하고, 그 결과 를 우주정거장에 보고했다. 돈드래그머 선장은 그 결과물들이 부디 유용한 정보가 되어 돌아오기를 조용히 바랐지만, 인간들 에게 그럴 의무가 있는 건 아니라고 인식했다. 어쨌거나 애초에 보고는 메스클린인이 맡은 업무 중 쉬운 부분이었다.

돈드래그머 선장은 선원들에게도 독립적으로 사고하라고 권 했다. 과학자 보른덴더는 선장의 말을 빈정거리는 것으로 이해 한 모양인지, 인간들이 드라운의 다른 지역들에 대한 보고서를 보내주고 그와 관련해서 컴퓨터를 이용할 수 있게 해준다면, 기 꺼이 독립적인 사고를 시도해보겠다고 대답했다. 선장은 빈정 거릴 의도가 없었다. 그는 물이나 암모니아에 선박이 뜨는 이유 를 설명하는 일과, 둘째 날 40시에서 100시 사이 정착지에 비가 2.3밀리밧줄만큼 내린 이유를 설명하는 일이 엄청나게 다르다 는 사실을 완벽하게 이해했다. 돈드래그머 선장은 자신의 말에 대한 보른덴더의 오해가 고의적인 것은 아닌지 의심스러웠다. 메스클린인이 변명거리를 찾을 때 종종 인간과 아주 흡사한 모 습을 보이는데, 보른덴더는 최근 자신이 쓸모없는 사람이 된 것 같다는 생각 때문에 안달하고 있었다. 선장은 그런 이야기를 겉으로 드러내지 않고, 그저 쓸 만한 제안은 언제든지 환영한다는 말만 반복한 후 연구실을 나갔다.

마침내 경사로를 사용할 수 있게 되자 과학자들도 탐사선 밖으로 나가라는 명령이 내려졌다. 보른덴더는 짜증을 내면서, 뭔가 극적인 사건이 발생할 경우 크웸블리호 안에 있을 때와 바깥에 있을 때의 이론적인 특성의 차이에 관해 구시렁거렸다. 하지만 돈드래그머 선장은 제안을 한 게 아니라, 명령을 내린 것이었다. 아무리 과학자라도 선장에게 그렇게 명령할 수 있는 권리와 권한이 있다는 사실을 부정하지 못했다. 작업을 시작할 때는 선장과 비트체르말프, 그리고 생명유지실에 켄스니라는 기술자만 크웸블리호에 타고 있었다. 본래 돈드래그머 선장은 자신이 조타수 역할을 하고, 생명유지장치는 운에 맡기려 했었지만, 비트체르말프가 조타기 밧줄의 배치에 대해 훨씬 잘 알고 있으므로 그 부분에 문제가 생길 경우 알아챌 가능성이 더 크다는 사실이 떠올랐다. 내부 동력은 탐사선의 움직임과 직접적인 관련이 없었지만, 경사로가 무너지거나 미끄러져 생명유지시설에 문제가 생길 경우 그 문제를 다룰 사람이 있는 게 나았다. 생명유지시설은 탐사선 그 자체보다도 중요했다. 비상 상황이 발생하면, 설령 탐사선이 망가지더라도 선원들은 공기 공급 장치를 들고 정착지까지 걸어서 돌아갈 수 있다.

하선 명령의 논리에 따르면 크웸블리호에는 조타수 비트체르말프와 기술자 켄스니만 남고 돈드래그머 선장도 밖에 나가서 지켜봐야 했다. 하지만 선장은 그렇게까지 논리적으로 행동할 준비는 되지 않았다. 그래서 탐사선에 머물렀다.

동력 장치들이 무한궤도를 팽팽하게 당기기 시작하자 거대한 선체 밖에 모여 있던 애벌레 같은 무리의 긴장감이 높아지기 시작했다. 선교에 있는 돈드래그머 선장은 긴장한 선원들의 모습이 보이지 않았기 때문에 차분했지만, 비트체르말프는 밖에 있는 선원들의 분위기가 느껴져서 안절부절못했다. 생명유지실에 있던 통신기를 가져가 크뤰블리호에서 백여 미터 떨어진 돌출된 바위 위에 고정해놓았는데, 그 통신기로 지켜보는 인간 당직자들에게는 탐사선이 실제로 움직이기 시작할 때까지 아무것도 보이지 않았다. 엘리스와 벤저민 외에 다른 인간들은 모두 조용히 상황을 지켜봤다.

벤저민은 외부의 모습에 별로 관심이 없어서, 조타수 비트체르말프가 보이는 선교 모니터를 바라봤다. 비트체르말프는 한 쌍의 집게로 조타기를 강하게 움켜쥐고, 다른 집게 세 쌍은 거의 보이지 않을 정도의 속도로 엔진 제어 밧줄 손잡이들 사이를 바쁘게 오가며 각 트럭에 가해지는 힘을 균일하게 만들려 노력했다. 조타수는 평상시의 10퍼센트 이상 동력을 가동하지 않으려 했다. 밧줄은 평소에 교차 연결되어 있어서 밧줄 하나로도 모두를 가동할 수 있지만, 각 트럭을 제각각 제어할 수 있도록 재배열했다. 덕분에 비트체르말프는 몹시 바빴다.

크뤰블리호가 조금씩 뒤로 움직이기 시작할 때 한 인간이 소리를 질렀다.

"대체 저들은 왜 원격 제어장치를 설치하지 않은 거죠? 최소한 회전력이나 추진력 계기판 같은 걸 선교에 설치할 수는 있잖아요? 저 불쌍한 벌레들이 미쳐가고 있다고요. 난 저 벌레들이 조종을 할 때 기계가 어떻게 반응하는지는 고사하고, 특정한 트럭을 잡고 있는지를 어떻게 알 수 있는 건지 전혀 이해가 안 돼요."

"조타수에게 멋진 계기판을 주더라도 그걸 제대로 이용할 수 없을 거예요." 보이드가 대답했다. "발리넌 사령관은 정말로 어쩔 수 없는 경우 외에는 선원들이 현장에서 수리할 수 없는 복잡한 장비를 탐사선에 설치하는 걸 원하지 않았어요. 저는 사령관의 의견에 동의했고, 기획연구실에 있는 다른 분들도 동의했어요. 보세요. 탐사선이 얼음처럼 부드럽게 미끄러지고 있잖아요."

스피커에서 감탄하는 훅훅 소리가 합창으로 들려왔는데, 대부분의 선원이 물속에 있는 탓에 그 소리가 먹먹하게 들렸다. 크웸블리호의 뒷부분이 경사로를 내려가 강바닥에 닿을 때까지 선체 중간 부위의 트럭 20여 대가 한참 동안 공중에 떠 있었다. 선교에 미칠 영향을 우려한 공학자는 손가락을 교차하고 행운을 빌며 눈을 부릅떴다. 곧 앞쪽의 트럭들이 순서대로 경사로에 내려오자 뱃머리가 떨어지며 선박의 무게가 다시 깔끔하게 분산되었다. 탐사선이 상대적으로 평평한 강바닥의 자갈들 위로 조심조심 내려와서 정지하자 선체의 비틀림 응력이 줄어들었다. 비틀림 응력에 대해서는 아무도 심각하게 고려하지는 않았다. 선원들이 중앙 에어로크에 가기 위해 뱃머리와 배꼬리로 우르르 몰려가면서 아무도 통신기를 챙길 생각을 하지 않았다. 엘리스는 선장에게 그 사실을 알려주려다 그냥 기다리는 게 나을 것 같아 입을 다물었다.

돈드래그머 선장은 통신기를 잊지 않았다. 에어로크로 들어온 첫 선원이 웅덩이에서 수면 위로 고개를 내밀기 시작하자 통화관을 통해 선장의 목소리가 메아리쳤다.

"케르벤서 일등항해사! 레펠! 즉시 정찰기 꺼내. 레펠은 밖에서 통신기 가져가. 출발하기 전에 정찰기 안에 셔터를 확실히 고정하고, 10분 동안 북쪽으로 갔다가 동쪽을 살펴보고 돌아와. 케르벤서, 10분 동안 서쪽을 살펴본 후 남쪽을 돌아보고 와. 과학자 보른덴더, 측정 장치를 모두 탐사선에 실은 후에 보고해. 조타수 비트체르말프와 타쿠어치, 밖으로 가서 엔진 제어 밧줄을 정상적으로 재배치해."

선교에 있는 돈드래그머 선장의 통신기에 소리가 켜져 있어서 그 소리를 들은 엘리스가 사람들에게 선장의 명령을 통역해 줬다. 하지만 셔터가 무엇을 가리키는 말인지 아는 사람이 아무도 없었다. 엘리스와 동료들이 바깥에 있는 통신기가 전송하는 화면을 흥미롭게 지켜보고 있을 때 탐사선의 위쪽 에어로크에서 작은 헬리콥터 두 대가 떠올랐다. 그중 한 대가 통신기를 가져가기 위해 다가왔다. 아마도 헬리콥터 외부의 모습을 통신기로 비추려는 모양이었다. 다른 한 대는 아직 상승하고 있었는데, 모니터를 벗어나 서쪽으로 향했다. 레펠이 통신기를 집어서 정찰기의 자리에 밀어 넣을 때 화면이 흔들거렸다. 영상의 시야가 지상에서 위로 올라가기 시작하자, 엘리스는 나중에 지도 작업에 쓸 수 있도록 녹화하려고 반사적으로 스위치를 켰다.

돈드래그머 선장이 같은 화면을 볼 수 있다면 상황을 직접 살펴봤겠지만, 레펠의 구두 보고가 우주정거장을 통해 중계되거나 차후에 케르벤서 일등항해사로부터 직접 보고를 들을 때까지 기다리는 수밖에 없었다. 사실, 레펠은 정보를 전달하느라 수고할 필요가 없었다. 10분 동안 비행을 해도 급하게 전해줄 만한 상황을 발견하지 못했다. 돈드래그머 선장이 인간에게 구두로 알려준 내용은, 크웸블리호가 대략 24킬로미터 너비의 계곡 안에 있으며, 드라운의 기준으로 볼 때 계곡 가장자리의 바위들이 꽤 가파르다는 사실 정도였다. 정찰기 조종사들은 바위로 이루어진 가장자리의 경사를 20에서 30도로 어림잡았다. 그리고 족히 12미터는 될 정도로 매우 높았다. 서쪽으로 날아간 일등항해사 케르벤서가 보기에 새로운 홍수의 징후는 없었다. 계곡 바닥에 흩어진 둥글둥글한 자갈들은 2, 3킬로미터가 채 지나기 전에 바위들로 바뀌었고, 현재 크웸블리호가 서 있는 웅덩이와 비슷한 웅덩이들이 셀 수 없이 많았다. 레펠이 동쪽으로 날아가는 동안에는 돌멩이들과 웅덩이가 계속 이어졌다. 돈드래그머 선장은 위성을 통해 이 정보를 전달받은 후 잠시 생각을 하다가 정찰기 한 대에 다시 업무 지시를 내렸다.

"케르벤서 일등항해사, 다시 위로 올라가. 조타수가 일을 끝내려면 몇 시간이 더 걸릴 거야. 서쪽으로 계곡을 따라 1시간 동안 최대한 멀리까지 비행해서 정찰기의 불빛이 허용되는 한 근접해서 확인하면서 물이 더 내려오기 시작하는 징후가 있는지 살펴봐. 그리고 확실한 사항을 발견하거나 시야가 나빠져서 돌아와야 하는 상황이 발생하지 않는 한 3시간 동안 그 정찰을 반복해. 나는 주위를 살펴보러 나갈 거야. 네가 떠나기 전에 스타켄디에게 선교를 맡으라고 전해.”

메스클린인들조차 지친 상태였지만, 발리넌 사령관이 나중에 지적했듯이, 당장 쉬기에는 적절하지 않다고 생각한 돈드래그머 선장의 판단은 유감스러웠다. 선장은 당시 정신이 말짱했어도 할 수 있는 일이 없었을 거라고 주장했지만, 사령관은 경멸의 콧방귀에 해당하는 메스클린인의 몸짓을 했다.

“자네는 어떻게든 뭔가를 발견했을 거야. 나중에 발견했잖아.”

돈드래그머 선장은 자신이 누락시켰던 게 심각한 잘못이 아니었다는 것을 바로 그 사실이 입증한다고 지적하려다 자제하고, 그때는 그렇게 보였다고 인정할 수밖에 없었다.

일등항해사 케르벤서가 떠난 지 거의 8시간이 지났을 때, 한 선원이 선장 숙소의 문 바깥에서 훅훅거렸다. 돈드래그머 선장이 대답하자, 선원이 상황을 요약했다.

“선장님, 케르벤서 일등항해사와 조타수들이 아직 밖에 있는데, 우리가 있는 웅덩이의 물이 얼기 시작했습니다.”

6
정책

우주정거장의 기획연구실에 조급함과 짜증이 일었지만, 아직 평정을 잃은 사람은 없었다. 지구와 드롬에서 한 달간 업무를 보고 돌아온 지 채 2시간도 지나지 않은 아이브 호프만은 정보를 물어보기 위해 질문할 때 외에는 사실상 아무 말도 하지 않았다. 옆에 앉은 엘리스 호프만도 지금까지 아무 말도 하지 않았다. 하지만 엘리스는 대화를 건설적인 방향으로 돌리기 위해 곧 뭔가를 해야 한다는 생각이 들었다. 이 프로젝트의 기본적인 정책을 바꾸는 게 좋은 생각일 수도 있다. 그런 일은 종종 있었다. 그러나 현재 일어나는 일을 두고 서로를 비난하느라 시간을 낭비하는 것은 우리 측에 전혀 도움이 안 되는 일이었다. 그건 양측의 과학자들이 말다툼을 하는 것보다 훨씬 더 쓸모없는 짓이었다. 과학자들은 온도가 올라가고 있는 시점에 웅덩이가 어는 이유가 무엇인지 아직도 궁금하게 여겼다. 유용한 해답을 얻으면 유용한 조치로 연결될 수도 있겠지만, 엘리스가 보기에 그것은 회의실이 아니라 연구실에 어울리는 질문이었다.

엘리스는 곧 남편이 다른 토론거리를 꺼내지 않는다면, 자신이 그 역할을 할 수밖에 없다고 판단했다.

"이전에도 그런 관점의 이야기는 들어봤지만, 여전히 받아들일 수가 없습니다!" 보이드가 날카롭게 말했다. "어느 정도까지는 상식이라고 할 수도 있겠지만, 우리는 그 선을 훌쩍 넘은 거 같아요. 더 복잡한 장치일수록 더 적은 사람들이 운용할 수 있다는 건 저도 압니다. 하지만 그럴 경우 더 특수한 장비들이 필요하고, 그걸 관리하고 수리하기 위해 더욱 특별히 훈련된 직원들이 필요해지겠죠. 일부 사람들이 원하듯 탐사선을 완전 자동으로 만들었다면, 처음에 우리는 드라운에 메스클린인을 2천 명이나 보내는 대신 백 명만 보내도 되었을 겁니다. 하지만 그 기계들이 지금쯤 전부 고장이 났을 거예요. 우리가 그들에게 필요한 예비 장비와 직원들을 내려보내지 못했을 테니까요. 무엇보다 기술적으로 훈련된 메스클린인이 아직 충분하지 않습니다. 난 그렇게 동의했고, 발리넌 사령관도 동의했어요. 앞서 말했듯이, 이건 상식입니다.

그런데 여러분과 발리넌 사령관은 몇 가지 이유로 그 주장에서 더 나갔어요. 사령관은 헬리콥터를 도입하지 말자고 했었죠. 이 프로젝트에 참여한 사람들 중에는 메스클린인들에게 절대로 비행을 가르칠 수 없을 거라 단언했던 이들이 있었다는 사실을 압니다. 어쩌면 그 종족으로서는 어쩔 수 없는 고소 공포증이 발리년 사령관을 자극했는지도 모릅니다. 그렇지만 어쨌든 사령관은 공중 정찰을 하지 않으면 탐사선이 새로운 땅에서 1시간에 몇 킬로미터도 채 나아가지 못할 것이고, 그런 속도로는 알파 저압대에 대한 탐사조차 영원히 끝내지 못하리라는 사실을 이해할 수 있었어요. 우리가 그런 근거로 사령관을 설득했거든요.

그렇지만 우리가 기꺼이 제공하려던 장비들이 많았습니다. 그 장비들은 유용하고 자기 몫을 해냈을 거예요. 하지만 사령관이 그 장비들을 쓰지 않겠다고 했죠. 무기도 제공하지 않았어요. 무기를 제공해도 쓸모없을 거라는 데에는 저도 동의합니다. 하지만 단거리 무전기요? 정착지에 인터컴도 안 되나요? 돈드래그머 선장이 965만 킬로미터 떨어져 있는 우리를 호출해서 정착지에 있는 발리년 사령관에게 자신의 보고를 전달해달라고 부탁해야 하는 이 상황은 어처구니가 없어요.

보통 때라면 별로 중요한 문제가 아닙니다. 어차피 발리년 사령관은 실질적인 도움을 주지 못해서 시간이 지연되더라도 별로 상관이 없어요. 아무리 상황이 좋은 때라도 바보짓이긴 하지만요. 그런데 지금은 상황이 무척 심각합니다. 크웸블리호로부터 160킬로미터 이내, 어쩌면 16킬로미터도 채 되지 않는 거리에서 돈드래그머 선장의 일등항해사가 실종됐는데, 우주정거장이나 탐사선뿐만 아니라 이 우주 어디에서도 그 일등항해사에게 연락할 방법이 없습니다. 왜 발리년 사령관은 단거리 무전기를 반대한 건가요, 실장님? 당신은 왜 반대하셨죠?"

"당신이 방금 말했던 것과 같은 이유예요." 기획연구실장 앨런이 날 선 분위기가 살짝 비치는 말투로 대답했다. "관리 문제죠."

"그게 말이 안 된다는 건 당신도 알잖아요. 단순히 목소리, 아니 심지어 영상까지 전송하는 통신기도 관리 문제는 없어요. 제가 이해하기로는 50년 전쯤에 통신기 네 대를 메스클린으로 보내서 외부 지원을 하며 발리넌 사령관의 첫 번째 항해를 진행했었지만, 조금이라도 문제가 생긴 통신기는 없었습니다. 현재 드라운에는 통신기가 60대 있는데, 거기서 1년 반이 지나는 동안 조그만 문제도 발생하지 않았습니다. 발리넌 사령관도 그런 사실을 알 테고, 실장님도 틀림없이 알 겁니다. 게다가, 왜 그들이 목소리로 보낸 전언을 우리가 중계해줘야 하나요? 통역자들이 뒤죽박죽으로 떠들어대는 대신 자동으로 처리되도록 할 수 있잖아요. (미안해요, 엘리스.) 실장님, 설마 이 우주정거장의 중계기에 관리 문제가 발생할 거라고 이야기하지는 않겠죠. 대체 지금 누가 누구를 속이는 건가요?"

엘리스는 당황했다. 지금 위험한 주제에 지나치게 가까워지고 있었다. 그런데 엘리스의 남편 아이브가 그녀의 표정을 알아채고, 팔을 살짝 잡았다. 그녀는 그 몸짓의 의미를 이해했다. 아이브가 이 문제를 맡을 것이다. 하지만 남편은 앨런 기획연구실장이 답변하도록 놔뒀다.

"속이려는 사람은 아무도 없습니다. 난 장비 관리를 말한 게 아니에요. 어휘를 잘못 선택했다는 사실은 인정할게요. 내가 말하려던 건 선원들의 사기 문제였어요. 메스클린인은 유능하고 대단히 자립적인 종족이에요. 적어도 우리가 보아왔던 종족 중에서는 가장 독립적인 사람들이죠. 인간들이 몇 세기 전에 그랬듯이, 그들은 가족들과 완전히 연락이 끊기고 도움을 받을 수 없는 상태에서 한 번에 몇 개월씩 그 우스꽝스러운 뗏목들을 타고 바다를 수천 킬로미터씩 항해하는 종족입니다. 그들이 서로 너무 쉽게 통신을 할 수 있게 되면 자신감이 꺾일 수도 있다고 생각했어요. 반드시 그렇게 될 거라고 확신할 수 없다는 건 인정합니다. 메스클린인이 인간은 아니지만, 그들의 정신은 많은 면에서 인간과 유사한데, 우리가 평가할 수 없었고 어쩌면 앞으로도 평가할 수 없는 중요한 요인 한 가지가 그들의 심리에 영향을 미칩니다. 우리는 그들의 평균적인 수명이 얼마나 되는지 몰라요. 그렇지만 우리보다 훨씬 오래 사는 건 분명합니다. 그러나 무전기 문제에 대해서는 발리넌 사령관도 우리와 의견이 일치했어요. 당신이 말했듯이, 오히려 그 문제를 제기한 사람이 사령관이었죠. 그리고 지금껏 통신의 어려움에 대해서는 한 번도 불평하지 않았습니다."

"우리에게는 안 하죠." 이때 아이브 호프만이 끼어들었다. 앨런 기획연구실장이 놀라며 곤혹스러운 표정을 지었다. "그래요, 실장님, 진심으로 한 말이에요. 사령관은 우리에게 불평한 적이 없습니다. 우리 중에 발리넌 사령관이 개인적으로 무슨 생각을 하는지 아는 사람은 아무도 없어요."

"그렇지만 사령관이 단거리 무전기가 있어야겠다는 생각을 했다면, 왜 불만을 제기하거나 무전기를 요구하지 않은 걸까요?"

앨런 기획연구실장이 완전히 뒤로 물러나지는 않았지만, 엘리스는 그의 말투에서 방어적 태도가 사라졌다는 사실을 알아챘다.

"그건 나도 모르죠." 아이브 호프만이 말했다. "인간들이 몇십 년 전에 발리넌 사령관과 처음으로 관계를 맺을 때 일어났던 일에 대해 배운 게 생각나네요. 당시 그는 대단히 협조적이었는데, 지구와 파네쉬인, 드롬인을 하늘의 신비한 곳에서 온 이상한 외계인이라 여겨서 사실상 숭배하고 '중력의 임무' 대부분의 기간 동안 우리의 일을 요청한 대로 해줬었어요. 그런데 마지막 순간이 되자 갑자기 우리를 협박해서 충격을 줬죠. 지구인 열 사람 중 다섯, 파네쉬인 열 중 일곱, 드롬인 열 중 아홉이 그들의 요구를 들어주지 말았어야 한다고 생각했다더군요. 나도 알고 당신도 알다시피, 아직 기계 혁명이 일어나지 않은 문명에 선진적인 기술은 말할 것도 없고, 기초적인 과학이라도 가르쳐주려 하면 사회학자들이 화를 냅니다. 사회학자들은 모든 종족이 자신만의 성장통을 겪으며 헤쳐나갈 권리가 있다고 생각하기 때문이죠. 그리고 외계인 혐오주의자들이 비명을 질러대요. 그들이 싫어하는 사악한 외계인들을 우리가 무장시켜주고 있기 때문이죠. 역사학자들도 우리를 싫어해요. 그들에게 몹시 귀중한 자료를 우리가 덮어버리기 때문이에요. 관료들도 짜증을 내요. 그들이 아직 대처하는 방법을 배우지 못한 문제들을 우리가 만들어낼까 봐 두렵기 때문이죠."

"진짜 큰 문제는 외계인 혐오주의자들이에요." 보이드가 불쑥 끼어들었다. "모든 비인간 종족이 기술적인 능력을 갖추면 적이 될 거라는 주장을 당연하게 받아들이는 멍청이들이잖아요. 그래서 메스클린인에게는 핵융합로처럼 그들이 복제할 수 없는 장비만 줬어요. 핵융합로는 감마선 회절 카메라 같은 5단계의 중급 장비들이 없으면 분해해서 자세히 연구하는 게 불가능한데, 메스클린인에게는 그런 장비가 없으니까요. 기획연구실장의 주장은 그럴싸하게 들리지만 핑계일 뿐이에요. 조종관이 그들의 집게발에 맞기만 하면, 두 달 안에 부분적으로 자동화된 왕복선을 비행하도록 훈련시킬 수 있다는 사실을 당신도 알고 나도 알아요. 그리고 이 우주정거장의 과학자들은 왕복선을 이용해 드라운의 지상에서 물리적 표본을 가져오고, 자신이 임시로 만든 장비를 보낼 수 있다면, 자기 피의 4분의 3이라도 기꺼이 내놓을 사람들이라는 것도 알잖아요."

"일말의 진리가 담겨 있긴 하지만 전적으로 옳은 말은 아니군요." 아이브 호프만이 차분히 반론했다. "외계인 혐오주의자들에 대한 당신의 개인적인 감정은 나도 이해하지만, 에너지의 가격이 너무 저렴해져서 잘 설계된 성간 화물선도 4, 5년만 굴리면 건설비용을 지불할 정도로 벌 수 있게 되었기 때문에, 한때 예상했던 것과 달리 성간 전쟁이 완전히 불가능한 것은 아닙니다. 또한 이 우주정거장에 저렇게 큰 방들이 있는 이유와 우리 중 몇몇 사람들은 그런 방들을 불편하게 생각한다는 점, 그리고 그렇게 비효율적으로 만든 목적이 있다는 사실은 당신도 알 거예요. 일반적인 드롬인은 이 우주정거장에 자신이 들어가지 못하는 방이 있으면, 고의로 자신에게 감추는 어떤 게 그 방에 담겨 있을 거라고 가정해요. 그들에게는 사생활이라는 개념이 없죠. 우리 기준으로 보면 그들 대부분은 심각한 편집증 환자라고 할 수 있습니다. 우리가 그들을 처음 만났을 때 기술을 공유하지 않았다면, 지구에 있는 어떤 외계인 혐오주의자들보다 위험하고 몹시도 유능한 외계인 혐오주의자들을 그 행성 가득 만들어냈을 겁니다. 메스클린인이 드롬인처럼 반응할지는 나도 몰라요. 그러나 MIT에서 드롬인의 입학을 허용했으므로, 메스클린에 대학을 개설해준 건 매우 현명한 정책이었다고 아직도 생각합니다."

"대학을 개설하지 않았으면, 메스클린인들이 대학을 열어달라고 우리를 협박할 수밖에 없었겠죠."

"유감스럽지만 맞는 말이에요." 아이브 호프만이 인정했다. "하지만 그건 모두 부차적인 문제입니다. 현재 우리는 발리넌 사령관이 실제로 뭘 생각하는지, 혹은 뭘 계획하는지 몰라요. 그러나 사령관에게 나름의 충분한 이유가 없었다면, 그처럼 튼튼한 종족에게조차 몹시 위험할 게 명백하고 전혀 알지 못하는 행성으로 자기 자신을 포함해 2천 명의 메스클린인들을 데려가지는 않았을 거라고 확실하게 말할 수 있어요."

"우리가 사령관에게 충분한 이유를 제공해줬잖아요." 앨런 기획연구실장이 지적했다.

"그랬죠. 우리는 메스클린인의 협박 기술을 따라 했어요. 발리넌 사령관이 우리를 위해 드라운 프로젝트를 해준다면, 우리는 많은 지구인의 반대를 무릅쓰고 메스클린에 대학을 계속 유지해주기로 합의했죠. 인건비와 자재비에 대해서는 양쪽 모두 별다른 의견이 없었지만, 메스클린인들은 지식과 물질적 부의 관계를 완벽하게 이해했어요. 난 발리넌 사령관이 이상주의자라고 흔쾌히 인정할 수 있어요. 그렇지만 사령관의 이상에 광신적 종족주의가 얼마나 담겨 있는지, 그리고 그 종족주의가 그의 행동에 어느 정도까지 영향을 미치고 있는지는 알 수 없어요.

이 모든 것들도 부차적인 문제예요. 우리는 메스클린인을 위한 장비를 선택하는 문제를 고민할 필요가 없습니다. 마음속으로야 어떤 의심을 하든 우리가 주면 그들은 받을 거예요. 우리는 아직 메스클린인이 알지 못하는 물리학적 사실에 대한 정보로 그들을 돕는 위치에 있습니다. 그들의 과학자들이 혼자 힘으로 계산해내기 힘든 정보들이죠. 우리에게는 고속 컴퓨터가 있잖아요. 그런데 지금 당장 드라운의 웅덩이에 엄청나게 비싼 탐사선 한 대가 얼어붙은 상태예요. 거기에 타고 있는 백 명의 생명은 누군가에겐 그저 숫자에 불과하겠지만, 다른 이는 백 명의 사람으로 느낄 수 있습니다. 정책을 바꾸고 발리넌 사령관에게 왕복선 한 대 분량의 장비를 받으라고 강요하고 싶다는 생각을 해도 상관없지만, 지금 걱정할 문제가 아니에요, 보이드. 우리가 지금 당장 무언가를 내려보내는 게 돈드래그머 선장에게 조금이라도 도움이 될지 의문이군요."

"아이브, 당신 말이 맞을 겁니다. 하지만 일등항해사 케르벤서에 대한 생각을 하지 않을 수가 없어요. 만일 그가 단거리 무전기를 가지고 있었더라면….”

“케르벤서가 통신기를 가져갈 수 있었다는 사실을 기억하세요. 돈드래그머 선장에게는 선교에 있는 한 대를 제외하고도 통신기가 세 대나 더 있었어요. 네 대 모두 휴대용이죠. 그 통신기를 가지고 갈지 말지는 전적으로 케르벤서와 선장의 재량이었어요. ‘만일’에 대한 이야기는 이제 그만하고, 좀 더 건설적인 계획에 관해 이야기해보죠.”

보이드는 아이브의 말 때문에 약간 짜증이 났지만, 앨런 기획연구실장의 태도에 대한 분노가 잠시 다른 곳으로 향하게 되면서 가라앉았다. 기획연구실장은 침묵을 지키고 있는 과학자들이 앉아 있는 탁자를 내려다보며 다시 대화를 이끌었다.

“자, 수머스 박사님. 혹시 무슨 일이 일어난 건지 의견이 모였나요?”

“글쎄요. 하지만 좀 더 확인해볼 가치가 있는 제안은 있습니다. 알다시피 크웸블리호의 당직자들은 안개가 걷힌 이후 온도가 거의 일정하다고 보고했습니다. 즉, 복사냉각*이 일어나지는 않았다는 뜻이죠. 오히려 아주 살짝 온도가 올라가고 있습니다. 기압도 탐사선이 좌초된 이후 꾸준히 아주 느리게 올라가고 있습니다. 그 직전의 기압은 탐사선이 떠내려가며 고도가 불확실하게 변화했기 때문에 무의미합니다. 온도는 순수한 물이

---

* 태양으로부터 흡수한 에너지를 열복사 형태로 방출하면서 지면의 온도가 내려가는 현상

나 순수한 암모니아의 어는점보다 훨씬 낮았지만, 암모니아와 물 혼합액의 어는점보다는 다소 높았습니다. 우리는 처음의 해 빙이 암모니아 안개가 크웸블리호가 딛고 있던 설원의 눈과 반응해서 발생한 게 아닐까 생각하고 있습니다. 돈드래그머 선장은 그 가능성을 걱정하고 있었습니다. 만일 그렇다면 현재의 결빙은 혼합액에서 암모니아가 증발하면서 발생했을 거예요. 암습도 수치가 있어야…."

"그게 무슨 말이죠?" 아이브와 앨런 기획연구실장이 거의 동시에 말했다.

"미안합니다. 암습도는 우리 기상연구실에서 쓰는 은어예요. 암모니아가 포화 상태에 도달했을 때의 포화값에 대비한 부분 압력을 말하는 겁니다. 물의 상대습도와 같은 개념이죠. 우리의 추론을 확인하거나 기각하기 위해 암습도 계측이 필요한데, 메스클린인은 아직 암습도를 측정한 적이 없어요."

"그들이 할 수 있을까요?"

"우리가 메스클린인들과 함께 방법을 궁리해낼 수 있을 거라 확신합니다. 하지만 얼마나 오래 걸릴지 모르겠어요. 수증기는 방해되지 않을 겁니다. 수증기의 평형증기압*은 그 온도 범위에서 암모니아에 비해 50퍼센트 정도 낮거든요. 그리 어렵지 않은 작업이 될 겁니다."

---

* 증발하는 분자수와 응결하는 분자수가 같아서 아무런 변화가 없는 것처럼 보이는 상태에서 증기가 나타내는 압력

"이게 완전히 검증된 이론이라기보다는 가설인 모양이군요. 그런데 이것을 활동의 근거로 삼기에 충분할까요?"

"그건 어떤 활동을 하느냐에 달렸습니다." 수머스 박사가 말했다. 앨런 기획연구실장이 짜증스러운 몸짓을 하자, 기상학자가 서둘러 말을 이었다. "나라면 전부 아니면 전무라는 식으로 탈출하려고 시도하느라 위험을 무릅쓰지는 않겠지만, 크웸블리호에 실린 주요한 공급물을 고갈시키거나 위험에 빠뜨리지 않기 위해서라면 무엇이든 기꺼이 시도할 겁니다."

기획연구실장이 고개를 끄덕였다. "알겠습니다." 그가 말했다. "여기에서 계속 이야기하면서 아이디어를 더 찾아볼까요, 아니면 메스클린인과 함께 이 문제에 관해 이야기하는 게 더 효율적일까요?"

수머스 박사가 입을 오므리고 잠시 생각하더니 말했다. "우리는 메스클린인들과 매우 자주 이야기를 나눠왔습니다. 역시 저는 그렇게 하는 게 더 낫지 않을까 생각…." 박사가 말을 멈추자 엘리스와 아이브가 슬며시 미소를 지었다. 앨런 기획연구실장이 고개를 끄덕였는데, 그들의 눈짓을 알아채지 못한 모양이었다.

"알았어요. 통신실로 돌아가세요. 행운을 빌게요. 여러분이나 메스클린인이 시도할 만한 가치가 있는 걸 뭐라도 생각해내면 우리에게도 알려줘요."

과학자 네 명은 이 의견에 모두 동의하고 함께 떠났다. 남은 열 명의 회의 참가자들 사이에 몇 분간 침묵이 흐르다, 앨런 기획연구실장이 한 명을 제외한 모든 사람의 생각을 말했다.

"터놓고 이야기해봅시다." 기획연구실장이 천천히 말했다. "이 문제를 발리넌 사령관에게 전달해주면 진짜 논쟁이 벌어지기 시작할 겁니다."

아이브 호프만이 몸을 똑바로 세우며 날카롭게 말했다. "아직도 전하지 않았단 말인가요?"

"처음에 좌초되었다는 사실만 엘리스 씨가 정착지에 전달했고, 가끔 수리 작업 진행 상황보고만 알려줬어요. 얼어붙고 있는 상황은 아직 전하지 않았습니다."

"왜죠?" 아이브가 말했다. 엘리스는 남편의 말투에서 위험한 신호를 읽을 수 있었다. 그래서 그녀는 자신이 이 상황을 원만히 처리하고 싶은 건지 아닌지 궁금했다. 앨런 기획연구실장은 아이브의 질문을 받고 놀란 모양이었다.

"왜 그런지는 당신도 알잖아요. 발리넌 사령관이 그 소식을 지금 듣든, 10시간 후에 듣든, 1년 후에 돈드래그머 선장이 정착지로 돌아갔을 때 듣든 거의 차이가 없어요. 발리넌 사령관이 지금 즉시 선장을 도와주기 위해 할 수 있는 일이 없어요. 그리고 사령관이 할 수 있는 일이라곤, 우리가 하지 않았으면 좋겠다고 생각하는 일뿐이에요."

"그게 뭔가요?" 엘리스가 부드러운 목소리로 끼어들었다. 그녀는 어떤 태도를 취할지 마음을 정했다.

"당신도 알다시피, 그건 정착지에 아직 정박해 있는 탐사선 두 대 중 하나를 크웸블리호의 구조를 위해 보내는 겁니다. 에스켓호 사고 당시 사령관이 원했던 것처럼요."

"그런데 지금도 당신은 그렇게 하는 걸 반대하나 보군요."

"당연하죠. 예전에 내가 허락했고 발리넌 사령관이 받아들였던 것과 정확히 같은 이유 때문입니다. 그 탐사선 두 대에 다른 특별한 계획이 있는 건 아니지만, 모두 계획의 일부예요. 엘리스 당신이 어떻게 생각할지 몰라도, 단지 인간이 아니라는 이유로 그들의 생명을 중요하지 않게 치부하는 건 아닙니다. 그렇지만 나는 시간과 자원의 낭비를 반대합니다. 프로젝트 도중에 정책을 바꾸는 것도 시간과 자원을 낭비하는 겁니다."

"하지만 당신이 메스클린인의 생명을 인간의 생명만큼이나 소중하게 여긴다면, 어떻게 '낭비'라고 말할 수 있죠?"

"엘리스, 생각을 좀 해보세요. 난 당신이 무슨 말을 하는지 이해하니까, 비난할 생각은 없어요. 하지만 당신은 크웸블리호가 정착지에서 직선거리로 1만 6천 킬로미터 떨어져 있고, 크웸블리호의 이동 경로에 따르면 2만 킬로미터나 떨어져 있다는 사실을 무시하고 있어요. 구조선이 200시간이나 250시간 이내에 그 경로를 따라가는 건 불가능합니다. 그리고 크웸블리호가 이동 경로의 마지막 부분에서는 강에 휩쓸려 이리저리 다녔기 때문에, 아마 더 찾기 힘들 겁니다. 게다가 설원을 가로지른 마지막 6천 5백 킬로미터는 더 이상 지나갈 수 있는 상태가 아니에요."

"우리가 위성을 이용해서 위치를 확인하고 방향을 알려주면 되죠."

"물론, 그럴 수도 있죠. 그러나 만일 크웸블리호가 실질적인 위험에 직면한 상황이라면, 돈드래그머 선장이 지금 닥친 곤란한 상황에서 자기 자신과 선원들, 그리고 탐사선을 꺼내지 못하면, 발리넌 사령관이 무엇을 보내더라도 아무런 도움도 되지 못할 가능성이 큽니다. 그리고 크웸블리호가 실질적인 위험에 직면한 상황이 아니라면, 즉 19세기 고래잡이배들이 북극에서 얼어붙는 상황과 같다면, 그들의 밀폐된 생명유지장치와 핵융합로에서 무한한 보급을 받을 수 있으므로, 우리와 발리넌 사령관은 느긋하고 훌륭하게 구조작업을 진행할 수 있어요."

"데스틱메트 선장의 에스켓호처럼 말이죠." 엘리스가 씁쓸한 말투로 날카롭게 대꾸했다. "벌써 7개월이 지났어요. 그때 당신은 구조하자는 모든 제안을 밟아버렸죠. 그때부터 지금까지 쭉!"

"그건 매우 다른 상황이에요. 에스켓호는 통신기의 영상으로 볼 수 있는 한 변함없이 지금도 거기에 서 있어요. 하지만 선원들이 시야에서 사라졌죠. 우리는 그들에게 어떤 일이 어떻게 일어났는지 조금도 알지 못해요. 하지만 탐사선을 떠난 이후로 그렇게 긴 시간이 지났으니, 그 선원들이 아직 살아 있다고 믿는건 불가능합니다. 메스클린인이 아무리 힘세고 육체적으로 강인하다고 해도, 그들의 우주복보다 훨씬 많은 장비를 갖추지 않으면 드라운에서 7개월 동안 생존할 수 없어요."

엘리스는 대답하지 않았다. 순수하게 논리적으로만 따지면, 앨런 기획연구실장의 말이 완벽하게 옳았다. 그러나 엘리스는 그 상황이 순수하게 논리적이라는 생각을 받아들이기 힘들었다.

아이브는 그녀가 어떻게 느끼는지 알았다. 그래서 화제를 다시 바꿀 때가 되었다는 생각이 들었다. 아이브는 기본적인 정책에 대해 기획연구실장 앨런의 의견과 어느 정도 일치했다. 하지만 아내가 왜 그 의견에 동의할 수 없는지도 잘 알았다.

"내가 보기에 당면한 현실적인 문제는⋯." 아이브 호프만이 끼어들었다. "아직 밖에 선원이 있다는 점입니다. 내가 알기로는 두 명이 얼음 속에 있어요. 다른 사람들도 다들 알 겁니다. 그런데 웅덩이의 바닥까지 동결되었는지는 아무도 모르는 것 같군요. 바닥까지 동결되었든 아니든, 그들이 맡았던 작업으로 판단하자면, 크웸블리호의 트럭들 사이 어딘가에 있을 겁니다. 그건 곧 얼음을 깨면서 수색해야 한다는 의미죠. 우주복을 입은 메스클린인이 그런 상태에서 살아남을 수 있는 확률이 얼마나 될지 짐작조차 힘들군요. 물의 어는점보다 훨씬 낮은 저 온도는 메스클린인에게 별문제가 아니겠지만, 그들의 다른 생리적 한계가 어떻게 되는지는 모릅니다.

또 다른 실종자는 돈드래그머 선장의 일등항해사인데, 헬리콥터 비행을 나간 후에 아직 돌아오지 않았습니다. 일등항해사는 통신기를 가져가지 않았기 때문에 우리가 직접 도와줄 방법이 없습니다. 하지만 이용할 수 있는 다른 정찰기가 있어요. 돈드래그머 선장이 다른 정찰기와 통신기를 가지고 수색을 하는 동안 우리에게 지원해달라고 부탁한 적이 있나요?"

"선장과는 30분 전에 통신을 한 게 마지막이에요." 보이드가 대답했다.

"그렇다면 선장에게 이 계획을 제안할 것을 강력히 권합니다."

기획연구실장 앨런이 고개를 끄덕이며 동의하고 엘리스를 힐끔 쳐다봤다. "당신의 일이에요, 엘리스."

"이미 먼저 보내버린 사람이 없다면, 내가 해야겠죠." 엘리스가 자리에서 일어나더니, 지나가며 아이브의 귀를 꼬집고는 회의실을 나섰다.

"다음 문제로 넘어가죠." 아이브 호프만이 이어서 말했다. "정착지에서 구조대를 보내는 걸 반대하는 당신의 생각이 옳더라도, 난 발리넌 사령관에게 크웸블리호에 대한 최신 정보를 전달해야 한다고 생각합니다."

"왜 필요 이상으로 문제를 만들어야 하나요?" 앨런 기획연구실장이 날카롭게 반론했다. "난 말싸움을 하고 싶지 않아요. 특히 내 이야기를 굳이 들을 필요가 없는 사람과는 더욱 하고 싶지 않습니다."

"앨런, 당신이 말싸움해야 할 필요는 없을 거예요. 사령관이 예전에 우리의 의견에 동의했었다는 사실을 잊지 마세요."

"조금 전에 당신도 발리넌 사령관의 동의가 얼마나 진심이었는지 알 수 없다고 했잖아요." 기획연구실장이 말했다.

"대체로 그렇죠. 그러나 당시 사령관이 우리의 의견에 완강하게 반대했다면, 자기가 원하는 대로 해버렸을 거예요. 그리고 에스켓호를 도와주기 위해 선원들을 보냈겠죠. 예전에 다른 탐사선에 문제가 생겼던 때에 두어 번 그렇게 했었어요, 기억나죠?"

"그건 정착지에 훨씬 가까웠을 때죠. 그리고 결국 우리도 그 활동에 동의했었잖아요." 앨런이 날카롭게 말했다.

"당신도 알고 나도 알다시피, 우리가 동의해준 것은 사령관이 어차피 그렇게 할 거라는 걸 알아챘기 때문이었죠."

"아이브, 우리가 동의해준 것은 두 번 모두 당신의 부인이 발리넌 사령관의 편에 서서 우리와 말싸움을 했기 때문이었어요. 말이 난 김에 말하자면, 당신의 이야기는 발리넌 사령관에게 현재 상황을 전해주자는 주장과 배치되는 거예요."

"에스켓호에 대한 논쟁이 진행되었을 당시 엘리스가 누구의 편에 섰다는 건가요? 난 아직도 발리넌 사령관에게 현재 상황을 최대한 빨리 말해줘야 한다고 생각합니다. 숨김없이 솔직하게 전달해줘야 한다는 원칙은 제쳐놓더라도, 우리가 더 오래 시간을 끌수록 우리가 사령관에게 전달하는 탐사 보고를 검열하고 있다는 사실을 알아챌 가능성이 더욱 커집니다. 그는 조만간에 알아낼 겁니다." 아이브가 말했다.

"나는 그걸 검열이라고 생각하지 않아요. 우리가 내용을 바꾼 적은 한 번도 없었어요." 기획연구실장 앨런이 말했다.

"하지만 당신은 사령관에게 알려줄 건지 결정을 내릴 때까지 여러 차례 전달을 지연시켰어요. 아까 말했듯이, 내 생각에 그건 우리가 사령관과 진행하기로 합의했던 게임이 아니에요. 내가 너무 보수적으로 생각하는 것 같아서 미안합니다만, 순전히 이기적인 관점으로 판단하더라도, 가능한 한 오랫동안 사령관과 신뢰를 유지하는 게 좋을 겁니다."

아이브 호프만이 이 말을 하자마자, 그때까지 조용히 이야기를 듣고 있던 다른 몇몇 사람들이 거의 동시에 목소리를 높였다. 앨런 기획연구실장은 마구 뒤섞인 그 말들이 잠시 헷갈렸지만, 마침내 그 사람들이 아이브의 의견에 동의한다는 사실이 명확해졌다. 기획연구실장은 정중하게 패배를 인정했다. 그에게 황소에 맞서 싸울 기술은 없었기 때문이다.

"알았어요. 휴회하자마자 발리넌 사령관에서 완벽하게 알려주기로 하죠." 앨런 기획연구실장이 승자를 힐끗 쳐다봤다. "다시 말해, 엘리스 호프만 부인이 이미 전송한 게 아니라면 말입니다. 다음 문제는 뭐죠?"

그때까지 회의에서 오가는 대화를 거의 듣기만 하던 사람이 질문을 던졌다. "죄송하지만, 조금 전에 하신 이야기가 잘 이해가 되지 않아서요. 아이브, 당신과 앨런 기획연구실장은 탐험대가 사용할 정밀한 장비를 최소한으로 제한하는 프로젝트 정책에 발리넌 사령관이 동의했다고 했어요. 저도 그렇게 이해하고 있었습니다. 그런데 조금 전 사령관의 진정성을 의심한다고 하셨어요. 혹시 사령관이 헬리콥터를 받아들였기 때문에 그런 의심이 생기기 시작했던 건가요?"

아이브 호프만이 고개를 저었다. "아니요. 헬리콥터의 필요성에 대한 익숙한 논쟁은 괜찮았습니다. 내가 유일하게 놀랐던 점은 발리넌 사령관이 헬리콥터에 대해 지레 걱정도 않고, 이의도 제기하지 않은 채 가져갔다는 사실이었습니다."

"하지만 메스클린인에게는 본능적인 고소공포증이 있잖아요. 그런 행성의 출신에게 비행을 한다는 것은 틀림없이 상상하기 힘든 일이었을 텐데요."

아이브 호프만이 쓸쓸한 미소를 지었다. "그렇죠. 그런데 발리넌 사령관이 사람들과 협상을 해서 기초적인 과학을 배우기 시작한 후 처음으로 했던 일이 메스클린에서 중력이 가장 강한 극지방에서 띄울 열기구를 설계해서 만드는 것이었어요. 발리넌 사령관의 동기가 무엇이었든, 고소공포증은 아닙니다. 난 발리넌 사령관을 딱히 의심하지 않습니다. 다소 조잡한 궤변을 용서해준다면, 난 사령관이 무슨 생각을 하는지 모를 뿐이에요."

"나도 동의해요." 앨런 기획연구실장이 끼어들었다. "그리고 다들 지친 것 같으니, 쉬는 시간을 좀 갖죠. 6시간 쉴 테니 혼자 생각하거나, 통신실에 가서 메스클린인들의 이야기를 들어보거나, 그들과 이야기를 나눠보세요. 드라운 문제에 대한 여러분의 생각을 계속 유지시켜줄 거라면 뭐든지 좋습니다. 무슨 말인지 아시겠죠?"

"저도 비슷한 생각이었어요." 조금 전에 말했던 사람이었다. "탐사선들이 한 대씩 사고를 일으킬 때마다, 그게 명백히 자연스러운 사고라 할지라도, 저는 에스켓호가 궁금해집니다."

"아마 다들 그럴 겁니다." 앨런 기획연구실장이 대답했다.

"에스켓호 생각을 하면 할수록, 그 선원들이 지적인 생명체와 우연히 만난 게 아닐까 하는 생각이 들어요. 어쨌든 우리는 드라운에 메스클린인이 발견했던 관목이나 유사 녹조류보다 많은 생물이 존재할 거라는 사실을 알고 있잖아요. 드라운의 환경 때문에 양적으로 많지는 않겠지만, 어딘가에 완벽하게 복합적인 생태계를 이루고 있을 겁니다. 제 짐작에는 그런 게 고온 지역에 있을 것 같아요."

"알파 저압대 같은 곳 말이죠?" 아이브가 그 생각을 받아서 마무리 지었다. "그래요. 행성의 시간 규모로 보면 암모니아와 유리산소*가 같은 대기에 존재하는 기간이 아주 길지는 않을 겁니다. 나도 드라운에 지적인 종이 존재하는 게 가능하다고 믿어요. 하지만 우리는 우주에서 지적인 생물의 어떤 징후도 발견할 수 없었고, 지상에 내려간 메스클린인들도 (에스켓호를 제외하면) 아직 만났던 적이 없습니다. 그러나 4백40억 제곱킬로미터의 저 행성에는 지적인 생물이 존재할 가능성이 아주 큽니다. 타당한 추론이고, 당신 이전에도 그런 생각을 한 사람들이 있었어요. 하지만 난 그 생각이 어디로 이어질지 모르겠어요. 엘리스의 말을 들으면, 발리넌 사령관도 그 문제에 대한 생각을 했었고, 거기에 있을지 모르는 다른 지적 생명을 찾아서 접촉하기 위해 에스켓호의 사고 지역에 다른 탐사선을 보내는 문제를 두고 논쟁을 했었답니다. 하지만 사령관조차 그 생각을 의심했어요. 그래서 우리가 그 계획을 밀어붙이지 않았던 겁니다."

"왜죠?" 보이드가 끼어들었다. "메스클린에서처럼 여기에서도 원주민과 접촉할 수 있다면, 프로젝트가 정말 잘될 수 있잖아요! 그러면 우리는 이렇게 완전히 메스클린인에게 의지한 상태에서 벗어나… 아."

---

* 화합물에서 떨어져 나온 발생기의 산소

앨런 기획연구실장이 씁쓸한 미소를 지었다.

"바로 그거예요." 기획연구실장이 말했다. "이제 당신도 발리년 사령관의 진정성에 대해 의문을 가질 이유를 찾았군요. 사령관이 드라운 프로젝트를 단단히 지키기 위해 자기 부하들의 생명을 포기하는 냉혈한 정치인이라고 말하려는 건 아닙니다. 하지만 결국 그가 칼리프호를 에스켓호가 있는 방향으로 보내지 않는다는 생각에 동의했을 때, 에스켓호의 선원에 대한 구조는 완전히 물 건너갔어요."

"하지만 다른 지점이 있어요." 아이브 호프만이 생각에 잠긴 말투로 말했다.

"뭔데요?"

"우리로서는 평가하기 힘든 부분이어서 이야기할 만한 가치가 있는지는 모르겠습니다. 크웸블리호는 돈드래그머 선장이 지휘하고 있는데, 그는 발리년 사령관과 오랜 시간을 함께한 동료이므로, 일반적인 상식으로 보자면, 두 사람은 지극히 가까운 친구일 겁니다. 돈드래그머 선장이 포함되어 있다는 사실이 구조대 파견에 대한 사령관의 판단에 영향을 미치거나, 평소에 비해 좋지 않은 판단으로 명령을 내릴 가능성이 있을까요? 당신과 마찬가지로 나도 저 애벌레가 그저 관료주의적인 냉혈한이라고 생각지는 않아요. 발리년 사령관이 냉혈동물인 것은 그저 신체적인 특성일 뿐이죠."

"나도 그게 궁금했어요." 앨런 기획연구실장이 동의했다. "나는 사령관이 몇 달 전에 돈드래그머 선장을 내보낸 것 자체가 무척 놀라웠어요. 발리넌 사령관은 돈드래그머 선장에게 위험한 일을 맡기지 않을 거라는 인상을 받았었거든요. 난 그 문제는 별로 걱정하지 않아요. 물론 중대한 계획의 근거로 삼을 수 있을 정도로 메스클린인의 전반적인 심리에 대해 아는 사람은 아무도 없습니다. 특히 발리넌 사령관의 경우는 더 그렇고요. 혹시 그들의 심리를 이해하는 사람이 있다면, 아이브, 그건 당신의 부인일 겁니다. 하지만 엘리스는 그들에 대해 이해한 것들을 우리에게 말해줄 수 없거나, 해주지 않을 거예요. 당신이 말했듯이, 우정이 영향을 미칠 가능성에 무게를 두고 계획을 짤 수는 없습니다. 영향을 미치는 여러 항목 중 하나일 뿐이에요. 크웸블리호의 아래에서 얼어 있을 선원에 대한 좋은 제안이 있거든 말해주세요. 그게 아니라면 진짜로 이만 마치기로 하죠."

"융합로를 이용하면 커다란 가열 코일을 가동할 수 있을 겁니다. 그리고 전기 저항은 그리 복잡한 장비가 아니에요." 보이드가 지적했다. "드라운에서 난방기가 있다고 해도 그렇게 터무니없는 일도 아니고요. 다만⋯."

"하지만 우리에겐 난방기가 없어요." 앨런 기획연구실장이 말을 잘랐다.

"아니요, 있어요. 내 말을 끝까지 들어보세요. 크웸블리호에는 그 에너지를 제대로 작동시키기만 하면 드라운에서 탐사선을 통째로 이륙시킬 정도의 핵융합로들이 있어요. 탐사선에는 임시변통으로 전기 저항이나 아크 방전에 이용할 만한 금속이 있을 거예요. 메스클린인이 그런 장비를 작동시킬 수 있을지는 모르겠어요. 온도에 대한 그들의 내성에도 한계가 있을 테니까요. 하지만 어쨌든 그들이 이 제안에 대해 어떻게 생각하는지 물어봐야 합니다."

"당신은 한 가지 점에서 틀렸어요. 내가 알기로 탐사선에 있는 보급품이나 장비에는 금속이 거의 없어요. 메스클린의 밧줄이 전도체였던 것으로 드러난다면 난 엄청 놀랄 겁니다. 내가 화학자는 아니지만, 밧줄처럼 단단하게 결합되어 있는 물질에서는 전자도 제자리에 아주 잘 달라붙어 있을 겁니다. 그렇긴 해도 돈드래그머 선장과 확인해보세요. 아마 엘리스가 아직 통신실에 있을 겁니다. 크웸블리호에 언어 능력자가 없을 경우에는 그녀가 당신을 도와줄 수 있을 거예요. 이만 휴회합시다." 앨런 기획연구실장이 말했다.

보이드가 벌써 문을 향해 걸어가며 고개를 끄덕거렸다. 그리고 회의가 끝났다. 앨런 기획연구실장은 보이드를 따라갔다. 대부분의 다른 사람들은 다른 문으로 갔다. 아이브 호프만 혼자 자리에 앉아 있었다.

아이브의 눈길이 멍하니 허공을 향했다. 눈살을 찌푸린 탓에 그의 나이 마흔 살보다 훨씬 늙어 보였다.

아이브 호프만은 발리넌 사령관을 좋아했지만, 돈드래그머 선장을 더욱 좋아했고, 엘리스 역시 그랬다. 아이브는 이 정책들을 세우는 데에 일조했으므로 드라운 연구의 진행과정에 대해 조금도 불평할 근거가 없었고, 다른 기획자들도 그 점에서는 마찬가지였다. 반세기 전에 인간을 상대로 장난을 쳤었다는 사실을 제외하고, 메스클린인 사령관을 불신할 만한 구체적인 근거가 없었다. 사령관이 드라운에 있는 가설적 원주민을 제외시키기 위해 그렇게 행동했을 거라는 가정은 신빙성이 떨어졌다. 그래, 그런 동기는 절대 아니었다. 설령 그런 지적 생명체가 존재한다고 해도, 그 종족에게 드라운 연구 프로젝트를 맡기려면 온갖 문제들 때문에 훨씬 더 지체될 것이고, 발리넌 사령관도 그런 사실을 인식했을 게 틀림없다.

탐험자와 기획자 사이에 이따금 발생하는 이견은 사소한 것들이었다. 예를 들어, 드롬인들과는 그런 논쟁이 열 번도 더 일어났었다. 그렇다, 메스클린인이 이미 자신들만의 독자적인 계획을 시작했을 거라 추측할 근거가 없었다.

결국, 발리넌 사령관을 설득해서 헬리콥터를 수용하도록 만들었지만, 사령관은 헬리콥터를 원하지 않았었다. 그런데도, 그 발리넌 사령관은 응용과학 수업을 처음으로 받은 후 열기구를 만들어서 날리던 발리넌과 같은 사람이었다.

비록 거대한 탐사선들이 모두 이 프로젝트에 필요했다고는 하지만, 에스켓호에 백여 명의 선원들이 승선해 있는 상황임에도, 발리넌 사령관은 구조대를 보내지 않았다.

발리넌 사령관은 그들에게 유용할 게 틀림없는 단거리 무전기를 거부했다. 무전기를 놓고 완고한 교사가 교실에서 진행할 것 같은 논쟁이 벌어졌지만, 이건 실제 현실이었고 몹시 진지했다.

50년 전 발리넌 사령관은 외계인의 지식을 획득할 기회를 포착했을 뿐만 아니라, 의도적으로 비메스클린인 후원자들을 교묘히 압박해서 그 기회를 얻어냈었다.

아이브 호프만은 발리넌이 뭔가를 비밀리에 진행하고 있을 거라는 생각을 지울 수 없었다.

엘리스의 생각이 궁금했다.

7
얼어붙은 트럭

웅덩이가 결빙되기 시작했을 때, 크웹블리호의 다른 선원들처럼 조타수 비트체르말프와 타쿠어치도 무척 놀랐다. 그들이 주의를 집중하고 있던 가느다란 밧줄들의 미로가 예전 쾌속범선의 삭구 장치보다 월등히 복잡했기 때문에, 두 사람은 지난 몇 시간 동안 주변을 돌아볼 틈이 없었다. 두 사람 모두 해야 할 일은 정확히 알았으므로 대화도 거의 필요 없었다. 설령 그들이 작업하던 현장에서 눈을 떼고 주위를 둘러봤더라도 볼 수 있는 게 거의 없었을 것이다. 그들은 트럭들의 무게를 분산시켜주는 공기 매트리스를 지붕 삼아 거대한 탐사선의 선체 아래에 있었으며, 한편으로는 트럭들에, 또 심지어 드라운을 덮고 그들의 휴대용 전등의 범위를 벗어난 모든 것들을 삼켜버린 밤의 암흑에 가로막혔기 때문이다.

그래서 그들은 물속에 있었음에도 웅덩이가 얼어붙는 상황을 크웸블리호 안에 있는 선원들보다 알지 못했다. 웅덩이의 표면에 얇은 얼음 결정이 생기기 시작하더니, 반짝거리고 번들거리며 크웸블리호가 잠긴 웅덩이 바닥을 향해 내려갔다.

조타수 비트체르말프와 타쿠어치는 좌현 1열을 뱃머리부터 배꼬리까지 모두 다시 연결하고, 2열로 작업을 이어가다 자신들이 갇혔다는 사실을 알아챘다.

배터리 전등이 약간 희미해져서 타쿠어치가 재충전을 위해 가까운 핵융합로로 가져갔는데, 하필이면 그 핵융합로가 1열 트럭에 있었다. 그는 핵융합로로 다가갈 수 없고, 심지어 보이지도 않는다는 사실을 알아채고 몹시 놀랐다. 타쿠어치는 잠시 이리저리 더듬거리고 살펴보다 비트체르말프를 불렀다. 그들의 힘으로 뚫을 수 없는 불투명한 하얀 벽에 완전히 갇혀버렸다는 사실을 확인하는 데까지 약 10분이 걸렸다. 얼음은 바깥쪽의 트럭을 모두 단단히 접합시키고, 매트리스 위부터 자갈 아래까지 모든 공간을 채웠다. 대략 1미터 정도 되는 높이였다. 그 얼음벽 안에서는 아직 자유롭게 움직일 수 있었다.

그들의 도구는 뾰족하기보다는 칼날처럼 날이 선 종류였고, 얼음을 깨며 길을 트기에는 너무 작았다. 그래도 두 선원은 그 도구들을 이용해 족히 1시간은 긁어본 후에야 그 사실을 받아들였다. 둘 다 아직은 크게 염려하지 않았다. 크웸블리호가 얼음 때문에 꼼짝 못 하는 상태이므로, 그들을 구조하는 게 첫 번째 목표가 아니라 할지라도 탐사선을 꺼내기 위해서라도 다른 선원들은 그들이 있는 곳까지 파내려 와야 했다. 물론 그들의 생존을 위한 수소의 공급에 한계가 있었지만, 인간에게 산소가 부족해지는 상황만큼 중대한 문제는 아니었다. 그들에게는 활발하게 활동해도 10시간에서 12시간 동안 필요한 수소가 있었으며, 혹시 수소의 부분 압력이 특정한 값 이하로 떨어지더라도 그들은 그저 의식만 잃을 뿐이었다. 그러면 신체 화학반응이 점점 느려지겠지만, 50시간에서 100시간 정도는 불가역적인 상황이 발생하지 않은 상태로 버틸 수 있을 것이다. 인간 생물학자들에게는 아직 밝혀낼 기회가 없었지만, 메스클린인이 튼튼한 이유 중 하나는 생화학적 조성이 대단히 단순하기 때문이었다.

두 선원은 실제로 그들에게 주어진 업무로 다시 돌아갈 정도로 차분했다. 그들이 2열의 앞으로 거의 다가갔을 때 새로운 사실을 발견했다. 이번에는 그들도 당황했다.

얼음이 슬금슬금 안쪽으로 기어들고 있었다. 빠르지는 않았지만, 어쨌든 다가왔다. 그리고 얼어붙어 얼음덩어리가 될 경우 자신들이 어떻게 될지에 대해서는 두 조타수도 아이브 호프만만큼이나 알지 못했다. 알고 싶은 맘도 조금도 없었다.

그래도 아직 불빛이 있었다. 안쪽에도 핵융합로가 달린 트럭이 있었기 때문에, 타쿠어치는 배터리를 재충전할 수 있었다. 덕분에 그들을 가둔 경계선을 다시 한 번 조심스럽게 살펴볼 수 있었다. 비트체르말프는 바다 근처 또는 이왕이면 벽의 위쪽으로 가까운 곳에서 얼지 않은 공간을 발견하기를 바랐다. 그는 동결이 이 웅덩이의 위에서 시작된 것인지, 아래에서 시작된 것인지 알지 못했다. 메스클린인들은 인간과 달리 액체의 물 위에 얼음이 뜨는 사실에 익숙하지 않았기 때문에, 이번에도 잘못된 결론에 도달한 것이었다. 얼음 결정은 위로부터 형성되었다. 하지만 주변의 액체보다 밀도가 높고 안정된 상태였으며, 암모니아가 더욱 풍부한 수준에 도달해야만 다시 융해될 것이다. 유사 대류 효과 때문에 암모니아가 대체로 균일하게 제거되어서, 웅덩이 전체가 거의 동시에 얼어붙을 수 있는 수준에 이른 것이었다. 그 결과로, 그들은 열린 공간을 전혀 찾아내지 못했다.

한동안 두 사람은 생각하고, 때때로 동결이 어디까지 진행되었는지 확인하면서 트럭 두 대 사이에 엎드려 있었다. 그들에게는 시간을 측정할 장비가 없었으므로 진행 속도를 계산할 기준이 없었다. 타쿠어치가 결빙 속도가 느려지고 있다는 의견을 냈지만, 비트체르말프는 확신할 수 없었다.

가끔 둘 중 한 명이 신선한 발상을 했지만, 대개는 다른 한 명이 그 발상에서 오류를 찾아냈다.

"우리는 이 돌들을 옮길 수 있잖아. 작은 것들 말이야. 얼음 밑을 파서 길을 내면 안 될까?" 타쿠어치가 말했다.

"어디로요?" 비트체르말프가 반론했다. "이 웅덩이의 가장 가까운 가장자리도 40에서 50밧줄은 가야 해요. 내가 마지막 봤을 때는 그랬어요. 설령 아래의 바위들 사이에 있는 물이 얼어붙지 않았더라도, 공기가 다 떨어지기 전에 이 바위들을 파내면서 그렇게 멀리까지는 못 갈 거예요. 그리고 가장자리에 도달하기 전에 위쪽으로 올라가봐야 아무 소용이 없어요."

타쿠어치는 인정하는 몸짓으로 그 판단을 받아들였다. 그리고 침묵이 이어지는 동안 얼음이 몇 센티미터 더 가까워졌다.

이번에는 비트체르말프가 건설적인 생각을 해냈다. "이 전등에서 열기가 나올 거예요. 우리는 우주복 때문에 느끼지 못하더라도 말이에요." 그가 갑자기 소리쳤다. "전등이 근처에 얼음이 형성되는 걸 막지 않을까요? 어쩌면 얼음을 녹여서 바깥까지 길을 낼 수 있을지도 몰라요."

"해볼 만하네." 타쿠어치가 간결하게 대답했다.

둘이 함께 얼어붙은 경계선으로 다가갔다. 비트체르말프가 얼음에 기대어 돌무더기를 쌓아 올려 받침대를 만들고, 전등을 가장 밝게 조정한 후 그 위에 올렸다. 두 사람은 바짝 붙어서 자갈 더미 위로 머리를 들고, 전등과 얼음 사이의 공간을 지켜봤다.

"이런 생각이 들어." 둘이 기다리는 동안 타쿠어치가 말했다. "우리의 몸에서도 열이 나잖아, 그렇지 않아? 우리가 여기에 있는 것만으로도 이게 녹는 데에 도움이 되지 않을까?"

"그렇겠죠." 비트체르말프는 반신반의하는 말투였다. "여기에서 기다리는 동안 우리 양쪽과 뒤쪽이 얼지 않는지 살펴보는 게 좋겠어요."

"그게 무슨 상관이야? 다른 데가 얼어붙는다면, 우리와 전등의 열로 얼어붙는 걸 막기에 충분하다는 뜻이니까, 얼음을 녹여서 길을 만들어 나갈 수 있을 거야."

"맞는 말이에요. 그래도 잘 지켜봐요. 그래야 그런 일이 일어나는지 알 수 있잖아요." 타쿠어치가 동의하는 몸짓을 했다. 그리고 둘은 다시 침묵에 빠졌다.

하지만 나이 든 조타수는 무한정 침묵을 지키는 사람이 아니었다. 곧 그가 다른 제안을 했다.

"우리 칼로 이 얼음을 파기 힘들다는 건 나도 알아. 그렇지만 전등에서 가장 가까운 곳을 긁으면 도움이 되지 않을까?" 타쿠어치는 선원들이 일반적인 용도로 가지고 다니는 칼을 하나 풀어서 얼음을 향해 다가갔다.

"잠깐만요!" 비트체르말프가 소리쳤다. "거기서 파기 시작하면, 전등의 열기가 효과가 있는지 알 수 없잖아요."

"내 칼이 얼음을 파기 시작한다면, 그게 열기 때문이든 칼 때문이든 무슨 상관이야?" 타쿠어치가 날카롭게 되받았다. 비트체르말프는 대꾸할 말이 없어서 침묵을 지켰다. 그리고 다른 메스클린인이 작은 칼날로 일하는 동안 혼자서 '통제된 대조 실험'에 대해 구시렁거렸다.

공교롭게도, 타쿠어치의 방해가 시각적인 관찰에 약간 영향을 미치긴 했지만, 실험을 망가뜨리지는 않았다. 몸의 열기와 전등의 열기, 그리고 칼이 모두 얼음을 녹이기에 역부족인 것으로 증명되었다. 얼음이 계속 자라났다. 그들은 결국 어쩔 수 없이 돌무더기 위에 둔 전등을 치워야 했다. 그리고 돌무더기가 서서히 투명한 벽에 둘러싸이는 광경을 지켜봤다.

"오래가지 못할 거야." 타쿠어치가 전등으로 주변을 이리저리 비추며 말했다. "이제는 동력 중에 겨우 두 개만 자유롭게 이용할 수 있어. 그 두 개마저 사라지기 전에 전등을 다시 충전해놓는 게 나을까, 아니면 괜한 짓일까?"

"충전해놓는 게 나을 것 같아요." 비트체르말프가 대답했다. "저 동력으로 우리가 이용할 수 있는 게 겨우 그런 것뿐이라 안타까워요. 동력상자 네 개만 있으면 평지에서 크웸블리호를 움직일 수 있잖아요. 그런데 어떤 인간이 지면에 마찰력만 있다면 한 개만으로도 움직일 수 있다는 이야기를 해준 적이 있었어요. 우리가 저 동력을 적용할 방법을 찾을 수만 있다면, 얼음을 깰 수 있을 거예요."

"저 동력상자는 어렵지 않게 꺼낼 수 있어. 하지만 그 후의 일은 내 능력 밖이야. 저 장치는 조종하는 대로 전류를 내보내겠지만, 저걸로 얼음에 어떻게 충격을 줄 수 있을지는 모르겠어. 그 동력에서 끌어낼 수 있는 기계적 회전력으로는 모터 구동축밖에 못 돌려."

"전류를 이용하면 우리가 전기 충격을 받을 가능성이 더 클 거 같아요. 제가 대학에서 잠깐 배웠던 건 대부분 평범한 역학이었지만, 그래도 그게 우리를 죽일 거라는 정도는 알아요. 다른 방법을 생각해보죠."

타쿠어치는 그 의견에 따르려 노력했다. 그 역시 어린 동료와 마찬가지로 외계인의 지식을 맛본 기간이 길지 않았다. 두 조타수 모두 학업을 더 이어가기보다 드라운 프로젝트에 자원하길 원했기 때문이다. 일반물리에 대한 그들의 지식은 벤저민 호프만이 열 살이나 열두 살 즈음에 가졌던 지식의 수준이었다. 시각화된 모형이 제공되지 않는 문제에 대해서는 둘 다 생각하는 게 쉽지 않았다.

그러나 그들의 추상적인 사고 능력이 부족하지는 않았다. 무작위적인 입자 운동에 대해서는 이해하지 못하더라도, 열이 모든 에너지의 가장 저급한 공통분모라는 이야기를 들은 적이 있었다. 모든 에너지는 쉽게 열로 변환할 수 있다는 의미였다.

전기의 다른 효과에 대해 먼저 생각해낸 사람은 비트체르말프였다.

"아저씨! 탐사선이 움직이기 전에는 너무 많은 동력을 트럭에 넣지 말라고 배웠던 거 기억나세요? 인간들은 트럭을 너무 빠르게 가속하면 무한궤도가 끊어지거나 모터를 손상시킬 가능성이 있다고 했었어요."

"그랬지. 시간당 100밧줄 이하의 속도에서는 동력의 4분의 1이 한계였어."

"음, 동력 제어장치가 우리가 닿을 수 있는 곳에 있잖아요. 그리고 저 모터들은 돌지 않을 게 틀림없어요. 그냥 이 트럭의 동력을 켜서, 모터를 뜨겁게 만들면 어떨까요?"

"넌 왜 이게 뜨거워질 거라고 생각해? 이 모터가 어떻게 움직이는지에 대해서는 나보다 모르잖아. 인간들은 모터가 뜨거워질 거라고는 하지 않았어. 그렇게 하면 모터에 안 좋다고만 했지."

"알아요. 하지만 열이 나오는 거 말고 다른 뭐가 가능할까요? 아저씨도 사용되지 않은 에너지가 열로 변한다는 거 알잖아요."

"딱히 정확한 소리는 아니야." 늙은 선원이 대답했다. "그래도 지금 상황에서는 뭐든 해볼 가치가 있을 것 같아. 인간들이 모터 때문에 탐사선이 망가질 거라는 이야기를 한 적은 없었으니까 말이야. 설령 그것 때문에 우리가 엉망이 되더라도 어차피 더 나빠질 것도 없어."

비트체르말프가 잠시 멈췄다. 크웸블리호를 위험에 빠뜨릴지 모른다는 생각은 해본 적이 없었기 때문이다. 그 생각을 하면 할수록, 모험의 정당성에 대한 자신감이 줄어들었다. 비트체르말프는 가까운 트럭의 무한궤도 사이에 자리 잡은 상대적으로 크기가 작은 동력 장치를 바라보며, 저렇게 작은 물체가 그들의 위에 있는 저 거대한 탐사선에 정말로 위험을 끼칠 수 있을지 의문이 들었다. 곧 그는 자신과 동료들을 드라운으로 태우고 온 어마어마하게 큰 기계의 규모가 기억났다. 그리고 그렇게 엄청난 질량을 하늘을 뚫고 발사시킬 수 있는 것과 같은 종류의 동력은 쉽게 다룰 수 있는 게 아닐 거라는 생각이 들었다. 이전까지 비트체르말프는 그런 엔진을 사용하는 것을 두려워해본 적이 없었다. 그 엔진들을 정상적이고 적절하게 다루는 방법을 배웠기 때문이다. 그러나 고의로 오용하는 것은 다른 이야기였다.

"아저씨 말이 맞아요." 비트체르말프는 자신이 어느 정도 잘못 생각했다는 점을 인정했다. 어쨌거나 타쿠어치도 모험해볼 의향이 있었다. "다른 방식으로 하는 게 낫겠어요. 보세요, 무한궤도를 헛돌게 만들면, 모터나 동력상자에 해롭지 않고, 물을 저어서 온도를 올릴 수 있을 거예요."

"그럴까? 나도 비슷한 이야기를 들어봤던 것 같아. 하지만 내

힘으로도 이 얼음을 깰 수 없는데, 물을 젓는 것만으로 얼음을 깨는 건 어렵지 않을까. 게다가 트럭은 헛돌지 않을 거야. 지금 트럭은 크웸블리호의 무게를 싣고 바닥을 딛고 있잖아."

"맞아요. 바닥을 파야죠. 바위들을 옮기는 것부터 시작해요. 얼음이 가까워지고 있어요."

비트체르말프가 모범을 보였다. 그는 무한궤도 옆에 있는 동그란 자갈들을 파내기 시작했다. 메스클린인의 근력으로도 힘든 작업이었다. 메스클린인처럼 매끈한 돌들이 뻑뻑했다. 그리고 돌 하나를 파내도, 그 돌을 놔둘 공간이 넓지 않았다. 트럭 주변에 도랑을 만들기 위해 두 선원이 맹렬하게 일해도 시간이 너무 오래 걸려서 걱정되었다.

트럭 주변에 도랑이 충분히 깊게 파이자, 그들은 무한궤도 아래에 있는 돌들을 캐내려 시도했는데, 그 시도 때문에 더욱 좌절했다.

크웸블리호의 질량은 2백 톤이다. 이는 드라운에서 8백만 킬로그램의 무게를 남아 있는 56대의 트럭들에 분산시켰다는 의미였다. 매트리스가 무게를 잘 분산시켰다. 트럭 한 대에 실린 약 14만 킬로그램은, 메스클린의 극지방에서조차 140킬로그램보다 약간 더 무거운 몸무게 정도밖에 안 되는 메스클린인에게 다소 무리였고, 약 0.75제곱미터 넓이의 무한궤도에도 엄청난 무게였다. 드라운의 중력이 지상의 물질들을 그와 똑같이 놀라울 정도로 꽉꽉 눌러 넣지 않았다면, 크웸블리호와 자매선들은 채 1미터도 움직이기 전에 땅속으로 가라앉아버렸을 것이다.

다시 말해, 무한궤도 아래의 바위들은 아주 단단히 박혀 있었다. 두 조타수는 무한궤도 아래에 있는 바위 하나도 움직이지 못했다. 지레로 사용할 수 있는 게 전혀 없었다. 많이 남은 여분의 밧줄도 도르래 없이는 아무 소용이 없었다. 그들의 근육 힘만으로는 터무니없이 부족했다. 몇 세기 전에 기계 혁명을 지난 다른 종족들과 달리 메스클린인에게는 여전히 익숙하지 않은 상황이었다.

하지만 다가오는 얼음이 그들의 생각을 자극했다. 물론 이 얼음이 그들에게 공황상태를 일으킬 수도 있었지만, 메스클린인 선원들은 그런 형태의 정신적 붕괴를 잘 겪지 않았다. 다시 비트체르말프가 대화를 이끌었다.

"아저씨, 아래에서 나오세요. 이 자갈들을 옮길 수 있을 것 같아요. 앞쪽으로 가세요. 자갈이 다른 방향으로 튈 거예요." 젊은 조타수가 말하면서 트럭 위로 올라갔다. 타쿠어치는 무슨 말인지 이해했다. 즉시 아무 말 없이 앞에 있는 트럭 너머로 몸을 숨겼다. 비트체르말프가 무한궤도 사이에 있는 구동 장치의 본체를 따라 몸을 뻗었다. 그의 아래와 앞쪽의 약 30센티미터가량 되는 공간의 오목한 곳에 핵융합로가 있었다. 핵융합로는 통신기와 거의 비슷한 크기의 직사각형 물체였는데, 상자의 표면에 원형 제어봉이 돌출되었고, 가장자리에는 소형 도르래가 장착된 중간 연결고리들이 있었다. 선교에서 원격으로 조종하는 선들이 중간 연결고리를 통해 제어봉으로 연결되어 있었지만, 조타수는 그것들을 무시했다. 전등이 몇 미터 떨어진 바닥에 있어서 트럭 위쪽은 빛이 들지 않았기 때문에 비트체르말프는 앞이 잘 보이지 않았다. 하지만 굳이 눈으로 볼 필요가 없었다. 비트체르말프는 우주복을 입은 상태에서도 감각에 의지해 이 제어봉들을 다룰 수 있었다.

비트체르말프는 핵융합로 제어봉을 '작동' 위치로 조심스럽게 옮겼다. 그리고 더욱 조심스럽게 모터를 전진시키기 시작했다. 모터는 제대로 반응했다. 그의 양쪽에 있는 무한궤도가 앞으로 움직이며, 작고 단단한 물체가 서로 부딪혀 달그락거리는 소리가 잠시 들렸다. 곧 그 소리가 멈추더니 무한궤도가 헛돌기 시작했다. 비트체르말프는 즉시 동력을 끊고, 무슨 일이 일어났는지 확인하기 위해 트럭에서 기어 내려갔다.

비트체르말프가 생각했던 대로 작동했지만, 논리적으로 오류가 있는 컴퓨터 프로그램이 작동하듯, 대답이 나오긴 했어도 그가 바라던 대답이 아니었다. 조타수가 계획했던 대로 무한궤도가 밑에 있는 바위들을 긁어서 뒤로 밀어냈다. 하지만 그는 트럭 위에 있는 공기 매트리스에 미칠 영향을 잊고 있었다. 본래 트럭은 자체의 무게와 아래로 누르는 기압을 받아서, 무한궤도 사이의 차대가 바닥에 닿을 때까지 가라앉아 있었다. 비트체르말프가 고개를 들자, 구동 장치 전체가 10센티미터가량 내려앉은 부분에 매트리스가 볼록하게 부풀어 오른 모습이 눈에 들어왔다.

타쿠어치가 숨어 있던 곳에서 나와 그 상황을 봤지만 아무 말도 하지 않았다. 뭔가 해줄 만한 쓸모 있는 말이 떠오르지 않았기 때문이다.

물론 두 조타수는 크웸블리호의 구조에 대해 세밀한 부분까지 알고 있었지만, 매트리스가 얼마나 더 부풀어 오를지, 또 트럭이 얼마나 더 내려간 후에야 공회전하게 될지 짐작하기 힘들었다. 공기 매트리스는 전체가 단일한 공기주머니가 아니라 서른 개의 칸으로 나뉜 형태로서, 각 주머니에는 앞뒤로 두 대의 트럭이 부착되었다. 물론 조타수들은 그 부착 형태를 자세히 알고 있었다. 둘 다 그 조립부품을 수리하느라 여러 시간을 보낸 경험이 있었다. 최근에 표류하느라 거의 모든 트럭이 부력을 받아 무게를 줄인 상태로 크웸블리호의 하부가 들린 적이 있기는 했지만, 저 공기주머니가 얼마나 많이 늘어날 수 있을지에 대해서는 매우 회의적이었다.

"뭐, 돌이나 파내자." 타쿠어치가 아래의 자갈로 집게를 뻗으며 말했다. "아마 지금쯤은 흔들거려서 느슨해졌을 거야. 그렇지 않다면 바깥쪽에서 집게를 뻗어서 자갈에 닿아야 해서 불편할 거야."

"그런 식으로 작업할 시간이 없어요. 무한궤도를 헛돌게 하려면 트럭의 전체 길이만큼 깊이 파야 할 거예요. 트럭은 내버려둬요, 아저씨. 다른 걸 시도해보죠."

"달리 할 수 있는 게 대체 뭔데?"

비트체르말프는 타쿠어치에게 직접 보여줄 수밖에 없었다. 비트체르말프가 전등을 챙겨서 다시 트럭 위로 올라갔다. 타쿠어치가 어리둥절한 표정으로 그 뒤를 따랐다. 어린 조타수는 공기 매트리스와 트럭을 이어주는 회전축을 딛고 올라가서 칼로 매트리스를 찔렀다.

"그래도 탐사선을 망가뜨리면 안 돼!" 타쿠어치가 반대했다.

"나중에 수리할 수 있어요. 저도 아저씨만큼 이러고 싶지 않아요. 우리의 손이 닿을 수만 있다면, 저도 정상적인 배출 밸브로 공기를 빼고 싶어요. 하지만 그럴 수가 없잖아요. 빨리 이 트럭에서 매트리스를 떼어내지 못하면 앞으로 영원히 못 떼어낼 거예요." 비트체르말프는 말을 하면서도 계속 칼을 휘둘렀다.

돌 옮기기보다는 약간 쉬운 작업이었다. 매트리스의 천은 제곱미터당 7만 킬로그램 이상의 압력을 받는 크웸블리호를 떠받치기 위해 몹시 두껍고 질겼다. 이 기나긴 항해에서 성가신 일 중 하나는, 횡단하는 지면의 고도가 몇 미터 변화할 때마다 수동으로 펌프질하거나 초과한 공기압을 배출시키는 것이었다. 강을 따라 내려온 이후로 펌프질하지 않기 때문에 지금은 매트리스가 약간 납작해진 상태였지만, 당연히 내부 압력은 상당히 높았다.

비트체르말프가 팽팽하게 당겨진 매트리스 표면의 같은 지점을 계속 반복해서 칼로 그었다. 매번 칼날이 조금씩 더 깊게 들어갔다. 이윽고 그럴 필요성에 대해 납득한 타쿠어치가 합류했다. 두 번째 칼날이 첫 번째 칼날이 지나간 경로를 따라 그었다. 두 개의 날이 인간의 눈으로는 거의 따라가기 힘든 속도로 리듬을 맞춰 교대로 번쩍거렸다. 만일 인간이 그 상황을 볼 수 있었다면, 곧 그 칼이 상대 선원의 집게를 절단할 거라고 예상했을 것이다.

그런데도 일을 마치는 데에는 오랜 시간이 걸렸다. 성공했다는 첫 신호는 가느다란 공기 방울 줄기였다. 그 줄기가 볼록한 매트리스의 경사를 따라 사방으로 퍼져나갔다. 좀 더 칼질하자 약 2.5센티미터의 십자가 형태 구멍에서 드라운의 공기 방울이 쿨럭쿨럭 쏟아져 나와 앞이 보이지 않았다. 두 조타수가 칼질을 멈췄다.

팽팽하던 공기주머니의 천이 느리긴 했지만 눈에 띄게 쪼그라들었다. 거품들은 더욱 천천히 매트리스 표면을 가로질러 흘러가, 가까운 얼음벽의 높은 부분에 모였다. 잠시 비트체르말프는 공기주머니가 완전히 납작해질 거라 생각했다. 하지만 매달린 트럭의 무게 때문에 그렇게 되지 않았다. 공기주머니의 중앙부나 최소한 트럭이 붙어 있는 부분이(둘 다 공기주머니가 나뉘는 경계 지점이 정확히 어디에 있는지 알지 못했다) 아래로 처졌는데, 이제는 밀어내기보다는 당기는 형태였다.

"엔진을 다시 가동하고 어떻게 되는지 볼게요." 비트체르말프가 말했다. "잠시 앞쪽으로 다시 가세요." 타쿠어치는 그 말에 따랐다. 어린 조타수는 무한궤도의 앞쪽 끝에 자갈들을 여러 개 박아 넣고, 다시 트럭을 기어 올라가 자리를 잡았다. 이번에도 전등을 가져갔지만, 조종할 때 도움을 받기 위한 목적이 아니라, 트럭이 과연 움직이는지 그리고 어떻게 움직이는지 쉽게 확인하기 위해서였다. 그는 몇 센티미터 위에 트럭이 부착된 부분을 보면서 엔진을 다시 가동했다.

자갈 때문에 약간의 마찰이 생겼다. 트럭이 앞으로 나가면서 당기자, 매트리스의 천에 주름이 생기고 회전축이 살짝 기울어졌다. 트럭의 회전축이 매트리스 안에 있는, 손에 닿지 않는 소켓에 박혀 있어서 몇 도 이상 과도하게 기울어지지 않았다. 트럭들은 당연히 서로 부딪치지 않게 되어 있었지만, 팽팽하게 당겨진 부분이 보였다. 움직임이 한계에 다다랐을 때도 무한궤도가 계속 움직였는데, 이번에는 돌지 않았다. 소리와 감각으로 느껴지는 진동으로 볼 때 무한궤도는 자갈 위를 미끄러지며 돌고 있었다. 몇 초 후 물이 소용돌이를 일으키며 빙빙 도는 게 비트체르말프의 우주복을 통해서도 느껴졌다. 그는 트럭에서 기어 내려가다 손잡이를 옮겨 잡는 동안 하마터면 무한궤도 밑으로 휩쓸려 들어갈 뻔했다. 그가 서둘러 제어봉을 낚아채서 제시간에 간신히 모터를 정지시켰다. 비트체르말프는 그 후 냉정함을 되찾기까지 잠깐 시간이 걸렸다. 아무리 그의 몸체가 튼튼하더라도 무한궤도와 바위 사이의 공간에서 살아남기는 힘들었을 것이다. 최소한 그의 우주복은 망가졌을 게 틀림없었다.

곧 비트체르말프는 눈으로 제어용 밧줄을 따라가며, 핵융합로부터 공기 매트리스 바닥까지 조심스럽게 살펴봤다. 밧줄은 그가 닿을 수 있는 앞 트럭 위의 한 지점으로 이어졌다. 몇 초 후 비트체르말프는 다른 트럭 위로 올라가 안전한 거리에서 원래 트럭의 모터를 돌리기 시작했다. 그리고 처음부터 그렇게 하지 않은 자신을 마음속으로 꾸짖었다.

타쿠어치가 다시 나타나 그의 옆으로 와서 말했다. "물을 휘젓는 게 온도를 올릴 수 있을지 곧 알게 되겠네."

"그럴 거예요." 비트체르말프가 대답했다. "게다가, 이번에는 무한궤도가 바닥에 있는 돌들을 밖으로 차내는 대신 문지르고 있잖아요. 물을 휘젓는 게 열을 만들어낸다는 사실을 아저씨가 믿든 안 믿든, 마찰이 열을 만들어낸다는 건 알잖아요. 얼음을 봐주세요. 그리고 주변이 너무 뜨거워지면 말해주세요. 동력을 가장 낮은 단계로 유지하겠지만, 그래도 에너지가 여전히 너무 높거든요."

타쿠어치는 얼음이 녹는다면 아까 쌓아 올린 돌무더기가 보일 위치로 가서 비관적인 태도로 바라보며 자리를 잡고 기다렸다. 물살이 제대로 안정된 자세를 잡지 못한 그의 몸을 당기는 게 느껴지긴 했지만, 그 자리에서는 그 흐름이 많이 드세지 않았다. 그는 중간 크기의 바위 사이에 몸을 단단히 고정하고, 무한궤도 아래로 휩쓸려 들어갈 걱정을 덜었다.

타쿠어치는 단순히 물을 휘젓는 것만으로 어떻게 온도를 높일 수 있다는 것인지 이해되지 않았지만, 비트체르말프가 마찰을 언급하자 안심이 되었다. 또한 굳이 말로 인정하지는 않았지만, 타쿠어치는 자신의 의견보다 젊은 선원의 의견에 더 무게를 두는 경향이 있었으므로, 얼음이 곧 물러가는 모습을 볼 수 있을 거라 기대했다.

타쿠어치는 실망하지 않았다. 5분 지나기 전에, 그는 얼음벽에서 돌무더기의 아랫부분이 더 드러날 거라 예상했다. 그리고 10분이 지나기 전에, 그 사실을 확인했다. 환희의 혹혹 소리로 비트체르말프에게 그 사실을 알렸다. 비트체르말프가 제어 밧줄을 그대로 놔두는 위험을 무릅쓰고 와서 직접 보고 동의했다. 얼음이 물러나고 있었다. 비트체르말프는 즉시 계획을 짜기 시작했다.

"좋았어요, 아저씨. 다른 트럭들이 녹아서 우리가 조종할 수 있게 되는 대로 즉시 돌리죠. 이 얼음에서 크웸블리호를 빼낼 수 있을 거예요. 그러면 밑에 있는 우리도 풀려나겠죠."

타쿠어치가 질문했다. "모든 동력 장치 아래에 있는 공기주머니에 구멍을 낼 거야? 그러면 3분의 1의 매트리스에서 공기를 배출시키게 될 거야."

비트체르말프가 잠깐 멈칫했다.

"그걸 잊고 있었네요. 아니요. 음, 모두 수리할 수는 있겠지만, 그건 별로예요. 자, 보세요. 우리가 다른 동력 장치를 녹이면, 이미 공기를 뺀 매트리스에 달린 다른 트럭에 올릴 수 있어요. 그러면 열을 두 배로 낼 거예요. 그 후에는 저도 모르겠어요. 다른 데를 파볼 수도 있겠죠. 아니, 그건 잘 안 될 거 같아요. 저도 모르겠어요. 뭐, 한 대 더 구동시킬 수 있겠죠. 그걸로 충분할 거예요."

"그러길 바라야겠지." 타쿠어치가 미심쩍은 말투로 말했다. 그는 젊은 조타수의 불확실한 대답을 듣고 약간 실망했다. 그리고 느슨하게 대체된 계획에 대해 그다지 감동을 받지 않았다. 하지만 그보다 나은 계획을 제안할 수 없었다. "우선 난 뭘 해야 할까?" 그가 물었다.

"모든 게 충분히 안전하다고 생각하지만, 저는 돌아가서 밧줄들을 정돈하는 게 낫겠어요." 비트체르말프가 에둘러서 대답했다. "얼음벽의 가장자리를 계속 확인하는 건 어떠세요? 그리고 다른 핵융합로가 녹으면 곧바로 가져오세요. 그걸 저 트럭에 넣으면 돼요." 비트체르말프가 바람이 빠진 매트리스에 붙어 있는 다른 트럭을 가리켰다. "그리고 가능한 한 빨리 구동시키세요. 알겠죠?"

타쿠어치가 동의한다는 몸짓을 하고 얼음벽을 돌기 시작했다. 비트체르말프는 제어 밧줄로 돌아가 조용히 기다렸다. 타쿠어치는 경계지역을 몇 바퀴 돌며, 얼음이 모든 방향으로 물러나는 모습을 기쁘게 지켜봤다. 얼음이 녹은 공간이 점점 커지면서 진행 과정이 느려진다는 사실을 발견하자 약간 걱정이 들긴 했지만, 그다지 놀라지는 않았다. 이윽고 타쿠어치는 얼어붙은 동력상자 중 어느 게 가장 먼저 녹을지 판단을 내린 후, 그 옆에 자리를 잡고 기다렸다.

인간으로서는 제어 밧줄 앞에서 기다리고 있는 그의 동료와 마찬가지로 타쿠어치의 태도를 정확히 이해할 수 없다. 인간의 감각으로 볼 때 그는 참을성이 있는 것도 아니고, 없는 것도 아니었다. 타쿠어치는 어쩔 수 없이 기다려야 한다는 사실을 알았다. 그래서 그는 감정적으로는 지극히 평온했지만 귀찮았다. 타쿠어치는 꽤 지적이었고, 인간과 메스클린인 모두의 기준에서 봐도 상상력이 풍부했다. 하지만 기다리는 동안 마음을 둘곳을 찾기 위한 백일몽 같은 것은 전혀 필요하지 않았다. 반쯤 의식적인 정신적 시계의 작용에 따라 그는 꽤 자주 얼음이 융해되는 과정을 점검했다. 인간으로서는 그의 마음속에서 무슨 일이 일어나는지 파악할 수 있더라도 이해는 잘 안 될 것이다.

갑자기 쿵 소리가 나면서 주변 자갈이 흩날릴 때 즉시 반응한 모습을 보면, 타쿠어치는 졸거나 딴생각에 빠지지 않았던 게 확실했다. 그가 엎드려 있던 장소는 현재 작동하고 있는 트럭의 바로 뒤쪽이었기 때문에, 무슨 일이 일어났는지 즉시 알아챘다.

비트체르말프도 그랬다. 그리고 인간이라면 문제를 감지하지도 못했을 찰나에 제어 밧줄을 당겨 동력 장치를 정지시켰다. 1, 2초가 채 지나기 전에 두 메스클린인이 구동하던 트럭 옆에 모였다.

비트체르말프가 예측 가능한 상황이었다고 인정했다. 메스클린인의 생체 조직은 매우 대단히 강한 물질이다. 무한궤도도 일반적인 항해 과정에서 닳는 수준이었다면 몇 달 더 버틸 수 있을 만큼 단단했다. 그러나 아무리 엔진 동력을 상당히 낮췄더라도 고의로 단단한 바위들에 문지르는 것은 무한궤도에 조금 무리였다.

아마도 '단단하다'라는 단어로는 저 바위들을 완벽하게 묘사하기 힘들 것이다. 그러나 움직이는 무한궤도 아래에 있던 바위들은 대략 1시간 만에 마멸되어 윗부분이 눈에 띄게 평평해졌다. 그중에는 절반 이상이 사라진 돌도 있었다. 어린 조타수는 조심스럽게 살펴본 후, 무한궤도가 단순히 닳아서 끊어진 게 아니라, 원래 동그랗던 자갈이 마멸되어 가장자리가 날카로운 얇은 조각이 되었고, 그 조각들이 무한궤도를 깎아내기 시작해서 끊어졌다고 판단했다. 비트체르말프가 증거를 가리키자 타쿠어치도 동의했다.

무엇을 할지 의문의 여지가 없었으므로, 그들은 즉시 움직였다. 5분이 채 지나기 전에 손상된 트럭에서 핵융합로를 떼어내 뒤쪽에 있는 트럭에 설치했다. 그 트럭도 구멍이 난 매트리스에 붙어 있어서 이미 아래로 내려진 상태였다. 비트체르말프는 불가피하게 무한궤도를 하나 더 파괴할 수밖에 없는 문제에 대해서는 걱정하지 않고, 즉시 트럭을 가동하기 시작했다.

타쿠어치는 이제 불안해졌다. 1시간 전의 합리적 낙관주의는 그 토대의 아래에서부터 잘려나갔다. 두 번째 무한궤도가 자유로 나아가는 통로를 끝까지 녹일 만큼 오래 버틸 수 있을지 의심스러웠다. 잠시 마음속으로 그 문제와 씨름하던 타쿠어치에게 데워진 물을 한 지점에 집중하면 좋을 것 같다는 생각이 떠올라 동료 선원에게 제안했다. 비트체르말프는 진작 그런 생각을 해내지 못한 자신에게 짜증이 났다. 30분 동안 두 선원은 트럭들 사이와 주변에 자갈을 쌓아 무한궤도에서 발생한 열기를 둘러쌌다. 마침내 그들은 가열시킨 약간의 물을 트럭과 가장 가까운 얼음벽 사이에 가둘 수 있는 확실하고 단단한 벽을 만들어냈다. 타쿠어치는 크웸블리호 우현 2미터 앞의 얼음벽이 거의 눈에 띌 정도로 녹는 모양을 보고 만족스러워했다.

물론 타쿠어치가 완벽하게 행복한 것은 아니었다. 비트체르말프만이 아니라, 그가 보기에도 두 번째 트럭의 무한궤도 역시 아주 오래 버티기는 힘들 것 같았다. 그리고 나가는 길이 뚫리기 전에 무한궤도가 고장 날 경우 그들이 구조되기 위해 할 수 있는 다른 일이 잘 떠오르지 않았다. 그런 상황에서 인간은 때때로 가만히 앉아 친구들이 시간 내에 구조해주기를 바라기도 한다. 실제로 인간은 의식이 살아 있는 마지막 순간까지도 구조될 희망을 버리지 않을 것이다. 메스클린인에게는 그런 기질이 거의 없었다. 두 조타수도 그런 기질이 아니었다. 엘리스가 '희망'으로 번역한 스텐어가 있긴 하지만, 그건 그녀가 문맥에서 살짝 잘못 추론한 것이었다.

타쿠어치는 그렇게 설명하기 힘든 사고방식에 이끌려 윙윙거리는 트럭과 녹아내리는 얼음 사이에 자리를 잡고, 데워진 물의 흐름을 방해하지 않기 위해 바닥에 납작 엎드려서 양쪽을 동시에 살펴보려 애썼다. 비트체르말프는 제어 밧줄을 붙잡고 있었다.

두 번째 트럭 아래는 돌을 파내지 않았기 때문에 마찰이 엄청났고, 열기의 영향도 더 강했다. 조종은 조타수가 앞서 했던 말과 달리 동력보다는 속도를 제어하는 것이었다. 당연하지만 안타깝게도 무한궤도가 닳는 속도도 훨씬 빨랐으며, 잡석이 쌓인 벽을 다 녹이자마자, 성마르게 묵직한 쿵 소리가 들리며 무한궤도가 끊어졌다는 사실을 알려주었다. 앞서와 마찬가지로, 트럭 양쪽의 무한궤도를 연결하는 띠가 거의 동시에 끊어졌다. 아마 하나가 끊어질 때 발생한 갑작스러운 움직임이 구동축에 전달되면서 다른 쪽까지 끊어졌을 것이다.

다시 한 번 메스클린인들은 즉시 동시에 움직였다. 논의는 필요 없었다. 비트체르말프가 동력을 끊고, 녹은 지면을 향해 곧장 내려갔다. 타쿠어치가 그 장소에 비트체르말프보다 먼저 도착한 것은, 그가 있던 장소보다 절반이나 가까운 곳에서 출발했기 때문이다. 둘은 벽에 도착하자마자 칼을 꺼내서 얼어붙은 벽의 표면을 미친 듯이 긁기 시작했다. 그들은 크웸블리호의 측면에 상당히 가까워졌다는 사실을 알았다. 적어도 수평으로 얼음을 뚫으면 몸길이 하나보다 짧은 거리만 남은 상태였다. 동결의 힘이 다시 세어지기 전에 순수한 근육의 힘만으로도 뚫고 나가는 게 어쩌면 가능할 것이다….

1분 만에 타쿠어치의 칼이 부러졌다. 엘리스 호프만조차도 무슨 뜻인지 이해하지 못했겠지만, 저 위에 있는 인간들은 타쿠어치가 뱉어내는 소리에 흥미를 보였을 것이다. 비트체르말프가 제안을 하며 그 소리가 멈췄다.

"제 뒤로 와서 최대한 많이 움직이세요. 그래야 얼음 때문에 차가워진 물을 밀어내고 다른 물과 섞을 수 있어요. 난 계속 얼음을 팔 테니, 아저씨는 계속 물을 저어요." 늙은 선원이 그 제안을 따랐다. 그리고 칼 소리 외에는 아무 소리도 나지 않는 상태로 몇 분이 흘렀다.

작업을 계속 진행했지만, 두 선원 모두 그 진행률이 차차 감소하고 있다는 사실을 알 수 있었다. 그들 주변의 물의 열기가 빠져나가고 있었다. 둘 다 알지 못했지만, 그들의 주변이 액체로 그렇게 오래 유지되고 있는 유일한 이유는, 그들을 둘러싼 얼음벽이 암모니아의 탈출을 차단했다는 사실이었다. 돈드래그머 선장에게는 전혀 도움이 되지 않았지만, 인간과 메스클린인 이론가들이 완벽하게 옳았다. 크웸블리호 아랫부분의 결빙 문제는 고체 결정들 사이로 아직 액체로 남아 있는 부분을 통해 얼음 속으로 서서히 퍼져나가는 암모니아에 달려 있었다.

돈드래그머 선장도 이런 정보를 받긴 했지만, 자신의 탐사선 아래에 지금 갇혀 있는 두 사람보다도 할 수 있는 일이 없었다. 당연한 말이지만, 그 정보가 나중에 떠올린 추측이 아니라 사전에 제시된 예측이었다면, 선장은 크웸블리호를 미리 마른 땅 위로 몰고 갔을 것이다. 탐사선이 제시간에 움직일 수 있었다면 말이다.

설령 이때 비트체르말프가 이 모든 정보를 알고 있었더라도, 그는 그 정보를 이성적으로 사고하지 못했을 것이다. 그는 너무 바빴다. 그의 칼이 전등 불빛에 번쩍거렸다. 그는 오로지 그 도구가 부서질 위험을 가장 낮춘 상태로 최대한의 결과를 이끌어내는 일에만 의식을 집중했다.

그러나 비트체르말프의 칼도 부서졌다. 나중에 그는 당시 상황을 설명하는 것을 좋아하지 않았다. 그는 자신의 진행 상황이 느려지고 있다는 사실을 알았으며, 진행 속도가 느려질수록 더 세게 긁고 싶다는 충동이 더 커졌다. 그러나 비트체르말프는 자신이 공황상태의 희생자가 된 것 같다는 생각을 좋아하지 않았다. 또한 뼈로 만든 칼에 결함이 있었다는 의견에도 반대했다. 그러나 그 두 가지 외에는 어떤 설명도 생각해낼 수 없었다. 이유가 무엇이었든, 갑자기 그의 오른쪽 앞집게로 잡은 칼의 칼날이 없어졌다. 그의 앞에 놓여 있는 칼날 조각은 인간의 손가락에도 쓸모없는 수준이었고, 그의 집게에는 그보다 더욱 쓸모가 없었다. 비트체르말프는 성질을 내며 칼의 손잡이를 내던졌다. 하지만 그는 물속에 있었기 때문에, 손잡이가 바닥에 세게 부딪히는 소리를 듣는 만족감도 누릴 수 없었다.

타쿠어치는 그 상황을 즉시 파악했다. 그의 말을 965만 킬로미터 위에서 들었다면 빈정대는 말처럼 생각할 수도 있겠지만, 비트체르말프는 이 말을 액면 그대로 받아들였다.

"여기에 있다가 그 옆에서 얼어붙는 게 나을까, 아니면 중간 부분으로 돌아갈까? 내 생각에는 시간 차이가 크게 나지 않을 거 같아."

"모르겠어요. 이 옆쪽에 있으면 사람들이 우리를 좀 더 빨리 찾을 가능성이 있어요. 사람들이 구조한다면, 어느 쪽에서부터 시작하느냐에 달렸어요. 만일 구조를 하지 않는다면, 어디에 있든 그다지 큰 차이는 없을 것 같아요. 저는 사람이 얼음 덩어리로 결빙되었을 때 끼칠 영향을 알고 싶어요."

"글쎄, 얼마 지나지 않아 누군가는 알게 되겠지." 타쿠어치가 말했다.

"그럴지도 모르죠. 에스켓호 기억나죠?"

"그게 무슨 상관이야? 이건 진짜로 위급한 상황이잖아."

"거기에 무슨 일이 일어났는지 모르는 사람들이 많다는 이야기였어요."

"아, 무슨 말인지 알겠다. 어쨌든 나는 중간 부분으로 돌아가서, 생각이 가능한 시간 동안 생각을 해봐야겠어."

비트체르말프가 놀라서 말했다. "뭘 생각한다는 건가요? 우리는 누군가가 꺼내주거나, 날씨가 따뜻해져서 자연적으로 녹을 때까지 여기에 있어야 해요. 편안히 쉬세요."

"여기서는 안 쉴래. 무한궤도가 없는 구동장치라도 작동시켜서 뭐라도 마찰을 일으키면 가까운 물을 얼리지 않게…."

"하고 싶으면 해보세요. 아무것도 달지 않은 상태로는 아무리 빠르게 돌리더라도, 저는 전혀 기대가 안 돼요. 게다가 진짜로 속도가 올라가기 시작하면 이렇게 가까이 있는 게 좀 걱정돼요. 현실을 직시하세요, 아저씨. 지금 우리는 물속에 있어요. 물속에 있다고요. 바다가 아니라요. 그리고 이 물이 얼어붙으면 우리는 그 안에 있을 거예요. 다른 데로는 갈 데가… 아!"

"왜?"

"아저씨 말이 맞아요. 우리는 생각을 멈추면 안 돼요. 죄송해요. 이리 오세요."

90초 후 두 메스클린인은 아까 구멍을 낸 매트리스에 칼로 베어놓은 틈을 꿈틀거리며 힘겹게 들어가 안전하게 물에서 벗어났다.

8
죽 안의 손가락

돈드래그머 선장은 실종된 조타수 중 한 명이 바로 아래에 있을 가능성은 무시할 수 있을 정도로 낮은 확률이라며 일축하고, 과학자들에게 중앙 에어로크 가까이에 시험용 드릴을 설치하고 얼음 표본을 채취하라고 지시했다. 크웸블리호가 서 있는 웅덩이에서 적어도 한 곳은 바닥까지 모조리 얼어붙은 상태라는 게 확인되었다. 열과 암모니아가 그렇게 빨리 빠져나갈 수 없는 선체의 바로 아래는 다를 수 있다는 희망도 있었지만, 선장은 이 지역으로 비스듬히 파고 들어가자는 제안을 거부했다. 그곳은 실종된 조타수들이 존재할 확률이 가장 높았다. 그들이 거기에서 일하고 있었기 때문이다. 그리고 그들이 다른 곳에 있었다면 얼음이 다가오고 있다는 사실을 왜 보지 못했는지 설명하기 힘들었다.

하지만 그들과 연락할 수 있는 확실한 방법이 없었다. 물론 크웸블리호의 플라스틱 선체가 소리를 전달할 것이다. 선체 아래에 매트리스만 없다면 두드리는 방식으로 문제가 해결되었을 것이다. 그래도 혹시 선체의 소리가 돌출된 부분을 통해 들릴지 몰라서, 돈드래그머 선장은 한 선원에게 지렛대를 들고 가장 아래 갑판으로 내려가 뱃머리에서 배꼬리까지 이동하며 두드려보라고 지시했다. 그 결과는 부정적이었다. 그러나 확정적인 것은 아니었다. 아래에 소리를 들을 사람이 살아남지 못한 것인지, 소리가 통과하지 못한 것인지, 아니면 그저 아래에서 대답할 방법이 없는 것인지 확인할 길이 없었기 때문이다.

다른 선원들은 밖에서 얼음을 파는 작업을 했다. 그러나 선장은 그 작업이 더디게 진행되리라고 예상했다. 메스클린인의 근력으로도 성과가 미미했다. 45센티미터, 9킬로그램의 애벌레들이 인간의 송곳만 한 도구를 휘둘러서 약 76미터에 이르는 선체 둘레를, 어디에서 끝날지 모르는 깊이까지 파 내려가는 데에는 아주 오랜 시간이 걸릴 것이다. 나중에 필요한 동력과 트럭, 제어 밧줄 주변은 세심하게 쪼아야 해서 더욱 오래 걸릴 것이다.

이 외에도, 레펠이 조종하는 두 번째 헬리콥터가 다시 떠올랐다. 통신기가 아직 그 헬리콥터에 실려 있어서, 인간들도 레펠과 함께 작은 헬리콥터 불빛에 드러난 풍경을 조심스럽게 살펴봤다. 인간들은 드라운의 길고 긴 밤을 헬기 조종사만큼이나 진심으로 저주했다. 이 밤은 해가 떠오를 때까지 앞으로도 6백 시간 동안 더 이어질 예정이므로, 빠르고 효과적인 수색은 불가능했다.

메스클린인의 눈이나 통신기의 촬영 장치에 도움이 되기 위해서는 불빛을 다소 좁게 집중할 수밖에 없었기 때문에, 겨우 수십 미터 반경의 원을 비출 뿐이었다. 레펠은 계곡의 앞뒤로 이 불빛의 원을 흔들고 느리게 지그재그로 비행하며 서쪽으로 천천히 날아갔다. 저 멀리 위에 있는 우주정거장에서는 지리학자들을 위해 레펠이 전송한 영상을 녹화하고 복제했다. 이미 그들은 지구의 중력 40배의 압력을 받으며 간간이 끊어진 하천 계곡의 구조에 대해 즐겁게 작업하고 있었다. 실종된 케르벤서 일등항해사에 대한 수색 작업으로는 별로 얻을 게 없을 거라 예상되었지만, 과학적인 관점으로 그 수색을 불평하는 인간은 없었다. 메스클린인들도 불평하지 않았다.

물론, 돈드래그머 선장이 일등항해사와 조타수들에 대해 딱히 걱정하는 것은 아니었다. 그는 진심으로 걱정할 수 없었기 때문이다. 선장은 잃어버린 선원들에 대해 할 수 있는 모든 일을 했으므로, 그가 관심을 기울였다고 말해주는 게 타당할 것이다. 하지만 그 후 선장의 관심은 다른 곳에 쏠려 있었다. 돈드래그머 선장의 마음속에는 두 가지가 중요했다. 선장은 얼음을 빠르고 안전하게 제거할 수 있는 실행 가능한 제안을 더 듣는 것보다 곧 얼음이 녹을 거라는 소식을 빨리 듣고 싶었다. 선장은 두 가지 바람을 크웸블리호의 과학자들뿐만 아니라 인간들에게도 전달했지만, 크웸블리호의 과학자들에게는 자신이 짧은 시간에 속성으로 끝내는 방식을 원하는 게 아니라는 점을 분명하게 밝혔다. 아이디어를 찾는 작업은 과학자들이 실행하고 있는 기본 연구와 결합되거나 보조적인 연구가 될 수도 있었다. 돈드래그머 선장은 엄밀히 말해 냉혈한이 아니었지만, 그의 가치관에는 자신의 마지막 행동까지 유용한 활동이 되어야 한다는 관념이 있었다.

놀랍도록 객관적이고 비인간적으로 차분한 그의 반응에 대한 인간의 반응은 여러 갈래로 엇갈렸다. 기상학자와 행성학자들은 선장의 반응을 당연하게 받아들였다. 그들 대부분은 크웸블리호에 닥친 곤경은 물론이고, 메스클린인의 실종에 대해서도 거의 알지 못했다. 기획연구실장 앨런이 지시한 대로 발리넌 사령관에게 최신 소식을 전해준 후 지켜보고 있던 엘리스 호프만도 놀라지 않았다. 지금까지 그녀가 보였던 감정적 반응은, 개인적으로 위험한 상황에서도 공황상태에 빠지지 않는 선장의 능력에 대한 존경 정도였다.

엘리스의 아들은 비트체르말프에 대한 걱정 때문에 그 문제를 매우 다르게 받아들였다. 벤저민은 기상연구실 업무에서 잠시 벗어났다. 재치 있고 공감능력이 풍부한 기상학자로서, 소년과 비트체르말프 사이에 쌓아온 우정을 알고 있던 수머스 박사의 배려 덕분이었다. 그 결과 벤저민은 통신실 붙박이가 되었다.

벤저민은 돈드래그머 선장이 헬리콥터와 얼음을 깰 선원을 내보내기 위해 준비하는 모습을 조용히 지켜봤다. 그는 인간과 메스클린인 과학자 사이에 주고받는 말에도 어느 정도 관심을 기울였다. 수머스 박사는 자신의 직업적 평판이 최근에 약간 흔들린다는 느낌을 받았기 때문에, 기상 예보라는 위험을 감수하는 것을 조금 주저했지만, 그래도 최선을 다하겠다고 다짐했다. 그러나 모든 상황이 정리된 후, 돈드래그머 선장이 아무것도 않고 선교에 누워서 사건을 기다리는 것처럼 보이자, 소년은 불안해졌다. 현재 메스클린이 보이는 반응과 가장 가까운 인간의 개념은 '인내'겠지만, 젊은이로서는 그다지 강한 분야가 아니었다. 벤저민은 모니터 앞의 의자에서 무슨 일이 일어나길 기다리며 이리저리 안절부절못했다. 이윽고 더 참지 못하고 그가 말했다.

"지금 당장 보내야 할 자료가 없다면, 제가 돈드래그머 선장이나 메스클린인 과학자들과 이야기를 나눠도 괜찮을까요?"

엘리스가 아들의 얼굴을 힐끗 보고는, 곧 다른 이들을 바라봤다. 사람들은 어깨를 으쓱하거나 상관없다는 몸짓을 했다. 그래서 그녀가 고개를 끄덕였다. "그렇게 해. 그 사람들이 평소처럼 잡담할 기분인지는 모르겠지만, 그런 경우라도 너한테 그럴 기분이 아니라고 말하는 것 이상으로 심한 소리를 하지는 않을 거야."

벤저민은 평소의 잡담 같은 것을 즐기려는 게 아니라는 설명을 하느라 낭비할 시간이 없었다. 그는 돈드래그머 선장의 선교 통신기로 연결된 스위치를 켜고 말하기 시작했다.

"돈드래그머 선장님, 벤저민 호프만이에요. 당신은 지금 선원들을 잔뜩 내보내서 크웸블리호 뱃머리의 얼음이나 깨고 있잖아요. 크웸블리호의 동력 장치에는 에너지가 많아요. 메스클린 행성에 사는 메스클린인 전체가 1년 동안 근육으로 만들어낼 수 있는 에너지보다 많다고요. 메스클린인 과학자들은 핵융합로의 출력을 이용해서 빙하에 시험용 드릴을 뚫거나, 일종의 가열기로 사용할 생각은 하지 않나요?

둘째, 선원들은 그냥 얼음을 제거하는 건가요, 아니면 비트체르말프와 타쿠어치를 찾기 위해 아래로 내려가는 건가요? 크웸블리호를 얼음에서 꺼내는 게 중요하다는 건 저도 알아요. 그렇지만 그 얼음은 어차피 조만간 제거해야 하는 거잖아요. 제생각에 탐사선 아래의 물이 아직 얼지 않은 부분도 있어서, 두사람이 그 안에서 지금까지 살아 있을 가능성이 커요. 지금 터널을 파는 건가요, 도랑을 파는 건가요?"

벤저민의 말을 듣고 있던 몇몇 인간들이 아이의 말투 때문에 살짝 눈살을 찌푸렸다. 하지만 말을 중단시키거나 한마디 해줘야겠다고 생각하는 사람은 없었다. 소년의 이야기를 들은 대부분의 사람들은 엘리스를 힐끗 쳐다보고는, 뭐라도 말하면 그녀의 아들에 대한 비판으로 해석될 여지가 있다고 판단했다. 공교롭게도 일부 사람들은 벤저민의 말을 전혀 비판적으로 받아들이지 않았다. 그들은 벤저민과 비슷한 질문을 하고 싶었는데, 이런저런 군소리를 듣고 싶지 않았을 뿐이었다.

우주정거장과 드라운에 있는 사람들 사이에 대화를 진행할 때면 으레 그러듯이, 벤저민은 대답을 기다리면서 다른 질문이나 할 말이 더 있는지, 혹은 자신이 이미 말한 내용을 더 잘 표현할 방법이 있는지에 대해 생각할 시간이 아주 많았다. 대부분의 어른들은 경험을 통해 벤저민의 마음이 지금 이 순간 어디로 가고 있을지 알았다. 몇몇 사람들은 재미있어했고, 모두 어느 정도 공감했다. 일부는 벤저민이 드라운에서 대답이 오기 전에 자신의 했던 말을 고쳐서 다시 보내고 싶은 유혹을 참을 수 없을 거라 장담했다. 스피커에서 돈드래그머 선장의 대답이 들려올 때까지 벤저민이 침묵을 지키는 모습을 보고 환호하는 사람은 아무도 없었다. 하지만 엘리스를 아주 잘 아는 사람들은 그녀의 표정을 읽고 만족스러워한다고 이해했다. 엘리스는 어떤 경우에도 장담하지 않았다.

"안녕하세요, 벤저민. 우리는 조타수들과 일등항해사를 위해 우리가 할 수 있는 모든 일을 하고 있습니다. 탐사선의 동력을 응용할 수 있는 도구가 전혀 없어서 유감입니다. 핵융합로는 전류와 트럭 모터의 회전력장을 만들어내지만, 당신도 알다시피, 우리의 일반적인 장비는 여기에 사용할 수 있는 게 없습니다. 기껏해야 헬리콥터와 연구실에 있는 몇몇 연구 장비, 그리고 전등 정도입니다. 우리가 동력 모터를 이용해서 얼음을 파낼 수 있다고 할지라도, 지금 모두 얼음 아래에 있습니다. 벤저민, 당신은 우리가 가능하면 복잡한 장비에 의지하지 않기로 의도적으로 선택했다는 사실을 기억할 겁니다. 이 행성에서 우리가 가지고 있는 물건 중 우리 스스로 만들어낼 수 없는 모든 장비는 여러분의 연구 프로젝트와 직접 관련되어 있습니다." 아이브 호프만이 여기에서 저 말을 듣지 못했다는 사실이 유감이었다. 나중에 아이브는 오랜 시간을 들여서 그의 아들이 기억하고 있는 정확한 말을 확인했다.

"알아요, 하지만…." 벤저민이 침묵에 빠졌다. 괜찮은 생각을 말하고 싶었지만 그런 게 떠오르지 않았다. 벤저민도 전등은 가열기로 사용할 수 없다는 사실을 알았다. 탐사선의 전등은 반도체 전자 발광 장치로서, 저항을 이용한 전구나 아크 방전이 아니었다. 그 전등은 영구적으로 유지될 뿐 아니라, 드라운의 대기 안에서 산소와 엄청난 기압을 받으면서도 메스클린인을 죽이지 않고 작동되도록 설계되었다. 비트체르말프가 이런 사실을 알았더라면 시간 낭비를 덜 했을 것이다. 그러나 그가 더 많은 성취를 해냈을 거라고는 생각되지 않는다. "혹시… 혹시 핵융합로의 전류를 두꺼운 전선을 통해 흘려서 그 열로 얼음을 녹일 수는 없나요? 아니면 물에 직접 전류를 통하게 할 수는 없나요? 그 물에는 아직 암모니아가 많이 녹아 있어서 전기가 통할 게 틀림없어요." 다시 침묵. 벤저민이 자신의 제안에서 오류를 찾는 동안, 그 전언은 허공을 가로질러 쏜살같이 날아갔다.

"내가 그런 물리학을 충분히 알고 있다고 장담하기는 힘들지만, 우리 과학자 보른덴더와 다른 과학자들은 아마 알 겁니다." 돈드래그머 선장이 미심쩍은 말투로 대답했다. "더 중요한 문제는, 나는 우리에게 전선으로 사용할 만한 게 있는지 모르겠고, 무슨 전류가 흐른다는 건지 모르겠다는 겁니다. 동력상자를 전등이나 모터처럼 정상적인 장치에 연결하면, 자동 안전제어 장치가 작동한다는 것은 압니다. 하지만 나는 그게 어떻게 작동하는지, 또 단순한 직렬 회로에 연결할 경우 작동을 하는지 안 하는지 모릅니다. 우리가 그렇게 작동시킬 경우 어떤 위험이 있을지, 여러분의 공학자들이 알아봐주면 고맙겠습니다. 하지만 나는 아직도 무엇을 이용해서 전류를 흐르게 할지 모르겠습니다. 크웸블리호에는 금속이 거의 없습니다. 유지보수를 위한 자재들은 대부분 밧줄과 직물, 목재 같은 것들이에요. 강한 전류가 흐를 수 있을 만한 물건은 전혀 없습니다. 당신 말대로 얼음 그 자체를 전도체로 사용할 수도 있겠죠. 하지만 비트체르말프와 타쿠어치가 그 아래 어딘가에 있는 상태에서, 그게 과연 좋은 생각일까요? 두 사람이 전류가 흐르는 회로 안에 있지 않으리라는 것은 알겠지만, 여전히 난 그들이 안전할지 약간 불안합니다. 다시 한 번, 여러분 중에 누군가는 도움을 줄 수 있을 거라 생각합니다. 여러분이 도와줄 수 있다면, 정말로 가능성이 큰 계획을 짤 수 있을 정도로 상세한 정보를 여러분이 줄 수 있다면, 기쁘게 그 계획을 시도하겠습니다. 그전까지는 우리가 할 수 있는 최선을 다하겠다는 말밖에 할 게 없습니다. 나도 당신만큼이나 크웸블리호와 케르벤서, 비트체르말프, 타쿠어치를 걱정하고 있습니다."

돈드래그머 선장의 마지막 말이 완벽한 진실은 아니었지만, 의도적으로 잘못 말한 것도 아니었다. 선장은 당사자들이 직접 만나지도 않은 상태에서 짧은 시간에 어떻게 그렇게 친밀해질 수 있는지 잘 이해가 되지 않았다. 그의 문화적 배경에는 효율적인 우편제도나 아마추어 무선통신 같은 게 없었다. 펜팔 친구나 무선 마이크 친구라는 개념은 그에게 너무 낯설었다. 선장도 오래 전에 발리넌 사령관과 함께 브리호를 타고 메스클린의 바다를 수천 킬로미터 가로지르는 동안 무전기를 통해 찰스 래

클랜드와 대화를 나누긴 했지만, 그에게 진짜 우정은 전혀 다른 종류였다. 몇 년 후 찰스가 죽었다는 소식을 들었을 때, 그는 그저 관례적으로 유감을 표했을 뿐이었다. 돈드래그머 선장은 벤저민과 어린 조타수가 서로 상당히 많은 이야기를 나눴다는 사실을 알고 있었지만, 그들의 대화를 별로 엿듣지 않았다. 설령 두 사람의 대화를 다 들었다 하더라도, 그 감정을 완벽하게 이해하지는 못했을 것이다.

다행히 벤저민은 이런 사실을 알지 못했다. 그래서 선장의 진정성을 의심할 이유가 없었다. 하지만 그는 선장의 대답이나 상황이 만족스럽지 않았다. 특히 비트체르말프를 구조하기 위해 진행되는 일이 거의 없는 것 같았다. 오로지 진행하고 있다는 말만 들을 수 있을 뿐이었다. 벤저민은 구조에 참여할 수 없고, 진행되는 상황도 그다지 볼 수 없었다. 그저 앉아서 구두 보고를 기다려야만 했다. 벤저민 호프만보다 성숙하거나 천성적으로 더 차분한 많은 사람들도 그 상황을 참기는 힘들었을 것이다.

대화를 듣고 있던 인간들이 걱정했던 벤저민의 감정이, 그가 다음에 뱉은 말에서 명확히 드러났다. 엘리스가 반대하는 몸짓을 하려다 멈췄다. 그녀는 자제했다. 그러기에는 이미 너무 늦은 데다, 메스클린인은 벤저민의 어머니보다는 인간의 단어와 말투를 이해하지 못할 가능성이 컸기 때문이다.

"하지만 당신은 거기에 퍼져 누워서 아무것도 안 하고 있잖아!" 벤저민이 소리를 질렀다. "당신 부하들은 지금 당장 익사할 수도 있다고. 그들의 우주복에 공기가 얼마나 되는지 알아?"

이번에는 유혹이 이겼다. 몇 초가 채 지나기 전에 벤저민은 자신이 무슨 말을 했는지 깨달았다. 그리고 30초가 지나기 전에 그는 드라운에 더 적절하게 선택한 말을 하고 싶다는 생각이 들었다.

　"당신이 최선을 다하고 있다는 사실은 저도 알아요. 하지만 저로서는 당신이 어떻게 그렇게 편하게 결과를 기다릴 수 있는지 이해가 안 돼요. 나라면 직접 밖으로 나가서 얼음을 깨거나, 뭐라도 했을 거예요. 하지만 그러지 못하죠. 전 여기 위에 있으니까요."

　"난 구조 활동을 시작할 수 있도록 할 수 있는 모든 조치를 다 했습니다." 벤저민이 보낸 첫 번째 전언에 대한 대답이 마침내 도착했다. "아직 여러 시간 동안은 공기에 대해 걱정할 필요가 없습니다. 인간들에게 공기가 부족할 때 나타나는 반응은 우리에게 나타나지 않아요. 수소 농도가 너무 낮아져서 그들이 의식을 잃더라도, 신체 기관은 8시간에 걸쳐 조금씩 느려질 뿐입니다. 얼마나 오래갈지는 아무도 모릅니다. 아마 모든 사람이 같지는 않겠죠. 당신은 그들의… 익사를 걱정할 필요가 없습니다. 내가 그 의미를 제대로 짐작했는지 모르겠지만, 아마 '익사'가 당신이 하려던 말일 겁니다.

　우리가 가진 모든 장비를 사용하는 중입니다. 내가 밖으로 나가더라도 도움을 줄 방법이 없습니다. 그리고 밖에 나가 있다면 여러분을 통해 레펠의 보고를 받으려 할 때 더 많은 시간이 걸리겠죠. 아마 당신이 케르벤서 일등항해사에 대한 수색이 어떻게 진행되고 있는지 내게 말해줄 수 있을 겁니다. 내 짐작으로는 의미 있는 진척이 없었던 것 같네요. 여기에서도 아직 레펠의 정찰기 불빛을 볼 수 있는데, 비행 형태가 바뀌지 않았거든요. 그래도 당신이 전달해줄 수 있는 정보가 있을 겁니다. 난 이 지역에 대해 가능한 한 많이 알고 싶습니다."

엘리스는 벤저민이 눈치를 채기 전에, 소리 지르고 싶은 욕구를 다시 한 번 억눌렀다. 소년이 헬리콥터의 영상을 비추는 모니터로 주의를 돌리는 모습을 보면서, 엘리스는 돈드래그머 선장이 그저 이 아이를 옆으로 치워버리려 하는 것인지, 아니면 이 아이를 바쁘게 만들고 쓸모가 있다는 느낌을 줘야 한다는 사실을 어느 정도 파악한 건지 궁금했다. 후자는 아닌 듯했지만, 살아 있는 다른 어떤 인간보다 메스클린인의 본성을 잘 알고 있다고 생각하는 엘리스 호프만도 확신할 수 없었다.

벤저민은 그동안 다른 모니터를 전혀 보지 않았기 때문에, 무슨 일이 있었는지 물어봐야만 했다. 당직자 중 한 명이 크웸블리호가 갇혀서 얼어붙은 웅덩이와 비슷한 웅덩이들과 그 사이사이에 땅콩만 한 크기부터 집채만 한 크기까지 다양한 자갈들이 깔린 지면만 봤다고 간단히 말해주었다. 다른 헬리콥터나 조종사의 흔적은 보이지 않았다. 한동안 그런 흔적이 발견될 거라고 기대한 사람은 아무도 없었다. 완벽하게 수색하기 위해서는 천천히 진행할 수밖에 없지만, 케르벤서가 실제로 출발지점에서 그렇게 가까운 지점에 추락했다면, 사고 모습이 탐사선에서 보였을 것이다. 그리고 그 작은 정찰기에는 전등이 달려 있었으므로, 케르벤서 일등항해사도 사용했을 게 틀림없다.

벤저민은 이 정보를 드라운에 전달하며, 속이 빤히 보이는 질문을 덧붙였다.

"레펠이 크웸블리호에서 그렇게 가까운 장소에서 천천히 조심스럽게 수색하는 이유가 있나요? 케르벤서 일등항해사는 크웸블리호에서 보이지 않는 먼 곳에서 정찰하지 않았을까요?"

"그랬죠, 벤저민. 크웸블리호를 중심으로 근처를 완벽하게 살펴본 후 먼 곳으로 나가는 게 더욱 합리적인 것 같았습니다. 그렇게 하는 게 여러분의 과학자들에게도 더욱 완벽한 데이터를 제공해줄 수 있고요. 하지만 과학자들이 그 정보를 기다려줄 수 있다면, 저를 대신해서 레펠에게 우리 선교의 불빛이 간신히 보이는 지점까지 계곡을 따라 곧장 날아가서, 그 지점부터 현재와 같은 비행 형태로 수색하라는 명령을 전해주세요."

"알겠습니다, 선장님." 그 대화가 스텐어로 진행되었기 때문에, 그들을 지켜보고 있던 과학자들은 아무도 그 말을 이해하지 못했다. 하지만 소년은 그들에게 성가신 허락을 받지 않고, 같은 언어로 그 명령을 전달했다. 레펠은 벤저민의 억양을 이해하기에 아무런 문제가 없는 듯했다. 그리고 머지않아 그의 작은 헬리콥터가 서쪽으로 향했다.

"우리 지도는 어떻게 되는 거야?" 지리학자가 화난 목소리로 말했다.

"선장의 말을 들으셨잖아요." 벤저민이 대답했다.

"뭔가 듣기는 했지. 내가 그 말을 이해했다면 반대했을 거야.

하지만 이제는 너무 늦은 거 같네. 그들이 돌아올 때 지금 남은 부분들을 채워줄까?"

"돈드래그머 선장에게 요청할게요." 소년이 고분고분하게 대답했다. 하지만 불안한 눈길로 엄마를 슬쩍 쳐다봤다. 엘리스는 무표정한 얼굴을 하고 있었지만, 벤저민은 그 의미를 충분히 알 수 있었다. 다행스럽게도, 그 과학자는 툴툴거리며 통신실을 이미 떠난 상태였다. 그리고 또 다행스럽게도, 엘리스가 침착성을 잃기 전에, 벤저민이 레펠의 모니터에 주의를 기울였다. 돈드래그머 선장과의 대화를 어느 정도 이해한, 가까이에 있던 몇몇 어른들은 웃음을 참느라 고생했지만, 벤저민은 그 사실을 알아채지 못했다.

수소가 부족해도 즉시 문제를 일으키지 않는다는 돈드래그머 선장의 확언이 조금 도움이 되었지만, 얼음으로 단단하게 얼어붙을 거라는 생각 때문에 여전히 조금 불편했다. 설령 크웸블리호의 선체 아래에서 그렇게 되려면 오랜 시간이 걸린다고 해도, 결국 일어날 일이었다. 어쩌면 이미 일어났을 수도 있다. 뭔가 할 수 있는 일이 있을 것이다.

열은 얼음을 녹인다. 에너지가 열이다. 크웸블리호는 탐사선 그 자체를 드라운의 중력 우물에서 들어 올릴 수 있을 정도로 충분한 에너지를 갖고 있지만, 저 일에 적용할 방법이 없었다. 저 커다란 탐사선의 생명유지장치 안에는 일종의 가열기 같은 게 있지 않을까? 어쩌면 분해해서 외부에 사용할 수도 있을 것이다.

없었다. 메스클린인들은 드라운에 지내는 동안 가열기가 필요 없는 듯했다. 드라운에서 내열이 부족할 것 같은 지역들도 해를 받아서 절대온도 50도에 가깝게 유지되었다. 메스클린인이 앞으로 수년간 대부분의 시간을 보낼 알파 저압대 중심부 같은 지역은 그들에게 춥기보다 오히려 너무 더운 곳이었다. 실제로 크웸블리호에는 핵융합로의 동력을 이용하는 냉동 장치가 있었지만, 벤저민이 아는 한 그 장치는 처음에 시험한 이후 한 번도 사용된 적이 없었다. 그 냉동 장치는 알파 저압대의 중심부를 통과하는 동안 필요할 거라 예상되었다. 그러나 지구 시간으로 적어도 1년 이내에 그럴 계획이 없으므로, 아마 그 후가 될 것이다. 에스켓호에 닥친 사고 때문에 원래 계획들이 약간 변경된 탓이었다.

그러나 냉장고는 열펌프*다. 벤저민도 그 사실은 알았다. 그리고 최소한 이론적으로 대부분의 열펌프는 역으로도 작동한다. 크웸블리호에 있는 냉장고도 탐사선의 선체 바깥 어딘가에 열을 내보내기 위한 고온의 구역이 있을 게 틀림없다. 그게 어디일까? 그 부분을 움직일 수 있을까? 몇 도에서 작동할까? 돈드래그머 선장은 틀림없이 알 것이다. 하지만 선장도 이미 생각을 해보지 않았을까? 아마 안 해봤을 것이다. 선장은 결코 우둔한 사람이 아니지만, 그의 문화적 배경은 인간과 달랐다.

---

* 열을 한 지점에서 다른 지점으로 옮기는 장치. 일반적으로 열은 고온에서 저온으로 흐르지만, 열펌프는 냉장고나 에어컨처럼 저온에서 고온으로 열을 이동시킨다.

선장이 알고 있는 물리학은 성인이 된 후 한참 시간이 지나서 비메스클린인들로부터 배운 것이었다. 대부분의 지적인 종족들이 '상식'이라는 개념 아래에 모아놓은, 사회 바탕에 깔린 축적된 지식과는 다를 것이다. 소년은 이런 생각을 하면서 고개를 끄덕이고, 비록 자신이 바보처럼 보일지라도 이번에는 그럴 만한 가치가 있을 거라 다짐하며, 마이크 스위치로 손을 뻗었다.

그 전언을 드라운에 보내자, 이번에는 벤저민을 둘러싼 어른들의 웃음기가 사라졌다. 여기에 있는 사람들은 아무도 냉장고의 열 배출에 대한 질문에 대답해줄 수 있을 정도로 탐사선의 공학적 세부사항을 알지 못했지만, 왜 자신은 진작 그런 질문을 생각해내지 못했는지 속상해할 정도로는 물리학을 잘 이해하고 있었다. 그들은 벤저민만큼이나 안달하며 돈드래그머 선장의 대답을 기다렸다.

"냉장고는 여러분의 반도체 전자 장치 중 하나이므로, 제가 자세히 아는 척은 하지 않겠습니다." 마침내 선장의 말이 우주 정거장에 도착했다. 선장이 여전히 메스클린인의 언어를 사용했기 때문에, 그 말을 듣는 이들 중 일부가 곤혹스러워했다. "우리는 품질 승인 시험 이후로 지금껏 사용해본 적이 없습니다. 여기 날씨가 가끔 아주 따뜻할 때도 있지만, 못 견딜 정도는 아니었거든요. 간단히 묘사할게요. 우리가 시스템의 동력을 켰을 때 차가워지는 방마다 금속판들이 있습니다. 그리고 선체 양쪽의 윗부분을 따라 금속 막대가 일종의 테두리처럼 설치되어 있습니다. 그 막대는 배꼬리 부근에서 시작해서 몸길이의 절반쯤의 길이만큼 중심선의 좌현으로 이어지고, 몸길이 네 배 정도의 길이로 선교의 뒤쪽을 가로지른 후, 우현에서 막대가 출발한 지점과 같은 길이까지 이어집니다. 시작 부분과 끝 부분에서 선체를 관통하는 아주 드문 물건입니다. 나는 그 막대가 방열체일 거라고 짐작합니다. 당신의 말대로 그런 부품이 시스템에 있으며, 외부에 있을 수밖에 없다는 사실을 이해했습니다. 다른 장치들은 그런 조건에 맞지 않는 것 같습니다. 아쉽게도, 그 막대가 즉시 얼음을 녹일 수 있을 정도로 뜨겁다고 하더라도(실은 그것도 확실치 않지만), 얼음에서 너무 멀리 떨어져 있습니다. 그 막대에 전기를 통하게 해서 당신이 원하는 만큼 뜨겁게 만들수도 있겠지만, 그런 목적을 위해 선체에서 떼어내려 시도하려는 발상이 별로 마음에 들지 않습니다.."

"그 막대를 떼어내면 크웸블리호의 냉동 시스템을 망가뜨릴 수도 있어요. 특히 여러분이 그 막대를 회수하지 못할 경우에는요." 벤저민이 동의했다. "그렇지만 그렇게 나쁘지 않을 수도 있어요. 제가 그 시스템을 정말로 잘 알고 있는 공학자를 찾아볼게요. 저한테 좋은 생각이 있어요. 나중에 다시 연락할게요." 소년은 돈드래그머 선장의 대답을 기다리지 않고 의자에서 미끄러지듯 빠져나와 통신실을 부리나케 떠났다.

벤저민이 떠나자마자, 스텐어를 이해하지 못하는 사람들이 엘리스에게 그 대화를 요약해달라고 부탁했고, 그녀는 기꺼이 요약해줬다. 사람들은 그 젊은이가 어떤 아이디어를 떠올렸는지 짐작조차 할 수 없었기 때문에 별로 기분이 좋지 않았다. 벤저민이 공학자를 한 명 데리고 돌아왔다. 사람들은 이야기를 듣기 위해, 굳이 숨기지 않고 작업을 중단했다. 새로 온 사람이 언어에 능통한 사람이 아니라서 소년이 그를 위해 통역을 해주었을 때, 몇몇은 진심 어린 감사 기도를 올렸을 것이다. 벤저민과 공학자가 모니터 앞에 앉았고, 벤저민은 마이크를 켜기 전에 자신이 해야 할 말을 제대로 이해하고 있는지 공학자에게 확인했다.

"선장에게 방열 막대를 고정하는 대부분의 고정 장치들은 크웸블리호의 선체를 피부라고 봤을 때 일종의 손톱 같은 거라고 말하면 되죠? 피부를 살짝 파고들어 간 것이라서 선체에 해를 입히지 않고 뽑아낼 수 있으니까요. 나중에 단단히 고정하기 위해 접착제가 필요할지 모르지만, 접착제는 보급품에 있어요. 뒤의 연결부들은 잘라내야 합니다. 하지만 그 합금은 그리 단단하지 않기 때문에, 그들의 톱으로 충분히 처리할 수 있어요. 일단 분리한 후에는 그 막대의 양쪽 끝을 동력상자에 있는 직류 구멍에 집어넣어서 간단히 전기 저항을 이용한 가열기로 사용할 수 있어요. 선장에게 합선이 될 위험은 없다고 말해줘도 되죠. 핵융합로 내부에 안전장치들이 있으니까요. 제 말이 맞나요, 카티니 씨?"

"그렇지." 키가 작은 반백의 공학자가 고개를 끄덕이며 대답했다. 그는 탐사선의 설계와 건설을 도왔던 사람이었으며, 3g 중력의 메스클린의 적도에서 실제로 오랜 시간을 보냈던 극소수의 사람 중 한 명이었다. "나는 네가 돈드래그머 선장에게 그 의미를 정확히 전달하는 데에 문제가 있을 거라고는 생각지 않아.

통역을 하지 않더라도 말이야. 혹시 네가 원한다면 내가 선장에게 직접 말할게. 선장과 나는 우리 언어로 언제나 쉽게 대화를 나눌 수 있거든."

벤저민은 고개를 끄덕이며 그의 말이 옳다고 인정했지만, 마이크에 대고 스텐어로 말하기 시작했다. 엘리스는 아들이 과시하고 있는 게 아닌가 하는 의심이 들었다. 그래서 부디 너무 엉망진창이 되지 않기를 바랐지만, 진짜로 참견해야 할 필요는 없을 것 같았다. 그녀는 벤저민이 통역을 썩 잘한다는 사실을 인정할 수밖에 없었다. 친구인 비트체르말프에게서 스텐어를 상당히 많이 배운 모양이었다. 어떤 면에서는 엘리스 자신보다 더 잘했다. 벤저민은 선장에게 의미심장한 비유를 사용하기도 했는데, 그녀로서는 떠올리기 힘든 어휘였다.

선장의 대답이 날아왔는데, 인간의 언어였다. 돈드래그머 선장은 왜 정보를 제공한 공학자가 말하지 않고, 벤저민이 계속 말하는지 아주 그럴듯한 이유를 알아챈 모양이었다. 소년이 약간 놀란 듯했다. 그리고 엄마를 재빨리 힐끗 쳐다봄으로써 엄마의 의심을 확인시켜주었다. 그녀는 짐짓 모른 척 조심스럽게 돈드래그머 선장을 비추는 모니터에 눈을 고정했다.

"무슨 말인지 알겠습니다." 약간 억양이 드러나는 메스클린인의 목소리가 들려왔다. 선장의 목소리가 인간의 가청 범위 내에 항상 완벽하게 성공적으로 머무르지는 않았다. "우리는 냉동막대를 분리해서 동력상자와 함께 탐사선 주변의 얼음을 녹이는 가열기로 사용할 수 있습니다. 핵융합로에는 많은 동력이 있을 겁니다. 그리고 터질 위험이 없습니다. 하지만 다음의 두 가지를 확인해주세요.

첫째, 나중에 막대를 전기적으로 재연결할 수 있는지 우리가 어떻게 확신할 수 있습니까? 나도 접착제를 사용하는 게 올바른 방식인지 의심할 수 있을 정도로는 이해합니다. 냉동 시스템을 영원히 잃고 싶지는 않습니다. 드라운이 해에 다가가고 있으므로, 날씨가 점차 따뜻해질 수밖에 없기 때문입니다.

둘째, 전류가 흐르는 금속을 얼음에 닿게 하거나 녹은 물 속에 담글 경우에 물 위나 안에, 혹은 아래에 있는 사람들에게는 위험하지 않습니까? 우주복이 충분히 보호해줄까요? 우주복은 투명해서 아주 훌륭한 전기 절연체일 게 틀림없다고 짐작합니다."

즉시 공학자가 대답하기 시작했다. 벤저민은 투명도와 전도율이 무슨 관계가 있는 것인지, 그리고 돈드래그머 선장의 문화적 배경에서 어떻게 그런 지식을 갖게 된 것인지 궁금했다.

"여러분이 충분히 쉽게 연결할 수 있습니다. 두 금속의 끝을 함께 꽉 누르고, 반창고를 이용해 그 연결부 주위를 천으로 감싸고 단단히 고정하면 됩니다. 접착제의 전도성에 대해서는 당신의 말이 맞아요. 두 금속의 표면 사이에 접착제가 들어가지 않도록 하세요.

그리고 우주복을 입고 있는 사람들은 감전사를 걱정할 필요가 없어요. 여러 가지 보호 장치가 있거든요. 어쨌든 여러분의 체액은 무극성이기 때문에, 여러분에게 타격을 주려면 높은 전압이 필요할 겁니다. 하지만 난 실험적으로 증명할 기회가 없었고, 당신도 그런 실험을 하고 싶지는 않을 겁니다. 얼음 표면 위에 금속 막대를 원호 형태로 설치하면 좋을 것 같습니다. 얼음에 암모니아가 풍부해서 괜찮은 전도체 역할을 할 수 있거든요. 일단 작동하기만 하면 아주 잘 작동될 겁니다. 그 근처에 있는 선원들에게는 너무 뜨거울 수도 있으므로, 조심스럽게 제어해야 합니다. 그러고 보니, 막대를 너무 많이 손상시키면 나중에 냉동 시스템을 다시 조립하기 힘들 수도 있습니다. 그래서 얼음을 끓이기보다는 녹이는 정도로 저항열을 유지하는 게 좋겠습니다." 카티니는 조용히 돈드래그머 선장의 대답을 기다렸다. 벤저민은 여전히 생각 중이었고, 그 소리를 들을 수 있었던 다른 사람들은 선장의 영상이 떠 있는 모니터에 시선을 고정하고 있었다. 선장이 인간의 언어로 말하는 바람에, 그러지 않았다면 인내심을 가지고 통역을 기다렸을 사람들까지 끌어들였다.

이는 인간의 관점에서 불운이었다. 나중에 발리년 사령관은 그때를 뜻밖의 행운이라고 썼다.

"좋습니다." 마침내 돈드래그머 선장의 대답이 도착했다. "금속 막대를 떼어서 가열기로 사용해보겠습니다. 이제 바깥에 있는 선원들에게 작은 고정 받침대들을 떼어내기 시작하라고 지시할 겁니다. 통신기 중 하나를 바깥에 설치할 테니, 여러분은 우리가 전도체를 자를 때 그 모습을 지켜보고, 우리가 동력을 켜기 전까지 모든 사항을 확인할 수 있을 겁니다. 우리가 천천히 일할 테니까, 뭔가를 잘못하면 너무 늦기 전에 이야기해주세요.

이 상황이 즐겁지 않습니다. 나는 무슨 일이 일어나고 있는지, 그리고 앞으로 무슨 일이 일어날지 이렇게 불확실한 상황을 싫어합니다. 나는 여기에서 지휘관을 맡은 사람이므로, 여러분의 과학과 기술을 더욱 많이 배울 수 있기를 바랄 뿐입니다. 내가 어느 정도는 상황을 정확히 파악하는 듯하고, 완전히 파악하지 못한 부분은 여러분의 지식과 판단을 믿을 수 있다고 확신하지만, 나 스스로 이렇게 확신이 서지 않는 건 몇 년 만에 처음입니다."

대답을 한 사람은 벤저민이었다. 간발의 차이로 엄마를 앞질렀다.

"선장님, 당신이 진짜 과학의 전반적인 개념을 이해한 첫 메스클린인이었고, 대학 진학을 위해 가장 노력한 사람이었다고 들었어요. 더 많이 배우고 싶다는 말이 무슨 뜻인가요?"

엘리스가 끼어들었다. 그녀도 벤저민처럼 돈드래그머 선장의 언어를 사용했다.

"선장님, 당신은 저보다 훨씬 많이 알아요. 그리고 당신이 지휘관 맞아요. 만일 카티니 씨가 당신에게 해준 말에 확신이 들지 않았다면, 그런 명령을 내리지 않았겠죠. 당신이 좋아하지 않는 그런 느낌에 익숙해져야 해요. 당신은 조금 전에 또다시 새로운 상황에 맞닥뜨린 거예요. 내가 태어나기 오래전인 50년 전 당시와 비슷해요. 당신은 그때 우리 외계인들이 사용하는 과학이 여러분의 상식 수준을 넘는 진정한 지식이라는 사실을 깨달았죠. 당신은 지금 사령관이라 할지라도 모든 걸 알 수는 없다는 사실과, 당신도 종종 전문적인 조언을 받아야만 한다는 사실에 맞닥뜨린 거예요. 불안감을 떨쳐내고 평온을 되찾으세요, 돈드래그머 선장님!"

엘리스가 의자에 기대앉으며 아들을 쳐다봤다. 벤저민은 이 방에서 유일하게 그녀의 말을 완벽히 이해한 사람이었다. 소년은 깜짝 놀란 모습이었다. 그리고 거의 경이감에 잠긴 얼굴이었다. 엘리스가 돈드래그머 선장에게 어떤 인상을 주었든, 혹은 줄 예정이었든, 벤저민 호프만은 그녀의 말에 강한 인상을 받은 게 틀림없었다. 부모로서는 우쭐해지는 느낌이었다. 엘리스는 더 많은 말을 하고 싶다는 충동과 싸워야 했다. 그녀는 갑자기 끼어든 인간의 목소리 덕분에 그 충동을 이길 수 있었다.

"어! 저 헬리콥터에 무슨 일이지?"

모든 눈이 레펠의 모니터를 향했다. 한동안 침묵이 흘렀다. 그때 엘리스가 날카롭게 말했다. "벤저민, 돈드래그머 선장에게 알려줘. 난 발리넌 사령관을 호출할게!"

9
상반된 목적

정착지 날씨는 오래전부터 맑은 상태였다. 미지의 알파 저압대 중심부를 향해 불었던 암모니아 안개와 바람은 부드러운 북서풍의 산들바람으로 바뀌었다. 별들이 격렬하게 반짝거리며 외부나 복도에 있는 메스클린인들의 눈길을 종종 끌었다. 그러나 투명한 지붕 아래 훨씬 밝은 불빛이 비치는 방들에 있는 대부분의 사람에게는 별빛이 보이지 않았다.

발리넌 사령관은 정착지 서쪽의 연구단지에 있었기 때문에, 엘리스가 호출했을 때 전언이 즉시 전달되지 않았다. 구즈민 통신부장의 전령 중 한 명이 발리넌 사령관이 회의 중이라는 사실에 개의치 않고 서면의 형태로 전언을 전달했다. 전령은 사령관의 눈앞에 메모를 내밀었다. 사령관은 그 전언을 읽기 위해 하던 말을 중단했다. 사령관의 이야기를 듣고 있던 과학자 벤디뷘스와 디슬렌버는 그가 전언을 다 읽을 때까지 조용히 기다렸지만, 그들의 호기심은 몸짓을 통해 엉겁결에 드러났다.

발리년 사령관은 전언을 두 번 읽으며, 뭔가를 기억하려 애쓰는 듯했다. 그리고 곧 전령에게 고개를 돌렸다.

"이게 방금 들어온 전문이란 말이지."

"네, 사령관님."

"돈드래그머 선장의 진행 보고는 언제 마지막으로 전달됐지?"

"얼마 안 됐습니다, 사령관님. 아마 1시간이 안 되었을 겁니다. 일지에 적어놨을 텐데, 확인해볼까요?"

"그리 급한 일은 아니야. 자네가 아는 정도면 충분해. 내가 마지막으로 들은 정보는 크웸블리호가 두어 시간 동안 강을 따라 휩쓸려가다 좌초했다는 소식이었는데, 그건 오래전이었어. 구즈민 통신부장이 그 문제에 대해 나한테 더 이상 전달하지 않았기 때문에, 난 모든 상황이 괜찮을 거라고 짐작했어. 하지만 통신부장은 평상시처럼 틈틈이 중간보고를 들었거나, 인간들에게 크웸블리호에 관해 물어봤을 거라고 짐작되는데, 맞나?"

"저는 모릅니다, 사령관님. 계속 당직을 서지는 않았거든요. 확인해볼까요?"

"됐어. 잠시 후에 내가 직접 가보겠다. 구즈민 통신부장에게는 나한테 아무것도 보내지 말고, 호출이나 잘 받으라고 해." 전령이 사라지자, 발리년 사령관이 과학자들을 돌아보며 말했다.

"가끔 여기에 전기 통신 시설을 더 갖춰야 하는 게 아닌가 하는 생각이 들어. 돈드래그머 선장이 이 난장판으로 언제쯤이나 도착할지 알고 싶네. 하지만 통신부장의 사무실로 가기 전에 다른 것들을 좀 더 확인해야겠어."

과학자 벤디븐스가 인간이 어깨를 으쓱하는 것에 해당하는 몸짓을 했다. "사령관님이 명령하시면 저희가 할 수 있습니다. 아주 잘 작동하는 전화기가 연구실에 있습니다. 그리고 사령관님이 금속을 그 용도로 사용하고 싶다면, 정착지 전체를 전선으로 연결할 수도 있습니다."

"아직 모르겠어. 우리는 원래의 우선 과제에서 벗어나지 않을 거야. 자, 이걸 읽어봐. 크웸블리호가 얼어붙은 물 같은 거에 갇혀 꼼짝도 못 하고, 헬리콥터 두 대가 사라졌네. 한 대는 인간들과 연결된 통신기를 갖고 있었는데, 당시 사용 중이었어."

디슬렌버가 부드럽게 웅웅거리는 소리로 자신의 감정을 표현하며, 자신이 읽을 순서가 된 전언으로 손을 뻗었다. 벤디븐스가 말없이 전언을 건넸다. 디슬렌버는 앞서 발리넌 사령관이 그랬듯 말없이 두 번 읽은 후 말했다.

"사령관님은 만일 인간들이 주의 깊게 살펴보고 있었다면 좀 더 많은 정보를 주었을 거라고 생각하시는 거죠. 전언에 실려 있는 거라곤 케르벤서가 비행에서 돌아오지 못했고, 케르벤서를 수색하던 비행기의 통신기가 전송을 중지했다는 사실뿐입니다. 영상이 갑자기 깜깜해졌다는 거예요."

"가능한 이유 한 가지가 떠올랐습니다." 벤디븐스가 말했다.

"자네가 생각해낼 줄 알았어." 사령관이 대답했다. "문제는 영상이 끊겼다는 사실이 아니라, 왜 그때 거기서 끊겼느냐는 거야. 우리는 레펠이 통신기에 셔터를 사용했을 거라고 추정할 수 있어. 에스켓호가 정착지에서 출항하기 전에 자네들이 셔터라는 속임수를 생각해냈더라면 좋았을 텐데 말이야. 그러면 그 작전이 많이 간단해졌겠지. 레펠은 에스켓호 작전과 충돌하는 뭔가 시야에 들어왔기 때문에 셔터를 닫았을 거야. 하지만 그게 가능할까? 크웸블리호는 에스켓호에서 5백만 밧줄이나 떨어져 있잖아. 비행선 중 한 대가 그쪽으로 갔을 수도 있다고 짐작하지만, 대체 왜 거기까지 갔을까?"

"데스틱메트 선장에게서 다른 비행선이 돌아오기 전까지는 알 수 없습니다." 과학자가 현실적으로 대답했다. "제 관심을 끄는 것은, 왜 우리가 이전에 케르벤서의 실종에 대해 듣지 못했느냐는 겁니다. 왜 레펠이 비행 임무에 나서고, 그 역시 실종된 뒤에야 케르벤서의 실종 소식을 듣게 된 걸까요? 돈드래그머 선장이 인간 당직자들에게 늦게 보고했을까요?"

"그럴 가능성은 거의 없어." 발리넌 사령관이 답했다. "어쩌면 그 일이 일어났을 때, 인간들이 우리에게 케르벤서의 실종에 대해 말해줬을 수도 있어. 전령이 다른 메시지들도 왔다고 했잖아, 기억나지? 케르벤서가 사라진 후 한참 시간이 흐르기 전까지 구즈민 통신부장이 전령을 보낼 만한 일이 아니라고 판단했을 수도 있어. 몇 분만 있으면 확인할 수 있겠지만, 이번에는 이상한 부분이 전혀 없을 것 같아.

그건 그렇다 치고, 난 최근에 저 위에 있는 인간들이 정보를 항상 즉시 완벽하게 전달해주고 있는지 의문스러웠어. 한두 번 정도, 뭐랄까, 전언을 모아서 한꺼번에 보낸다는 인상을 받았어. 그저 게을러서 그런 걸 수도 있고, 어쩌면 실제로 일어나지 않은….”

“아니면 우리가 듣는 정보를 고의로 편집하는 건지도 모르죠.” 과학자 벤디뵌스가 말했다. “인간들이 그런 식으로 행동하기로 결정했다면, 지금 시점에서는 우리가 모르는 사이에 선원들의 절반을 잃어버렸을 수도 있습니다. 혹시 위험성이 너무 높을 경우 우리가 계약에 따라 업무를 중단하고 고향에 데려다주라고 요구할까 봐 두려워하는 걸 수도 있습니다.”

“가능한 이야기 같아.” 발리넌 사령관이 인정했다. “그런 식으로는 생각해보지 못했군. 그 생각이 맞을 가능성은 별로 없다고 판단되지만, 그 상황에 대해 생각을 하면 할수록, 확인할 방법에 대해 자꾸 고민하게 돼. 최소한 탐사선에 뭔가 안 좋은 일이 생길 때마다 인간들이 우리에게 얼마나 많은 사항을 말해줄 것인가를 결정하는 회의를 여느라 시간을 보내는 게 아니라는 사실을 확인하기 위해서라도.”

“정말로 그럴 가능성이 크다고 생각하세요?” 디슬렌버가 물었다.

“그건 모르지. 우리도 인간들에게 완벽하게 솔직하지 않은 건 확실하잖아. 그리고 우리는 그렇게 할 만한 아주 훌륭한 이유가 있다고 생각하지. 나는 사실 어느 쪽이든 그다지 걱정하지 않아. 우리는 몇몇 인간들이 유능하다는 걸 알잖아. 우리가 그 인간들과 잘 지내지 못한다면, 그건 우리 잘못이야. 난 그저 계획적인 음모인지, 부주의한 실수인지 확인하고 싶을 뿐이야. 내가 확인할 방법을 한 가지 생각해내긴 했는데, 아직은 그 방법을 안 쓰는 게 나을 것 같아. 혹시 다른 대안을 제안할 사람이 있다면 언제든 환영이네."

"사령관님의 생각하신 방법은 뭔가요?" 두 과학자가 동시에 물었지만, 디슬렌버가 반 음절 빨랐다.

"당연히 에스켓호지. 인간들이 우리에게 말해주는 내용을 우리가 독자적으로 확인할 수 있는 곳은 거기뿐이야. 아무튼, 아직 다른 생각은 못 해봤어. 물론 그 방법도 시간이 오래 걸릴 거야. 동틀 때까지는 다른 비행이 없을 테니, 1천2백 시간 정도 남았어. 물론 우리는 밤에도 비행선 디디호를 보낼 수 있지…."

"제가 제안했던 불빛 중계 장치를 세운다면…." 디슬렌버가 말하기 시작했다.

"너무 위험해. 그건 눈에 띌 가능성이 너무 커. 우리는 인간들의 장비가 얼마나 좋은지 잘 모르잖아. 그들 대부분이 우주정거장의 위층에서 지낸다는 사실은 알지만, 그들이 거기에서 뭘 볼 수 있는지 몰라. 그들이 이 행성에서 가지고 다니라며 우리에게 영상 전송 장치를 아무렇지도 않게 공급해준 걸 보면, 그들은 이 장치를 그다지 대단한 장치라고 여기지 않는 것으로 짐작할 수 있어. 12년 전 메스클린에서 인간들이 그 장비들을 사용했었던 사실에서도 추정할 수 있지. 이 행성의 밤이 된 지역에서 인간들이 불빛을 발견할 가능성이 너무 커. 그래서 내가 자네 의견에 반대했던 거야. 그런 상황만 아니라면, 아주 좋은 제안이었다고 인정하네."

"음, 그렇게 멀리까지 전기로 연결할 수 있는 금속은 아직 충분치 않습니다." 벤디븐스가 덧붙였다. "그리고 지금 당장은 다른 아이디어가 떠오르지 않습니다. 하지만 생각이 나서 말인데, 인간이 불빛을 얼마나 잘 알아채는지 간단하게 실험해볼 수 있을 것 같습니다."

"어떻게?" 발리넌 사령관은 목소리가 아니라 몸짓으로 이 질문을 했다.

"모른 척하며 인간들에게 실종된 정찰기의 비행등이나 탐조등을 찾을 방법이 있는지 물어볼 수 있습니다."

발리넌 사령관이 잠시 그 제안을 곱씹었다.

"좋아. 훌륭한 제안이야. 가자. 그렇지만 인간들이 할 수 없다고 이야기할 경우, 그들이 우리에게 사실을 감추는 건지 확인할 수 없어. 그 문제까지 추가로 확인할 방법을 생각해봐." 사령관은 논의를 진행하던 지도방에서 사람들을 이끌고 나가 정착지의 복도들을 따라 통신실을 향해 걸어갔다. 대부분의 복도는 상대적으로 어두웠다. 이 탐사의 후원자들이 인공조명을 충분히 공급해주었지만, 발리넌 사령관이 다소 인색하게 배급했다. 방들은 적절한 밝기였지만, 통로는 최소한의 조명만 비췄다.

이렇게 조명을 낮추면 별문제 없이 별들을 볼 수 있었기 때문에, 메스클린인들에게 머리 위에 아무것도 없다는 편안한 느낌을 주었다. 메스클린 행성의 토박이들은 머리로 떨어질 수 있는 위치에 무언가가 있는 상황을 그다지 좋아하지 않았다. 심지어 과학자들도 이동하면서 가끔 위를 힐끗힐끗 올려다봤다. 그들은 반사된 자신의 모습이 아니라 별의 모습을 보면서 안도감을 느꼈다. 인간들이 '백조자리 61'이라 부르는 메스클린의 태양은 현재 지평선 아래에 있었다.

발리넌 사령관은 앞을 볼 때보다 위를 볼 때가 많았다. 하지만 그는 인간들의 우주정거장을 얼핏얼핏 보려는 것이었다. 우주정거장의 표지등은 드라운에서 4등급 별의 밝기만큼 보였다. 메스클린인이 가장 오랜 시간 동안 사용한 시계인 천체를 배경으로 우주정거장이 보일 듯 말듯 기어가고 있었다. 메스클린인들은 천체의 움직임을 바탕으로 그들이 만든 진자형 시계를 초기화했지만, 수십 시간만 지나도 각자의 시계가 일치하는 경우가 거의 없었다.

사령관과 두 과학자가 밝은 불빛이 비치는 통신실로 들어가자 별들과 우주정거장이 흐릿해지며 그들의 시야에서 사라졌다. 구즈민 통신부장이 발리넌 사령관을 보자마자 보고했다. "두 정찰기로부터 새로운 소식은 없습니다."

"최근 130시간 동안 크웸블리호가 좌초했을 때부터 지금까지 어떤 보고들이 들어왔지? 돈드래그머 선장의 일등항해사가 언제 실종되었는지 알아?"

"마지막 질문하신 사항은 대략적으로만 알고 있습니다, 사령관님. 그 사고를 알려주긴 했지만, 얼마나 최근에 발생한 사건인지는 특별히 말해주지 않았습니다. 저는 당연히 조금 전에 일어난 것으로 받아들이고 묻지 않았습니다. 두 정찰기의 실종을 알려준 시간 간격은 아주 짧아서 대략 30분 이내였습니다."

"그러면 두 번째 실종 소식을 들었을 때, 두 대의 실종 사이에 시간 간격이 있을 게 분명한데도, 그들이 두 실종을 왜 거의 동시에 말해줬는지 궁금하지 않았어?"

"궁금했습니다, 사령관님. 약 15분 전쯤 마지막 메시지가 들어왔을 때 궁금해지기 시작했습니다. 저는 설명을 듣지 못했지만, 사령관님이 설명이 필요하다고 생각하실 경우, 사령관님께서 직접 인간들에게 물어보시는 게 낫겠다고 생각했습니다."

과학자 벤디빈스가 끼어들었다. "혹시 돈드래그머 선장은 첫번째 실종이 실수로 발생한 일이기 때문에 보고하지 못한 게 아닐까요? 사소한 사고였던 것처럼 실종과 발견을 함께 보고해서, 사고의 의미를 축소할 수 있기를 바랄 수도 있잖아요."

발리넌 사령관이 벤디빈스를 물끄러미 쳐다보더니, 시간을 끌지 않고 즉시 대답했다.

"아니야. 난 그렇게 생각하지 않아. 내가 선장과 모든 면에 항상 의견이 일치하는 것은 아니지만, 우리 둘 다 그런 짓은 하지 않아."

"즉시 보고하지 못했다고 해도 큰 차이가 있을까요? 어쨌든 우리나 인간들이나 그 소식을 들어도 실질적인 도움을 줄 수 없잖아요."

"설령 그렇다고 해도."

"저는 이유를 모르겠습니다."

"난 알아. 내 말을 믿어. 자세한 설명을 해줄 시간도 없고, 시간이 있다고 해도 내가 제대로 설명을 해줄 수 있을지 모르겠네. 만일 돈드래그머 선장이 최초의 보고를 하지 않았다면 아주 타당한 이유가 있었을 거야. 난 개인적으로 선장이 보고하지 않았을 가능성이 거의 없을 거라고 생각해. 구즈민, 자네에게 그 정보를 알려준 인간이 누구지? 항상 같은 인간이었나?"

"아닙니다, 사령관님. 물론 제가 모든 목소리를 구별하지는 못합니다. 인간들은 종종 자기 이름을 소개하지 않거든요. 요즘약 절반 정도의 보고는 인간 언어로 들어옵니다. 나머지는 대부분 호프만 인간들이 보냅니다. 우리 언어를 할 수 있는 다른 인간들도 있긴 하지만, 그 두 인간만이 편하게 말할 수 있는 것 같습니다. 특히 어린 호프만은 크뤱블리호와 이야기를 많이 나눴다는 인상을 주었습니다. 저는 그들이 가벼운 잡담을 계속 주고받고 있다면, 심각한 일이 그다지 발생하지 않았다는 의미일 거라고 추측했습니다."

"그렇겠지. 아마 나도 똑같이 생각했을 거야. 통신기를 써야겠어. 인간에게 질문할 게 몇 가지 있거든." 발리넌 사령관이 송신기 앞으로 가자, 별다른 지시를 내리지 않아도 당직을 서던 담당자가 사령관에게 자리를 비켜주었다. 모니터는 깜깜했다. 사령관이 '호출' 버튼을 누르고 참을성 있게 시간을 보내며 기다렸다. 상대편에 누가 있든 곧바로 수신기를 준비할 게 틀림없으므로, 즉시 말을 시작해도 괜찮았다. 하지만 발리넌 사령관은 그쪽에 누가 있는지 보고 싶었다. 만일 누군가가 그런 지연을 의심스럽게 여기더라도, 사령관은 그런 위험을 감수할 용의가 있었다.

모니터에 나타난 얼굴은 사령관이 모르는 인간이었다. 발리 넌 사령관은 지구의 시간으로 50년이나 인간들과 알고 지냈지 만, 가족 유사성 같은 문제는 여전히 익숙지 않았다. 하지만 인 간이라면 누구라도 벤저민이 엘리스의 아들이라는 사실을 놓치 지 않았을 것이다. 사실, 50년 동안 비교할 만한 인간이 그리 많 지 않았다. 겨우 40여 명 정도만이 메스클린에 착륙했었고, 그 중에는 여성이 없었다. 구즈민 통신부장이 소년을 알아봤지만, 벤저민이 스스로 발리넌 사령관에게 소개하도록 양보했다.

"저는 벤저민 호프만이에요." 영상이 말했다. "20분 전에 엄마 가 호출한 이후 크웸블리호에서는 아무 소식도 안 들어왔어요. 그리고 지금 이 방에는 공학자나 과학자가 아무도 없어요. 기술 적인 대답이 필요한 질문을 하실 거면, 저한테 이야기하세요. 그러면 제가 올바르게 대답해줄 사람을 불러올게요. 혹시 그동 안 일어난 일에 대해 자세히 묻는 거라면, 제가 지난 7시간 내내 거의 통신실에 있었기 때문에, 대답해줄 수 있을 거예요. 그럼 기다리겠습니다."

"두 가지 질문이 있습니다." 발리넌 사령관이 대답했다. "하 나는 당신이 대답할 수 있을 겁니다. 두 번째 질문은 잘 모르겠 네요. 첫째 질문은 두 번째 실종과 관련되어 있습니다. 두 번째 헬리콥터의 통신이 끊어졌을 때 크웸블리호에서 얼마나 멀리 떨어져 있었습니까? 당신이 그 거리를 모르더라도, 조종사가 얼 마나 오래 수색했는지는 말해줄 수 있겠죠.

두 번째 질문은 인간의 기술과 조금 관련되어 있는데, 나는 모르지만 당신은 알 수도 있습니다. 당신이 있는 곳에서 헬리콥터의 불빛 같은 것을 볼 수 있습니까? 여러분의 맨눈으로는 내 눈과 마찬가지로 볼 수 없을 것 같지만, 당신들에게는 내가 조금 알거나 전혀 못 들어본 광학 장치들이 많잖아요. 답변 기다리겠습니다."

발리넌 사령관이 말을 마쳤을 때, 모니터 영상의 벤저민이 한 손가락을 들고 고개를 끄덕거렸다. 하지만 소년은 두 번째 질문이 자신에게 도달할 때까지 기다렸다가 말했다.

"첫 번째 질문에는 제가 대답해줄 수 있어요. 그리고 카바노 씨가 두 번째 질문에 대답해줄 수 있는 사람을 찾으러 갔어요." 이것이 벤저민의 첫 마디였다. "케르벤서 일등항해사는 약 11시간 전에 정찰 비행을 시작했어요. 8시간 동안은 일등항해사에게 문제가 있다는 징후가 전혀 없었는데, 갑자기 모든 일이 벌어졌어요. 일등항해사와 정찰기가 사라지고, 크웸블리호가 얼어붙고, 조타수 비트체르말프와 타쿠어치가 얼음 아래 어딘가에 갇혔어요. 아무튼 두 조타수가 어디에 있는지 아무도 모르지만, 두 사람은 당시 선체 아래에서 일하고 있었고, 다른 데에는 있을 만한 곳이 없어요. 선원 중 한 명인 레펠이 일등항해사 케르벤서를 찾기 위해 다른 정찰기에 통신기를 달고 날아갔고, 한동안 크웸블리호에서 아주 가까운 지역들을 수색했어요. 곧 우리가 탐사선에서 보이거나 들릴 만한 곳에서 사고가 나지 않았을 것이므로 멀리 나가야 한다고 제안했어요. 레펠이 그 제안을 따랐고, 당연히 돈드래그머 선장은 선교에서 레펠의 모습을 볼 수 없게 되었어요. 그리고 우리가 선장과 대화를 시작했는데, 여기에 있는 모든 사람이 그 대화에 관심을 가지는 바람에 몇 분 동안 아무도 레펠의 모니터를 지켜보지 않는 상태가 되었어요. 곧 누군가가 그 모니터가 완전히 깜깜해졌다는 사실을 알아챘어요. 신호가 끊겨 깜깜해진 게 아니라, 불빛이 없어서 깜깜해진 거예요. 그게 끝이었어요."

발리넌 사령관이 구즈민 통신부장과 과학자들을 힐끗 쳐다봤다. 아무도 말이 없었다. 하지만 말할 필요가 없었다. 레펠이 셔터를 사용했을 때, 아무도 모니터를 못 봤다! 그건 쉽게 기대하기 힘든 엄청난 행운이었다.

벤저민이 아직 말하고 있었다. "당시 아무도 레펠과 말하고 있지 않았기 때문에, 소리도 켜지지 않은 상태였어요. 그래서 아무도 무슨 일이 일어났는지 몰라요. 저희 엄마가 정착지를 호출하기 직전에 일어난 일인데, 30분이 채 지나지 않았어요. 두 실종 사이의 시간차는 약 2시간 30분 정도일 거예요. 카바노 씨가 아직 돌아오지 않았으므로, 당신의 다른 답변을 기다릴게요."

발리넌 사령관이 수치를 듣고 약간 당황했다. 그 소년이 인간의 숫자 개념을 바탕으로 메스클린인 숫자 어휘를 사용해 말했기 때문이다. 사령관은 그 말을 제대로 이해하기 위해 몇 초 동안 생각을 해야만 했다.

"불평하려는 건 아닙니다만…." 발리넌 사령관이 대답했다. "당신 말을 들으니, 크웸블리호가 동결되고 케르벤서가 실종된 이후, 우리가 그 소식을 들을 때까지 약 2시간 넘게 차이가 나네요. 왜 그런 일이 발생했는지 알고 있습니까? 물론, 내가 할 수 있는 일이 아무것도 없다는 사실은 알지만, 탐사선들에 일어난 사건들에 대해 내게 최신 소식을 계속 보고해주기로 합의를 했었습니다. 나는 우주정거장에서 당신이 하는 일이 무엇인지 모르므로, 당신이 정보를 갖고 있지 않을 수도 있습니다. 그러나 우리 통신 담당자로부터 당신이 크웸블리호와 많은 이야기를 나눴다고 들었습니다. 그러니 당신이 도와줄 수 있을 거라 생각됩니다. 기다리겠습니다."

발리넌 사령관의 마지막 말에는 몇 가지 동기가 감춰져 있었다. 한 가지는 분명했다. 사령관은 벤저민 호프만에 관해 더욱 알고 싶었다. 무엇보다 벤저민이 메스클린인의 스텐어에 능숙했기 때문이다. 구즈민 통신부장의 말이 맞는다면, 메스클린인들과 이야기를 하고 싶어 할 것 같았다. 어쩌면 그는 다른 호프만처럼 우주정거장에서 두 번째로 메스클린인과 공감하는 사람이 될 수도 있었다. 만일 그렇다면, 그가 휘두를 수 있는 영향력이 어느 정도인지 알아두는 게 중요할 것이다.

또한, 발리넌 사령관은 벤저민이 크웸블리호의 선원들과 잡담을 나눴다는 구즈민 통신부장의 생각도 슬쩍 확인해보고 싶었다. 마지막으로, 사령관이 보기에도 벤저민은 중요한 업무를 하는 인간치고 어리다는 사실을 알 수 있었다. 단어 선택이나 전반적인 서술 방식에서 그의 나이가 드러났다. 벤저민과 상당히 가까운 관계를 형성할 수 있다면, 그 사실을 잘 활용할 수 있을 것이다.

마침내 소년의 대답이 도착했을 때, 그 대답은 한 가지 측면에서 확정적이지 않았지만, 다른 측면에서는 가능성이 확인되었다.

"왜 여러분이 케르벤서 일등항해사의 실종과 크웸블리호 결빙 소식을 즉시 듣지 못했는지는 저도 모르겠어요." 벤저민이 말했다. "개인적으로, 저는 여러분이 그 소식을 들었을 거라고 생각했었거든요. 저는 비트체르말프 조타수와 많은 이야기를 나눴어요. 아마 사령관님도 그 선원을 알 거예요. 돈드래그머 선장의 조타수 중 한 명이거든요. 그냥 듣기만 한 게 아니라, 이야기를 나눌 수 있는 친구였어요. 그래서 비트체르말프가 실종되었다는 이야기를 들었을 때, 저는 그 친구를 구조하기 위해 무엇을 할 수 있을지에 대해서만 집중했어요. 제가 통신실에 내내 있지는 않았어요. 통신실은 제 업무부서가 아니라서요. 비트체르말프와 대화를 나눌 수 있을 때만 왔어요. 여러분에게 더 빨리 말해줬어야 한다고 생각해요. 그래서 혹시 원하신다면, 누가 소식을 전해야 하는 담당자였는지, 그리고 왜 전달하지 않았는지 제가 찾아볼게요. 아마 엄마나 보이드 씨가 아실 거예요.

여기서 제가 하는 업무의 배경 정보를 제공해주면 좋겠지만, 얼마나 설명해야 할지 모르겠어요. 지구에서는 읽기와 물리학, 사회학처럼 모든 사람이 받아야 하는 기초 교육을 마치면, 필수 업종에서 비숙련 노동자로 지구 시간 2, 3년 정도를 일한 후에야 전문가가 되거나 일반적인 고등교육을 받을 수 있는 자격이 주어져요. 대놓고 말하는 사람은 없어도, 내가 일할 때의 상관이 앞으로 내가 무슨 일을 할 수 있을지에 관해 주요한 발언권을 가진다는 사실을 다들 알아요. 명목상으로 저는 여기 기상연구실에 일종의 자료수집과 급사로 배정됐어요. 하지만 실은 우주정거장에서 가장 먼저 큰 목소리로 부르면 아무나 저를 부려먹을 수 있어요. 제 생활을 몹시 힘들게 하는 사람이 없다는 점은 인정할게요. 지난 며칠 동안 저는 비트체르말프와 대화를 하느라 많은 시간을 보낼 수 있었어요." 발리넌 사령관은 50년의 경험 덕택에 인간이 '며칠'이라는 단어를 사용할 때의 의미를 힘들이지 않고 이해할 수 있었다. "물론…." 소년이 계속 말했다. "여러분의 언어를 아는 게 도움이 됐어요. 저희 엄마가 언어광이라서, 엄마한테 배웠어요. 엄마는 아빠가 드라운 프로젝트에 처음으로 관계를 맺었던 10년 전에 여러분의 언어를 배우기 시작했어요. 저는 지금부터 상당히 많은 시간을 반쯤 공식적으로 통신실에서 보낼 거 같아요. 카바노 씨가 테베츠라는 천문학자를 데리고 오셨네요. 당신이 질문했던 불빛을 보는 문제에 대해 두 분이 대답해줄 거예요. 저는 다른 문제를 알아볼게요."

모니터에 떠 있던 벤저민의 얼굴이 천문학자의 얼굴로 바뀌었다. 널찍하고 거무스름한 모습 때문에 발리넌 사령관이 살짝 놀랐다. 인간의 두개골에 달린 털의 다양한 변화에 익숙하긴 했지만, 수염이 덥수룩한 인간은 한 번도 본 적 없었다. 테베츠는 우주복 헬멧에 잘 어울리는 콧수염과 턱수염을 살짝 길렀을 뿐이었지만, 메스클린인의 눈에는 완전히 다르게 보였다. 발리넌 사령관은 천문학자에게 수염에 관해 묻는다면 무례하게 보일 거라는 생각이 들었다. 나중에 벤저민에게 그에 관한 정보를 구하는 게 나을 것이다. 누군가를 당황스럽게 만들어서 좋을 일은 없었다.

사령관으로서는 다행스럽게도, 인간은 얼굴이 커지더라도 발음에는 지장이 없는 모양이었다. 그리고 테베츠는 오기 전에 미리 질문을 전해들은 게 틀림없었다. 그는 인간의 언어를 사용해서 즉시 말하기 시작했다.

"우리는 여러분이 가지고 있는 인공조명이 무엇이든 감지할 수 있습니다. 휴대용 전등도 마찬가지입니다. 하지만 광선을 발사하는 형태는 우리 쪽으로 방향을 비추지 않는 이상 찾기 힘듭니다. 우리는 일반적인 장비를 사용합니다. 적절한 대물렌즈 뒤의 광전자 증배관 모자이크를 이용하죠. 당신에게 필요한 게 있다면 몇 분 내에 설치할 수 있습니다. 어떻게 해줄까요?"

이 질문을 받고 발리넌 사령관은 깜짝 놀랐다. 사령관은 몇 분 전에 과학자들과 그 문제를 논의한 후, 인간들이 그런 불빛을 감지할 수 없다며 부인할 것이라고 점점 더 확신해가던 참이기 때문이었다. 사령관이 좀 더 긴 안목으로 생각했다면, 다음과 같이 대답하지 않았을 게 분명하다. 실제로, 사령관은 자신의 말이 우주정거장에 도달하기 훨씬 전에 후회했다.

"우리의 탐사선 크웸블리호를 찾는 데에는 아무런 문제가 없겠군요. 여러분은 이미 탐사선의 위치를 나보다 잘 알 것이고, 선교의 불빛도 켜져 있을 테니까요. 크웸블리호의 헬리콥터 두 대가 실종되었는데, 헬리콥터에도 대부분 전등이 달려 있습니다. 여러분이 그 지역을, 음, 크웸블리호에서 3백 킬로미터 반경을 최대한 조심스럽게 훑어보면 좋겠습니다. 다른 불빛을 찾게 되면, 저와 돈드래그머 선장에게 위치를 알려주세요. 그러려면 얼마나 오래 걸릴까요?"

전언이 전달되는 시간은 발리넌 사령관이 자신의 실수를 깨달을 수 있을 정도로 충분히 길었다. 희망이라는 단어는 메스클린인의 유사한 태도를 잘못 해석한 것이었지만, 당연히 이제는 희망을 품는 것 외에는 날아가고 있는 말에 대해 할 수 있는 일이 아무것도 없었다. 사령관은 대답을 듣고 약간 밝아졌다. 어쩌면 그다지 심각한 실수가 아닐 수도 있었다. 인간이 크웸블리호의 근처에서 다른 불빛을 두 개 이상 발견하지 않는 한!

"유감스럽지만, 저는 불빛이 있는지만 감지할 수 있습니다." 테베츠가 말했다. "불빛이 비치는 위치를 정확히 찾는 일은 훨씬 어려울 겁니다. 특히 여기에서는요. 실종된 헬리콥터들이 전등을 밝게 켜놓고 있으면, 우리가 여러분의 문제를 해결할 수 있을 거라 확신합니다. 혹시 그 정찰기들이 추락했다면, 불빛을 발견할 가능성은 그다지 크지 않을 겁니다. 그래도 지금 곧 시작하겠습니다."

"헬리콥터의 동력 장치를 찾는 건 어떤가요?" 조금 전 자신이 최악의 답변을 시작했다는 사실을 깨달은 발리넌 사령관이 물었다. "핵반응에서 발산되는 빛 외에 다른 방사선도 있지 않나요?"

이 질문이 우주정거장에 도착할 즈음에 천문학자 테베츠는 자신이 약속한 대로 통신실을 떠난 상태였지만, 다행히 벤저민이 그에 대해 대답을 해줄 수 있었다. 마침 그것은 이 프로젝트에서 기본적인 정보였기 때문에, 우주정거장에 도착한 직후 자세히 설명을 들었다.

"핵융합로에서는 우리가 감지할 수 있는 중성미자가 발산됩니다. 하지만 중성미자는 거의 모든 물체를 통과하기 때문에 어디에서 날아오는 건지 출처를 정확히 파악할 수 없어요." 벤저민이 사령관에게 말했다. "그래서 그림자 위성들이 있는 거예요. 그림자 위성은 중성미자를 감지할 수 있어요. 사실상 대부분의 중성미자는 해에서 옵니다. 해에서 많이 발산되지 않더라도, 드라운에 있는 동력 장치나 우주정거장에서 나오는 중성미자는 많지 않아요. 하지만 컴퓨터는 위성들의 위치를 계속 추적하고 있고, 특히 행성이 해와 특정한 위성 사이에 있는지 확인해서, 해에서 발산된 중성미자가 행성의 각기 다른 부분들을 통과할 때 흡수된 양에 대한 측정치를 가지고 있어요. 우리는 몇 년 내에 드라운의 '통계적인 엑스선 사진'을 확보할 수 있기를 바라요. 이건 여러분에게 좋은 비유가 아닐 거 같네요. 제 말은 행성 내부의 밀도와 구성에 대해 잘 알게 되길 바란다는 의미였어요. 당신도 알다시피, 드라운을 행성이라 불러야 할지, 항성이라 불러야 할지, 또 여분의 열기는 중심부의 수소 융합에서 발생한 건지 아니면 지면에서 가까운 곳에서 발생한 방사선인지 아직도 논쟁 중이거든요.

하지만 실종된 정찰기들의 핵융합로가 아직 작동 중이더라도, 중성미자 방사로는 헬리콥터들을 찾을 수 없을 거라고 확실하게 말할 수 있어요."

발리넌 사령관은 그 소식을 듣자마자 솟아오르는 기쁨을 그
럭저럭 감추고, 아무렇지 않게 대답했다. "고맙습니다. 모든 걸
다 가질 수는 없죠. 여러분의 천문학자가 무엇을 찾게 되거나,
찾지 못할 거라는 결론을 내리면 알려주세요. 기대를 접어야 할
경우에는 알고 싶습니다. 내 이야기는 여기서 마칠게요, 벤저
민. 그렇지만 정찰기나 당신의 친구들에게 새로운 소식이 있으
면 여기로 연락해주세요. 어쨌거나 그 선원들을 걱정하고 있으
니까요. 하지만 당신이 비트체르말프를 생각하는 방식과는 다
를 겁니다. 내가 기억하는 크웸블리호의 조타수는 타쿠어치밖
에 없어서요."

인간들과 직접적인 접촉을 훨씬 많이 해봤고, 또 솔직히 말해
이기적인 이유로 소통 능력을 발전시킨 발리넌 사령관은 돈드
래그머 선장보다 벤저민의 속내를 훨씬 날카롭게 읽어낼 수 있
었으며, 소년의 감정을 거의 정확하게 파악할 수 있었다. 사령
관은 그게 유용할 거라 확신했다. 그러나 그는 통신기에서 벗어
나자마자 그런 생각을 지워버렸다.

"더 좋을 수도 있고, 안 좋을 수도 있어." 발리넌 사령관이 두
과학자에게 말했다. "우리가 야간 통신을 위해 점멸 신호기를
설치하지 않은 건 확실히 잘한 일이야. 저들이 틀림없이 우리를
봤을 거야."

"꼭 그렇지는 않습니다." 디슬렌버가 반론했다. "인간이 그런
불빛을 찾을 수 있다고는 했지만, 그런 불빛들을 습관적으로 찾

는다고는 하지 않았습니다. 그 작업을 위해 기구가 필요하다면, 그 기구는 더 중요한 일을 하느라 바쁠 게 틀림없습니다."

"나도 그렇게 생각해. 하지만 위험성이 너무 커." 발리넌 사령관이 대답했다. "아무튼, 그들이 가진 최고의 기계로 이쪽을 볼 거라는 사실을 우리가 알게 되었으니, 지금은 그 방법을 시도하지 않을 거야. 그냥 인간들에게 물어보자고."

"하지만 인간들이 여기를 보지 않을 겁니다. 그들은 여기에서 수백만 밧줄 떨어진 크웸블리호의 주변을 수색할 거예요."

"고향에서 투리를 올려다본다고 생각해봐. 망원경으로 투리의 한 부분을 자세히 살펴보려고 할 때, 조금만 실수를 해도 다른 부분이 언뜻 눈에 들어오지 않을까?"

디슬렌버가 몸짓으로 그 지적을 받아들였다.

"그럴 경우 사령관님이 제안하셨듯이 에스켓호를 이용하려면 일출 때까지 기다리거나 특별 비행을 해야겠네요. 저로서는 다른 대안을 생각하지 못하겠습니다. 우리가 인간들을 시험해보려면 에스켓호에서 뭘 해야 좋을지도 떠오르지 않습니다."

"그건 별로 중요하지 않아. 진짜 문제는 우리가 인간들에게 무엇을 보여주든 그들이 얼마나 빨리, 그리고 얼마나 정확하고 완벽하게 우리에게 알려주느냐는 거야. 내가 몇 시간 안에 뭔가를 생각해낼게. 그건 그렇고, 연구자들은 비행선이 곧 떠날 수 있도록 준비하고 있지?"

"그렇게 빨리는 안 됩니다." 과학자 벤디뵌스가 말했다. "그리고 저는 구체적인 내용이 별로 중요하지 않다는 사령관님의 의견에 동의하지 않습니다. 에스켓호에 일어난 일과 우리가 어떤 관계가 있을 수 있다는 데 인간들의 생각이 미치는 상황은 사령관님도 바라지 않을 겁니다. 인간들은 절대 멍청하지 않습니다."

"물론 그렇지. 인간이 멍청하다는 말은 아니었네. 인간들이 이 행성의 자연에 대해 우리보다 적게 알고 있다는 사실을 충분히 고려해서 뭔가 자연스러운 걸 해야 해. 연구실로 돌아가서 장비를 비행선 디디호에 싣고 있는 사람들에게 출발 시각이 앞당겨졌다고 말해줘. 2시간 안에 데스틱메트 선장에게 서면 메시지를 보낼 거야."

"알겠습니다." 과학자들이 문으로 나갔다. 발리넌 사령관이 느린 걸음으로 그 뒤를 따라갔다. 사령관은 과학자 벤디뷘스의 지적이 타당하다는 사실을 이제야 깨닫기 시작했다. 에스켓호에 있는 통신기의 영상에 어떤 사건을 일으켜야, 메스클린인이 근처에 있다는 암시를 주지 않으면서 인간의 흥미를 끌고, 그 큰 생물들이 보고서를 조작하고 싶은 유혹을 느끼도록 만들 수 있을까? 보고서들이 지체된 이유를 알지 못한 상태에서, 또는 그들이 실제로 지체했는지도 완전히 확신할 수 없는 상태에서 그런 것을 생각해낼 수 있을까?

크웸블리호 문제에 대한 전달 지연은 순전히 부주의한 실수였을 가능성도 아직 존재했다. 어린 인간이 넌지시 내비쳤듯이, 서로 다른 사람이 그 소식을 처리했을 거라 짐작했을 수도 있다. 메스클린인 선원들의 관점에서는 이게 총체적인 무능과 용

서할 수 없는 무질서의 징후로 보일 것이다. 그러나 사령관이
인간을 의심했던 것은 이게 처음이 아니었다. 물론 종족으로서
인간이 아니라 인간 개인들의 자질에 대한 의심이었다.

이 시험은 무조건 해야 한다. 그리고 에스켓호의 통신기들이
그 목적으로 사용할 수 있는 도구임이 틀림없다. 발리넌 사령관
이 아는 한 그 통신기들은 아직 살아 있었다. 물론 그 탐사선이
'실종'된 이후로는 아무도 통신기 카메라의 시야에 들어가지 않
도록 주의를 기울였고, 인간들은 오래전부터 에스켓호에 대해
언급하지 않았다. 셔터를 내려놓으면 그곳에 있는 메스클린인
들이 훨씬 자유롭게 움직일 수 있으므로, 통신기의 카메라를 피
하기보다는 셔터를 내리는 게 나았을 것이다. 하지만 데스틱메
트 선장이 사령관의 지시를 받고 인간들 모르게 제2정착지를 세
우기 위해 떠나기 전까지는 셔터라는 개념을 생각해내지 못했
었다.

발리넌 사령관이 기억하는 한 통신기 중 한 대는 선교의 평소
자리에 있었고, 한 대는 연구실, 한 대는 헬리콥터들이 있던 격
납고에 있었다. 그 '재앙'이 일어났을 때, 헬리콥터들은 평소처
럼 정찰 비행 중이었다. 그리고 네 번째 통신기는 생명유지실에
있지만 입구 쪽을 촬영하지 않았다. 당연히 그 방에 있는 장비
들이 많이 필요했기 때문이다.

많은 계획을 세워도 상황은 여전히 만족스럽지 않았다. 연구
실과 생명유지실은 출입금지 지역이었고, 혹시 가더라도 최대
한 조심하며 들어가야 했기 때문에, 데스틱메트 선장과 그의 일

등항해사 카브렘은 몹시 성가셨다. 셔터 기술이 개발된 후, 그들은 셔터를 사용하게 해달라고 최소한 한 번 이상 요구했었다. 하지만 인간들의 관심을 에스켓호로 끌고 싶지 않았던 발리넌 사령관이 거절했다. 하지만 이제, 그래, 어쩌면 그물 하나로 물고기 두 마리를 잡을 수 있을지 모른다. 통신기 한 대나 네 대 모두 화면을 갑자기 막으면 저 위에서 눈치를 챌 게 틀림없다. 인간들이 정착지에 그 사건을 숨기고 싶다고 느끼는지에 대해서는 확인할 방법이 없다. 우리는 그저 시도해볼 수 있을 뿐이다.

발리넌 사령관은 생각하면 할수록 그 계획이 마음에 들었다. 아무런 도움을 받지 않고 중요한 문제를 해결했을 때 종족에 상관없이 모든 지적인 생물들에게 익숙한 그 희열이 느껴졌다. 그는 족히 30초 동안 희열을 만끽했다. 사령관이 그 즐거움을 갈무리할 무렵, 구즈민 통신부장의 다른 전령이 사령관을 따라잡았다.

"사령관님!" 전령은 거의 깜깜한 복도에서 사령관 곁으로 오더니 그와 걸음걸이를 맞췄다. "통신부장이 사령관님께 지금 즉시 통신실로 돌아오셔야 한다고 했습니다. 보이드라는 인간이 모니터에 떴습니다. 통신부장은 보이드가 흥분했을 거라고 추측했지만, 그는 흥분한 상태가 아니었습니다. 통신부장이 그렇게 말한 이유는 보이드가 에스켓호에서 일어난 일을 알려줬기 때문입니다. 에스켓호의 연구실에서 뭔가가 움직였답니다!"

10
편중된 데이터

발리넌 사령관이 방향을 돌렸기 때문에 보조를 맞추는 게 쉽지 않았지만, 전령은 간신히 해냈다. 사령관은 전령이 그를 계속 따라오는 것을 당연하게 받아들였다.

"더 자세한 정보는 없어? 언제, 뭐가 움직였다는 거지?"

"더 이상 없습니다, 사령관님. 그 남자가 사전 호출도 하지 않고 대뜸 모니터에 나타나 이렇게 말했습니다. '에스켓호에 무슨 일이 일어났어요. 사령관에게 전하세요.' 구즈민 통신부장이 최대한 빨리 사령관님을 모셔 오라고 제게 지시를 내려서 더 이상 듣지 못했습니다."

"그 사람이 정확히 뭐라고 했지? 우리 언어를 사용했나?"

"아닙니다. 인간의 언어로 말했습니다. 그의 말은⋯." 전령이 이번에는 원래의 언어로 그 문장을 반복했다. 발리넌 사령관은 앞서 전령이 통역했던 말에 함축된 의미 외에 다른 내용을 찾을 수 없었다.

"그렇다면 누군가가 실수해서 눈에 띄었는지, 아니면 뭔가가 떨어지며 렌즈의 시야에 들어간 건지 우리가 모른다는 건데…."

"첫 번째 경우는 아닐 겁니다, 사령관님. 인간이 우리를 알아보지 못했을 리가 없거든요."

"그렇겠지. 흠, 우리가 통신실로 돌아가기 전에 뭔가 자세한 소식이 들어와 있어야 할 텐데 말이야."

하지만 그렇지 않았다. 발리년 사령관이 통신실에 도착했을 때는 모니터에 더 이상 보이드가 보이지 않았다. 더욱 놀라운 점은, 다른 인간이 보이드를 대신해서 그 자리를 지키지도 않았다는 사실이었다. 사령관이 미심쩍은 눈으로 통신부장을 쳐다봤다. 구즈민 통신부장이 어깨를 으쓱하는 것에 해당하는 메스클린인의 몸짓을 했다. "그 인간은 연구실에 대해 한마디 한 후 곧장 떠났습니다, 사령관님."

발리년 사령관이 떨떠름한 얼굴로 '호출' 버튼을 눌렀다.

하지만 보이드 메르소로는 다른 생각 중이었다. 모두가 그런 것은 아니었지만 대부분의 사람들은 에스켓호가 아니라 드라운에서 일어나는 일들에 관심이 있었다. 그리고 항성 같은 그 거대한 행성보다 훨씬 가까운 곳에서 몇 가지 문제가 있었다.

이 프로젝트의 책임자는 냉정한 앨런 어코인 기획연구실장이었다. 기획연구실장은 돈드래그머 선장과 공학자 카티니, 그리고 천문학자 테베츠가 대화를 나눌 때 자신을 부르지 않아서 짜증이 났다. 그는 공식적인 승인 없이 정책을 혼란스럽게 만든 어린 벤저민 호프만을 나무라고 싶었다. 하지만 엘리스 호프만을 불쾌하게 만들 어떤 말도 하고 싶지 않았다. 앨런 기획연구실장은 몇 가지 근거를 바탕으로 엘리스를 통신실에서 가장 필요한 사람으로 여겼다. 그 결과, 보이드와 다른 이들이 앨런 기획연구실장의 빗나간 분노의 낙진을 뒤집어썼다.

보이드의 생각에 이것은 그렇게 심각한 문제가 아니었다. 그는 오래전에 '상관 달래기'와 '면도'를 시간이 들긴 하지만 전적으로 주의를 기울일 필요가 없는 일로 분류해놓았다. 대개는 그일을 해두는 게 장기적으로 볼 때 문제가 적기 때문에 하는 것에 불과했다. 진짜로 이목을 끄는 것, 즉 에스켓호의 소식보다 그의 이목을 더 끄는 일은 크웸블리호의 현재 상태였다.

혼자 가만히 내버려두면 보이드는 적당히 신경을 썼을 것이다. 하지만 적당한 수준에 그치고 말았을 것이다. 실종된 메스클린인들 중 보이드와 개인적으로 친분이 있는 사람은 없었다. 그는 메스클린인의 실종을 인간의 실종 못지않게 걱정할 정도로 교양이 있는 사람이었지만, 자기 형제나 아들만큼 걱정하지는 않았다.

크웸블리호가 문제이긴 했지만, 어지간히 일상적인 사건이었다. 육상 탐사선들은 이전에도 문제를 겪었는데, 지금까지는 언제나 얼마 지나지 않아 문제에서 벗어났다. 그러므로 보이드를 가만히 내버려두었다면 대체로 귀찮다는 생각을 하지 않고 그저 열중했을 것이다.

그러나 보이드는 혼자가 아니었다. 벤저민 호프만은 이 모든 일에 대해 훨씬 강하게 느낌을 받았으며 그 문제에 관해 말하고 싶은 의지가 매우 높았지만, 그런 감정을 전적으로 말로 나타내지 않고 자신의 감정을 명확하게 정리할 줄 알았다. 벤저민은 침묵할 때조차 연민을 내비쳤다. 보이드는 합리적이고 적절한 직업적 무관심에서 벗어나서, 자신의 의지와 상관없이 얼음을 녹이는 계획의 진행 상황이나 실종된 조타수들에게 영향을 미칠 다른 홍수의 가능성에 대해 돈드래그머 선장과 토론하고 있었다. 그는 곤혹스러웠다. 조타수 비트체르말프와 타쿠어치, 그리고 일등항해사 케르벤서조차 그 탐사에서 핵심이 아니었다. 진짜 문제는 선원 전체의 생존이었다. 보이드의 옆에 조용히 앉아 있다가 기껏해야 몇 마디 말이나 질문을 툭툭 던지고 있는 벤저민 때문에, 그의 객관적인 태도가 냉담함처럼 비쳤다. 보이드는 자기 아이를 길러본 적이 없었기 때문에 그런 특이한 영향에 전혀 대응할 수 없었다. 엘리스는 어떤 일이 일어나고 있는지 완벽하게 이해했지만, 자기 아들의 감정과 거의 완벽하게 공감하고 있었기 때문에 개입하지 않았다. 부분적으로는 엘리스 자신의 경험 때문에 비트체르말프와 그의 동료들, 심지어 타쿠어치에 대해서도 매우 깊은 연민을 느꼈다. 그녀는 25년 전쯤 비슷한 상황에 처했던 적이 있었다. 당시 그녀는 연이어 발생한 오류로 인해 고온, 고압의 행성에 있는 무인 연구선에 갇혔었다.*

* 할 클레멘트의 헤비 플리닛 시리즈 다른 작품《임계점 가까이(Close to Critical)》에서 열두 살이었던 엘리스가 사고로 지구 중력의 3배, 지표면 온도 374도, 기압 22.1 메가파스칼의 행성에서 고생한 이야기가 나온다.

사실, 그녀는 벤저민이 감히 생각해낼 수 있는 것보다 훨씬 더 멀리까지 나아갔다. 돈드래그머 선장이 레펠이 실종된 지역을 잘 알고 있었으므로 지상에 있는 선원 중 일부를 그 지역으로 보낼 것 같았다. 하지만 남아 있는 통신기 세 대 중 한 대를 휴대시켜 보내는 위험을 무릅쓸 생각은 없는 듯했다. 엘리스는 부분적으로 자신의 이름을 걸고 직접 논쟁하고, 부분적으로 아들의 기술을 이용해 보이드를 같은 편으로 만든 후, 통신기를 가져가지 않을 경우 더 위험할 거라고 선장을 설득했다. 이 토론은 다른 일들과 마찬가지로 앨런 기획연구실장이 없을 때 진행됐다. 그래서 보이드는 돈드래그머 선장과 논쟁하면서도 이 상황을 기획연구실장에게 어떻게 변명할지 생각했다. 그럼에도 불구하고, 보이드는 엘리스의 편에서 논쟁했고, 벤저민은 뒤쪽에서 환하게 웃었다.

보이드는 이 논쟁에 집중하느라, 에스켓호의 연구실을 비추는 모니터를 가로지르며 물체 두 개가 움직이고 있다는 다른 당직자의 경고를 놓칠 뻔했다. 그는 즉시 채널을 켜서 정착지에 그 말을 전한 후, 대답이 돌아오는 것을 기다리지 않고 크웸블리호로 다시 관심을 돌렸다. 나중에 보이드는 보고할 때 에스켓호라는 이름을 전혀 의식하지 못했다고 주장했다. 그는 그 전언을 다른 당직자의 일상적인 보고로 생각했었고, 당시 그가 느낀 주된 감정은 방해를 받아 짜증이 난다는 것이었다. 어떤 사람들은 그런 상황에서 당직자에게 방해하지 말라고 쏘아붙였다. 보이드가 바로 그런 사람이었기 때문에, 그는 방해를 없앨 가장 빠르고 간단한 방식을 선택한 것이었다. 그리고 곧 머릿속에서 그 사건을 완전히 지워버렸다.

벤저민은 그 사건에 대해 보이드보다도 관심을 기울이지 않았다. 엄마가 친구인 데스틱메트 선장과 카브렘 일등항해사에 대해 말해줬던 적이 있었지만, 에스켓호 사고는 벤저민이 우주 정거장에 도착하기 오래전에 일어난 일이었기 때문에, 그에게는 에스켓호라는 이름에 특별한 의미가 없었다.

그 호출에 진심으로 반응한 사람은 당연히 엘리스였다. 엘리스는 보이드가 뭘 했는지, 혹은 무슨 말을 했는지 간신히 알아챈 상황이었기 때문에, 더욱 자세한 정보가 들어오기 전까지 발리넌 사령관과 직접 대화할 생각을 하지 않았다. 그녀는 즉시 '실종된' 탐사선의 모니터가 보이는 자리로 가서, 우주의 그 어떤 것보다 화면에 집중했다.

그래서 발리넌 사령관의 회신에는 매우 적은 정보만이 전달되었다. 엘리스에게 그 회신이 전달됐지만, 그녀는 아무것도 보지 못했다. 그녀가 모니터에 도착했을 때는 모든 움직임이 끝난 후였다. 당직자는 물체 두 개가 움직이는 모습, 즉 케이블이나 밧줄 다발과 짧은 파이프가 에스켓호 연구실 바닥을 가로질러 굴러가는 모습을 봤다는 사실 외에는 할 수 있는 말이 없었다. 무언가가 그 물체들을 밀었을 수 있다. 그러나 지구 시간으로 지난 몇 개월 동안 탐사선 에스켓호 근처에 생물이 있다는 징후는 없었다. 무언가가 에스켓호를 한쪽으로 기울여서 그 물체들이 굴렀을 수도 있다. 어쩌면 그게 더 그럴듯한 설명일 것 같았다.

그 당직자도 그렇게 말했지만, 그 거대한 기계를 무엇이 건드렸을지는 구체적으로 제시하지 않았다.

이 일은 발리넌 사령관을 난처하게 만들었다. 데스틱메트 선장의 선원 중 한 명이 부주의해서 일으킨 사건일 가능성이 있었다. 인간들이 더 믿기를 바라는 것처럼, 자연적인 원인이 작용했을 수도 있다. 발리넌 사령관이 계획해왔던 일을 고려해보면, 이 모든 일이 전부 인간이 꾸며낸 이야기 중 한 조각일 수도 있었다. 사령관의 지식으로는 다른 것보다 이 가능성에 더 무게가 실렸다.

물론 그렇게 꾸며낸 이야기로 인간들이 무엇을 성취할 수 있으리라 기대하는지는 정확히 알기 어려웠다. 이 정보는 일종의 함정일 가능성이 거의 없었다. 그 이야기에는 잘못된 반응을 하는 것이 불가능하기 때문이었다. 완벽하게 어리둥절한 모습만이 유일하게 가능한 반응이었다. 더 깊고 미묘한 뭔가가 관련되어 있다면, 그게 무엇인지 짐작조차 힘들다는 것을 발리넌 사령관은 인정할 수밖에 없었다.

그리고 어쨌든 발리넌 사령관은 추측하는 일을 좋아하지 않았다. 인간 발언자의 능력만 고려하고 그의 동기에 대해 걱정하지 않으면, 그 보고를 액면 그대로 받아들이는 게 훨씬 쉬워진다. 사령관이 어느 정도 타당성이 있는 에스켓호 속임수 전체를 못마땅하게 여겼던 것은 돈드래그머 선장이 성가실 정도로 솔직했기 때문이었다는 기억이 종종 떠올랐다.

그렇다, 발리넌 사령관은 그 보고를 진실로 받아들이는 것처럼 보여줘야 했다. 인간들이 어떤 속임수를 펼쳤든, 사령관은 그렇게 함으로써 계획자의 의도에서 벗어날 것이다. 이 경우에는 데스틱메트 선장에게 확인하는 일 외에는 달리 할 수 있는 게 없었다. 비행선 디디호에 전언을 실어서 보내면 간단했다.

그러고 보니, 이것으로도 인간들이 보내는 보고의 진실성을 확인할 수 있겠다는 생각이 들었다. 다른 전언들이 진실이든 아니든, 이 전언은 확실히 급하게 보낸 징후가 보였다. 물론, 이번에는 엘리스 호프만이 관여했다.

당시 발리넌 사령관과 앨런 기획연구실장이 유일하게 일치하는 의견은, 엘리스가 관여해서 그 상황이 특별해졌다는 생각이었을 것이다. 물론, 그 시점까지 앨런 기획연구실장은 에스켓호에 새롭게 일어난 사건에 대해 전혀 듣지 못한 상태였고, 보이드조차 실제로는 그런 생각을 하지 않았다. 보이드는 아직 다른 일에 몰두하고 있었다.

"엘리스!" 보이드가 마이크에서 고개를 돌려 통신실 건너편에 있는 엘리스의 새 자리를 향해 소리쳤다. "우리가 돈드래그머 선장의 설득에 성공한 것 같아요. 선장의 지시로 수색대 여섯 명이 통신기를 들고 나갔거든요. 선장은 자신이 추정한 레펠의 실종 장소를 확인하려고 하는데, 우리가 레펠의 통신기가 있었던 정확한 위치를 알아낼 수 있을 거라고 생각해요. 우리가 통신기의 위치를 파악할 수 있긴 하지만, 그 당시 위치를 기록했는지는 나도 모르겠어요. 내가 지리학자들과 확인하는 동안이 자리 좀 맡아줄래요, 아니면 당신이 확인하러 갈래요?"

"난 여기에서 좀 더 살펴보고 싶어요. 벤저민이 잠시 모니터를 비울 수 있다면, 올라가볼 수 있을 거예요." 엘리스가 거의 의문의 여지가 없다는 듯한 표정으로 소년을 바라봤다. 벤저민이 고개를 끄덕이더니 곧 사라졌다. 벤저민은 예상보다 오래 머물다가 약간 풀이 죽은 모습으로 돌아왔다.

"지리학자들은 레펠의 비행 초기 지도를 기꺼이 줄 수 있다고 했는데, 제가 레펠에게 크웸블리호에서 잘 보이지 않는 곳까지 가달라고 말하기 전의 지도를 준다는 이야기였어요. 레펠이 실종된 장소에 대해 그들이 아는 거라곤 탐사선에서 서쪽으로 약 1킬로미터 떨어진 곳까지 계곡 너비로 그려진 지도뿐이었어요."

보이드가 짜증스럽게 툴툴거렸다. "그걸 잊고 있었네." 그는 마이크로 돌아가서 별로 도움이 되지 않는 정보를 돈드래그머 선장에게 전달했다.

돈드래그머 선장은 특별히 놀라지 않았고, 그다지 동요하지도 않았다. 그 소식을 듣기 전에 선장은 수색대를 이끌 스타켄디와 함께 자신이 추정한 거리와 방향에 대해 의견을 나눈 상태였다.

"수색대가 통신기를 가져가야 한다는 인간들의 말이 맞는 거 같아." 돈드래그머 선장이 말했다. "통신기를 가져가는 게 귀찮은 일이고, 나로서도 통신기를 잃어버리는 위험을 무릅쓰고 싶지 않지만, 수색대를 잃어버릴 위험은 줄어들지. 우리를 여기까지 끌고 온 홍수가 다시 일어날까 봐 아직도 걱정이 되거든. 저 위에 있는 인간들이 우리에게 정확한 예측을 해주지는 못하지만, 홍수 계절이 다시 올 것 같다는 의견에는 동의했어. 통신기를 들고 가면, 그들이 확실한 정보를 얻을 경우 너희에게 경고해줄 수 있을 거야. 그리고 너희가 뭔가를 발견한다면, 그들을 통해 내게 이야기해줄 수 있겠지."

"저는 홍수가 올 경우에 어떻게 하는 게 최선일지 잘 모르겠습니다." 스타켄디가 말했다. "물론, 우리가 크웸블리호에 가까이 있을 때는 돌아와서 승선하는 게 최선이겠죠. 우리가 정말로 멀리 떨어져 있을 때라면, 계곡의 북쪽으로 가는 게 나을 겁니다. 그쪽이 더 가까울 것 같으니까요. 하지만 경계선에 있을 때는 어떻게 하는 게 나을지 잘 모르겠어요. 홍수에서 살아남더라도 탐사선이 하류로 더 멀리까지 휩쓸려서 1년은 걸어야 닿을 수 있는 곳까지 떠내려간다면, 좋은 상황이라고 말하긴 힘들어요."

"나도 그 생각을 해봤는데, 아직 해답을 못 찾았어." 돈드래그머 선장이 대답했다. "다시 홍수에 쓸려 간다면, 탐사선이 부서질 가능성이 아주 커. 주변의 얼음을 녹여서 크웸블리호를 꺼내기 전이라도, 생명유지장치를 빼내서 계곡 가장자리에 가져다 놓는 게 나을지 고민 중이야. 네 지적은 아주 타당해. 우리뿐 아니라 너희의 안전을 위해서라도 계곡 위로 가는 게 좋을지도 모르겠군. 어쨌든, 난 해답을 찾을 거야. 너희는 수색을 나가. 수색을 빨리 끝낼수록 홍수에 대한 걱정을 적게 할 수 있을 거야."

스타켄디가 동의하는 몸짓을 했다. 그리고 5분 후 돈드래그머 선장은 스타켄디와 수색대가 중앙 에어로크를 통해 나가는 모습을 지켜봤다. 그들은 통신기를 들고 가느라 약간 괴상한 모습이었다. 수색대원 두 명이 높이와 너비 각각 10센티미터, 길이 30센티미터의 검은색 플라스틱을 들것에 싣고 갔다. 들것은 1미터 길이의 막대들을 5센티미터 정도 떨어뜨려 놓은 형태로서, 몸길이 45센티미터의 짐꾼들이 몸통 중간 부위에 묶은 끈으로 들었다. 막대와 연결끈은 탐사선 창고에서 만들었다. 메스클린인이 보기에는, 목재나 다름없는 물건들이 창고용 격실들을 말 그대로 가득 채우고 있는 상황은 핵추진 탐사선에 어울리지 않았다.

수색대가 북서쪽을 향하고 있는 크웸블리호의 뱃머리를 돌아 서쪽으로 곧장 나아갔다. 돈드래그머 선장은 그들이 전등을 들고 자갈들 사이를 이리저리 도는 모습을 몇 분 동안 지켜봤다. 하지만 선장은 수색대가 시야 밖으로 사라지기 오래전에 다른 업무로 관심을 돌려야 했다.

선원들이 선체 위에 빼곡하게 늘어서서 방열 막대를 떼어내고 있었다. 돈드래그머 선장은 그렇게 파괴적인 활동을 지시하고 싶지 않았다. 그러나 방열 막대를 떼어내지 않고 그대로 내버려뒀을 때의 상대적 위험을 최대한 고려했다. 그리고 결정을 내린 후에 그 결정이 옳았는지 아닌지 계속 고민하는 것은 선장의 천성에 맞지 않았다. 대부분의 인간이 드롬인을 전형적인 편집증이라고 생각하듯, 인간을 알고 있는 대부분의 메스클린인들은 인간을 전형적으로 우유부단하다고 생각했다. 그 결정을 내리고 지시를 한 돈드래그머 선장은 그저 선체에 끼치는 위해를 최대한 줄이면서 작업하고 있는지 확인하기 위해 지켜보는 것이었다. 그 전도체는 배꼬리 쪽을 통해 외부로 연결되었지만, 선교에 있는 선장은 배꼬리 쪽으로 굽어진 부분이 보이지 않았다. 선장은 나중에 조금 밖으로 나가 그 부분의 작업을 살펴봐야 할 것이다. 통신기를 밖으로 들고 나가 인간 공학자들이 작업 과정을 살펴보도록 하는 게 더 좋을 수도 있다. 물론, 통신 지연 시간 때문에 선원들이 심각한 오류를 저지르는 것을 제때에 막기는 힘들 것이다.

당분간 그 작업은 프라펜의 집게에 맡겨도 된다. 선장은 스타 켄디에게 언급했던 문제를 더 고민해봐야 했다. 생명유지장치는 분해하기 쉽다. 그러므로 얼음 제거 작업을 너무 심하게 방해하지 않으면서도 일부를 빼내 장치를 옮길 수 있을 것이다. 하지만 장치를 내려놓는 동안 홍수가 밀려와 크웸블리호가 멀리 떠내려가버리면 상황이 곤란해질 것이다. 생명유지 시스템은 메스클린의 식물을 이용한 폐쇄적 순환계이며, 대부분의 에너지는 핵융합로에 의지했다. 그런 특성 때문에, 생명유지장치에는 선원들을 돌보기에 딱 적당한 양의 식물이 있었다. 식물이 더 많았다면, 그 식물들을 돌볼 메스클린인이 모자랐을 것이다. 그 식물의 일부만 옮기고 나머지를 놔두면, 탐사선과 강가 중 하나를 선택해야 하는 상황이 발생할 경우 각 부분을 선원 전체를 돌볼 수 있는 양으로 확대하는 게 가능할 것이다. 탱크를 더 많이 만드는 것도 어렵지 않지만, 전체 선원에게 수소를 공급할 수 있을 정도로 양쪽의 배양 탱크를 크게 만들기에는 시간이 충분치 않았다.

어떤 면에서는 모든 통신이 인간의 우주정거장을 거쳐야 한다는 사실이 너무 아쉬웠다. 에스켓호 선원들의 기본적이고 중요한 과제 중 하나는, 돌보는 선원의 수를 훨씬 유연하게 변동시킬 수 있도록 낡은 시스템을 개조하거나 새로운 시스템을 만드는 일이었다. 그리고 돈드래그머 선장이 아는 한 그 과제는 몇 개월 전에 이미 마쳤다.

선장의 사색에 통신기가 끼어들었다.

"선장님! 벤저민 호프만입니다. 선원들이 얼음 녹이는 작업을 저희가 볼 수 있도록 통신기 한 대를 설치하려면 많이 힘들까요? 선장님이 선교에 있는 그 통신기를 우현 쪽으로 살짝 밀어서 배꼬리 방향을 비추면 될 것 같아요."

"별로 어렵지 않습니다. 안 그래도 여러분이 작업 상황을 살펴보면 좋겠다는 생각을 하고 있었습니다." 선장이 대답했다.

통신기는 드라운의 중력에서 220킬로그램이 채 되지 않았으므로, 문제는 무게가 아니라 크기였다. 선장은 인간이 커다랗고 텅 빈 스티로폼 상자를 옮기려 할 때와 비슷한 문제를 겪었다. 선장은 통신기를 집어 들지 않고 갑판을 따라 미는 방식으로 몇 초 만에 좋은 위치에 가져다 놓았다. 얼마 지나지 않아 소년의 감사 인사가 돌아왔다.

"고마워요, 선장님! 좋네요. 우현 쪽을 따라 지면이 보여요. 저건 중앙 에어로크겠네요. 그리고 선원들이 그 옆에서 일하는 모습도 보여요. 거리를 판단하기는 약간 힘들지만, 크웸블리호가 얼마나 큰지, 중앙 에어로크가 얼마나 뒤에 있는지는 알아요.

그리고 당연히 여러분이 얼마나 큰지도 알고요. 여러분의 전등 불빛 덕분에 에어로크 너머의 얼음이 약 50미터 거리까지 보이네요."

돈드래그머 선장이 놀란 목소리로 말했다. "나한테는 그 거리의 세 배 정도까지 잘 보입니다. 아니, 잠깐만요. 당신은 인간들의 숫자 체계를 사용해서 말했으니, 그렇게 차이가 나지는 않겠네요. 어쨌든 나는 그보다 좀 더 멀리까지 보입니다. 여러분의 통신기 안에 있는 촬영 장치보다는 눈이 나은 모양입니다. 하지만 나는 당신이 여기에서 진행되는 상황만 지켜보지 않기를 바랍니다. 당신은 그 자리에서 크웸블리호의 다른 영상을 모두 비추는 모니터들도 볼 수 있나요? 아니면 다른 사람들이 그 모니터들을 지켜보고 있나요? 나는 조금 전에 떠난 수색대와 가능한 한 계속 연락을 유지하고 싶습니다. 레펠이 실종된 이후라, 수색대와 그들이 가지고 간 통신기가 불안하거든요."

돈드래그머 선장은 이 전언을 보낼 때 자신의 양심과 싸워야만 했다. 한편으로, 선장은 레펠이 셔터를 고의로 닫았을 거라고 거의 확신했다. 하지만 레펠이 셔터를 닫을 필요가 있었던 이유에 대해서는 선장보다 발리넌 사령관이 더 명확히 알았다. 다른 한편으로, 선장은 에스켓호 작전 전체를 비밀로 하는 것에 반대했었다. 물론 선장이 독자적인 활동을 펼쳐서 발리넌 사령관의 계획을 고의로 망치지는 않을 것이다. 그러나 모든 진상이 밝혀지더라도 선장은 그다지 실망하지 않을 것이다. 레펠이 진짜로 곤란한 상태에 빠졌을 가능성도 당연히 있다. 하지만 겨우 몇 킬로미터 떨어진 곳에서 레펠에게 무슨 일이 일어났다면, 발로 걸어오더라도 이미 돌아와서 설명할 시간이 충분했다.

다시 말해, 돈드래그머 선장에게는 좋은 핑곗거리가 있었지만, 그런 핑계가 필요하다는 생각조차 불쾌했다. 어쨌거나 케르벤서 일등항해사도 실종된 상태였다.

"모니터 네 대 모두 제 앞에 있어요." 벤저민의 자신 넘치는 대답이 돌아왔다. "통신실에는 다른 사람들도 있지만, 지금 이 자리에는 저 혼자예요. 엄마는 3미터 떨어진 곳에서 에스켓호의 모니터를 보고 있어요. 에스켓호를 비추는 모니터에서 뭔가가 움직였다는 이야기 들었나요? 보이드 씨는 앨런 기획연구실장과 또 다른 논쟁을 하려고 조금 전에 나갔어요." (발리넌 사령관이라면 그 말을 듣고 대단히 기뻐했을 것이다.) "이 방에는 약 열 명가량의 당직자가 있지만, 저는 잘 모르는 사람들이에요. 레펠의 모니터는 아직 깜깜해요. 여러분의 다른 통신기가 들어가 있는 크웸블리호의 다른 방에는 다섯 명이 일하고 있지만, 그들이 뭘 하고 있는지는 모르겠어요. 수색대는 그냥 걸어가고 있어요. 저한테는 수색대의 1, 2미터 앞까지밖에 안 보여요. 당연히 한 방향밖에 안 보이고요. 수색대가 들고 간 전등은 크웸블리호 주변을 비추는 전등보다 약하네요. 혹시 뭔가가 수색대를 쫓아오거나 문제가 생기더라도, 제가 수색대만큼 상황을 파악하지는 못할 거예요. 어쨌거나 뭔가 말해주려 해도 당연히 통신이 지연될 거예요."

"수색대에 그 사실을 알려줄래요?" 돈드래그머 선장이 요청했다. "수색대장의 이름은 스타켄디입니다. 그는 인간 언어를 거의 못 합니다. 스타켄디는 아마 당신이 장비를 이용해 미리 경고해줄 거라 믿고 많이 의지할 겁니다. 우리가 수색 계획을 짤 때 그 문제에 관해 이야기를 많이 하지는 않았지만, 유감스럽게도 나는 여러분의 통신기가 그런 식으로 도움이 될 거라고 생각했었습니다. 스타켄디에게 통신기는 순전히 수색대와 나를 간접적으로 연결해주는 용도일 뿐이라고 말해주세요."

소년의 대답이 빛의 속도로 인한 지연 시간보다 훨씬 오래 걸린 것은 이해가 되었다. 아마도 벤저민은 선장에게 무전을 받았다는 확인을 보내는 것조차 생략하고, 그의 요구부터 수행했을 것이다. 돈드래그머 선장은 그 문제를 지적하지 않기로 결정했다. 벤저민은 아직 매우 어리다. 선장에게는 그 외에도 처리해야 할 일들이 수없이 많았으므로, 벤저민의 목소리가 다시 선교에 도달할 때까지 그 일에 몰두하며, 마치지 못한 대화를 마무리했다.

"스타켄디 수색대장과 통화해서 선장님께서 부탁한 내용을 전달했어요. 수색대장은 조심하겠다고 약속했지만, 아직 크웸블리호에서 아주 멀리 나간 상태는 아니에요. 수색대는 아직 자갈들 사이에 있는데, 선장님도 아시다시피 수색대는 상류 쪽으로 조금 올라갔어요. 현재 수색대가 있는 곳은 지도에 나오는 지역이지만, 저한테는 바위투성이들이라 어디나 비슷해 보여요. 매끄러운 얼음일 수도 있고, 얼음을 뚫고 나온 자갈일 수도 있고, 얼음이 전혀 없는 자갈들일 수도 있어요. 수색대가 어떻게 해야 효율적으로 수색할 수 있을지 모르겠어요. 근처에서 가장 높은 바위 위에 올라가더라도 다른 바위들에 가려서 보이지 않는 곳이 많을 거예요. 헬리콥터들도 별로 크지 않은데, 메스클린인은 헬리콥터보다도 훨씬 더 작잖아요."

"수색대를 내보낼 때 그런 사실을 알고 있었습니다." 돈드래그머 선장이 대답했다. "실종된 사람들이 죽거나 정신을 잃은 상태라면, 그 자갈들 사이에서 실질적으로 효율적인 수색을 하는 것은 거의 불가능합니다. 그러나 당신이 말했듯이 여기에서 조금 떨어진 곳부터는 자갈들이 사라지고 맨바위가 나옵니다. 그리고 어떤 상황이라도 케르벤서와 레펠이 호출에 대답하거나 스스로 도움을 요청하는 소리를 지를 가능성도 있습니다. 당연한 말이지만 밤에는 보이는 거리보다 훨씬 멀리까지 소리가 들립니다. 또 그들의 실종의 원인이 된 물체는 그게 뭐든 더 크거나 쉽게 발견할 수 있을 겁니다." 선장은 벤저민이 자신의 마지막 말에 대해 어떻게 대답할지 잘 알고 있었다. 그의 짐작이 옳았다.

"다른 사람들의 실종을 통해 무엇을 발견하든 우리에게 별로 도움이 되지는 않을 거예요."

"무슨 일이 발생했는지 실제로 알 수 있다면 도움이 될 겁니다. 스타켄디 수색대와 계속 연락을 유지해주세요, 벤저민. 나는 잠시 다른 문제에 몰두해야 하는데, 무슨 일이 일어나든 당신이 나보다 30초 전에 알게 될 겁니다. 나로서는 그 몇 초가 얼마나 큰 차이를 만들지 모르겠지만, 어쨌든 당신이 나보다 시간상으로 스타켄디에게 가깝습니다.

게다가 나는 이제 밖으로 나가봐야 합니다. 저 금속 막대를 선체에서 떼어내는 까다로운 작업을 해야 하거든요. 당신과 연락을 유지하기 위해서는 통신기 한 대를 밖으로 가지고 나가야겠지만, 우주복을 입은 상태로는 당신의 목소리를 잘 들을 수 없을 겁니다. 여러분이 공급한 무전기의 볼륨이 그다지 높지 않으니까요. 다시 연락이 가능해지면 호출하겠습니다. 선교를 지키게 맡길 사람이 없습니다. 그때까지는 당신에게 편한 방식으로 스타켄디에게 일어나는 일들을 기록해주세요."

돈드래그머 선장은 벤저민의 대답이 도착할 때까지 기다리다가 확인 대답을 들은 후 에어로크로 내려가 우주복을 입었다. 그는 외부에서 기어오르는 것보다는 내부에서 기어오르는 편을 더 좋아했기 때문에, 경사로를 통해 다시 선교로 돌아왔다. 그리고 선체 꼭대기로 이어진 소형 에어로크를 이용했다. 그 에어로크에는 메스클린인의 신체 크기에 딱 맞는 U자형 파이프에 암모니아액이 채워져 있었다. 돈드래그머 선장이 에어로크 내부 뚜껑을 개봉해서 들어 올리고, 11리터의 액체가 담긴 파이프 속으로 들어갔다. 뚜껑은 자체의 무게로 선장 위에서 닫혔다. 그는 파이프의 곡선을 따라 내려갔다가 다시 올라갔다. 그리고 선교 바깥의 뚜껑을 열고 나갔다.

선체의 매끄러운 플라스틱이 배꼬리를 제외한 모든 방향으로 구부러져 내려간 탓에, 돈드래그머 선장은 약간 긴장했다. 하지만 그는 오래전부터 높은 곳에서도 자제하는 훈련이 되어 있었다. 냉장고 부품들이 아직 온전하게 남아 있는 배꼬리 쪽으로 이동할 때 이 손잡이에서 저 손잡이로 옮기는 선장의 집게가 번득였다. 그 부품 중 두 개는 선체를 완전히 관통해서 연결하는 전기 접점이었기 때문에, 돈드래그머 선장이 가장 관심을 기울였다. 다른 부분들은 선장이 바라던 대로 탐사선 표면에서 못을 뽑듯 빼냈다. 하지만 마지막 두 부분은 절단할 수밖에 없었다. 그래도 나중에 다시 연결할 수 있도록 잘라야 했다. 용접과 납땜은 돈드래그머 선장이 이론적으로만 아는 분야였다. 그러나 어떤 방법이 이용될지는 알고 있었다. 선체에 돌출된 토막이 용접 작업을 시작할 때 반드시 필요할 것이다. 선장은 특히 연결 작업이 가능하도록 절단하는지 확인하고 싶었다.

돈드래그머 선장이 앞서 들었던 것처럼, 절단 그 자체는 메스클린인의 톱으로 아무런 문제 없이 진행되었다. 선장은 절단할 지점을 조심스럽게 고른 후 두 선원이 작업을 시작하는 모습을 지켜봤다. 그는 막대가 선체에서 분리될 때 다른 선원들에게 비키라고 소리쳤다. 지상으로 내려가서 가만히 있지 말고, 선체에서 멀리 떨어지라고 경고했다. 막대를 일단 분리하면 에어로크 옆으로 내려놓을 계획이었지만, 돈드래그머 선장은 언제나 무거운 물건에 대해서는 신중했다. 선장은 선원들이 막대를 바닥에 내려놓기 전에 의도치 않게 막대가 떨어질 수도 있다고 생각했다. 드라운의 중력이 그들에게 약하게 느껴지더라도, 금속 막대가 선체 꼭대기에서 떨어질 경우 그 아래에 있다가는 아무리 단단한 메스클린인이라도 후회할 수밖에 없을 것이다.

거의 1시간 동안 이 모든 일이 진행되었다. 돈드래그머 선장은 수색대의 진행 상황이 궁금했지만, 먼저 얼음을 녹이는 작업에서 점검해야 할 사항이 하나 더 남았다. 선장은 다시 크웸블리호로 들어가 연구실을 찾았다. 과학자 보른덴더가 임시 저항기에 맞춰서 동력장치를 준비하고 있었다. 실은 해야 할 일은 별로 없었다. 상자의 한쪽 끝과 다른 쪽 끝에 있는 양극 소켓의 구멍에 저 금속 막대를 넣으면 직류가 공급되는데, 구멍을 맞추기 위해 변형이 필요한 경우에는 동력상자가 아니라 막대를 조정해야 했다. 선장은 스스로 살펴본 후 금세 그 상황을 명확하게 이해했다. 과학자들이 확실히 옳다고 결론을 내린 선장은 서둘러 선교로 돌아갔다. 그는 선교에 도착한 후 벤저민을 부르려다 자신이 우주복을 아직 벗지 않았다는 사실을 깨달았다. 우주복을 입고도 보른덴더와는 이야기할 수 있었지만, 통신기를 통해 인간과 말하는 것은 다른 문제였다. 선장은 발성 기관을 밖으로 꺼낼 수 있을 정도로 우주복을 벗은 후 다시 말했다.

　"돌아왔습니다, 벤저민. 스타켄디에게는 아무 일도 없나요?" 돈드래그머 선장은 대답을 기다리는 동안 우주복을 마저 벗어서 정리한 후 가운데 해치 옆에 챙겨놓았다. 본래 그 자리는 우주복을 두는 장소가 아니었지만, 벤저민의 대답이 돌아오기 전에 중앙 에어로크의 선반에 두고 올 시간이 없었다.

　"제가 아는 한 별로 중요한 일은 없었어요, 선장님." 벤저민의 목소리가 도착했다. "얼마나 멀리까지 갔는지 몰라도, 아무튼 수색대는 멀리까지 걸어갔어요. 선장님이 선교에서 나간 후 아마 5킬로미터 정도 갔을 거예요. 하지만 이건 그냥 제 짐작이에요. 정찰기들의 흔적은 보이지 않았어요. 저와 수색대가 생각하기로는 정찰기들에 영향을 미칠 수 있는 건 수십 미터 위에서 가끔 크웸블리호를 향해 떠내려가는 구름밖에 없는 것 같아요. 아무튼 스타켄디 수색대장은 그렇게 짐작해요. 저한테는 그 구름이 잘 보이지 않아요. 뜻하지 않게 큰 구름 속으로 들어갔다면 방향 감각을 잃었을 테니, 낮게 날고 있었다면 바로잡기 전에 충돌할 수도 있을 것 같아요. 정찰기에는 계기 비행 장비들이 없었죠, 있었나요? 아마 없을 가능성이 클 거예요. 물론, 그들이 헬리콥터보다 지면을 계속 지켜봤다면⋯ 하지만 수색대장의 말에 따르면, 현재까지 봤던 구름 중에는 정찰기의 항로를 잃게 할 정도로 큰 구름은 없었어요."

돈드래그머 선장은 구름 탓일 거라는 그들의 추측에 공감하고 싶었다. 하지만 다른 의견이 없었음에도 그 추측이 미덥지 않았다. 위를 슬쩍 올려다봤지만 아직 크웸블리호에 도달한 구름은 없었다. 사방에 별들이 반짝거렸다. 구름들이 탐사선을 향해 오고 있다고 벤저민이 말했으므로, 스타켄디는 몰려오는 구름의 시작 부분을 봤을 것이다. 정찰기들이 상승했을 당시 그 구름은 훨씬 서쪽에 있었을 게 틀림없다. 케르벤서 일등항해사는 구름을 전혀 걱정하지 않고 크웸블리호로부터 멀리까지 갈 수 있었을 것이다. 어쩌면 레펠은 그 구름과 맞닥뜨렸을지도 모른다. 선장은 다시 벤저민에게 주의를 돌렸다. 벤저민은 선장의 확인 답변을 기다리느라 멈추는 대신 계속 말했다.

"스타켄디 수색대장은 크뷈블리호에서 겨우 몇 발짝 걸어나갔을 때부터 강바닥이 오르막길이 될 거라고 했었어요. 하지만 그 사실을 어떻게 알았는지는 말해주지 않았어요." 압력이 바뀐 것이다. 돈드래그머 선장은 그렇게 짐작했다. 압력의 변화는 언제나 우주복 안에서 더욱 분명하게 느껴졌다. 선체만 기어 올라가도 우주복이 밀착되는 정도가 다르게 느껴졌다. 게다가 그 강물은 굉장히 빠른 속도로 탐사선을 여기까지 싣고 왔었다. 드라운의 중력을 고려하더라도, 강바닥의 기울기가 몹시 가파를 게 틀림없었다. "진짜로 유일한 변화는 바닥의 특성뿐이에요. 수색대는 자갈에서 아주 멀리 벗어났어요. 이제는 대부분 맨바위들인데, 우묵한 곳에 얼음이 끼어 있어요."

"좋군요. 고맙습니다, 벤저민. 다음 홍수가 언제쯤 발생할지 기상학자들이 계산했나요?"

소년이 키득거리며 웃었다. 하지만 그 소리는 메스클린인에게 거의 의미가 없었다. "유감이지만, 아직 아무 결과도 나오지 않았어요. 수머스 박사는 확신을 못 하고 있어요. 앨런 기획연구실장이 조금 전에 그 문제 때문에 박사에게 짜증을 내는 바람에 수머스 박사의 뚜껑이 열려버렸어요. 박사는 상변화하는 구성 성분이 물뿐이고, 행성 전체에 이용 가능한 측량 장치가 있는 지구에서도, 인간이 신뢰할 만한 열흘 후의 일기예보를 할 수 있게 되기까지 2백 년이 걸렸다고 했어요. 그런데 드라운처럼 커다란 행성에서 우리는 기껏해야 뒷마당 크기 정도밖에 파악하지 못하는 상태이고, 상변화하는 성분이 두 개이며, 온도는 절대온도 50도에서 1천 도를 오르내리는 상황인데, 2년 만에 그런 수준의 일기예보를 기대하는 사람은 요술을 믿는 게 틀림없다고 했죠. 수머스 박사는 온도가 떨어졌을 때 설원이 늪으로 변하지 않아서 다행이라고 했어요. 박사가 변수를 바꿀 때마다 컴퓨터는 마흔 가지의 다른 사례들을 만들어냈는데, 아래에는 공기가 맑지만 강수량 2미터의 폭우가 내리고 탐사선의 선교까지 얼음으로 꽁꽁 어는 경우도 있었어요. 앨런 기획연구실장이 수머스 박사를 진정시키려 애쓰는 모습은 볼만했어요. 보통은 그 반대로 진행되거든요."

"내가 거기서 그 이야기를 듣지 못한 게 유감이네요. 당신은 즐거웠던 모양이군요." 선장이 대답했다. "수머스 박사에게 스타켄디가 보고했던 구름에 관해 이야기했습니까?"

"아, 당연하죠. 모든 사람에게 말했어요. 하지만 겨우 몇 분 전에 말했기 때문에, 관련된 계산 결과를 가지고 온 사람은 아직 없어요. 사실 저는 어떤 결과가 나올 거라고는 기대하지 않아요, 선장님. 예측은커녕 내삽법으로 계산을 하려고 해도 지표면에 대한 세밀한 정보가 충분하지 않거든요. 하지만 한 가지가 있었어요. 수머스 박사는 스타켄디 수색대가 몇 미터나 올라갔는지 알아내는 일에 아주 관심이 많았어요. 박사는 수색대가 보고했던 구름이 아직 크웸블리호에 닿지 않았다면, 그들이 보고했던 시간이 언제인지 가능한 한 정확하게 알고 싶다고 했어요. 죄송해요. 제가 좀 더 일찍 보고했어야 했어요."

"괜찮습니다." 돈드래그머 선장이 대답했다. "여기는 아직 하늘이 맑습니다. 구름이 조금이라도 보이면 바로 알려주겠습니다. 박사는 홍수가 발생하기 전에 몰려왔던 것과 비슷한 안개가 다시 오는 거라고 생각하는 건가요?" 선천적으로 웬만해서는 근심을 하지 않는 선장이었지만, 다음 1분 동안 약간 불안한 마음으로 기다렸다.

"수머스 박사는 그렇게 말하지 않았고, 그렇게 말하지도 않을 거예요. 지금까지 너무 자주 틀렸거든요. 아주 가능성이 큰 위험에 대비하도록 당신에게 경고해야 할 때가 아니라면, 제가 아는 한 박사는 운에 맡길 사람이 아니에요…. 잠시만요. 스타켄디의 영상에 뭔가가…." 돈드래그머 선장을 떠받치는 수많은 다리가 긴장했다.

"확인해볼게요…. 아, 그러네요. 스타켄디 수색대원은 한 명만 빼고 모두 눈앞에 있어요. 그리고 그 나머지 한 명은 뒤에서 통신기를 들고 있을 거예요. 아직 이동 중이니까요. 그런데 앞에 불빛이 하나 더 있어요. 우리가 들고 나간 전등보다 훨씬 밝아요. 어쨌든 그래요. 그런데 저 불빛까지의 거리가 얼마나 되는지는 모르겠네요. 스타켄디 수색대가 저 불빛을 봤는지도 아직 알 수 없어요. 하지만 봤을 거예요. 선장님이 영상으로 보는 것보다는 눈이 낫다고 했잖아요. 엄마, 이거 보실래요? 발리넌 사령관에게 연락하는 게 좋을까요? 저는 돈드래그머 선장께 정보를 알려주고 있어요. 네, 스타켄디 수색대장이 그 불빛을 봤고, 수색대가 멈췄어요. 그 불빛도 움직이지 않아요. 수색대장이 볼륨을 올렸어요. 하지만 저는 무슨 말인지 잘 모르겠어요. 수색대가 통신기를 내려놓고, 앞쪽을 쭉 보여줬어요. 이제 여섯 명 모두 보여요. 바닥은 거의 맨땅이고, 드문드문 얼음이 있는 형태예요. 바위는 없어요. 지금 스타켄디 수색대원들이 전등을 껐기 때문에, 저한테는 새로 나타난 불빛 외에는 아무것도 보이지 않아요. 그 불빛이 점점 밝아지고 있는데, 그건 아마도 카메라의 회로가 어두워진 설원에 맞춰졌기 때문일 거예요. 주변에는 아무것도 보이지 않아요. 약간 안개가 낀 것 같기도 하네요. 뭔가가 잠깐 카메라를 막았어요. 아니, 다시 켜졌어요. 윤곽으로 볼 때 수색대원 중 한 명이 가렸던 것 같아요. 앞쪽을 더 잘 보려고 몸을 일으켰던 게 틀림없어요. 이제 훅훅 소리는 들리지만, 제가 아는 단어들은 아니에요. 이유를 모르겠어요…. 잠깐만요. 이제 수색대원들이 전등을 다시 켰어요. 두 명이 통신기를 향해 다가와서, 들더니 수색대원들보다 앞으로 갔어요. 모든 전등이 수색대 앞을 비춰서, 이제는 저도 아주 잘 볼 수 있어요. 안개가 1, 2미터 위를 지나고 있어요. 어쩌면 몇 센티미터 위일지도 몰라요. 새로운 불빛은 그 안개 안에서 조금 떨어진 곳에 있어요. 거리가 어느 정도인지 아직 모르겠어요. 지면에 아무런 자국이 없어서 거리를 가늠하는 데에 도움이 안 돼요. 그냥 바위만 있는데, 메스클린인 여섯 명이 그 바위에 납작하게 기대었고, 그들의 전등도 바위에 기대어 놓았어요. 그 불빛 너머로 보이는 어두운 선은 다른 색의 바위일 수도 있고, 어쩌면 멀리 왼쪽에서 오른쪽으로 내려가며 흐르는 가느다란 개울일 수도 있어요. 방금 새로운 불빛 주변에서 희미하게 뭔가가 움직이는 듯한 느낌이 있었어요. 어쩌면 헬리콥터의 야간 항행등일지 몰라요. 저는 정찰기 항행등이 어떻게 배열되어 있는지, 착륙한 상태에서 어느 정도 높이에 달려 있는지, 그리고 얼마나 밝은지 몰라요.

이제 좀 더 맑아졌네요…. 네, 뭔가가 움직이고 있어요. 우리 쪽으로 다가와요. 하지만 아직은 안개에 검은 얼룩처럼 보여요. 그쪽은 전등을 들고 있지 않아요. 맞을지는 몰라도 먼 거리에서 대충 짐작해보자면, 메스클린인들과 비슷한 크기 같아요. 케르벤서나 레펠일 수도 있어요.

네. 메스클린인이 거의 틀림없어요. 하지만 아직은 너무 멀어서 누구인지 알아볼 수가 없어요. 둘 중에 누구인지를 제가 알아볼 수 있을지 잘 모르겠어요. 그 선원이 어두운 선을 넘었어요. 그 선은 개울이 틀림없어요. 액체 같은 게 잠시 불빛 속으로 튀었거든요. 이제 그 선원이 몇 미터 떨어져 있고, 수색대원들이 그를 향해 모여들고 있어요. 그들이 이야기하고 있지만, 제가 알아들을 정도로 목소리가 크지는 않아요. 선원들이 서성거리고 있는데, 누가 누구인지 모르겠어요. 그들이 조금 더 가까이 오면 그 사람이 누구인지 물어볼 수 있겠지만, 어쨌든 선원들이 금방 통신기로 와서 상황을 알려줄 것 같지는 않아요. 선원들이 통신기 바로 옆으로 오지 않는 한 저는 우주복을 통해 그들의 말을 알아들을 수가 없어요. 이제 선원들이 이쪽으로 오더니, 넓게 흩어졌어요. 그중 두 사람이 통신기의 바로 앞에 있어요. 제 짐작에 한 명은 스타켄디 수색대장이고, 한 명은 그냥…."

벤저민의 말은 바로 옆에서 나온 목소리 때문에 중단됐다. 그 소리는 벤저민의 귀뿐만 아니라 켜져 있던 세 대의 마이크에 도달했고, 마이크들을 통해 드라운의 세 곳에 있는 수신자들에게도 전달되었다. 그리고 세 가지의 매우 다른 반응이 나타났다.

"카브렘 일등항해사! 몇 달 동안 대체 어디에 있었어요?" 엘리스가 소리쳤다.

11
전선 놀이

발리넌 사령관이 카브렘 일등항해사를 용서하기까지는 오랜
시간이 걸렸지만, 그건 딱히 카브렘의 잘못이라고 할 수 없
었다. 통신기가 전등 불빛들의 뒤에 있었다. 그래서 스타켄디
수색대와 처음 만났을 때, 카브렘은 통신기를 보지 못했다. 나
중에도 그는 알아채지 못했다. 그러다 50센티미터가량 가까이
다가간 후에야 통신기를 알아봤다. 그 후에도 카브렘은 그다지
걱정하지 않았다. 그에게는 인간들이 모두 다 비슷하게 보였다.
그는 인간들도 메스클린인을 구별하지 못할 거라 짐작했다. 카
브렘은 고의로 눈에 띄게 행동하지도 않았다. 갑자기 뒤로 빠지
거나 숨으려 시도하면, 지금 있는 자리에서 차분하게 머무는 것
보다 훨씬 더 의심스러울 거라 생각했기 때문이다.

스피커에서 엘리스의 목소리가 튀어나오며 카브렘 일등항해

사를 불렀을 때, 뭔가를 조치하기에는 이미 64초나 늦어버린 상황이었다. 그 소리를 듣자마자 스타켄디 수색대장이 반사적으로 통신기 위에 있는 셔터로 손을 뻗었지만, 셔터를 닫을 경우 오히려 문제를 더 악화시키리라는 사실을 바로 깨달았다.

카브렘과 스타켄디 둘 다 어떻게 해야 할지 감을 잡을 수 없었다. 메스클린인의 문화는 상업적인 다양성만큼이나 정치적 책략에 익숙했지만, 두 선원은 음모에 소질이 없었다. 둘 다 특별히 눈치가 빠르지도 않았다. 돈드래그머 선장과 달리 두 선원은 에스켓호 작전의 열렬한 지지자였다.

그들은 이 실수에 대해 무엇을 하든 혹은 하지 않든, 발리넌 사령관이나 돈드래그머 선장이 취할 수도 있는 행동과 모순될 가능성이 있다는 사실을 인식했다. 공동 행동은 불가능했다. 잠시 후 스타켄디 수색대장은 카브렘이 마치 실종된 레펠이나 케르벤서인 것처럼 이야기할까 하는 생각을 해봤다. 하지만 잘해낼 자신이 없었다. 엘리스 호프만은 카브렘의 이름을 힘차게 내뱉던 것처럼 그를 상당히 확실하게 알아본 게 틀림없다. 그리고 카브렘의 반응도 별로 도움이 될 것 같지 않았다. 그는 아마 실종된 두 선원의 행방도 몰랐을 것이다.

그 인간은 질문 이후 한마디도 하지 않았다. 엘리스가 대답을 기다리고 있는 게 틀림없었다. 그녀는 발언한 이후 통신이 지연되는 동안 무엇을 봤을까?

엘리스의 외침 소리를 들은 발리넌 사령관도 두 선원과 정확히 똑같은 상황이었다. 사령관은 레펠의 통신기가 끊어지는 사고가 일어났을 때 이런 일이 일어나리라 마음의 준비를 했지만, 그래도 카브렘 일등항해사가 왜 크웸블리호 인근에 있었는지는 그저 짐작만 할 수 있을 뿐이었다. 비행선 세 대 중 한 대만 에스켓호와 정착지 사이를 정기적으로 왕복하는 용도로 사용했다. 다른 비행선들은 데스틱메트 선장의 지휘를 받아 일반적으로 탐사하는 용도로 사용되었다. 그렇더라도 드라운처럼 커다란 행성에서 크웸블리호의 주변에 에스켓호의 비행선이 있다는 사실은 대단히 놀랄 만한 일이었다.

하지만 그런 일이 일어난 모양이었다. 발리넌 사령관은, 그 실수가 일어났을 때 눈으로 카브렘 일등항해사를 구별할 수 있는 우주에서 유일한 인간이 그를 볼 수 있는 자리에 있었다는 사실 때문에 발생한 불운일 뿐이라 여겼다.

그리하여 에스켓호의 선원이 사라지지 않았다는 사실을 인간들이 알게 되었다. 그렇게 발견될 경우에 대비한 준비는 되어 있지 않았다. 카브렘이 이용할 것이라고 발리넌 사령관이 확신할 만한 계획이나 사전에 연습된 이야기가 전혀 없었다. 아마도 돈드래그머 선장이 빈틈을 채워 넣을 것이다. 발리넌 사령관은 돈드래그머 선장이 전체 상황을 어떻게 판단하든 최선을 다할 것으로 믿을 수 있었다. 그러나 그가 무엇을 할 수 있을지는 짐작하기 힘들었다. 문제는 돈드래그머 선장이 무슨 말을 했는지 발리넌 사령관이 모르는 상태에서, 인간들이 이에 대해 질문을 할 게 확실한데, 그럴 경우 사령관이 할 말을 선장도 모를 거라는 사실이었다. 전혀 몰랐다고 주장하면서 돈드래그머 선장에게 가능한 한 완벽하게 보고하라고 요구하는 게 아마 가장 안전한 전술일 것이다. 선장은 분명히 바보 흉내를 내면서 전체 정보가 새어 나가지 않도록 막고, 어떻게든 카브렘 일등항해사를 보호할 것이다.

발리넌 사령관은 카브렘을 어디에서 만났는지 몰랐던 덕분에 마음의 평화를 찾을 수 있었다. 엘리스가 카브렘을 알아보고 소리를 지르기 몇 초 전, 그녀는 벤저민이 크웹블리호 화면에 뭔가 나타났다는 보고를 하고 있다는 이야기를 사령관에게 해줬었다. 그러지 않았다면 사령관은 카브렘이 무심코 에스켓호에 있는 통신기 카메라의 시야 안으로 걸어 들어간 것으로 추정했을 것이다. 사령관은 스타켄디 수색대에 대해 자세히 몰랐다. 그래서 그 사건이 크웹블리호에서 8킬로미터 떨어진 곳이 아니라, 크웹블리호에서 일어난 것으로 추측했다. 그런 상황에서 8킬로미터는 8천 킬로미터만큼이나 먼 거리였다. 훅훅 소리가 닿지 않는 메스클린인들 사이의 소통은 인간의 중계를 통해 이루어졌으므로, 그 실수를 가리기에는 돈드래그머 선장도 발리넌 사령관보다 나은 위치에 있지 않았다. 그런데 크웹블리호의 선장은 전혀 의도치 않게 그 일을 해냈다.

돈드래그머 선장 역시 엘리스가 외치는 소리를 들었는데, 마이크 사이에 있었던 엘리스의 위치를 고려하면 발리넌 사령관보다 그가 훨씬 더 크게 들었을 것이다. 하지만 선장은 몇 초 전에 벤저민이 중얼거린 몇 마디의 말을 골똘히 생각하느라, 엘리스의 말을 그저 귀찮은 소리 정도로밖에 듣지 않았다. 실제로,

선장은 그 소리가 너무 방해되어서, 드라운과 우주정거장 사이의 통신에 경험이 있는 모든 선원들이 오래전부터 하지 말아야 한다고 알고 있는 짓을 하고 말았다. 선장은 아직 벤저민이 말하고 있는 도중에 흥분한 상태로 우주정거장을 향해 다급하게 소리쳤다.

"제발! 다른 걸 하기 전에 그 액체에 대해 더 말해줘요. 당신의 말을 듣다가 스타켄디 수색대의 통신기 카메라에 찍힌 강바닥에 개울이 흐른다는 인상을 받았어요. 그게 사실이라면, 즉시 이 명령을 전달해주세요. 통신기를 들고 있는 두 명과 스타켄디에게 지금 즉시 그 개울을 따라 상류 쪽으로 올라가라고 하세요. 당신에게, 그리고 당신을 통해 나에게 그 개울의 특성에 대해 알려달라고 하고, 특히 그 개울이 혹시 더 넓어지고 있는지 확인하라고 하세요. 나머지 세 명은 개울을 따라 하류 쪽으로 내려가면서 크웸블리호에 얼마나 가까이 접근하고 있는지 알아보고, 그 사실을 확인하자마자 즉시 알려달라고 하세요. 나는 당신이 발견한 선원에 대해서는 나중에 걱정하겠습니다. 실종된 선원 중 한 명이 나타나서 기쁩니다. 그 실개천이 다음 홍수의 시작이라면, 우리는 다른 모든 일을 중단하고 생명유지장치를 탐사선에서 꺼내 계곡 밖으로 옮겨야 합니다. 확인해주세요. 그리고 즉시 이 명령을 스타켄디에게 전달해주세요!"

이 요구사항은 엘리스가 말을 막 마쳤을 때 우주정거장에 도착하기 시작했다. 카브렘이나 발리넌 사령관이 엘리스의 외침 소리에 반응하기 훨씬 전이었다. 보이드와 앨런 기획연구실장은 아직 통신실로 돌아오지 않은 상황이었다. 그래서 벤저민은 주저하지 않고 돈드래그머 선장의 명령을 전달했다. 엘리스는 잠시 생각한 후, 카브렘 일등항해사에 대한 의문을 뒤로 미루고, 같은 정보를 발리넌 사령관에게 전달했다. 돈드래그머 선장이 그 상황을 긴급하다고 판단했다면, 엘리스는 기꺼이 그의 의견에 동의할 준비가 되어 있었다. 선장이 현장에 있는 사람이기 때문이었다. 하지만 엘리스는 카브렘 일등항해사의 모습을 비추는 모니터에서 눈을 떼지 않았다. 카브렘의 등장에는 아직 설명이 필요했다. 그녀는 그때 자신도 모르게 발리넌 사령관을 도와주었다.

돈드래그머 선장의 명령을 다 전달한 후, 엘리스는 사령관에게 더욱 명확하게 알려주기 위해 자신만의 보고를 덧붙였다.

"사령관님이 최근 소식을 어디까지 들었는지 모르겠네요. 최근에 상황이 조금 급박하게 돌아갔거든요. 돈드래그머 선장이 케르벤서 일등항해사와 레펠을 찾기 위해 통신기를 갖춘 수색대를 내보냈습니다. 돈드래그머 선장이 몹시 신경을 쓰는 개울을 발견하고, 동시에 카브렘 일등항해사와 만난 선원들이 바로 이 수색대예요. 카브렘이 어떻게 에스켓호에서 수천 킬로미터 떨어진 그곳에 있는지는 모르겠습니다. 하지만 카브렘의 이야기를 듣게 되면, 최대한 빨리 중계해주겠습니다. 나는 종종 카브렘과 다른 선원들이 살아 있는지 궁금했어요. 그러나 그럴 거라는 희망이 전혀 없었죠. 탐사선을 버려야 할 경우 생명유지장치를 떼어낼 수 있다는 사실은 알았지만, 에스켓호에서 어떤 것도 가져간 흔적이 없었거든요. 이건 기쁘기도 하고, 유용하기도 한 소식이 될 거예요. 최소한 드라운의 어떤 지역에서는 인간의 장비가 없어도 메스클린인이 생존할 방법이 있는 게 틀림없으니까요."

발리넌 사령관은 긴장한 기색을 거의 보이지 않으며, 무슨 말인지 알았고 감사하다고 대답했다. 엘리스의 마지막 말 때문에 사령관은 새로운 고민이 시작되었다.

벤저민은 자기 대화를 계속 이어가느라 엄마의 말에 거의 주의를 기울이지 않았다. 그는 카브렘이 스타켄디 수색대장에게 어떻게 그 지점에 도달했는지 말하면서 수색대원들 사이에 발생한 혼란을 이해하지 못했지만, 돈드래그머 선장의 지시를 수색대에 전달해주고, 그 말에 따라 수색대가 흩어지는 모습을 지켜봤다. 그리고 곧 선장에게 수색대가 새로운 임무를 시작했다고 보고했다. 벤저민은 그 보고에 자신의 말도 덧붙였다.

"선장님, 저는 선원들이 모두 그 작업에 투여되지 않기를 바랍니다. 생명유지장치를 강둑으로 가져가는 일에 많은 인원이 필요한 줄은 알지만, 크웸블리호 주변을 녹이는 작업도 계속할 거라 믿습니다. 설마 탐사선을 그냥 포기하지는 않을 거죠? 아직도 탐사선 아래에 비트체르말프와 동료가 있잖아요. 그 사람들을 버리면 안 돼요. 제 짐작으로는 가열기를 작동시키는 데에 그리 많은 선원은 필요하지 않을 거예요."

돈드래그머 선장으로서는 근본적으로 이해하지 못하는 세세한 측면이 있긴 했지만, 그는 이제 벤저민의 성격에 대해 상당히 명확하게 파악했다. 선장은 최대한 눈치껏 대답했다.

"크웸블리호를 구할 가능성이 조금이라도 남아 있는 동안에는 절대로 포기하지 않습니다. 하지만 몇 킬로미터밖에 떨어지지 않은 곳에 액체가 존재한다면, 다시 홍수가 닥칠 위험이 아주 크다고 추정할 수밖에 없습니다. 선원 전체가 우선입니다. 선체에서 잘라낸 금속 막대를 지상으로 내리려면 몇 분 더 걸릴 겁니다. 그 일을 마치면 과학자 보른덴더와 다른 한 명이 남아서 가열기 임무를 맡을 겁니다. 다른 선원들은 모두, 물론 스타켄디 수색대를 제외하고, 나머지 모두는 지금 즉시 식물 탱크들과 전등을 계곡 옆으로 옮기기 시작할 겁니다. 나도 조타수들을 포기하고 싶지 않지만, 홍수가 이쪽으로 오고 있다는 정보가 확실하다면, 실종된 선원이 있든 없든 우리는 높은 곳으로 올라가야 합니다. 아마 당신은 그 생각이 마음에 들지 않겠지만, 다른 방법이 없다는 사실을 이해할 거라고 확신합니다." 선장은 벤저민이 이 문제에 대한 해답을 가졌는지에 대해 알지 못하고 크게 관심을 기울이지도 않은 상태로 입을 다물었다. 선장에게는 그 외에도 고민해야 할 일이 많았다.

돈드래그머 선장은 몸을 일으켜서, 모든 사람들의 생각이 잘 풀린다면 가열기가 될 무겁고 긴 금속 막대가 크웸블리호의 우현으로 서서히 움직이는 모습을 지켜봤다. 막대에는 선체 외곽의 손잡이들에 팽팽하게 묶인 밧줄들이 연결되었다. 얼음 위에 있는 선원들이 프라펜의 지시를 받으며 조심스럽게 막대를 내렸다. 프라펜은 헬리콥터 격납고 위에 자리를 잡고 10센티미터 위로 고개를 치켜들어, 기다란 금속 막대의 우현 부분이 천천히 미끄러지며 지상으로 내려가고, 동시에 막대의 좌현 부분이 자기 쪽으로 다가오며 올라오는 동안, 그 모습을 바라보며 명령을 내렸다. 돈드래그머 선장은 프라펜이 긴 은빛 합금 막대에 맞아 선체에서 추락할 것 같아 살짝 움찔했지만, 프라펜은 세 쌍 이상의 집게로 손잡이들을 붙잡고, 수많은 다리로 플라스틱 선체를 짚으며 자기 몸통 아래로 막대가 지나가도록 했다. 개인적인 위험이 사라지자, 프라펜은 밧줄 작업을 하는 선원들에게 더 빨리 진행하도록 지시했다. 막대 전체를 얼음 바닥까지 내리는 데는 5분이 채 걸리지 않았다.

돈드래그머 선장은 마지막 작업이 진행되는 동안 우주복을 다시 입고 선체 밖으로 나가서 훅훅 소리로 몇 가지 명령을 내렸다. 바깥에 있는 모든 선원이 선장의 명령대로 생명유지장치 이동 작업을 시작하기 위해 중앙 에어로크로 향했다. 선장은 벤저민과 스타켄디에게 무전을 연결하기 위해 선교로 다시 들어갔다.

선교 통신기에서 보이는 범위 내에서 하역 작업이 진행되는 동안 소년은 아무 말도 하지 않았다. 그 과정을 눈으로 볼 수 있었기 때문에 아무런 설명이 필요 없었다. 벤저민은 나중에 선원들이 사라진 것이 약간 불만스러웠다. 돈드래그머 선장의 말이 옳았기 때문이다. 벤저민은 선원 전체를 퇴선 작업에 투여한다는 생각을 좋아하지 않았다. 동력상자를 든 메스클린인 두 명이 급하게 움직이는 모습 외에도, 옆의 모니터에서 상류로 기어오르는 스타켄디 일행의 모습이 그에게 또 다른 볼거리가 되었다.

벤저민은 둘 중 어느 쪽이 과학자 보른텐더인지 몰랐다. 하지만 그들이 누구인지보다, 그들의 행동이 더 관심을 끌었다. 특히 그들이 방열 막대로 고생하는 모습이 흥미로웠다.

금속 막대는 움직이는 동안에도 그 형태를 상당히 잘 유지할 정도로 단단했다. 지금은 선체에 붙어 있을 때와 거의 비슷한 모습으로 얼음 위에 납작하게 놓였다. 막대는 길고 가느다란 U자 형태로서, 중앙 부분이 헬리콥터 격납고 입구의 윤곽을 따라 직각으로 꺾였는데, 끊어진 양쪽 끝 부분은 약 60센티미터가량 서로 떨어져 있었다. 선체의 외형에 따라 굽어졌던 수직 부분은 중력의 영향으로 평평해졌다. 막대가 내려오는 동안 뒤집혀서 플라스틱 선체에 부착시켰던 갈고리들이 지금은 위쪽으로 뾰족하게 튀어나왔다. 덕분에 금속 막대 전체가 얼음에 사실상 밀착되었다.

메스클린인들이 금속 막대를 곧게 펴기 위해 몇 분간 끙끙거렸다. 벤저민은 그들이 선체에 최대한 가깝게 막대를 설치하길 원한다는 인상을 받았다. 하지만 동력상자에 연결하려면 양쪽 끝을 가깝게 만들어야 한다는 사실을 그들은 깨달았다. 그래서 그들은 막대를 놔두고 동력 장치를 배꼬리 쪽으로 끌어왔다. 한 명이 대기하는 동안 다른 한 명이 동력상자의 구멍과 금속 막대의 잘린 부분들을 세심하게 살펴봤다.

벤저민은 동력상자가 모니터의 영상에 너무 작게 나와서 잘 볼 수 없었다. 그러나 그는 비슷한 기계들에 익숙했다. 저 기계는 표준 장비로서, 드라운에서 사용할 수 있도록 제공하기 위해 아주 약간 개조되었다. 동력상자에는 기계적 구동 장치를 위해 사용하는 전동 모터 외에도 여러 종류의 동력 인출 장치가 달려 있었다. 과학자 보른덴더가 원하는 직류는 그중 몇 군데에서 인출할 수 있었다. 상자의 반대편에는 전력을 공급할 수 있는 접속 단자와 다양한 크기의 양극 소켓이 있었으며, 상자의 양쪽 끝 부분에는 단극 소켓이 달렸다. 접속 단자가 가장 사용하기 편했다. 하지만 벤저민이 나중에 알게 된 바로는, 메스클린인들은 접속 단자가 너무 위험하다고 판단해서 사용하지 않았다. 그들은 동력상자의 양쪽에 달린 단극 소켓을 사용했다. 이는 막대의 한쪽 끝은 동력상자의 한쪽 끝으로 가고, 막대의 다른 쪽 끝은 상자의 다른 끝으로 가야 한다는 의미였다. 과학자 보른덴더는 막대가 소켓의 구멍에 비해 약간 크기 때문에, 줄로 깎아내야 한다는 사실을 파악하고, 적절한 도구를 챙겨서 가져갔다. 이는 전혀 문제가 되지 않았다. 그러나 막대의 끝 부분을 구부려서 양쪽의 짧은 부분들이 서로 마주 보게 하는 것은 다른 문제였다. 보른덴더가 그 문제를 해결하려 애쓰는 동안, 다른 선원들은 수경재배 탱크, 펌프, 전등, 동력 장치 같은 화물을 들고 중앙 에어로크에서 나와 계곡의 북사면을 향해 갔다. 보른덴더는 몇 명을 보조로 징발할 수 있을지 슬쩍 한번 돌아봤을 때 외에는 그들을 모른 척했다.

그 막대를 두 번 90도로 구부리는 일은 힘의 문제가 전혀 아니었다. 그 금속 막대의 단면은 약 0.6센티미터의 반원 형태였다. 메스클린인 선원들은 금속 막대라고 생각했지만, 벤저민은 그것을 묵직한 전선이라고 간주했다. 그 합금은 절대온도 170도에서도 상당히 단단해서 부서질 위험이 없었다. 그리고 메스클린인의 근력은 그 일을 해낼 수 있을 정도로 강했다. 두 과학자에게 부족한 것은 마찰력이었다. 그들 아래에 있는 얼음은 적은 비율의 암모니아가 섞인 아주 순수한 물로서, 녹는점에서 그리 많이 낮지 않았고, 미끄럼이 사라질 수 있을 정도로 이상적인 얼음 결정 구조에 가깝지도 않았다. 메스클린인 집게발의 작은 부분은 평상시 걸어갈 때 바닥을 파고들었다. 이런 특성과 그들의 낮은 신체 구조와 여러 개의 다리가 결합된 결과 그들은 얼어붙은 크웸블리호 주변을 걸어 다닐 때 미끄러지지 않았다. 그러나 지금 과학자 보른덴더와 그의 조수는 막대를 옆에서 힘으로 밀어보려 시도했지만, 9킬로그램의 몸무게로는 발톱에 충분한 힘을 줄 수 없었다. 금속은 구부러지지 않았고, 완벽하게 통제된 상황에서 작동한 뉴턴의 제3법칙, 즉 작용과 반작용의 법칙에 따라 그들의 긴 몸뚱이가 얼음 위에서 휙 떠밀렸다. 벤저민은 그 모습이 걱정스러웠지만, 낄낄거리지 않을 수 없었다. 기상연구실에서 막 내려온 기상학자 수머스 맥데빗 박사도 그 모습을 보고 키득거렸다.

마침내 과학자 보른덴더는 크웸블리호로 돌아가서 드릴을 가져와 공학적인 문제를 해결했다. 과학자는 드릴로 얼음에 2미터 깊이의 구멍을 파고, 드릴탑 지지대를 세로로 세워서, 메스클린인의 근육을 위한 지지 수단으로 이용했다. 이윽고 금속 막대가

U자형에서 양 끝이 안쪽으로 구부러진 외캘리퍼스* 모양으로 바뀌었다.

금속 막대의 양 끝을 줄로 다듬은 후 동력상자의 적절한 구멍에 집어넣는 일은 상대적으로 쉬웠다. 그 작업에는 막대를 소켓 구멍이 있는 5센티미터 위까지 살짝 들어 올리는 과정이 필요했지만, 힘과 마찰력에 전혀 문제가 없었으므로 30초 이내에 끝냈다. 보른덴더가 인간 당직자의 눈에 보일 정도로 잠시 주저하더니 동력 장치의 제어판으로 다가갔다. 당직자들은 거의 긴장하지 않았지만, 돈드래그머 선장은 현재의 특별한 상황에 대한 인간의 설명만 듣고 이 작업이 탐사선에 안전할 거라고 완벽하게 확신할 수 없었으며, 벤저민과 수머스 박사는 임시방편으로 만든 가열기의 성능을 의심했다.

그들의 의심은 금세 해결되었다. 동력상자에 내장된 안전장치는 기계 자체의 보호를 위해 적절하게 작동했다. 하지만 외부의 부하를 정밀하게 분석할 수는 없었다. 인간들은 수동 설정으로 그 동력장치의 (전압이 아니라) 전류를 한계까지 올릴 수 있도록 허용했다. 물론 과학자 보른덴더는 전류를 가능한 한 가장 낮게 설정했다. 전기 저항 발열기는 몇 초 동안 유지되었다. 양 끝이 얼음에서 떨어지지 않았다면 무한정 유지되었을 것이다.

금속 막대는 대부분 고장 없이 잘 진행되었다. 전원을 넣자마

---

* 곡면이 있는 물체의 바깥지름을 재는 도구. 컴퍼스처럼 생겼는데, 양쪽 끝부분이 안쪽으로 구부러졌음.

자 초미세 얼음 결정 안개가 피어나기 시작했다. 금속 막대 주변의 물이 끓어오르다 밀도가 높고 차가운 공기 속에서 다시 얼어붙었기 때문이다. 이 안개 때문에 막대가 얼음 표면을 파고들어가는 모습이 가려졌지만, 다들 그러리라 짐작했다.

그러나 금속 막대 양쪽 끝 부분의 30센티미터가량은 물의 높은 비열과 잠열로 보호받지 못했다. 약 3초 동안은 금속의 끝 부분이 감당해야 하는 부하의 징후가 전혀 보이지 않다가 곧 달아오르기 시작했다. 막대 온도가 올라가며 자연스럽게 저항도 증가하자, 동력상자는 일정한 전류를 유지하기 위해 전압을 더욱 올렸다. 추가로 발생한 열은 대부분 이미 과열된 부분에 집중되었다. 한참 동안 빨갛게 달아오르다 곧 하얗게 빛나며 피어오른 수증기 구름을 환하게 밝혔다. 돈드래그머 선장은 그 모습을 보고 엉겁결에 선교 반대편으로 물러났고, 과학자 보른덴더와 조수는 얼음에 납작 엎드렸다.

인간 당직자들은 비명을 질렀고, 벤저민은 소리 없이 입만 쩍 벌렸으며, 수머스 박사는 따지듯이 소리쳤다. "저건 폭발하지 않아!" 물론, 그들의 반응이 의미를 갖기에는 너무 늦었다. 그 상황의 모습이 우주정거장에 닿을 무렵에는 금속 막대의 한쪽 끝이 녹아서 동력장치가 자동으로 정지된 상태였다. 자신이 살아 있다는 사실에 약간 놀란 과학자 보른덴더는 수동으로 자동 제어장치를 껐다. 그리고 선장에게 보고할 새도 없이 무슨 일이 일어났는지 파악하기 시작했다.

과학자 보른덴더가 상황을 파악하는 데에는 오래 걸리지 않왔다. 그는 정연한 사색가였고, 몇 미터 떨어진 곳에서 아직도 구조되기를 바라는 조타수들보다 외계인의 지식을 훨씬 많이 배웠다. 보른덴더는 공부 잘하는 고등학생이 텔레비전의 이론과 구조를 이해하는 정도로 동력장치의 이론과 구조를 이해했다. 즉, 혼자서 동력장치를 만들어내지는 못하지만, 중대한 고장의 원인에 대해서는 합리적으로 추론할 수 있었다. 그가 받은 전문적인 교육 과정은 물리학자보다는 화학자에 더 가까웠다.

인간들이 놀란 눈으로 지켜보고, 돈드래그머 선장이 조금 불안한 눈길로 살펴보는 동안, 두 과학자는 금속 막대의 남은 부분을 더 이상 사용할 수 없을 때까지 구부리는 작업을 반복했다. 처음 몇 초간의 동력에 의해 얼음이 끓어오르며 생긴 깊고 가느다란 홈의 한쪽 끝에, 그들이 드릴을 이용해 동력상자를 고정할 수 있을 정도의 구덩이를 만들었다. 두 과학자는 그 구덩이에 동력상자를 설치하고, 막대의 양쪽 끝을 다시 연결했다. 그리고 구덩이를 파면서 생긴 얼음 부스러기로 제어판을 제외한 다른 부분을 덮었다. 곧 보른덴더가 동력 스위치를 다시 올리고, 이번에는 이전보다 서둘러서 뒤로 물러났다.

즉시 하얀 안개가 피어났는데, 이번에는 더 높게 오르고 옆으로도 퍼졌다. 그 안개가 크웸블리호의 측면을 덮었다. 곧 선교까지 덮어서 돈드래그머 선장의 시선과 통신기의 렌즈를 막아 버렸다. 안개가 선체 외부 투광 조명등의 빛을 받아 환하게 밝아지자 선원들의 관심을 끌었다. 곧 계곡의 가장자리에 있던 선원들과 서쪽으로 수 킬로미터 떨어진 스타켄디 수색대원들의 관심도 끌었다. 이번에는 금속 막대 전체가 녹은 얼음 속으로 가라앉았다. 막대 주변의 얼음이 뜨거운 증기로 보글보글 끓어 오르더니, 수십 분의 1밀리미터 크기의 액체로 응결되었다. 그리고 넓어진 웅덩이의 수면에서 다시 훨씬 덜 격렬하게 증발하다가, 곧 다시 응결했는데 이번에는 액체가 아니라 공중에서 얼음이 되었다. 세로로 크웸블리호 길이의 약 4분의 3, 가로로 2미터 넓이의 웅덩이에서 김이 모락모락 피어오르며 주변의 얼음보다 낮아지기 시작했다. 웅덩이의 내용물이 녹아서 보충되는 속도보다 얼음 가루가 부드러운 바람에 의해 날아가는 속도가 더 빠르기 때문이었다.

그 웅덩이의 한쪽이 탐사선에 닿았다. 돈드래그머 선장은 소용돌이치는 안개 사이로 그 모습을 얼핏 보고 갑자기 무서운 생각이 들었다. 선장은 허겁지겁 우주복을 입고, 중앙 에어로크의 내부문으로 달려갔다. 거기에서 선장은 망설였다. 우주복의 보호기능 때문에 선박이 위험할 정도로 뜨거운 상황인지 느낄 수 없었기 때문이다. 게다가 크웸블리호에는 연구실 외에 내부 온도계가 없었다. 돈드래그머 선장이 잠시 그 문제를 고민했다. 곧 그는 위험을 무릅써야 할 때라고 결론을 내리고, 외부문의 위쪽 안전밸브를 열었다. 밸브는 U자형 관을 통해 연결된 밧줄을 안에서 당겨 수동으로 작동시켰다. 선장은 외부의 열기가 에어로크의 암모니아를 끓일 정도로 오래 지속될지 알 수 없었다. 크웸블리호의 선체는 절연 처리가 되어 있어서 누출이 천천히 진행될 것이다. 하지만 선장은 자신이 지휘하는 탐사선을 끓어

오른 암모니아로 채울 생각이 전혀 없었다. 사실 이것은 적은 지식 때문에 불필요한 걱정거리를 만들어내는 또 하나의 사례였다. 암모니아 증기압을 주변의 대기압까지 올릴 수 있을 정도의 온도가 되었다면, 그 결과로 일어날 일 중에 폭발은 가장 사소한 사건일 것이다. 밸브를 열어도 아무런 실질적인 위험이 없었고, 선장은 자기 행동의 결과를 보고 안심이 되었다. 그는 서둘러서 선교로 돌아가 어떻게 진행되고 있는지 살펴봤다.

서쪽에서 부드럽게 불어오는 바람이 얼음 안개를 옆으로 밀어내서 얼핏얼핏 상황을 볼 수 있었다. 덕분에 돈드래그머 선장은 녹은 웅덩이의 높이가 더 낮아졌다는 사실을 알 수 있었다. 웅덩이의 범위도 대단히 넓어졌다. 하지만 몇 분 더 관찰하자, 넓이의 확장이 거의 한계에 다다랐다는 판단이 들었다. 관찰하기 좋은 위치를 찾기 위해 이리저리 기어 다니는 두 과학자의 모습이 이따금 보였다. 결국 그들은 뒤쪽에서 불어오는 산들바람을 맞으며, 선교의 거의 바로 아래에 자리를 잡았다.

인간 당직자들이 보기에는 한동안 액체의 수위가 안정된 상태를 유지하는 것 같았지만, 아무도 이유를 알 수 없었다. 나중에 그들은 웅덩이가 크웸블리호 아래에 아직 액체 상태로 남아 있던 저수장까지 녹아내려 갔을 거라고 결론 내렸다. 웅덩이는 족히 15분 동안 증발했다. 증발이 거의 끝나갈 때쯤, 부글거리는 물 위로 강바닥 자갈들의 윗부분이 보이기 시작했다. 그리고 막대의 끝 부분이 더 파괴되기 전에 동력 장치를 꺼야 한다는 생각이 불현듯 선장의 머리에 떠올랐다.

이제 돈드래그머 선장은 동력 장치가 터질 위험이 없다는 사실을 알았다. 그렇지만 금속 막대가 벌써 몇 센티미터 녹아내렸다. 그러면 냉장고를 가동하기 위해 복구할 때 문제가 될 것이다. 이 상황이 더 악화되지 않도록 해야 한다. 더 많은 금속을 잃는다면 상황이 더욱 곤란해질 것이다. 이제 수위가 자갈까지 내려가고, 녹아내리는 얼음을 따라 아래로 내려가던 금속 막대의 움직임이 멈추자, 선장은 갑자기 아까처럼 막대가 끊어지는 상황을 막을 수 있을 정도로 재빨리 밖으로 나가 동력상자를 제어할 수 있을지 궁금해졌다. 선장은 적절하게 제어할 수 있도록 밧줄을 연결해놓지 않은 과학자들을 마음속으로 비난하며 시간을 낭비하지 않았다. 그에게는 그런 생각을 할 시간조차 없었다.

돈드래그머 선장이 우주복을 다시 입고, 선교 에어로크를 통해 밖으로 나갔는데, 거기에서는 선체의 굴곡에 가려 웅덩이가 보이지 않았다. 선장은 시야가 흐릿한 상황에서도 손잡이들을 붙잡으며 서둘러 내려가기 시작했다. 그는 내려가며 과학자 보른덴더에게 급하게 훅훅거렸다. "막대를 또다시 녹이지 마! 동력 꺼!"

돈드래그머 선장은 훅훅하는 무언의 대답 소리를 들었다. 그러나 하얀 안개의 장막 너머로 더 이상의 소식은 들려오지 않았다. 선장이 더듬거리며 아래로 계속 내려갔다. 이윽고 선체 굴곡의 아래쪽에 다다랐다. 선장 아래로는 두툼한 공기 매트리스가 있었고, 트럭의 3분의 2 높이까지 차오른 수면에서 김이

268

모락모락 올라왔다. 물론 이 압력에서는 물이 격렬하게 팔팔 끓지 않았다. 그러나 인간의 기준으로도 뜨거운 상태였다. 선장은 저 뜨거운 물로부터 자신을 보호해줄 능력이 우주복에 있을 거라는 망상을 갖지 않았다. 잠시 후 실종된 두 조타수가 가열되어 죽었을 확률이 상당히 높다는 생각이 떠올랐다. 하지만 이건 그저 지나가는 생각이었다. 그에겐 해야 할 일이 있었다.

선장이 동력상자에 도달하려면 현재 있는 장소에서 배꼬리 쪽으로 한참 가야 했지만, 그가 발을 딛고 걸을 수 있는 가장 가까운 지면은 뱃머리 쪽에 있었다. 어느 쪽으로 가든 동력 장치에 닿으려면 문제가 있었다. 지금 장치는 뜨거운 물에 둘러싸여 있을 것이다. 그러나 폴짝 뛰어야 할 경우에 선체 외곽의 손잡이는 별로 도움이 되지 못했다. 선장은 뱃머리 쪽으로 향했다.

돈드래그머 선장이 방향을 돌리자마자 공기가 맑은 곳으로 나왔다. 두 과학자는 사라져서 보이지 않았다. 아마도 두 사람은 선장의 지시를 실행하기 위해 웅덩이 건너편에서 가고 있을 것이다. 선장은 계속 뱃머리를 향해 갔다. 1, 2미터를 더 나아가자, 빙판 위로 내려가는 길이 보였다. 선장이 빙판으로 내려가 서둘러 부하들의 흔적을 찾았다.

하지만 다시 얼음 안개 속으로 들어가게 된 선장은 즉시 속도를 줄일 수밖에 없었다. 위험을 무릅쓰기에는 웅덩이 가장자리에서 너무 가까웠다. 선장이 이동하며 반복해서 소리쳤다. 그의 훅훅 소리에 다른 쪽의 대답 소리가 들려와 안심되었다. 최소한 아직은 그의 부하들이 웅덩이에 빠지지 않았다.

돈드래그머 선장이 탐사선의 배꼬리 아래 근처에서 두 과학자를 따라잡았다. 과학자들은 웅덩이 가장자리를 거의 돌아간 상태였다. 그들은 선장의 지시를 전혀 수행하지 못했다. 동력 장치는 손에 닿지 않을 뿐 아니라 보이지도 않았다. 설령 평소 메스클린인들이 그런 일을 생각해보는 경향이 있다고 할지라도, 실제로 점프를 하는 것은 완전히 미친 짓이었다. 과학자 보른덴더와 그의 조수는 그런 짓은 상상조차 못 했다. 오로지 돈드래그머 선장의 머릿속에만 그 생각이 떠올랐다. 그는 오래전에 중력이 낮은 메스클린 적도 지역에서 독특한 경험을 해봤기 때문이다.

그러나 시간이 많지 않았다. 세 명이 얼음의 가장자리 너머로 내려다보았더니, 얼마 남지 않은 수면 위로 솟은 둥그런 바위들의 윗부분이 슬쩍 보였다. 금속 막대는 지금쯤 물 밖에 있을 게 틀림없었다. 금속 막대가 바위들의 평균 높이보다 훨씬 낮은 틈 사이에 자리를 잡고, 물에 둘러싸여 보호받고 있을 가능성은 아주 낮았다. 돈드래그머 선장은 잠시 여러 가지 위험을 비교 검토했다. 선장은 더 이상 주저하지 않고, 과학자들에게 어떤 지시도 내리지 않은 채, 얼음 가장자리를 미끄러져 넘어가 60센티미터 아래의 자갈 위로 뛰어내렸다.

그 충격량은 지구에서 8층 높이에서 떨어지는 것에 맞먹는 에너지였다. 아무리 메스클린인이라도 충격을 받았다. 하지만 선장은 침착함을 유지했다. 그는 한 번의 훅 소리로 위에 있는 과학자들에게 자신이 심각한 부상 없이 생존했다는 사실을 알려주고, 혹시라도 자존심 때문에 지성인이라면 절대 생각지 않을 충동에 사로잡혀 따라오지 않도록 경고했다. 선장은 그 명령을 내리며 과학자들에 대한 생각을 머리 한쪽으로 미루어놓고, 다음 단계에 해야 할 일에 집중했다.

선장이 올라가기에 충분한 공간이 물 위로 노출되어 있는 바위 중 가장 가까운 게 그의 몸길이를 훌쩍 넘는 60센티미터 떨어진 곳에 있었지만 그래도 보이긴 했다. 그나마 다행스러운 점은, 그 바위까지 이동하는 직선거리에서 살짝 벗어난 곳에 약 3제곱센티미터 정도의 표면이 노출된 다른 바위가 있다는 사실이었다. 돈드래그머 선장은 이 상황에 대해 약 2초 정도 분석한 후 60센티미터를 나아가서 동력상자로 가기 위한 다음 착지 지점을 찾았다. 선장의 적흑색 몸뚱이가 그 바위에서 두 번째 바위까지 물수제비뜨기를 하듯 재빨리 움직이며 10여 개의 발로 3제곱센티미터의 디딤돌을 살짝 디뎠다.

다음 단계는 더욱 힘들었다. 지금까지는 선체를 보면서 방향을 잡았는데, 이제 선체가 거의 보이지 않아서 어느 쪽으로 가야 할지 확신이 서지 않았다. 또한 그가 지나왔던 바위만큼 가깝고 노출된 면이 넓은 바위도 더 이상 보이지 않았다. 돈드래그머 선장은 잠시 멈춰서 살펴보고 계획했다. 그러나 선장이 결정을 내리기 전에 문제가 해결되었다. 오랜 시간 동안 물이 뜨거운 막대에 닿아 폭발하며 증기로 변했다가 거의 즉시 드라운의 대기압에 눌려 다시 응축되면서 으르렁거리던 소리가 갑자기 멈췄다. 돈드래그머 선장은 금속 막대를 구하기에 너무 늦었다는 사실을 깨달았다. 선장은 즉시 긴장을 풀었다. 그리고 물이 식고, 증발이 느려지고, 얼음 결정 안개가 걷힐 때까지 지금 있는 그 자리에서 기다렸다. 점차 불쾌할 정도로 더워져서 왔던 길로 돌아가고 싶은 유혹을 한 번 이상 느꼈지만, 뜨거운 물의 바로 앞에 있는 60센티미터 높이의 얼음을 기어 올라가야 한다는 사실 때문에 그 유혹은 이겨내기 쉬웠다. 선장은 기다렸다.

공기가 맑아지고 얼음 결정들이 바위의 모서리 주변에 서서히 자라나기 시작했을 때에도 돈드래그머 선장은 살아 있었다. 선장이 동력 장치까지 가려면 2미터가량 남아 있었는데, 일단 길이 보이자 자갈들 위를 지그재그로 건너는 경로를 통해 상자에 도착했다. 돈드래그머 선장은 장치의 동력을 끈 후에야 주변을 둘러봤다.

두 과학자는 이미 얼음 절벽을 따라가서, 막대의 양쪽 끝이 구부러져 있던 지점으로 이동하고 있었다. 돈드래그머 선장은 금속의 그 부분이 다시 녹았을 거라고 추측했다.

다른 방향의 커다란 선체 아래에는 크웸블리호의 불빛이 닿지 않는 어둡고 넓은 동굴이 있었다. 돈드래그머 선장은 그 동굴로 전혀 들어가고 싶지 않았다. 거기에서 두 조타수의 시체를 발견하게 될 확률이 몹시 높았다. 그가 주저하는 모습은 위에서도 보였다.

"선장이 동력상자 앞에서 뭘 기다리는 거지?" 수머스 박사가 중얼거렸다. "아, 선장이 걸어가기에는 얼음이 아직 두껍지 않은가 보구나."

"그게 전부는 아닐걸요."

벤저민의 말투 때문에 모니터를 보던 기상학자가 고개를 휙 돌렸다. "그게 무슨 소리야?"

"무슨 이야긴지 아시잖아요. 비트체르말프와 동료가 저 아래에 있었어요. 틀림없이 아직도 있을 거예요. 두 조타수가 그 뜨거운 물을 어떻게 피할 수 있었겠어요. 선장은 바로 그 생각을 하고 있는 게 확실해요. 저런 일이 일어날 줄 알았다면, 선장이 동력상자를 저런 식으로 이용하게 놔두지 않았을 거예요. 물론 저도 그러지 않았을 테고요."

수머스 박사가 빠르게 머리를 굴렸다. 비논리적인 말로는 저 소년을 설득할 수도 없고, 위로하지도 못할 것이다. 박사의 가장 합리적인 이성은 벤저민의 결론이 옳을 것이라고 추측했다. 그래도 박사는 시도했다.

"안 좋아 보이긴 하지만 포기하지 마. 얼음이 탐사선의 아랫부분을 가로질러 건너편까지 녹은 것 같지는 않지만, 녹았을 수도 있어. 어느 쪽이든 희망은 있어. 만일 녹았다면 조타수들이 우리에게 안 보이는 건너편 쪽으로 나갔을 수 있어. 거기까지 녹지 않았다면, 액체의 구석 부분에 머무를 수도 있잖아. 거기에서 얼음이 두 선원을 살렸을 수도 있어. 또, 어쩌면 두 선원이 아예 거기에 없었을 수도 있어."

"물-얼음이 두 선원을 살렸을 거라고요? 박사님이 아까 저 액체가 얼어붙은 건 온도가 떨어졌기 때문이 아니라, 암모니아를 잃었기 때문이라고 하셨잖아요. 물-얼음이 녹는 온도인 섭씨 0도는 메스클린인이 열사병에 걸려 죽을 온도라고요."

"그렇지." 기상학자가 인정했다. "하지만 난 확실히 잘 모르겠어. 나한테는 제대로 된 측정값도 없잖아. 네 작은 친구가 죽었을지도 모른다는 건 인정해. 하지만 우리가 저 아래에 어떤 일이 일어났는지 거의 알지 못하는 상황에서 희망을 포기하는 건 어리석은 짓이야. 기다려봐. 어차피 이렇게 먼 곳에서는 기다리는 거 말고 달리 할 일도 없어. 돈드래그머 선장도 가만히 있잖아. 선장이 가능한 한 빨리 확인할 거라는 사실은 믿어도 돼."

벤저민은 자제력을 유지하며, 긍정적인 가능성을 찾기 위해 최선을 다했다. 그러나 스타켄디 수색대를 지켜봐야 할 그의 눈길은 선장의 모습에 꽂혀 꼼짝도 하지 않았다.

돈드래그머 선장이 여러 차례 얼음 위로 몸을 뻗어보는 모습이 보였지만, 매번 다시 제자리로 돌아갔다. 벤저민은 그 모습을 지켜보는 게 몹시 짜증스러웠다. 하지만 이윽고 선장은 얼음이 자신의 무게를 버틸 수 있다고 납득한 듯 새롭게 얼어붙은 빙면 위로 조금씩, 조금씩 몸을 뻗었다. 선장은 동력상자가 꺼진 후 어떤 일이 일어나기를 바란 듯 기다렸지만, 얼음이 단단해지자 크웸블리호의 측면을 향해 계속 나아갔다. 인간 당직자들이 그 모습을 지켜봤다. 벤저민은 주먹을 꽉 움켜쥐었다. 박사도 평소보다 긴장한 모습이었다.

인간들은 아무 소리도 들을 수 없었다. 얼음을 가로질러 갑자

기 울려 퍼진 훅 소리도 선교 안에 있는 통신기까지 미치지 못
했다. 그들은 선체 아래로 막 들어가던 돈드래그머 선장이 왜
갑자기 몸을 돌렸는지 짐작조차 할 수 없었다. 인간들에게는 선
장이 두 과학자가 있는 얼음 아래로 다시 달려가서 손을 격렬하
게 흔드는 모습밖에 보이지 않았다. 그들에게는 돈드래그머 선
장이 벤저민의 친구이자 자신의 조타수인 선원들의 운명에 냉
담한 것처럼 보였다.

12
유도된 추론

    돈드래그머 선장은 냉담한 사람이 전혀 아니었다. 그러나 그의 기준에서 볼 때, 행동해도 도움이 되지 않는 낡은 문제를 처리하기보다는, 행동을 필요로 하는 새로운 문제에 관심을 집중하는 게 정상이었다. 선장은 부하들의 운명을 마음에서 떨쳐낸 게 아니었다. 그러나 "여기가 개울의 끝이에요!"라는 의미가 담겨 있는 훅 소리가 멀리서 들려오자, 그는 갑작스럽고 과감하게 계획을 수정했다.

    돈드래그머 선장은 지면에서 60센티미터 아래에 있었기 때문에 그 목소리가 어디에서 오는지 알 수 없었다. 그런데 과학자 보른덴더가 1킬로미터가량 떨어진 곳에서 불빛이 얼핏 보인다고 보고했다. 선장의 명령을 받은 과학자는 시야를 더 확보하기 위해 선체를 조금 기어 올라갔다. 그동안 그의 조수는 선장을 얼음 구덩이에서 빼낼 밧줄을 찾으러 갔다. 시간이 걸리는 작업이었다. 직업에 맞는 조심성을 갖춘 선원들이 금속 막대를 내릴 때 사용했던 밧줄들을 탐사선 내부의 적절한 장소에 다시 가져다 두었기 때문이다. 과학자 보른덴더의 조수 스켄드라는 중앙 에어로크로 들어가려다, 선체 우현이 약 5밀리미터 두께의 맑은 얼음층으로 덮여 있다는 사실을 알게 되었다. 뜨거운 웅덩이에서 분출한 수증기에서 생긴 얼음이 틀림없었다. 다행히 선체 외곽에 있는 대부분의 손잡이는 얼음 위로 충분히 돌출되어서 사용할 수 있었다. 덕분에 조수 스켄드라는 선교 에어로크로 올라갈 수 있었다.

그사이 과학자 보른덴더는 불빛 두 개가 강바닥을 가로질러 다가오고 있다고 소리쳤다. 선장의 지시를 받은 과학자가 1킬로미터 너머로 소리쳐서 질문했다. 그리고 두 사람은 주의 깊게 대답에 귀를 기울였다. 아무리 메스클린인의 목소리가 크더라도 두 겹의 우주복을 뚫고 그렇게 먼 거리까지 말을 또렷하게 전달하기는 힘들었다. 돈드래그머 선장이 지면 위로 올라왔을 무렵에는 다가오는 이들이 스타켄디 수색대장의 지시를 받고 개울을 따라 내려온 수색대원들이라는 사실을 알게 되었다. 그리고 개울이 탐사선에서 2킬로미터도 채 되지 않는 거리까지 내려왔다는 사실도 알게 되었다. 하지만 그 선원들이 실제로 그들에게 도착할 때까지는 더 이상 자세한 정보를 듣지 못했다.

수색대가 도착한 후에도, 그들은 상황을 완벽하게 이해할 수 없었다. 수색대의 설명이 그들에게 너무도 낯설었기 때문이다.

277

"강물은 내려오는 내내 강폭이 비슷했습니다." 수색대원들이 보고했다. "지류가 더 합류되는 지점은 없었습니다. 그리고 증발하지도 않는 것 같았습니다. 아래로 흘러내려 오면서 바위 사이를 이리저리 돌다가 괴상한 장애물들이 나타나기 시작했어요. 일종의 얼음댐 같은 거였는데, 개울은 그 댐을 이쪽 끝이나 저쪽 끝으로 돌아서 흘러내렸습니다. 반 밧줄 정도 내려가면 또 다른 댐이 나타나서 같은 방식으로 진행됐습니다. 개울이 바위 사이에 있는 얼음을 만나면 일부가 어는 것 같았어요. 하지만 앞부분만 얼었습니다. 그 뒤를 따르는 물은 액체 상태를 유지하며 댐을 돌아서 다음 얼음댐이 나타날 때까지 계속 나아가죠. 얼음댐들은 뒤에 따르는 물이 길을 찾기 전까지 몸길이 반 정도 높이까지 쌓였습니다. 몇 분 전에 우리가 마지막 댐에 도착했을 때는 아직 그 상황이 진행 중이었습니다. 우리는 그 전에 탐사선에서 밝은 구름이 피어오르는 모습을 보고 뭔가 잘못되었을 경우 돌아가야 할지 고민했습니다. 하지만 우리가 따라오던 개울이 크웸블리호로부터 다시 멀어지기 전까지는 명령을 따라야 한다고 결정했습니다."

"잘했어." 돈드래그머 선장이 말했다. "그 개울이 더 넓어지지는 않는다는 거지?"

"저희가 판단할 수 있는 한은 그렇습니다."

"좋았어. 내가 생각했던 것보다 시간 여유가 있겠군. 우리를 여기까지 끌고 왔던 것 같은 홍수의 징조는 아니었던 거네. 그래도 왜 액체가 그렇게 괴상한 방식으로 어는 건지 알고 싶군."

"인간들에게 문의를 해보는 게 나을 것 같습니다." 과학자 보른덴더가 제안했다. 보른덴더도 그 문제가 이해되지 않았지만, 그 사실을 너무 노골적으로 드러내고 싶지는 않았다.

"그렇지. 그러면 인간들은 측정하고 분석하려 할 거야. 그 강물의 표본을 채취하지는 않았지?" 선장이 새로 온 선원들에게 질문이라기보다는 그냥 말하듯 툭 뱉었다.

"안 했습니다, 선장님. 저희한테 표본을 담을 그릇이 없어서요."

"알았어. 보른덴더, 표본 용기를 가져가서 강물을 좀 채취해와. 그리고 최대한 빨리 분석해. 이 선원들 중 한 명이 함께 갈 거야. 나는 선교로 돌아가서 인간들에게 지금까지의 소식을 전할게. 다른 선원들은 장비를 챙기고, 중앙 에어로크를 사용할 수 있도록 얼음 깨는 작업을 시작해."

돈드래그머 선장은 대화를 마치고, 얼음으로 뒤덮인 선체를 기어 올라가기 시작했다. 선장이 올라가는 도중에 선교를 향해 손을 흔들었다. 그는 통신기에 자신의 모습이 비쳐서 인간들이 알아볼 거라 짐작했다.

벤저민과 수머스 박사는 메스클린인들을 구별하는 게 쉽지 않았지만, 선장을 놓치지 않으려 애썼다. 그리고 선장이 선교에 도착하자 간절한 마음으로 그가 하는 말을 들으려 기다렸다. 특히 벤저민은 탐사선 아래의 수색이 중단되었기 때문에 더욱 긴장한 상태였다. 어쩌면 조타수들이 탐사선 아래에 있지 않았던 건지도 모른다. 어쩌면 새로 도착한 선원들 사이에 그 조타수들이 있어서 수색을 중단시켰는지도 모른다. 어쩌면, 어쩌면.

수머스 박사는 천성적으로 차분한 사람이었지만, 그조차 돈 드래그머 선장의 목소리가 우주정거장에 닿을 때까지 안절부절 못했다.

선장의 보고는 기상학자를 매료시켰다. 하지만 그의 젊은 동료에게는 위안이 되지 못했다. 벤저민은 비트체르말프에 대한 질문을 하기 위해 끼어들고 싶었지만, 헛수고가 되리라는 것을 알았다. 돈드래그머 선장의 설명이 끝나자마자, 수머스 박사가 즉시 대답하기 시작했다.

"선장님, 이건 아직 추측에 불과합니다만, 여러분의 과학자들이 표본에 대한 분석을 마치면 확인할 수 있을 겁니다. 주변의 웅덩이는 원래 암모니아-물 혼합 용액일 가능성이 있습니다. 우리에게는 관련한 증거가 있습니다. 그 용액은 온도가 내려갔기 때문이 아니라, 암모니아를 많이 잃었기 때문에 어는점이 올라가서 결빙된 겁니다. 설원에 있을 때, 문제가 시작되기 전에 크웸블리호를 둘러쌌던 안개는 여러분의 과학자들의 보고에 따르면 암모니아였습니다. 저는 그 안개가 먼 서쪽의 더 추운 지역에서 온 거라고 추정합니다. 암모니아 방울들이 물-얼음과 반응하기 시작하면서, 부분적으로는 두 물질이 혼합되며 녹는점이 낮아져서 녹아내리고, 부분적으로는 이때 방출된 열에 의해 녹았습니다. 그 현상이 발생하기 전에 선장님이 그런 일을 우려했던 기억이 납니다. 그렇게 해서 첫 홍수가 시작됐습니다. 암모니아 안개가 알파 저압대로 간 후 탐사선 주변의 용액에서 암모니아가 증발하기 시작했고, 결국에는 남아 있던 혼합액의 온도가 어는점 아래로 내려갔습니다. 제 짐작에 스타켄디 수색대가 마주친 구름도 암모니아였던 것 같습니다. 그 암모니아가 수색대가 발견한 개울에 재료를 공급했을 겁니다. 암모니아 구름은 여러분의 주위에 있는 물-얼음과 만나 서로 용해되었고, 혼합액은 암모니아가 너무 희석되기 전까지 액체 상태를 유지했을 겁니다. 액체에서 암모니아가 증발해 희석될 경우에는 선장님의 부하 선원들이 설명한 댐을 형성하게 됩니다. 그렇지만 액체 암모니아가 여전히 흘러오고 있어서 돌아가는 길을 찾게 되는 거죠. 만일 여러분이 그 개울을 탐사선 쪽으로 돌릴 방법을 찾을 수 있다면, 그리고 그 물줄기가 충분한 양으로 증명된다면, 얼음을 녹이는 문제를 해결할 수 있을 겁니다." 울적한 기분에도 박사의 설명에 귀를 기울이고 있던 벤저민은 양초에서 촛농이 흘러내리다 앞부분이 응고되고, 또 흐르다 다시 응고되는 모습을 상상했다. 그는 두 문제에서 암모니아와 열기를 같은 방식으로 다룬다면 컴퓨터가 두 현상을 비슷하게 계산할 수 있을지 궁금해졌다.

"홍수가 일어날 거라 걱정할 필요가 없다는 이야긴가요?" 마침내 돈드래그머 선장의 목소리가 돌아왔다.

"제가 이 상황을 제대로 이해하고 있다면, 그런 것 같습니다." 수머스 박사가 대답했다. "그리고 여기에서 우리는 그 문제에 대해 많은 대화를 나눴어요. 스타켄디 수색대가 마주친 안개는 당신이 지나온 설원 혹은 아직 남아 있는 눈밭을 넘어왔을 겁니다. 그렇기 때문에 그 안개가 또 다른 홍수를 일으킬 거였다면, 지금쯤 그 홍수가 여러분에게 도착했어야 합니다. 제 짐작에는, 앞서 여러분을 휩쓸어 갔던 강물을 쏟아낼 수 있을 정도로 눈이 높이 쌓였다가 그 첫 홍수에서 이미 다 사용된 것 같습니다. 그래서 결국 여러분이 거기에 좌초된 거죠. 아무튼 새로운 안개가 아직 크웹블리호에 도착하지 않았다면, 그 이유도 알 거 같습니다. 스타켄디 수색대가 안개를 만났던 장소는 여러분이 있는 곳보다 몇 미터 높습니다. 그래서 서쪽에서 오는 공기 흐름은 내리막을 내려가면서 오고 있어요. 드라운의 중력과 공기의 구성을 고려하면, 격렬한 '푄 효과'가 일어나서(기압이 상승하고 대기 온도가 올라가고), 스타켄디 수색대를 만난 장소에 도착하자마자 아마 증발해버렸을 겁니다."

돈드래그머 선장이 그 설명을 이해하느라 잠시 시간이 걸렸다. 일반적인 통신 지연시간보다 몇 초 더 지난 후 수머스 박사는 자신의 말이 제대로 이해되었을지 궁금해졌다. 그때 다음 질문이 날아왔다.

"하지만 암모니아 안개가 완전히 증발했다고 하더라도, 암모니아 기체는 여전히 있으므로, 지금 우리 주변의 공기 안에 틀림없이 존재할 겁니다. 왜 암모니아 기체는 액체 방울 속에 있을 때처럼 효과적으로 얼음을 녹이지 못하는 건가요? 혹시 내가 대학에서 배우지 못한 물리학 법칙이 작용하고 있나요?"

"어떤 상태와 농도가 그렇게 큰 차이를 만드는지 잘 기억나지 않습니다." 기상학자가 인정했다. "과학자 보른덴더가 새로운 자료를 여기로 보내주면, 전부 컴퓨터에 입력하고, 우리가 추론하는 과정에서 너무 많은 사실을 놓친 건 아닌지 확인해보 겠습니다. 현재 제가 가지고 있는 자료에 근거해 말하자면, 여 전히 저는 이게 합리적인 추론이라고 생각합니다. 하지만 애매 한 부분이 있다는 사실은 인정합니다. 변수가 너무 많아요. 물 만 따지더라도 실제로는 변수가 무궁무진합니다. 대략 말해서, 물과 암모니아를 합치면 그 숫자는 제곱이 됩니다. 더했으면 더 했지 덜하진 않을 겁니다.

추상적인 수준에서 좀 더 구체적인 이야기로 들어가자면, 저 는 스타켄디 수색대의 모니터를 볼 수 있습니다. 수색대는 아직 도 안개 속의 개울 옆을 따라 걸어가고 있어요. 아직 개울의 수 원지에 도착하지 않았지만, 다른 쪽에서 합류하는 물줄기는 보 이지 않습니다. 그 개울의 폭은 여러분의 몸길이 두 배밖에 안 되고, 계속 거의 그 상태를 유지했습니다."

"안심되네요." 이윽고 대답이 돌아왔다. "나는 그 개울이 진 짜 홍수가 닥쳐온다는 징조일 거라고 짐작했었습니다. 다행이 네요. 보른덴더가 정보를 가져오자마자 다시 알려주겠습니다. 스타켄디를 계속 지켜봐주세요. 나는 앞서 중단되었던 선체 아 래 확인 작업을 진행하기 위해 밖으로 다시 나가겠습니다." 기 상학자는 더 말하고 싶었다. 하지만 자신의 말이 도달할 즈음에 는 그 말을 들을 돈드래그머 선장이 자리에 없으리라는 사실을 깨닫고 입을 닫았다. 어쩌면 박사가 벤저민에게 약간 동정심을 느낀 것일지도 몰랐다. 박사도 소년만큼이나 관심을 가지고 지 켜봤다. 둘은 간절한 눈빛으로 통신기 카메라를 통해 그 적흑색

자벌레가 선체 측면에 나타난 모습을 바라봤다. 돈드래그머 선장이 선교에서 곧장 아래로 내려가서 카메라 시야에서 벗어났기 때문에, 지상까지 내려가는 과정이 모두 보이지는 않았다. 그러나 선장이 몇 분 전에 얼음 구덩이에서 지면으로 올라올 때 이용했던 밧줄 근처에서 다시 모습을 보였다. 밧줄은 과학자 보른덴더가 막대를 구부릴 때 이용했던 기둥에 묶여 있었다.

그들은 돈드래그머 선장이 그 줄을 잡고 구덩이로 내려가는 모습을 지켜봤다. 선장이 내려가야 하는 높이가 기껏해야 그의 몸길이보다 그다지 높지 않다고 하더라도, 지구 중력의 40배에 달하는 곳에서 약 0.2밀리미터 두께의 밧줄에 매달려 추처럼 흔들리고 있는 메스클린인은 상당한 볼거리였다. 심지어 벤저민조차 잠시 비트체르말프에 대한 생각을 잊었다.

돈드래그머 선장은 더 이상 얼음에 대해 걱정하지 않았다. 지금쯤이면 바닥까지 얼어붙었을 것이다. 선장은 귀찮게 바위 위에서 멈추지 않고 곧장 탐사선을 향해 갔다. 그리고 접근 속도를 약간 늦추면서 그의 앞에 있는 얼음 동굴을 주의 깊게 살펴봤다.

당연한 말이지만, 크웸블리호는 여전히 얼어붙어 있는 상태였다. 얼음이 녹은 영역은 앞뒤로 약 20미터가량 탐사선의 트럭들에 닿았다. 하지만 그 너머와 좌현 쪽은 아직도 매트리스 위까지 얼음이 덮인 상태였다. 그 범위 안에서도, 가열기가 멈췄을 당시 무한궤도들의 아랫부분은 5센티미터 정도 물에 잠긴 상태였다. 비트체르말프의 제어 밧줄이 여기저기 흩어져 있었지만,

조타수 본인들의 흔적은 아무것도 없었다. 돈드래그머 선장은 크웸블리호 아래에서 두 선원을 생존한 상태로 발견하리라는 희망을 품지 않았다. 그들이 살아 있었다면 오래전에 모습을 드러냈을 게 틀림없었기 때문이다. 선장은 또한 시체를 발견할 가능성도 크지 않다고 판단했다. 수머스 박사와 마찬가지로, 돈드래그머 선장은 동결이 시작되었을 때 조타수들이 선체 아래에 없었을 가능성도 있다고 생각했다. 어찌 됐든, 또 다른 두 선원이 불명확한 원인으로 실종된 상태였다. 케르벤서 일등항해사와 레펠의 행방에 관해 돈드래그머 선장이 경험을 바탕으로 추론한 내용은 스스로 생각해봐도 신뢰가 가지 않았다.

지하는 조명에서 벗어나 어두웠다. 돈드래그머 선장은 18분마다 자전하던 행성 메스클린에 정상적으로 적응했던 사람이므로, 밝기가 갑작스럽게 변화해도 여전히 볼 수 있었지만, 일부 세세한 부분은 놓쳤다. 선장은 조타수들이 탈출하려 애쓰느라 무한궤도를 고장 낸 트럭 두 대의 상태를 봤다. 그리고 뜨거운 물을 좁은 지역에 가두기 위해 만들었던 돌무더기도 봤다. 그러나 두 조타수가 마지막으로 피신한 공기 매트리스의 칼자국은 놓쳤다.

그러나 선장이 살펴본 사실들로 미루어 짐작해봤을 때, 실종된 두 조타수 중 적어도 한 명은 그곳에 한동안 있었던 게 분명했다. 동결되지 않았던 범위가 확실히 좁았으므로, 두 선원은 앞서 선장이 봤던 작업들을 한 후, 좁혀오는 얼음에 갇혔다고 보는 게 가장 가능성이 큰 추론이었다. 돈드래그머 선장은 얼음으로 둘러싸인 동굴 전체를 재빨리 확인하고, 얼음 밖으로 노출된 모든 트럭의 앞뒤와 위아래를 점검했다. 그는 더 높은 부분을 살펴볼 생각은 하지 못했다. 이 거대한 탐사선을 건설할 때 참여했던 선장은 그보다 높은 곳에는 갈 수 있는 장소가 없다고 믿었다.

마침내 돈드래그머 선장이 불빛이 비치는 곳으로 나와 통신기의 시야로 들어갔다. 선장이 혼자 모습을 드러내자 벤저민은 안심되었다. 선장이 그랬듯이, 소년도 조타수들이 선체 아래에서 살아남지 못했을 거라고 결론을 내렸었다. 그래서 벤저민은 돈드래그머 선장이 시체들을 끌고 나올 거라 짐작했었다. 물론 안도감은 상대적인 느낌일 뿐이었다. 중요한 문제가 남았다. 비트체르말프는 어디에 있는 걸까? 선장은 얼음 구덩이에서 기어 나와 카메라의 시야에서 벗어났다. 아마도 자세한 보고를 하기 위해 선교로 돌아오고 있을 것이다. 이제 졸음기를 뚜렷이 흘리며 벤저민이 주먹을 꽉 움켜쥐고 조용히 기다렸다.

그러나 돈드래그머 선장의 목소리가 오지 않았다. 실은 선장도 인간 관찰자들에게 자신이 발견한 사항을 말해줄 계획이었다. 하지만 선장은 선체 측면을 올라가다 잠시 멈춰서 에어로크의 얼음을 깨고 있는 선원 한 명과 이야기를 나눴다. 그의 모습이 모니터에 보였지만 알아보지 못했다.

"나는 너희가 처음 그 개울에 도착했을 때 발견한 것들에 대해서는 인간 벤저민 호프만이 말해준 것밖에 몰라." 돈드래그머 선장이 말했다. "내가 더 자세하게 알아야 할 것들이 있을까?

수색대가 안개로 뒤덮인 지역으로 올라갔을 때 누군가를 만났다는 사실은 알아. 하지만 호프만으로부터 그게 레펠인지 케르벤서인지 듣지 못했어. 누구였지? 그리고 헬리콥터들은 괜찮아? 바로 그때 대화가 중단됐어. 아무래도 우주정거장에 있는 누군가가 에스켓호에 있는 카브렘을 본 것 같았어. 그리고 수색대가 발견한 개울이 걱정스러워서 내가 중단시켰어. 그래서 내가 수색대를 나눠서 움직이도록 했던 거야. 너희가 발견한 선원이 누구였어?"

"그게 카브렘이었습니다."

돈드래그머 선장이 손잡이를 거의 놓칠 뻔했다.

"카브렘? 데스틱메트 선장의 일등항해사? 여기서? 그런데 인간이 카브렘을 알아봤단 말이야? 너희 통신기 카메라에 카브렘이 찍혔어?"

"그렇게 된 것 같습니다, 선장님. 카브렘이 저희 통신기를 봤을 때는 이미 늦은 상황이었습니다. 그리고 잠시 인간이 우리를 구별할 수 있을 거라는 생각을 한 사람이 아무도 없었습니다. 적어도 우리가 카브렘을 알아보기 전에 인간이 먼저 알아볼 거라고는 생각도 못 했는데, 그 일이 일어났을 때는 이미 너무 늦었습니다."

"그런데 카브렘이 여기에서 뭘 하는 거야? 이 행성은 메스클린보다 세 배나 넓잖아. 다른 장소가 엄청나게 많은데 하필 여기에서. 난 사령관이 인간들을 상대로 벌이는 이 에스켓호 속임수가 조만간 좌초할 거라 생각했었어. 하지만 이렇게 멍청하고 불운하게 좌초할 줄은 생각도 못 했어."

"완전히 우연으로 발생한 일은 아닙니다, 선장님. 카브렘 일
등항해사가 우리에게 이야기해줄 시간은 많지 않았습니다. 개
울을 조사하기 위해 흩어지라는 선장님의 명령을 이용해 우리
가 카브렘을 통신기의 카메라 밖으로 빼냈거든요. 저는 이 강이
오늘 밤 내내 골치 아플 거라는 생각이 듭니다. 하류로 약 5백만
밧줄 정도까지 얼음이 쌓여 있다는데, 에스켓호가 거기에서 그
리 멀지 않답니다. 그리고 얼어붙은 강이 뜨거운 땅을 향해 느리
게 흘러가고 있는데, 에스켓호와 광산, 농장이 바로 그 경로에
있답니다."

"농장이라니?"

"데스틱메트 선장이 그 지역을 농장이라고 한답니다. 실제로
는 수경재배 탱크가 설치된 정착지입니다. 일종의 특대형 생명
유지장치로서 탐사선에 있는 장치들과 달리 정밀하게 균형을
맞출 필요는 없다네요. 아무튼, 데스틱메트 선장은 얼음강의 상
황이 얼마나 나빠질지 알아보기 위해 카브렘 일등항해사의 지
휘 아래 비행선 그웰프호를 내보내서 상류를 조사하도록 한 겁
니다. 그 조사팀이 안개 때문에 착륙했다가, 그곳에서 우리와
만난 거죠. 그들은 그냥 쉽게 비행해서 지나갈 수도 있었지만,
위에서는 안개 때문에 강바닥이 안 보여서 착륙했답니다."

"그렇다면 그들은 홍수가 우리를 여기로 끌고 온 이후에 도
착했겠군. 그리고 강바닥을 조사하고 있었다면, 바로 우리 위를
날아갔을 거야. 어떻게 우리의 불빛을 못 보고 지나쳤을까?"

"잘 모르겠습니다, 선장님. 카브렘이 스타켄디 수색대장에게 말했는지 모르겠지만, 저는 못 들었습니다."

돈드래그머 선장이 몸을 물결치듯 흔들었다. 이것은 인간이 어깨를 으쓱하는 것과 같은 의미였다. "아마 카브렘은 우리 불빛을 봤을 거야. 그리고 인간의 눈이 닿는 범위 밖으로 피한 거겠지. 내 짐작에는 케르벤서와 레펠이 비행선 그웰프호와 마주쳤던 것 같아. 그래서 레펠이 인간의 시야에서 비행선을 가리려고 셔터를 사용했던 거지. 하지만 케르벤서가 왜 지금껏 보고하러 오지 않는 건지 모르겠어."

"죄송하지만 그 문제에 대해서는 잘 모르겠습니다." 그 선원이 대답했다.

"우리를 휩쓸었던 강물이 에스켓호 지역까지 이어졌다면 북쪽으로 꺾인 게 틀림없어." 보고하던 선원은 선장이 그저 지나가는 생각을 내뱉은 것으로 판단하고 아무 대꾸도 하지 않았다. 선장이 1, 2분 동안 말없이 생각하다 이어서 말했다. "중요한 문제는 인간이 카브렘의 이름을 불렀을 때 사령관도 그 말을 들었느냐는 거야. 내 짐작에 그 인간은 엘리스 호프만이었을 거야. 우리를 잘 아는 거의 유일한 인간이니까. 사령관이 그 말을 들었다면, 아마 내가 그랬듯이, 누군가가 부주의하게 에스켓호로 돌아간 것으로 생각했을 거야. 너희는 그 통신기로 엘리스의 목소리 듣고, 나는 내 통신기로 그녀의 소리를 들었어. 그러나 두 개는 모두 크웸블리호의 통신기이므로, 우주정거장의 한 장소에 모여 있을 거라는 추론이 논리적이야. 하지만 정착지로 연결된 그들의 통신기가 어디에 있는지는 알 수 없어. 인간들의 모든 통신기가 우주정거장의 한 장소에 있다는 이야기를 들은 적이 있긴 하지만, 아마 큰 방일 테고, 소속이 다른 세트들을 아주 가깝게 배치하지는 않았을 거야. 발리넌 사령관이 엘리스의 목소리를 들었을 가능성은 반반이야.

이 모든 일은 한 인간이 그 카브렘 일등항해사를 알아봤다는 사실에서 비롯된 거야. 전부 죽었다고 추정되었던 에스켓호의 선원들이 오랜 시간이 지난 후 살아 있을 뿐만 아니라, 죽었다고 짐작했던 장소와 5, 6백만 밧줄이나 떨어진 곳에서 목격된 거지. 우리는 그 인간이 카브렘을 알아봤다는 사실에 대해 얼마나 확신하는지 몰라. 충동적으로 카브렘의 이름을 부를 정도로는 확신하지만, 더 확인하지 않은 상태에서 다른 인간에게 알려줄 정도로는 확신하지 않을 수도 있어. 어쨌든, 그런 보고는 강력한 증거가 있지 않는 한 아주 멍청한 소리로 들릴 수 있잖아. 우리는 발리넌 사령관이 카브렘의 실수를 아는지 모르는지 알 수 없어. 무엇보다 나쁜 점은 인간들이 사령관에게 이 문제에 관해 질문했을 때 그가 어떻게 대답할지 우리가 모른다는 사실이야. 사령관에게 가장 안전하고 그럴듯한 방법은 놀란 시늉을 하면서 완전히 모른 척하는 걸 거야. 그리고 난 사령관이 그게 가장 낫다는 사실을 깨달을 거라고 생각해. 하지만 부디 인간을 통하지 않고 사령관과 대화를 할 수 있으면 좋겠어."

"그러면 선장님에게도 가장 좋은 방법이 모른 척하는 것 아닐까요?" 선원이 물었다.

"그럴 거야." 선장이 대답했다. "하지만 난 그 문제를 피할 수 없어. 이미 인간들에게 너희가 돌아왔다고 말해버렸거든. 너희가 수색하는 동안 아무 일도 일어나지 않았다고 그들을 설득할 수는 없어. 나는 너희가 만났던 선원은 레펠이나 케르벤서였는데, 엘리스 호프만이 카브렘으로 착각했었던 것으로 만들고 싶어. 하지만 우리가 적어도 둘 중 한 명을 찾을 때까지는 그것도 힘들어. 엘리스는 카브렘을 어떻게 알아봤을까? 그녀는 어떻게 우리를 구별하는 걸까? 색의 형태나 습관적으로 걷는 자세 같은 거로 구별할까? 아니면 뭘까?

그건 그렇고, 레펠과 케르벤서는 어떻게 된 걸까? 나는 레펠이 예상하지 못한 상태에서 비행선 그웰프호와 맞닥뜨리는 바람에 인간이 보지 못하도록 셔터를 사용할 수밖에 없었을 거라고 짐작해. 그런데 그런 경우라면 오래전에 다시 연락이 닿았어야 해. 레펠이 카브렘과 더 비슷하게 생겼으면 좋았을 텐데. 그녀가 본 선원이 레펠이었다고 우겨볼 수 있잖아. 어쨌든 그 상황을 머릿속에 그려보면, 아무리 그 기계를 이용해서 보더라도 불빛이 몹시 약했을 거야. 어쨌거나 발리넌 사령관이 뭘 할지 알 수가 없어. 심지어 난 사령관이 엘리스의 소리를 들었는지 못 들었는지도 모르잖아. 에스켓호 작전을 시작하던 때부터 내가 걱정했던 게 바로 이런 거야. 우리의 장거리 통신은 인간의 우주정거장을 거쳐야 해서 공동 작업이 어려울 수밖에 없어. 우리의 통신체계를 발전시켜 작동시키기 전에 (언제나 그렇듯이) 이런 일이 일어나면, 용골과 물통도 없는 뗏목을 타고 바람에 떠밀려 가는 거나 마찬가지야." 선장이 잠시 멈추고 생각하더니 말했다. "카브렘이 통신기 밖으로 벗어난 후에 너희와 더 깊은 대화를 하기 위해 약속 같은 걸 했어?"

"제가 알기로는 안 했습니다. 선장님이 해산하라고 지시하신 후 별다른 말을 하기 전에 각자 다른 길로 헤어졌어요."

"그렇군. 계속 일해. 난 좀 생각해볼게."

"제가 계속 걱정했던 문제는…." 선원이 다시 얼음을 깨기 시작하면서 말했다. "인간들이 우리가 하고 있는 일을 알게 되었을 때 어떤 상황이 벌어질까 하는 겁니다. 저는 인간들이 정말로 우리를 여기에 버리지는 않을 거라고 끊임없이 되새깁니다. 인간은 사업할 때도 아주 단호한 종족은 아닌 것 같거든요. 하지만 우리가 우주선을 갖지 못하는 한 그들이 언제라도 그럴 수 있어요."

"사령관이 이 모든 계획을 시작할 수밖에 없었던 것도 바로 그런 공포 때문이었어." 돈드래그머 선장이 대답했다. "인간들은 기질이 좋은 종족 같아. 그 수명이 허용하는 한 믿을 만한 존재들이지. 다른 사람들을 믿듯이 그들도 믿고 싶어. 그렇지만 인간은 우리와 다른 존재이기 때문에, 그들이 낯선 행동과 맞닥뜨렸을 때 적절한 동기나 이유를 뭐라고 생각할지 전혀 모르겠어. 그래서 발리넌 사령관이 그들에게 알리지 않고 이 행성에서 가능한 한 빨리 자립하려 하는 거야. 인간들 중 일부는 우리가 그들에게 계속 의지하는 상태를 더 선호할지도 모르니까."

"압니다."

"광산은 큰 진척이고, 비행선은 대단한 업적이었어. 하지만 인간의 동력상자 없이 해내려면 아직 갈 길이 멀어. 나는 우리가 가야 할 길이 얼마나 남았는지를 사령관이 제대로 인식하고 있는 건지 종종 궁금해.

하지만 이런 대화가 문제를 해결해주지 않아. 인간들과 다시 이야기해봐야겠어. 내가 카브렘에 대해 전혀 언급하지 않아도 그들이 의심하지 않기를 바랄 뿐이야. 아무튼 어쩔 수 없는 상황이 되면, 사람을 착각했다고 계속 주장할 거야. 그럼 일하고, 중앙 에어로크의 얼음을 다 치운 후에 선교로 손을 흔들어줘."

선원이 지시를 이해했으며 따르겠다는 몸짓을 했다. 이윽고 돈드래그머 선장이 선교로 향했다.

카브렘에 대해 언급을 하지 않더라도 인간에게 해야 할 말이 아주 많았다. 그래서 선장은 우주복을 벗자마자 말하기 시작했다.

"최소한 조타수 중 한 명이 한동안 선체 아래에 있었습니다. 어쩌면 둘 다 있었을 수도 있습니다만, 그들이 거기에서 탈출하기 위해 시도했던 작업 외에는 어떤 흔적도 찾을 수 없었습니다. 어쨌든 나로서는 그 작업을 달리 해석하긴 힘듭니다. 그건 두 조타수에게 배정된 작업들이 전혀 아니었거든요. 조타수들은 그 과정에서 트럭 두 대를 거의 파손시켰습니다. 저 아래에는 아직 많은 공간이 결빙된 상태입니다. 그래서 유감스럽지만, 그들이 어쩌면 얼음 안에 있을 수도 있습니다. 선원들이 돌아왔을 때 그중 일부를 할애할 수 있다면, 전등을 들고 더욱 꼼꼼히 수색할 겁니다. 물인지 뭔지 모르겠지만, 아무튼 그 얼음이 가열기에 의해 끓어올라서 선체를 얼음층으로 덮으며 중앙 에어로크를 막아버렸습니다. 에어로크를 최대한 빨리 다시 사용할 수 있도록 만들어야 합니다. 만일 크웸블리호를 포기해야 할 경우 밖으로 옮길 수 없는 장비가 너무 많고, 크웸블리호를 포기하지 않을 경우에는 안으로 가져올 수 없는 장비가 너무 많습니다. 장비들은 다른 에어로크로 통과할 수가 없거든요.

게다가 방열 금속 막대를 가열기로 사용하느라 대략 몸길이만큼 녹았습니다. 우리가 크웸블리호를 얼음에서 꺼냈을 때 어떻게 냉장고를 복구할 수 있을지 모르겠습니다. 이게 지금 당장은 중요하지 않지만, 다시 임무를 시작할 경우에 냉장고가 없는 상태로 알파 저압대 깊숙이 들어가는 건 다시 생각해봐야 합니다. 여러분이 정말로 확신하는 몇 안 되는 사실 중 하나가 알파 저압대 지역의 높은 온도가 행성 내부의 열기에 의해 형성되었으리라는 겁니다. 그리고 여러분이 그 사실을 확인하는 일에 매우 높은 우선순위를 두고 있다는 것을 압니다. 탐사선에는 사실상 금속이 없습니다. 그리고 내가 냉장고에 대해 이해하는 몇 안 되는 사실 중 하나는 외부의 방열체가 반드시 전도체여야 한다는 겁니다. 맞나요?"

돈드래그머 선장은 흥미롭게 대답을 기다렸다. 선장은 카브렘과 에스켓호 문제로 향한 인간의 관심을 기술 문제로 돌릴 수 있기를 바랐다. 그러나 자신이 이쪽 통신기 앞에 자리를 잡고 있는 상태에서는 효과가 없으리라는 것도 알았다. 물론 벤저민 호프만이 어리긴 하지만, 통신실에 그 소년만 있지는 않을 것이다.

벤저민이 대답했다. 그는 기술 문제에 별로 관심이 없는 듯했다.

"조타수들이 얼음 안에 있다고 생각한다면, 선원들이 즉시 거기로 내려보내서 살펴봐야 하지 않을까요? 그들은 우주복을 입고 있을 테니 아직 살아 있을지도 모르잖아요. 그렇지 않나요? 아까 선장님은 아무도 못 찾았다고 하셨지만, 어쨌거나 그들이 질식사하지는 않았을 거예요. 적어도 제가 보기에는 수색을 더 오래 미룰수록 그들의 생존 가능성이 줄어들 것 같아요. 그게 지금 당장 가장 중요한 문제 아닌가요?"

돈드래그머 선장이 대답을 궁리하기 전에 엘리스의 목소리가 뒤이어 들어왔다. 선장에게만이 아니라 자기 아들에게도 하는 말인 듯했다.

"그게 가장 중요한 문제는 아니야. 얘야, 크웸블리호에는 선원 전체의 생명이 달려 있어. 선장은 자신의 선원들에게 냉담한 사람이 아니야. 친구에 대한 네 감정은 잘 알겠고, 완벽하게 타당한 감정이라고 생각해. 하지만 책임을 진 사람은 느낄 뿐만 아니라 생각도 해야 해."

"난 엄마가 내 편인 줄 알았어요."

"난 전적으로 네 편이야. 그렇다고 해도 선장이 옳다는 사실을 모를 수는 없어."

"발리넌 사령관도 똑같이 반응했을 거예요. 돈드래그머 선장이 어떻게 해야 할지 사령관에게 물어봤어요?"

"안 물어봤어. 하지만 사령관도 상황을 알아. 네가 그렇게 생각하지 않는다면, 거기 마이크 있잖아. 네 입장을 사령관에게 말해봐. 사령관 자신이 현장에 없는 상황에서 그런 문제에 대해 돈 드래그머 선장이나 다른 탐사선 선장의 입장을 무시하지는 않을 거야." 벤저민이 그 주장에 반박할 말을 궁리하느라 잠시 시간이 흘렀다. 그는 아직 어려서 한 단계 멀리 내다보며 생각하는 게 뭔가 비인간적으로 느껴졌다. 침묵의 10여 초가 흐른 뒤, 돈 드래그머 선장은 우주정거장의 전송이 끝났거나 자신이 이야기할 차례가 되었다고 생각했다.

"이 목소리는 아마 호프만 부인의 목소리일 겁니다. 벤저민, 부인의 말이 옳아요. 난 비트체르말프를 잊지 않았습니다. 당신이 타쿠어치를 잊어버린 것보다는 많이 잊지 않았습니다. 하지만 내가 보기에 당신은 타쿠어치에 대해서는 별로 생각하지 않는 것 같습니다. 다만, 나는 그 둘보다 훨씬 많은 선원의 생명을 걱정해야 합니다. 유감스럽지만, 지금부터 그 일에 대한 논의는 호프만 부인과 진행할 수밖에 없을 것 같습니다. 우리 냉장고 문제에 대해 잘 아는 엔지니어를 좀 불러주겠습니까? 아마 여러분은 표본을 들고 선체를 올라오는 과학자 보른덴더의 모습을 보았을 겁니다. 몇 분 내로 그 개울에 대한 분석 결과가 나올 겁니다. 수머스 박사가 아직 그곳에 있다면 대기해달라고 전해주세요. 혹시 박사가 통신실에서 나갔다면, 다시 불러주겠습니까?"

당직자들은 선장이 말한 대로 선체를 올라가는 메스클린인한 명을 봤었다. 하지만 엘리스조차 그 선원이 과학자 보른덴더 인지 알아보지 못했다. 벤저민이 무슨 말을 하기 전에 수머스 박사가 대답했다. "난 여기 있습니다, 선장님. 기다리겠습니다. 그리고 분석이 나오자마자 여기에서 컴퓨터에 입력할 겁니다. 혹시 보른덴더가 화학적인 분석 정보를 보낼 때 온도와 압력 수 치도 보내준다면 도움이 될 겁니다."

소년은 아직도 불만스러웠다. 하지만 벤저민이 보기에도 방 해를 할 때가 아니라는 것을 알 수 있었다. 게다가 그때 벤저민 의 아버지가 앨런 기획연구실장, 보이드와 함께 통신실로 들어 왔다. 벤저민은 기획연구실장에게 자리를 내주기 위해 선교 모 니터 앞에 있는 자리에서 재빨리 옆으로 물러났다. 하지만 몇 분 전에 너무 화가 나고 심란해서 내뱉었던 형편없는 말들이 언 급되지 않고 지나가기를 바랐다. 어머니가 새로 온 사람들에게 최신 소식을 전하며 실종된 조타수들의 문제에 대해 말하지 않 았는데도 안심이 되지 않았다.

돈드래그머 선장의 목소리가 들어오며 엘리스의 설명이 중단 되었다.

"과학자 보른덴더가 개울 액체의 밀도와 끓는 온도를 확인했 습니다. 액체는 암모니아 약 38퍼센트와 물 58퍼센트로 이루어 졌답니다. 또한 외부 온도가 71도, 기압은 표준 대기압의 26.6배 입니다. 물론 우리의 기준으로 표준이라는 말입니다. 약한 북서 풍이 불고 있는데, 정확히 말하자면 바람의 각도는 21도이고, 속 도는 시간당 120밧줄입니다. 아주 가벼운 산들바람이죠. 여러분의 컴퓨터에 그 정도면 충분할까요?"

"꽤 도움이 될 겁니다. 이제 입력하러 갑니다." 수머스 박사가 대답하며 자리에서 일어나 문으로 향했다. 출구에 도착한 박사가 생각이 잠긴 표정으로 돌아보더니, 걸음을 멈추고 소리쳤다. "벤저민, 지금 널 모니터에서 끌어내긴 싫지만, 잠깐 나와 함께 가는 게 좋을 거 같아. 내가 제대로 입력하는지 지켜봐야 하잖아. 그리고 내가 재검하는 동안 돈드래그머 선장에게 예비 결과를 알려줄 수 있을 거야."

엘리스는 벤저민이 잠자코 상관을 따라가는 모습을 보면서 마음속으로 두 사람을 칭찬했다. 어린 아들의 관심을 안전한 방향으로 이끄는 수머스 박사에 대한 칭찬과, 자신이 실제로 기대했던 것보다 훨씬 나은 자제력을 보여주는 아들에 대한 칭찬이었다. 물론 그녀는 벤저민이 투덜거리거나 짜증 내지 않을 거라 확신했었지만, 모니터 앞에 남아 있기 위해 그럴듯한 핑곗거리를 생각해냈어도 놀라지 않았을 것이다.

앨런 기획연구실장은 그들이 눈빛을 주고받는 데에 전혀 관심이 없었다. 그는 여전히 현재 진행되고 있는 상황을 명확히 이해하려 애썼다.

"실종된 선원들이 아직 한 명도 돌아오지 않은 걸로 압니다." 기획연구실장이 말했다. "그 문제를 고민해봤어요. 우리가 몇 시간 전에 동의했던 것처럼, 발리넌 사령관에게는 최근 소식이 전달되었을 겁니다. 최근 일어난 일 중에 사령관은 아는데 나는 모르는 정보가 혹시 있나요?" 엘리스가 재빨리 고개를 들고 관리자의 얼굴에 화가 난 흔적이 있는지 찾으려 애썼지만, 그는 자신의 말이 비난으로 해석될 가능성이 있다는 사실을 모르는 듯했다. 엘리스가 머리를 재빨리 굴려 대답했다.

"네. 약 3시간 전에 카바노가 에스켓호의 모니터 한 대에서 움직임이 있었다고 보고했습니다. 카바노는 연구실을 비추는 모니터에서 물체 두어 개가 화면을 가로지르며 굴러가거나 미끄러지는 모습을 봤다고 했습니다. 그 후로 내가 쭉 지켜봤지만, 다른 일은 일어나지 않았습니다.

그리고 약 1시간 전에 실종된 헬리콥터를 찾으러 나갔던 돈 드래그머 선장의 수색대가 한 메스클린인을 만났는데, 처음에 우리는 당연히 헬리콥터 조종사 중 한 명일 거라고 짐작했었지만, 그 메스클린인이 통신기에 가까이 왔을 때, 나는 그가 에스켓호의 일등항해사인 카브렘이라는 사실을 알아챘습니다."

"에스켓호의 선원들이 사망했을 거라고 추정되는 장소에서 1만 킬로미터나 떨어진 곳에서 말인가요?"

"네."

"발리넌 사령관에게 그 사실을 말했나요?"

"네."

"사령관은 뭐라던가요?"

"특별한 이야긴 없었습니다. 보고를 받았다는 확인 답변은 왔지만, 어떤 이야기도 하지 않았습니다."

"당신이 카브렘을 알아봤다는 사실을 얼마나 확신하는지도 안 물어보던가요? 혹은 당신이 알아봤다는 근거라든가?"

"네."

"그렇군요. 혹시 괜찮다면, 난 물어보고 싶어요. 당신은 어떻게 카브렘이라는 걸 알았나요? 당신이 제대로 알아봤다는 걸 얼마나 확신하세요?"

"에스켓호가 실종 사건이 일어나기 전에 카브렘 일등항해사를 알았어요. 내 판단 기준이 뭔지 말하기 힘들 정도로 잘 알았습니다. 카브렘은 색깔 형태와 자세, 걷는 모습으로 쉽게 구별할 수 있어요. 당신과 아이브, 보이드를 구별하는 것처럼요."

"색의 형태를 구별할 수 있을 정도로 불빛이 충분했나요? 저긴 지금 밤이잖아요."

"통신기 옆에 전등이 있었습니다. 대다수 선원이 카메라 앞에 모여 있었고, 카브렘은 거의 역광을 받는 상황이긴 했지만요."

"실종된 두 헬리콥터 조종사 중 한 명이 아니라고 확신할 수 있을 정도로 그들을 잘 아나요? 둘 중에 카브렘과 닮은 선원은 없나요?"

엘리스가 얼굴을 붉혔다. "케르벤서가 아닌 건 확실합니다. 돈 드래그머 선장의 일등항해사 말이에요. 레펠에 대해서는 확신할 수 있을 정도로 잘 알지 못하지만, 당시 레펠일 가능성에 대해서는 생각해보지 않았습니다. 그 사람을 보자마자 거의 반사적으로 이름이 튀어나왔어요. 그 뒤에는 그 사실을 알려줄 수밖에 없었습니다. 당시 정착지로 연결된 마이크가 켜진 상태였기 때문에, 발리넌 사령관이나 당직을 맡은 누군가는 틀림없이 내 목소리를 들었을 거예요."

"그렇다면 발리넌 사령관이 별말을 하지 않은 것은, 멍청한 실수처럼 보이는 행동을 굳이 지적하지 않고 은근슬쩍 넘어감으로써, 당신을 난처하게 만들지 않으려는 예의 바른 노력일 가능성도 있겠네요?"

"그럴 수도 있습니다." 엘리스는 회의적인 말투로 말할 수밖에 없었지만, 자신의 이야기가 비현실적으로 들릴 거라는 사실을 잘 알았다.

"그렇다면 내 생각에는…." 앨런 기획연구실장이 생각에 잠긴 말투로 천천히 말했다. "발리넌 사령관과는 내가 직접 말하는 게 나을 것 같군요. 카바노가 그 물체들이 굴러가는 모습을 본 이후 에스켓호에서 다른 일은 일어나지 않았다고 했죠?"

"난 아무것도 못 봤습니다. 물론 선교의 통신기는 바깥의 어둠을 향하고 있지만, 다른 통신기 세 대는 불이 환하게 켜진 곳을 비추고 있는데, 그 외에 다른 변화는 보이지 않았습니다."

"좋습니다. 내 경험으로는 발리넌 사령관이 우리 언어를 잘하는 거 같더군요. 그러니 당신이 통역해줄 필요는 없을 겁니다."

"아, 그렇죠. 사령관은 당신의 말을 이해할 거예요. 내가 자리를 비켜주길 바라는 건가요?"

"아니요, 아니에요. 당연히 아니죠. 실은, 당신이 듣고 있다가 뭔가 오해가 생기는 기미가 보일 때 지적해주면 더 좋을 것 같아요." 앨런 기획연구실장이 정착지 마이크의 스위치로 손을 뻗더니, 켜기 전에 엘리스를 한 번 더 힐끗 돌아봤다. "혹시 괜찮다면, 당신이 카브렘을 알아봤던 일에 대해 발리넌 사령관의 의견을 확인해도 될까요? 현재 중요한 문제는 크웸블리호에 관한 일이라고 생각되지만, 그 부분도 정리하고 싶어서요. 회의에서 아이브가 말했던 것처럼, 당신이 이미 그 문제를 사령관에게 꺼낸 상황에서, 음, 발리넌 사령관에게 우리가 뭔가 검열하려고 시도한다는 생각을 갖게 하기는 싫거든요."

앨런 기획연구실장이 고개를 돌리고 드라운을 호출했다.

발리넌 사령관이 정착지의 통신실에 있었기 때문에 그를 찾느라 시간을 낭비할 필요는 없었다. 통신실에 사령관이 있다는 사실을 알게 되자, 앨런 기획연구실장이 자기가 누군지를 밝히고 말하기 시작했다.

엘리스와 아이브, 보이드에게는 기획연구실장의 말이 안달이 날 정도로 장황하게 느껴졌다. 하지만 기획연구실장이 자기 생각을 설득력있게 전달하는 기술에 대해서는 감탄할 수밖에 없었다. 무엇보다 그는 크웸블리호를 구조하기 위해 다른 탐사선을 보내자는 제안을 스스로 하지 않으면서, 상대방도 애초에 꺼내지 못하게 막으려 애썼다. 언어적으로 매우 까다로운 주제였다. 회의 이후 기획연구실장에게는 그 문제가 가장 중요했으므로, 그가 즉흥적으로 뱉어내는 말이 아니라는 사실은 알고 있었지만, 아이브는 나중에 기획연구실장의 말솜씨가 예술 작품으로서도 전혀 손색이 없다고 평가했다. 앨런 기획연구실장은 엘리스가 카브렘 일등항해사를 알아봤던 사건을 사령관에게 말했지만, 너무 순식간에 벌어졌던 일이라서 엘리스가 그 선원의 특징을 거의 알아보지 못했다고 했다. 엘리스가 착각한 게 틀림없다는 식으로 말하지는 않았다. 그러나 그 사건에 중요성을 부여하지 않은 것은 분명했다.

나중에 엘리스가 말했듯이, 그렇게 세련된 화술을 그렇게 철저히 낭비한 것은 유감스러운 일이었다. 물론 기획연구실장은, 다른 사람들과 마찬가지로, 당시 발리넌 사령관에게 엘리스가 카브렘을 알아본 사건이 가장 큰 걱정거리였으며, 지난 2시간 동안 오로지 그 문제만 걱정하고 있었다는 사실을 알지 못했다. 사령관은 자신의 복합적인 계획이 눈앞에서 무너져 내리는 모습을 보며, 다른 대안이 준비되지 않았다는 사실을 당황스럽게 깨닫고는, 그 2시간 내내 분노에 휩싸인 채 설득력 있는 생각을 끌어내느라 보냈었다. 앨런이 호출했을 때, 발리넌 사령관은 다른 계획의 첫발을 막 시작할 무렵이어서, 너무나 초조하게 그 계획을 실행에 옮길 기회를 기다리고 있었기 때문에, 기획연구실장이 아름답게 고른 말이 거의 귀에 들어오지 않았다. 앨런 기획연구실장의 말이 중단되자, 발리넌 사령관이 준비해두었던 자신의 말을 했는데, 앞서 기획연구실장이 했던 말과는 놀라울 정도로 거의 관련이 없었다.

앨런 기획연구실장이 말을 중단한 것은 사실 대답을 듣기 위한 게 아니었다. 기획연구실장은 자신이 말한 내용과 다음에 해야 할 말을 머릿속으로 검토하기 위해 잠시 멈춘 것이었다. 하지만 기획연구실장이 다시 이야기를 이어가려 하자 보이드가 말렸다.

"휴식 시간이 길었기 때문에, 발리넌 사령관은 당신이 이야기를 끝내고 대답을 기다리는 것으로 이해했을 겁니다." 보이드가 말했다. "기다리는 게 나아요. 당신이 하려는 말이 드라운에 닿기 전에 사령관이 말을 하기 시작할 겁니다." 기획연구실장은 그 말에 따라 기다렸다. 어찌 됐든 관례는 관례였다. 앨런 기획연구실장은 보이드가 틀렸을 경우 빈정거릴 준비가 되어 있었다. 하지만 예정된 시간이 되자 메스클린인 사령관의 목소리가 들어왔다. 아이브와 엘리스는 사령관의 말이 예정된 시간보다 더 일찍 들어왔다고 생각했다.

"엘리스 호프만 부인이 카브렘에 대해 말해준 이후로 그 문제를 깊게 생각해봤습니다." 발리넌 사령관이 말했다. "그런데 오직 한 가지 이론밖에 떠오르지 않았습니다. 여러분도 알다시피, 우리는 드라운에 지적인 종족이 존재할 가능성을 언제나 염두에 두고 있어야 합니다. 여러분의 과학자들은 우리가 착륙하기 전에 드라운에 고도로 조직된 생명체가 존재할 거라고 확신했습니다. 산소가 풍부한 대기 때문이라고 했었죠. 내가 알기로는 지금껏 단순한 식물과 거의 미생물 외에는 만나지 못했습니다. 그런데 에스켓호는 위험을 무릅쓰고 어느 탐사선보다 알파 저압대에 깊숙이 들어갔습니다. 그러나 그곳의 환경은 다릅니다. 온도가 높은 것은 확실한데, 다른 요소들이 얼마나 다른지는 모릅니다.

현재까지 에스켓호가 지적인 상대방을 만났을 확률은 하나의 가능성일 뿐이었고, 우리가 상상할 수 있는 다른 이야기들과 마찬가지로 근거가 없었습니다. 그렇지만 여러분의 과학자들이 반복해서 지적했듯이, 에스켓호의 선원들은 탐사선의 생명유지 장치 같은 게 없는 상태에서 이렇게 오래 생존할 수 없습니다. 그리고 우리가 아는 한, 그 선원들은 에스켓호가 있는 그 위치에서 돈드래그머 선장이 있는 지역까지 이동할 수 없는 게 확실합니다. 카브렘 일등항해사가 그곳에서 모습을 드러냈다는 사실은 데스틱메트 선장의 선원들이 드라운의 원주민을 만나 사로잡혔다는 설득력 있는 증거로 보입니다. 어떻게 카브렘이 수색대를 만날 수 있을 정도로 자유로운 건지는 나도 모르겠습니다. 어쩌면 탈출한 것일 수도 있겠죠. 하지만 카브렘이 그런 상황에서 탈출을 시도할 정도로 용감한 선원이라고 생각되지는 않습니다. 오히려 접촉하게 하려고 카브렘을 그들이 일부러 보냈을 가능성이 더 큽니다. 이 생각을 돈드래그머 선장에게 전달해주길 바랍니다. 선장의 의견이 무척 듣고 싶습니다. 그리고 혹시 가능하다면 카브렘에게서 정보를 알아내길 바랍니다. 여러분은 카브렘이 아직 수색대와 함께 있는지 아닌지 말해주지 않았습니다. 확인해주겠습니까?"

아이브 호프만의 머릿속에서 퍼즐 조각들이 맞춰지기 시작했다. 그가 발리넌에게 보내는 침묵의 박수갈채는 아무도 듣지 못했다. 그의 부인 엘리스조차도.

13

현실은 이상하고,
허구가 더 그럴듯하다

발리넌 사령관은 자신의 발언이 매우 만족스러웠다. 그는 거짓말을 한마디도 하지 않았다. 그가 비난을 받을 수도 있는 최악의 말은 애매모호했다. 몇몇 인간들이 상당히 의심을 품지 않는 이상, 그 '이론'을 크웹블리호의 선장에게 전달하지 않을 이유가 없었다. 그리하여 발리넌 사령관이 따르라고 제안한 전술을 선장에게 말해줄 것이다. 돈드래그머 선장은 그 제안을 적절하게 잘 이용할 것이다. 특히 카브렘에게 더 이상 질문을 하지 못했을 수도 있다는 암시가 전달되면 더욱 잘 할 것이다. 한편으로는, 사령관이 의도했던 것보다 너무 빨리 '원주민의 위협'을 꺼내게 되어 상당히 유감스러웠다. 인간이 스스로 그런 개념을 생각해내도록 했다면 훨씬 좋았을 것이다. 그러나 어떤 계획이든 새로운 상황에 맞춰 수정할 수 없는 것이라면, 그건 빈약한 계획이다. 발리넌 사령관은 그렇게 혼잣말을 했다.

앨런 기획연구실장은 몹시 당황했다. 그는 오래전에 머릿속에서 에스켓호를 완전히 지워버렸기 때문에, 엘리스가 착각했던 거라고 믿어 의심치 않았다. 그래서 발리넌 사령관이 그녀의 의견을 심각하게 받아들였다는 게 매우 충격적이었다. 기획연구실장은 엘리스가 메스클린인을 그렇게 알아볼 수 있을 정도로 우주정거장에서 단연코 최고의 실력을 갖춘 사람이라는 사실을 알고 있었다. 그러나 메스클린인들이 그런 사실을 알고 있을 거라고는 기대하지 않았다. 기획연구실장은 지난 몇 달 동안 인간 당직자들(특히 엘리스)과 메스클린인들이 주고받은 일상적인 대화에 그다지 관심을 기울이지 않았던 자신을 나무랐다. 그는 스스로 방치함으로써, 가장 중요한 행정적 죄악을 저질렀다.

그러나 앨런 기획연구실장은 사령관의 요구를 거부할 이유를 찾을 수 없었다. 기획연구실장이 다른 사람들을 힐끗 쳐다봤다. 엘리스와 보이드가 기대에 찬 눈빛으로 그를 바라봤다. 엘리스는 돈드래그머 선장을 호출할 것처럼 의자에 있는 마이크 스위치에 손을 올렸다. 그녀의 남편 아이브는 얼굴에 반쯤 미소를 띠고 있어서, 앨런 기획연구실장이 약간 어리둥절한 표정으로 바라봤다. 두 사람의 눈이 마주치자, 아이브가 메스클린인의 이론을 검토해봤더니 타당한 것 같다는 듯 고개를 끄덕였다. 기획연구실장이 잠시 더 머뭇거리더니 곧 마이크에 대고 말했다.

"즉시 그렇게 하겠습니다, 사령관님." 기획연구실장이 엘리스에게 고개를 끄덕이자, 즉시 그녀가 마이크 스위치를 켜고 말하기 시작했다. 그녀가 막 말하기 시작했을 때 벤저민이 돌아왔다. 소년은 전달할 정보를 쏟아낼 기세였지만, 이미 크웹블리호와 대화가 진행 중인 상황을 보고 참았다. 그의 아버지 아이브는 엘리스가 발리넌 사령관의 이론을 전달할 때 벤저민을 지켜보면서 즐거운 표정을 애써 감췄다. 벤저민은 사령관의 이론을 통째로 받아들이는 게 분명했다. 뭐, 벤저민은 어리니까 그렇다 치더라도, 나이 든 동료들 중에서도 몇몇은 그 말을 조금 무비판적으로 믿는 것 같았다.

"발리넌 사령관이 이 가능성에 대한 선장님의 생각을 듣고 싶어 해요. 그리고 특히 당신이 카브렘으로부터 더 얻어낸 정보를 원합니다." 엘리스가 마무리했다. "그게 전부…. 아니, 잠시만요." 벤저민이 그녀의 주의를 끌었다. "내 아들이 기상연구실에서 돌아왔는데, 당신에게 뭔가 전할 게 있는 모양입니다."

"수머스 박사는 이전의 데이터에 새로운 측정치를 입력해서 한 번 계산하고, 지금 두 번째로 계산하는 중이에요." 벤저민이 인사를 생략하고 말했다. "첫 번째 계산에 따르면, 크웹블리호가 있는 웅덩이의 용융과 동결의 원인은 박사의 말이 맞았어요. 스타켄디 수색대가 마주쳤던 구름의 특성에 대해서도 맞았고요. 앞으로 액화가 더 증가해서 여러분 가까이에 있는 개울이 불어날 가능성이 커요. 박사는, 아까 말했듯이, 매우 주의해서 크웹블리호로 구름이 다가오는 시간을 확인하라고 했어요. 박사가 짐작했던 대로, 그 구름을 담은 공기가 낮은 곳으로 내려오면서 단열가열 과정에서 증발하고 있어요. 박사는 그 구름이 탐사선에 더 늦게 도착할수록 홍수가 더 심해질 거라고 했어요. 저는 왜 그런지 모르겠지만, 컴퓨터의 계산 결과가 그래요. 박사는 이것도 앞서 틀렸던 다른 예보들과 마찬가지로 잠정적인 계산일뿐이라는 사실을 반드시 상기시켜주라고 했어요. 박사가 예보를 확신할 수 없는 온갖 이유에 대해 긴 연설을 늘어놨지만, 선장님이 이미 들었던 이야기들이에요."

돈드래그머 선장의 대답은 빛이 갔다가 반사되어 돌아오는 속도와 거의 비슷했다. 벤저민이 보고를 마친 후, 선장이 뭐라고 대답할지 결정하는 데에 1, 2초 이상 소비하지 않았다는 의미였다.

"아주 좋군요, 벤저민. 발리넌 사령관에게 그의 이론이 합리적으로 들리며, 적어도 우리 헬리콥터 두 대의 실종과 잘 맞는다고 전해주세요. 나는 카브렘에게서, 진짜 카브렘인지도 아직 모르겠지만, 아무튼 그 선원에게서 정보를 얻을 기회가 아직 없었습니다. 아직 만나지도 못했거든요. 그 선원은 크웸블리호로 돌아오지 않았습니다. 그 선원이 상류로 올라간 스타켄디 일행과 아직 함께 있는지는 나보다 당신들이 더 잘 알 겁니다. 난 사령관의 짐작이 옳다는 가정하에 대비하겠습니다. 내가 앞서서 그런 생각을 했다면, 계곡 옆에 안전 기지를 세우기 위해 선원 전체를 내보내지 않았을 겁니다.

그러나 그렇게 내보낸 게 오히려 다행인지도 모르죠. 적당한 시간 내에 이 웅덩이에서 탐사선을 꺼낼 가능성은 없는 것 같고, 수머스 박사가 다른 홍수가 올 거라고 어느 정도 확신한다면,

우리 입장에서는 서둘러 이동을 끝내야 할 테니까요. 크웸블리호가 이렇게 꼼짝도 못 하는 상태에서 우리를 여기까지 휩쓸고 왔던 홍수가 다시 덮친다면, 탐사선은 백만 밧줄 아래의 하류까지 조각조각 산산이 흩어져버릴 겁니다. 부하들이 돌아오면, 한 번 더 필요한 장비들을 챙겨서 나가고, 당분간 탐사선을 떠나겠습니다. 우리는 계곡 가장자리에 자리를 잡은 후, 홍수가 오지 않는다는 게 명확해지면, 생명유지장치가 제대로 작동되는 대로 선원들을 여기로 보내서 크웸블리호를 꺼내는 작업을 시작할 겁니다. 그게 확정된 기본 계획입니다. 나는 여러분의 도움을 받아 선원들에 대한 세부 계획을 짤 것입니다. 그리고 발리넌 사령관의 이론에 따라 특별한 행동이 필요할 경우에는 행동할 겁니다. 그러나 기본 계획에 대해 가타부타할 시간이 없습니다. 북쪽으로 이동하는 불빛들이 보이네요. 선원들이 돌아오는 모양입니다. 여러분이 불빛을 볼 수 있도록 통신기를 돌리겠습니다."

모니터 화면이 흔들리더니, 선장이 통신기를 밀어서 120도 정도 돌리자 화면이 갑자기 옆으로 휙 돌았다. 인간의 시각에서는 나아진 게 없었다. 세부적인 부분이 잘 보일 뿐 아니라 비교하고 이해할 수 있었던, 불빛이 비치는 크웸블리호 주변 지역의 모습이, 몇 개의 빛나는 점 외에는 아무것도 보이지 않는 완전한 어둠으로 바뀌었다. 돈드래그머 선장의 주장에 따라 그 불빛들이 움직이는 모습을 확인하려면 세심하고 주의 깊게 관찰해야 했다. 엘리스가 통신기를 원래 자리로 돌려달라고 요구하려는데, 벤저민이 말하기 시작했다.

"비트체르말프와 타쿠어치, 그리고 다른 선원들을 찾겠다는 모든 희망을 버리고, 그냥 거기에 놔둔 채 가버리겠다는 말인가요? 걱정해야 할 다른 선원이 백 명 가까이 되는 건 알겠지만, 그런 말이 누군가를 구하려 노력조차 하지 않는 것에 대한 아주 빈약한 변명으로 들릴 때가 있다고요!"

엘리스는 아들의 말투 때문에 놀라고 약간 당황해서, 하마터면 통신에 끼어들어 아들을 꾸짖고 돈드래그머 선장에게 사과할 뻔했다. 하지만 그녀는 자신의 감정을 해치지 않으면서 의견을 전달할 수 있는 말을 찾기 위해 머뭇거렸다. 막무가내로 나서서 통신을 끊으면 벤저민과 같은 짓을 하는 게 되었기 때문이다. 앨런 기획연구실장과 보이드는 다른 모니터에 있는 발리넌 사령관에 집중하고 있었고, 벤저민의 열변이 스텐어로 진행되었기 때문에, 그 말을 주의 깊게 듣지 못했다. 무심코 아이브호프만을 본 사람은 그의 표정을 읽지 못하겠지만, 엘리스가 남편을 봤다면 그가 즐거워한다는 기미를 알아챘을 것이다. 수머스 박사가 막 들어왔는데, 너무 늦어서 엘리스의 표정 외에는 다른 분위기를 읽지 못했다.

통신이 중단된 시간이 너무 길어져서, 그들은 돈드래그머 선장의 대답을 기다렸다. 선장의 말투나 사용하는 단어로는 화가났는지 알 수 없었다. 엘리스는 선장의 몸짓과 자세를 보고 싶었다.

"벤저민, 나는 조타수들을 포기하지 않았습니다. 우리는 되도록 동력 장치를 많이 가져갈 계획인데, 이는 선원들이 얼지 않은 트럭에서 동력상자를 최대한 많이 꺼내기 위해 전등을 들고 선체 아래로 내려가야 한다는 의미입니다. 그 선원들에게 얼음 벽을 꼼꼼히 살피며 조타수들의 흔적을 찾으라고 명령할 겁니다. 조타수들이 발견되면 얼음을 깨서 그들을 꺼낼 선원을 배치하고, 나는 가능한 한 마지막 순간까지 그 작업을 진행할 선원을 남겨둘 겁니다. 하지만 탐사선을 웅덩이에서 꺼내기 위해 더이상 할 수 있는 일이 없는 상황이 되기 전까지는, 조타수 구조를 위해 얼음 깨는 작업에 선원 전체를 투입할 명분이 없습니다. 어쨌거나, 조타수들은 웅덩이 바닥까지 얼어붙기 전에 어떤 일이 일어나고 있는지 알아채고, 그곳이 아니라 웅덩이의 다른 지역에서 빠져나갈 구멍을 찾다가 갇혔을 가능성도 있습니다."

벤저민이 빨갛게 달아오른 얼굴로 고개를 주억거렸다. 엘리스가 아들이 구두로 사과해야 하는 수고를 덜어줬다.

"고마워요, 선장님." 엘리스가 말했다. "무슨 말인지 압니다. 우리가 정말로 당신이 포기했다고 비난하려던 건 아니었는데, 언어 선택이 부적절했습니다. 혹시 통신기의 카메라를 불빛이 비치는 지역으로 다시 돌려줄 수 있을까요? 현재 비추고 있는 방향으로는 아무것도 알아볼 수가 없어서요."

"그리고…." 엘리스가 부탁하는 말을 마치자마자 수머스 박사가 틈을 주지 않고 끼어들었다. "크웸블리호를 떠날 계획이더라도, 동력 장치를 하나 남겨둬서 전등들을 켜고, 선체가 보이는 장소에 선교 통신기를 묶어둘 수 있을까요? 앞으로 3시간에서 15시간 안에 홍수가 일어날 거라고 확신하는데, 그렇게 해두면 홍수가 일어날 경우에 우리가 그 상황을 관찰할 수 있을 뿐만 아니라, 그 후 당신이 탐사선을 찾을 때도 도움을 줄 수 있고, 어쩌면 어디를 찾아봐야 하는지도 알려줄 수 있을 겁니다. 선교 통신기를 놔두면 선장님에게 통신기가 두 대밖에 안 남을 테지만, 그럴 가치가 있을 것 같습니다."

이번에도 돈드래그머 선장은 즉시 마음을 결정한 듯했다. 그의 대답이 거의 64초 만에 스피커로 들어왔다.

"네, 그렇게 하겠습니다. 일할 선원들을 탐사선으로 돌려보낼 예정이고, 그 선원들과 안전한 의사소통을 원해서, 어쨌든 전등에 필요한 동력을 놔뒀을 겁니다. 당신의 제안은 그런 취지에 잘 맞습니다. 통신기를 다시 우현 쪽으로 돌리겠습니다. 그러면 틀림없이 잘 보일 겁니다. 이제 나는 선교에서 나가야 합니다. 1, 2분 이내로 선원들이 도착할 텐데, 그들이 도착하는 대로 임무를 배정하고 싶거든요."

또다시 벤저민이 다른 사람들의 의사를 묻지 않고 말하기 시작했다.

"선장님, 이 말이 탐사선에 도착했을 때 소리가 들리면 손을 흔들거나 뭔가 다른 방법으로 신호를 줄래요? 비트체르말프를 발견하거나 살아 있다는 사실을 알게 될 경우에도요. 굳이 선교로 돌아와서 자세한 사항을 알려달라고 요구하지 않을게요."

대답이 없었다. 아마 돈드래그머 선장은 자신의 말을 마치자마자 우주복을 입고 밖으로 나갔을 것이다. 인간들에게는 기다리는 것 외에 할 수 있는 일이 없었다.

앨런 기획연구실장이 엘리스의 도움을 받아 돈드래그머 선장
의 대답을 정착지로 전달하고, 발리넌 사령관으로부터 받았다
는 확인 답변을 들었다. 사령관은 크웸블리호의 문제에 대해,
특히 돈드래그머 선장이 어떤 아이디어를 떠올릴 경우, 가능한
한 모든 정보를 계속 전해달라고 요청했다. 앨런 기획연구실장
이 요청에 동의하고, 그 내용을 선장에게 전해달라고 엘리스에
게 부탁했다. 엘리스는 나중에 선장과 연락이 닿는 대로 전달하
겠다고 했다.

"좋습니다." 기획연구실장이 고개를 끄덕였다. "적어도 지금
까지는 구조선을 보낸다는 이야기가 나오지 않았습니다. 우리
는 이 상태를 그대로 잘 유지하면 됩니다."

"개인적으로는…." 엘리스가 대꾸했다. "몇 시간 전 크웸블리
호가 처음 얼어붙기 시작했을 때, 칼리프호나 후르쉬호를 파견
하고 싶었습니다."

"그럴 거라 생각했어요. 내 반대를 무시하고 발리넌에게 그
런 제안을 하지 않았던 당신의 세심한 윤리관에 매우 감사하고
있습니다. 이제 내가 바라는 것은 사령관이 스스로 그런 제안을
하지 않는 것입니다. 당신과 사령관이 의기투합해서 나에게 반
대할 때마다 내가 비난을 받았기 때문입니다."

엘리스가 앨런 기획연구실장을 바라보더니, 생각에 잠긴 얼
굴로 마이크를 쳐다봤다. 이제 개입할 때가 되었다고 판단한 그
녀의 남편이 묵직한 침묵을 끊고 질문을 던졌다.

"앨런, 발리넌 사령관의 이론을 어떻게 생각하세요?"

앨런 기획연구실장이 인상을 찌푸렸다. 앨런 기획연구실장과 엘리스는 둘 다 지금 아이브가 왜 끼어들었는지 완벽하게 이해했다. 하지만 그 질문은 모른 척하기가 힘들었다. 그리고 적어도 엘리스는 아이브의 개입이 좋은 생각이었다는 사실을 깨달았다.

"아주 멋진 아이디어였어요." 앨런 기획연구실장이 천천히 말했다. "하지만 매우 가능성이 큰 이론이라고는 말하지 못하겠습니다. 드라운을 행성이라고 부를 수 있는지 모르겠지만, 아무튼 거대한 행성입니다. 그래서 지적인 존재를 우리가 너무 일찍 만난 게 더 이상한 건지, 탐사선 중 유일하게 한 대만 만난 게 더 이상한 건지 모르겠어요. 드라운에 전자기 에너지를 이용하는 문명이 없는 건 확실합니다. 우리가 이 행성에 처음으로 가까워졌을 때 가장 먼저 검사했던 게 전자기파였으니까요. 훨씬 낮은 문명의 원주민이 어떻게 에스켓호의 선원들에게 했다는 짓을 할 수 있을까요?"

"그들의 문명 수준을 제쳐두더라도, 그들의 신체적, 정신적 능력에 대해 전혀 모르니, 나로서는 상상이 잘 안 되네요. 콜럼버스가 처음 만났던 인디언 중 몇 명은 스페인까지 끌려가지 않았나요?" 아이브 호프만이 대답했다.

"당신의 비유가 조금 과한 거 같네요. 지적인 종족과 우연히 마주치지 않더라도, 에스켓호에 발생 가능한 사건은 사실상 무궁무진합니다. 당신도 알 겁니다. 무의미한 추측일 뿐이라고 결론 내리기 전까지, 에스켓호에 발생할 수 있는 사건의 목록을 만드는 일을 도운 적이 있잖아요. 발리넌 사령관의 이론이 그 목록의 사건들보다 조금 더 신빙성이 있다는 사실은 인정하지만, 그 차이는 아주 미미합니다."

"앨런, 당신은 아직도 내가 카브렘을 착각했다고 생각하죠, 그렇지 않나요?" 엘리스가 말했다.

"맞아요. 유감스럽지만, 그렇습니다. 거기에 더해, 나는 우리가 지적인 종족과 만났을 거라고 믿지도 않습니다. 드 페르트의 돌*이 인간이 만든 도구라는 사실을 믿지 않는 사람들과 나를 비교하지는 마세요. 어떤 일들은 그냥 본질적으로 말이 안 되잖아요." 앨런 기획연구실장이 말했다.

아이브 호프만이 킬킬 웃으며 말했다. "가능성을 판단하는 인간의 능력, 즉 통계학적 통찰력이라고 부를 수 있는 그 능력은, 로이스 레인**처럼 지극히 고전적인 사례를 제외하더라도 언제나 상당히 불안정합니다. 어쩌면 확률이 그리 낮지 않을 수도 있어요. 알려진 항성이 겨우 일흔네 개, 항성이 없는 행성이 약 2백 개인, 태양에서 5파섹 거리의 아주 좁은 지역에서 우리가 지적인 생명체를 얼마나 많이 발견했는지는 당신도 나만큼이나 잘 알잖아요. 에너지 위기를 안전하게 넘겨서 우리의 발전 단계

* 자크 부세 드 페르트는 19세기에 고고학을 개척한 학자다. 드 페르트는 1837년 프랑스에서 선사시대의 유물을 발견했지만, 당시 다른 학자들은 기독교의 논리에 따라 선사시대의 존재를 거부하고 그의 발견을 인정하지 않았다. 현재는 고고학의 시조로 꼽힌다.
** 슈퍼맨 시리즈에서 슈퍼맨을 쫓는 기자이자 연인으로서 한동안 동료인 클라크 켄트가 슈퍼맨인지 몰랐다.

에 근접한 종족이 스물, 테네브라와 메스클린을 포함해서 아직 그 단계에 이르지 못한 종족 여덟, 그 단계를 넘는 데 실패하고 사멸한 종족 여덟, 실패했지만 회복할 희망이 있는 종족 셋. 그들 모두가 자신들의 역사에서 1만 년 안에 이쪽이냐, 저쪽이냐를 가르는 핵심적인 지점을 지났다는 사실을 잊지 마세요! 그 행성들의 나이도 90억 년이 된 파네쉬부터 그 10분의 1밖에 안 된 테네브라까지 다양합니다. 거기엔 우연 이상의 뭔가가 있어요, 앨런."

"파네쉬나 지구처럼 오래된 행성들은 과거에 다른 문명이 있었을 수도 있어요. 어쩌면 모든 행성에 수천만 년에 한 번씩 문명이 일어나는 건지 몰라요."

"그 초기의 지적인 종족들이 처음부터 지능이 너무 높아서 자기네 행성의 화석 연료를 건드리지 않았다면 모를까, 그런 일은 절대로 일어날 수가 없어요. 지구에서 인간이라는 존재가 지금으로부터 10억 년 후에 지질학적으로 보이지 않을 것 같나요? 마구 퍼낸 석탄층과 맥주병이 표준 화석이 될걸요. 난 당신의 주장에 동의하지 않아요, 앨런."

"그럴 수도 있지만, 어떤 슈퍼 종족이 우주의 이 구역에 있는 종족들을 하나의 거대한 클라이맥스를 향해 몰아가고 있다고 믿을 정도로 내가 신비주의적인 사람은 아니에요."

"당신이 악마 가설을 좋아하든, 혹은 ESFA 어쩌고 하는 이론을 선호하든 상관없어요. 확률 이상의 뭔가가 관련된 건 분명합니다. 그렇기 때문에 확률의 법칙만으로는 발리넌 사령관이 제안한 이론을 비판할 수 없어요. 사령관이 옳다고 단정할 필요는 없습니다만, 사령관의 이론을 진지하게 받아들이라고 강력히 촉구합니다. 난 진지하게 생각하고 있습니다."

몇 시간 전에 돈드래그머 선장이 인간들의 토론을 듣고 좋았던 것처럼, 이 논쟁도 들었다면 흥미로워 했을 것이다. 하지만 선장이 육체적으로 참석하는 게 가능했더라도, 지금은 너무 바빠서 제대로 듣지 못했을 것이다. 대부분의 선원이 돌아와서(물론 일부는 생명유지장치를 설치하느라 계속 남아 있었다), 선장으로서 감독해야 할 게 많았고, 자신이 해야 할 일도 너무 많았다. 중앙 에어로크의 얼음을 깨고 있던 세 명을 지원해주기 위해 스무 명을 더 배치했다. 그보다 많은 선원에게 전등과 도구를 주고 선체 아래로 내려보냈다. 그리고 너무 단단하게 얼어붙지 않은 동력 장치들을 찾아서 확보하라고 했다. 선장은 이 선원들에게 조타수 비트체르말프와 타쿠어치의 흔적을 최대한 주의 깊게 확인하라는 명령을 내려서, 벤저민과 했던 약속을 지켰다. 하지만 선장이 얼음벽을 빈틈없이 조사하라고 강조했기 때문에 선원들은 아무것도 발견하지 못했다. 그 선원들은 몇 분이 채 지나기 전에 조타수들이 사용했던 트럭에서 분리한 동력상자 두 개를 가지고 나왔으며, 곧 가열기의 작용으로 녹은 두 개를 더 가지고 나왔다. 돈드래그머 선장의 기억과 산술 법칙에 따르면 아직 동력상자가 여섯 개 남은 상태였다. 선원들은 나머지 동력상자들이 어느 트럭에 실려 있는지에 대해 근거를 바탕으로 합리적으로 추론할 수 있었지만 접근할 수 없었다.

그동안 나머지 선원들은 이용 가능한 에어로크를 통해 탐사선으로 들어갔다. 선교에 소형 에어로크가 있었고, 그보다 조금 큰 것이 헬리콥터를 내보내는 곳에 있었으며, 한 번에 한 명씩 들어갈 수 있는 비상용 출입구가 뱃머리와 배꼬리 근처의 좌우에 있었다. 일단 안에 들어간 선원들은 각기 배정된 일을 시작했다. 돈드래그머 선장은 선원들이 없는 동안에 인간들과 대화하고 생각도 했다. 선원 중 일부는 생명유지장치가 정상적으로 순환될 때까지 음식을 유지할 수 있도록 포장했고, 다른 선원들은 밧줄, 조명, 동력장치, 그리고 운송을 위한 다른 장비들을 준비했다.

　많은 이들이 즉석으로 운반 장치를 만들어냈다. 크웸블리호가 핵융합으로 작동되는 탐사선인 탓에 배 안에 바퀴 달린 장비는 거의 없었다. 제어 밧줄을 연결하는 소형 도르래가 있었지만, 이 도르래는 외바퀴 손수레 같은 장치로 사용하기에는 너무 작았다. 돈드래그머 선장은 탐사선의 해체를 단호히 금지했다. 탐사선에는 지게차나 짐수레 같은 것도 전혀 없었다. 물론, 메스클린에 있을 때는 근육의 힘으로 움직이는 그런 장비를 잘 알았고, 중장거리 운반용으로 사용했었다. 그런데 크웸블리호에서는 기계적 도움 없이는 선박의 부품 하나 쉽게 운반할 수 없었다. 그러나 지금은 장비들을 몇 킬로미터나 옮겨야 하고, 분해하지 않고 전체를 옮겨야 하는 부품이 많으므로 즉흥적인 대책이 필요했다. 두 막대를 묶어서 만든 썰매와 들것이 등장했다. 중앙 에어로크로 통하는 복도에는 보급품과 장비들이 빠르게 쌓여가며 출구가 열리길 기다렸다.

그러나 웅성거리고 쿵쿵대는 소리는 조타수 비트체르말프와 타쿠어치가 아직 숨어 있는 공기 매트리스 안까지 뚫고 들어가지 못했다. 나중에 판단해봤을 때, 그들이 이 대피소를 찾은 후 몇 분이 채 지나지 않았을 때 저항 가열기를 작동시키기 시작했던 게 틀림없다. 메스클린인이 휘두르는 칼조차 뚫기 힘들었던 매트리스의 두껍고 탄력 있는 물질이, 뜨거운 금속막대 주변에서 부글거리는 증기 거품이 만들어낸 소리와 나중에 들어온 선원들이 외치는 소리를 차단했다. 만일 선원들이 멀리 있는 누군가와 대화를 할 수밖에 없는 상황이 생겼다면, 멀리까지 잘 울리는 그들의 훅훅 소리는 어쩌면 그 단단한 물질을 뚫고 그들에게 들렸을지 모른다. 그러나 그들은 서로 대화를 하는 일 자체가 거의 없었다. 모두 자신에게 주어진 임무를 완벽하게 이해했기 때문이다. 조타수들이 입구로 사용했던 틈새는 직물의 탄성에 의해 굳게 닫혀서 그들에게 빛이 닿지 못했다. 결정적으로, 인내와 체념의 조합으로 묘사되곤 하는 메스클린인의 성격적 특성 때문에, 비트체르말프와 그의 동료는 우주복의 수소 호흡이 심각하게 문제를 일으키지 않는 한 바깥을 확인할 가능성이 없었다.

그 결과, 벤저민이 아무리 호소해도 돈드래그머 선장에게는 알려줄 소식이 전혀 없었다. 몇몇 동료들보다 1미터 남짓 위에, 그리고 다른 더 많은 동료들보다 1미터 아래에 있던 조타수들은 발견되지 않았다.

크웸블리호의 모든 선원이 이사를 준비하는 일에 종사하지는 않았다. 이사 준비의 가장 중요한 부분을 처리한 후, 돈드래그머 선장은 선원 둘을 불러 특별한 임무를 맡겼다.

"개울로 가. 북서쪽으로 가면 반드시 개울을 만나게 될 거야. 그리고 카브렘 일등항해사와 비행선 그웰프호를 찾을 때까지 상류로 올라가." 선장이 지시했다. "카브렘에게 우리가 뭘 하고 있는지 말해줘. 우리는 살기에 적합한 자리를 가능한 한 빨리 만들 거야. 카브렘에게 그곳이 어디인지 말해줘. 너희는 그곳에 가봤지만, 나는 안 가봤잖아. 우리는 인간의 통신기를 설치할 것이기 때문에, 그 지역에서 불빛이 비치고 활동이 진행되는 부분은 인간들이 볼 수 있을 거야. 카브렘에게 비행선 그웰프호를 그 지역 바깥에, 인간에게 들킬 위험이 없는 곳에 착륙시키는 게 안전할 거라고 말해줘. 사령관이 본래 시나리오에서 드라운의 토착 생물 부분을 조금 일찍 시작한 것 같다고 말해줘. 이 지역에서 카브렘을 만난 사실을 설명하기 위해 그랬을 거야. 사령관이 자세한 부분에 대해서는 아직 제안하지 않았어. 아마 인간들이 스스로 만들어내도록 놔두자던 원래의 생각을 고수할 것 같아.

카브렘을 만난 후에는 계속 상류로 올라가서 스타켄디 수색 대장을 찾아. 그리고 같은 정보를 전해줘. 스타켄디가 들고 있는 통신기의 시야에 들어가지 않도록 조심해. 너희가 스타켄디에게 가까워졌다는 생각이 들면, 잠깐씩 전등을 끄고 스타켄디를 찾아. 물론 나는 인간을 통해 스타켄디와 연락할 거야. 하지만 이런 이야기를 전하지는 않을 거야. 무슨 말인지 알겠지?"

"네, 선장님." 둘이 동시에 대답했다. 그리고 떠났다.

몇 시간이 지났다. 중앙 에어로크가 다시 열렸다. 가져가야 할 장비들을 거의 밖에 내놓았을 때 위에서 호출이 왔다. 연구실에 있던 통신기가 이제 탐사선 밖에 있어서 돈드래그머 선장이 바로 닿을 수 있었다. 스피커에서 벤저민의 목소리가 들렸다.

"선장님, 스타켄디 수색대장이 따라가고 있는 개울의 폭이 눈에 띄게 넓어지고 더 빨라졌으며, 구름이 비로 바뀌고 있다는 보고를 했어요. 제 책임 아래, 수색대장에게 뒤로 물러나라고 했어요." 선장이 고개를 들어 아직 구름이 없는 하늘을 올려다봤다. 그리고 낮이었다면 스타켄디가 말한 안개가 보였을 서쪽을 쳐다봤다.

"고마워요, 벤저민. 나도 그렇게 명령했을 겁니다. 우리는 개울이 너무 커져서 장비를 들고 건너기 힘든 상황이 되기 전에, 지금 곧 크웸블리호를 떠날 겁니다. 수머스 박사가 요청했던 대로 통신기를 선교에 묶어두었고 전등도 남겨놓을 겁니다. 머지않아 여러분이 우리에게 다시 돌아와도 안전하다고 알려줄 수 있기를 바랍니다. 이 상황을 발리넌 사령관에게 알려주세요. 그리고 최대한 조심하며 원주민에 대비하겠다고 말해주세요. 사령관이 제안했던 것처럼, 혹시 그들이 카브렘을 우리와 접촉할 수단으로 이용한 거라면, 나는 그들과 협력적인 관계를 만들기 위해 최선을 다할 겁니다. 나는 아직 카브렘을 직접 만나지 못했으며, 여러분이 처음에 카브렘을 봤다고 말한 이후로 지금껏 그에 관해 언급하지 않아서, 현재까지 그의 상태에 대해 전혀 모른다는 사실을 기억하세요.

그리고 가능하면 발리넌 사령관의 생각과 계획을 계속 알려주기 바랍니다. 여기서도 계속 새로운 정보를 알려주겠습니다. 그러나 미리 경고하기 힘들 정도로 상황이 너무 급박하게 진행될 수도 있습니다. 모니터들을 잘 지켜보세요. 현재로는 그게 다입니다. 우리는 출발합니다."

선장이 울려 퍼지는 훅훅 소리를 냈다. 인간의 귀에는 다행스럽게도, 통신기가 그 소리를 충실히 증폭시키지 못했다. 메스클린인들이 그럭저럭 일렬로 정렬하더니 2분이 채 지나기 전에 선교 통신기의 시야에서 사라졌다.

다른 통신기는 행렬의 끝 부분에 운반 중이라서, 앞쪽에서 까딱거리며 움직이는 불빛들이 모니터 위쪽 꼭대기에 보였다. 그 외에는 깜깜해서 거의 보이지 않았다. 렌즈에서 1, 2미터 앞에 있는 선원들에 대해서는 짐을 들고 자갈 사이를 이리저리 오가는 모습을 자세히 알아볼 수 있었다. 하지만 보이는 것은 그게 다였다. 인간들이 전혀 알아채지 못한 상태에서 행렬의 양쪽으로 5미터 떨어진 곳에 원주민 부대가 매복해 있을 수도 있었다. 앨런 기획연구실장이 드라운의 1천5백 시간 자전주기를 욕한 것은 이번이 처음이 아니었고, 마지막도 아닐 것이다. '라란데 21185'로부터 미약한 햇빛이라도 닿으려면 아직 6백 시간을 기다려야 했다.

수 킬로미터 서쪽에 있는 스타켄디 수색대장이 통신기를 통해 개울이 점점 넓어지고 있다고 확인해주었지만, 돈드래그머 선장 일행이 개울을 첨벙거리며 건너는 구간은 아직 넓지 않았다. 선장 쪽의 개울이 아직 건널 만하다는 사실을 알아챈 벤저민이 계곡 반대편에 있는 소규모의 일행도 개울을 건너 본대에 합류시키자고 제안했다. 다행히 벤저민은 자체적으로 행동하기 전에 돈드래그머 선장에게 먼저 제안했다. 상류로 전령 두 명을 보낸 사실이 기억난 선장은, 스타켄디 수색대가 이전에 같은 지역을 지날 때와 개울의 규모를 정확하게 비교할 수 있도록, 가능하다면 개울을 건너는 것을 미루는 게 좋겠다고 급하게 조언했다. 벤저민과 엘리스가 그 이유를 받아들였다. 수색대가 시간을 측정할 수 있는 장비를 갖고 있지 않기 때문에, 변화의 비율에 대해 의미 있는 보고를 할 수 없다는 사실을 잘 아는 아이브는 살짝 놀랐다. 아이브는 곧 혼자 속으로 빙긋이 웃었다.

몇 분이 1시간으로 늘어나고, 또 1시간이 지나는 동안, 지켜볼 만한 일이 거의 없었다. 앞서 장비들을 쌓아놓았던 계곡 가장자리 바위에 도착한 선원들이 기어 올라갔다. 그리고 야영장이나 마을이라고 불릴 만한 장소를 건설하기 시작했다. 당연히 생명유지장치가 최우선이었다. 우주복에 공기를 재충전해야 하는 때가 되려면 아직 시간이 많이 남았지만, 곧 다가올 것이다. 메스클린인은 에너지 낭비가 심한 생물이기 때문에 음식도 당장 걱정해야 하는 문제였으므로, 그들은 빠르고 효율적으로 야영장을 건설했다. 돈드래그머 선장은 다른 탐사선의 선장들과 마찬가지로 선박을 떠날 때 발생할 문제들에 대해 사전에 충분히 생각해두었다.

스타켄디 수색대 일행이 마침내 강을 건넜다. 그리고 얼마 후 야영지에 도착했다. 돈드래그머 선장이 벤저민을 통해 전언을 받은 후 도강을 허락했다. 그 전언에는 선장이 크웸블리호에서 스타켄디에게 보냈던 전령 중 한 명의 이름이 '우연히' 담겨 있었다.

결과적으로, 크웸블리호의 선원과 인간들 모두 암모니아-물 개울의 발달을 지켜보지 못했다. 흥미로운 광경이었을 것이다. 처음에는 목격자들이 보고했던 대로 상류의 바위 골짜기에서 골짜기로 흐르며 바위틈을 구불구불 내려가는 실개천에 불과했다. 안개 속의 액체 방울들이 더욱 빠르게 응집되어 합쳐지면서, 새로운 작은 지류들이 측면에서 본류로 유입되기 시작하자, 개울이 점점 더 깊어지고 빨라졌다. 바위 위에서 더욱 격렬하게 굽이쳐 흐르고, 본래 그 물이 담겨 있던 웅덩이들에서 흘러넘쳤다. 여기저기에서 일시적으로 얼어붙었다가, 얼어붙은 웅덩이들의 상류에서 공급된 물과 안개에서 공급된 암모니아가 혼합되어 녹는 온도로 변하고, 현지의 상온에서 액체가 되었다. 그 온도는 인간의 절대온도 기준으로 약 174도이고, 메스클린인 과학자들이 사용하는 온도 체계로는 대략 71도였다.

개울이 크웸블리호에 가까워지는 동안 바위들 틈에 물-얼음이 더욱 많이 쌓이고 더욱 복잡해졌다. 암모니아가 잠시 물-얼음을 녹였고, 그 혼합물이 액체로 변하며 흘러가다, 다시 곧 흐름이 멈추고 쌓였다. 벤저민이 묘사했듯, 양초에서 흘러내리는 뜨거운 촛농처럼 암모니아가 과도하게 첨가되면서 일시적으로 굳은 것이었다. 그렇게 쌓인 용액은 곧 아래에 있는 물-얼음이 그 혼합물과 반응하면서 무너져 내렸다.

마침내 크웸블리호의 우현을 따라 녹아서 생긴 얼음 구덩이에 개울이 도착했다. 다시 인간들이 관찰할 수 있는 장소였다. 이때쯤 개울은 약 3킬로미터에 걸쳐서 액체, 고체, 곤죽 상태가 번갈아 일어나는 복잡한 네트워크였는데, 고체가 패배하는 상황이었다. 아직 구름은 이 머나먼 하류까지 오지 않았지만, 대기 중에 암모니아가 거의 포화상태였다. 순수한 암모니아 액체의 표면처럼 흠뻑 젖었다는 의미였다. 암모니아-물 혼합물의 균형을 위해 필요한 암모니아 증기압은 낮았다. 그래서 액화는 대부분의 물과 약간의 암모니아 얼음에서 일어났다. 액화하기에 적절한 구성에 도달했을 때, 얼음의 표면이 액화되어 흘러가면 아래에 있던 더욱 단단한 얼음이 기체에 노출되었다. 그렇게 흘러간 액체는 암모니아 증기를 더욱 많이 흡수해서 다시 응고되는 경향이 있었지만, 그 움직임으로 인해 아래에 있는 물-얼음과 더욱 많이 접촉했다.

크웸블리호 선체 아래 공간의 상황도 별로 다르지 않았다. 액체가 얼음에 닿으면, 얼음이 녹아서 곤죽으로 변했다. 하지만 공기가 닿는 측면의 표면을 통해 더 많은 암모니아가 퍼져나가면서 다시 녹았다. 천천히, 천천히, 조금씩, 조금씩 거대한 선박을 붙잡은 얼음의 힘이 아주 부드럽게 풀어졌다. 위에서 흥미롭게 지켜보던 인간들과 어두운 피난처에서 기다리는 두 메스클린인 조타수는 이 변화를 감지하지 못했다. 곧 선체가 자유롭게 떠내려갔다.

이제 몇 군데에 약간의 곤죽이 살아남긴 했지만, 강은 전체적으로 액체 상태였다. 7백70만 제곱킬로미터 너비의 물-눈이 다가오는 계절의 첫 암모니아 안개와 만나서 강물을 형성하기 시작했던 백여 시간 전의 홍수와 상당히 많이 달랐다. 크웸블리호는 그 흐름과 함께 움직였지만, 모든 관련자가 그 사실을 알아채지 못했다. 아무도 알아채지 못한 것은, 주변의 물체들과 함께 흘러간 탓에 인간들의 눈에 띄는 상대적인 움직임이 없었고, 숨어 있던 메스클린인들이 느낄 수 있는 진동이나 흔들림이 없었기 때문이다.

크웸블리호가 휩쓸렸던, 대평원의 물을 고갈시킨 계절적 강물은 드라운의 거대한 산들과 산맥을 가르며 흘렀는데, 북서에서 남동으로 약 6천4백 킬로미터까지 뻗어 나갔다. 홍수가 오기 전에 크웸블리호는 그 강물과 거의 비슷한 경로로 설원을 지나왔다. 돈드래그머 선장과 조타수, 공중 정찰대, 그리고 대부분의 선원들은 그들 왼쪽에 있는 완만한 고지대를 알고 있었다. 때로는 선교에서 보일 만큼 가까웠지만, 어떤 때는 정찰기 조종사만 볼 수 있을 정도로 멀었다.

첫 홍수는 대평원 남동쪽 끝 부근의 강물을 통해 탐사선을 끌고 가서 알파 저압대 가장자리 근처의 낮고 거친 지역에 좌초시켰었다. 첫 번째 발생한 홍수는 거칠고 다소 우유부단한 새로운 계절의 시작으로서, 드라운이 허약한 태양에 접근하면서 태양이 비추는 지대의 위도가 이동함에 따라 발생했다. 두 번째 홍수가 진짜였다. 이번 홍수는 설원 전체를 다 쏟아내기 전까지, 지구 시간으로 1년 후까지 멈추지 않을 것이었다. 크웸블리호가 매우 천천히 녹으며 풀려났기 때문에, 첫 움직임은 매끄럽고 부드러웠다. 탐사선에 공급된 액체가 부유하는 결정들로 걸쭉했기 때문에, 그다음 움직임도 매끄럽고 부드러웠다. 마지막으로, 강물이 완전히 액체 상태가 되고 속도가 빨라졌지만, 넓고 깊어졌기 때문에 매끄럽게 움직였다. 조타수 비트체르말프와 타쿠어치는 수소압이 낮아져서 약간 멍했을 수도 있지만, 설령 그들이 경계를 늦추지 않았더라도 탄력 있는 매트리스 위에서 이동했기 때문에, 크웸블리호 선체의 사소한 움직임이 가려졌을 것이다.

알파 저압대가 드라운에서 가장 뜨거운 지역은 아니었다. 그러나 드라운에서는 대상용융* 효과로 행성의 방사성 물질들을 농축시키는 경향이 있어서, 여러 지역의 온도가 물-얼음의 녹는점 근처까지 올랐는데, 라란데 21185가 단독으로 올릴 수 있는 온도보다 절대온도 2백 도 이상 높았다. 그런 지역에서는 인간도 적당한 인공적 보호수단만 있으면 살 수 있었다. 물론, 중력과 압력 문제만 없다면 말이다. 진짜로 가장 뜨거운 지역은 베타 저압대로서, 6만4천 킬로미터 북쪽에 있었다. 이런 특성이 드라운에서 기후에 가장 많은 영향을 미쳤다.

---

* 물질을 가열해서 용해와 응고 과정을 거치며 불순물을 제거하고 물질의 순도를 높이는 방법 중 하나

온도가 상승한 지역으로 크웸블리호가 표류했는데, 현재 암모니아를 대기로 빼앗기는 상황에서도 온도 때문에 강이 액체 상태로 유지되었다. 강물의 경로는 다른 어떤 조건보다 지형에 대체로 좌우되었다. 이 강은 지질학적으로 역사가 너무 짧아서 그 자체의 작용으로 경관을 크게 바꾸지는 못했다. 또한, 이 지역에서 대부분의 노출된 지표면은 강물이 길을 낼 수 있는 물렁물렁한 퇴적물이 아니라 단단한 화성암이었다.

크웸블리호는 얼음에 갇혀 버려졌던 지점에서 약 5백 킬로미터 떨어진 넓고 얕은 호수로 들어갔다. 탐사선은 강물이 호수로 들어가는 부드러운 진흙 삼각주 위에 신속하고도 부드럽게 내려앉았다. 거대한 선체가 주변 물길의 흐름을 바꾸었고, 물길은 탐사선 옆으로 새로운 수로를 팠다. 약 30분 동안 옆으로 기울어져 있던 크웸블리호가 새로운 수로로 미끄러져 들어가더니 자유롭게 떠다니며 똑바로 섰다. 선체가 자유롭게 풀려나면서 발생한 흔들림이 조타수들의 관심을 자극했다. 그들은 호기심에 이끌려서 상황을 둘러보기 위해 매트리스 밖으로 나갔다.

14
구조대

벤저민이 한눈에 비트체르말프를 알아봤다는 말은 사실이 아닐 것이다. 실제로 먼저 강에서 나와 선체를 기어오른 애벌레 같은 형상은 타쿠어치였다. 그러나 드라운에 있는 네 개의 스피커에서는 어린 조타수의 이름이 울려 퍼졌다.

이 스피커들 중 하나는 크웸블리호의 선교에 있어서 아무도 듣지 못했다. 두 개는 현재 계곡을 가득 메운 넓고 빠른 강에서 몇백 미터 떨어진 돈드래그머 선장의 야영지에 있었다. 네 번째 스피커는 커다란 비행선 그웰프호 옆에 세워둔 레펠의 헬리콥터에 있었다.

날아다니는 기계들은 돈드래그머 선장의 야영지에서 서쪽으로 약 2킬로미터 떨어진 곳에 있었다. 카브렘 일등항해사는 앞서 자신이 했던 실수를 반복하고 싶지 않았기 때문에 더 이상 가까이 가지 않았다. 그는 강물의 수위가 오르지 않았다면 스타켄디 수색대장이 자신을 발견했던 장소에서 꼼짝도 하지 않았을 것이다. 여러 가지 이유가 있었지만, 무엇보다 안개에 갇힌 상태였기 때문에 비행을 하고 싶은 생각이 전혀 없었다. 레펠은 카브렘보다 더욱 움직이고 싶지 않았다. 그러나 다른 선택의 여지가 없었기 때문에, 카브렘은 비행선을 맑은 공기가 있는 곳까지 띄워 올렸다. 레펠은 용기를 끌어모아서 비행선의 야간 비행등에 최대한 가까운 거리까지 다가가 맴돌았다. 그들은 암모니아 방울이 가득한 안개에서 몇 미터만 위로 올라가도 비행을 할 수 있었다. 그래서 비행선의 지휘관이 충분히 가까워졌다고 판단할 때까지 돈드래그머 선장의 야영지 불빛을 향해 날아갔다. 비행선 그웰프호를 궤도 위에 있는 인간들의 눈에 띄게 한다면, 카브렘이 앞서 저질렀던 실수보다 훨씬 심각한 사태를 빚었을 것이다. 카브렘은 발리넌 사령관을 다음에 만날 때 그 실수에 대해 뭐라고 말하면 좋을지 아직도 고민하는 중이었다.

카브렘 일등항해사와 레펠은 적절한 언급을 듣지 못한 상태로 불안한 몇 시간을 보낸 후에야, 통신기 카메라의 시야에 그웰프호가 들어왔을 때 레펠이 셔터를 충분히 빨리 닫았다는 사실을 알게 되었다.

어찌 됐든, 돈드래그머 선장과 카브렘 일등항해사는 마침내 거의 직접적인 의사소통을 했고, 엘리스 호프만이 카브렘을 알아본 사건이 더 큰 반향을 일으킬 경우 어떻게 말하고 행동할지 조율할 수 있었다. 선장은 마음속의 짐 하나를 덜었다. 하지만 선장은 그 후에도 꾸준히 그 실수를 무마하기 위한 작업을 하나씩 진행했다.

벤저민이 오해의 소지가 전혀 없는 목소리로 외친 "비트체르말프!"라는 말 때문에 선장이 그 작업에서 벗어났다. 당시 선장은 선원들을 한 명씩 살펴보며 최대한 카브렘 일등항해사와 닮은 사람을 찾고 있었다. 하지만 카브렘을 지난 몇 달간 보지 못했기 때문에 쉽지 않은 일이었다. 선장은 본래 카브렘과 특별히 잘 아는 사이가 아닌데다, 비행선 그웰프호를 방문할 시간이 아직 없었고, 카브렘은 어떤 이유로든 야영지에 가까이 오지 않았기 때문이다. 선장은 에스켓의 일등항해사 카브렘으로 오해할 소지가 있는 모든 선원들을 선발해서, 너무 두드러지지 않고 천연덕스럽게, 하지만 빈번히 통신기의 카메라 시야 안에 모습을 보이도록 할 계획이었다. 카브렘을 보았다는 엘리스 호프만의 확신을 무너뜨릴 수 있는 일이라면 무엇이든 시도할 만한 가치가 있었다.

그러나 탐사선의 불빛이 사라진 이후 지난 12시간 동안, 선장이 마음속에서 크웸블리호와 조타수의 운명을 치워버렸던 적은 없었다. 그래서 스피커의 소리를 듣고 선장은 즉시 온 신경을 집중했다.

"선장님!" 소년의 목소리가 계속 말했다. "조금 전에 메스클린인 두 명이 크웸블리호의 선체를 기어 올라왔어요. 그 사람들은 물에서 나왔어요. 선장님이 못 찾아냈지만, 그동안 내내 그 밑 어딘가에 있었던 게 틀림없어요. 비트체르말프와 타쿠어치가 틀림없어요. 물론 그 사람들이 선교에 올라올 때까지는 제가 그들과 대화를 할 수 없지만, 어쨌든 선장님의 배를 되찾을 수 있을 것 같아요. 저 두 사람은 탐사선을 조종할 수 있잖아요, 아닌가요?"

돈드래그머의 마음이 부산해졌다. 홍수가 예상보다 흐지부지 가라앉긴 했지만, 선장은 탐사선을 포기했던 자신을 책망하지 않았다. 그것은 그 당시 가능한 지식을 바탕으로 가장 합리적으로 내린 결정이었다. 새로운 홍수의 특성이 명백하게 드러나고, 그들이 탐사선 안에서도 더할 나위 없이 안전하게 머무를 수 있었을 거라는 사실이 분명해졌을 때는, 이미 돌아가는 게 불가능한 상황이었다. 선장은 메스클린인답게 이런저런 '만약에'를 생각하느라 시간을 낭비하지 않는 사람이었다. 그는 탐사선을 떠날 때 이미 되찾을 가능성이 작다고 판단했었다. 그리고 탐사선이 부서지지 않은 채 온전한 상태로 하류로 떠내려가자 되찾을 가능성이 더욱 줄어들었다. 그 가능성이 제로는 아니겠지만, 더 진지하게 생각해볼 정도로 크지는 않았다.

이제 그 가능성이 갑자기 다시 커졌다. 크웸블리호가 사용 가능한 상태일 뿐 아니라, 조타수들이 살아 있고 승선한 상태였다. 뭔가 조치를 취할 수 있을 것 같았다, 만약에….

"벤저민!" 생각이 여기까지 진행되자, 돈드래그머 선장이 소리쳤다. "여러분의 공학자들을 데려다 현재 크웸블리호가 우리에게서 얼마나 멀리 있는지 최대한 정확하게 측정해주겠습니까? 비트체르말프 혼자서 탐사선을 조종하는 건 완벽하게 가능합니다만, 두 조타수는 전반적인 정비를 하느라 여러 가지 다른 문제로 바쁠 겁니다. 하지만 어떻게든 해내야 합니다. 어떤 경우든 크웸블리호까지 거리가 50킬로미터인지, 천 킬로미터인지 알아야 합니다. 이 강물이 12시간 안에 탐사선을 그렇게 멀리까지 싣고 가지는 못했을 테니, 천 킬로미터는 아닐 겁니다. 그래도 알아야만 합니다. 여러분의 과학자들을 불러 모으고, 발리넌 사령관에게 일어난 일을 전해주세요."

벤저민은 빠르고 효율적으로 선장의 요청을 들어줬다. 소년은 더 이상 피곤하지 않았으며, 걱정하지 않았고, 분개하지도 않았다. 12시간 전에 크웸블리호가 버려진 후, 그는 친구의 생존에 대한 희망을 버리고, 오래 참았던 잠을 자기 위해 통신실에서 나갔다. 벤저민은 잠들지 않을 거라 생각했지만, 신체의 화학반응이 그를 이겼다. 그는 9시간 후 기상연구실의 정규 업무로 복귀했다. 조타수가 모습을 드러낸 몇 분 사이에 벤저민이 모니터로 돌아간 것은 순전히 우연이었다. 그는 수머스 박사의 지시를 받고 다른 탐사선들에서 보낸 일반적인 데이터를 수집하러 와서는, 몇 분간 서성대며 크웸블리호의 모니터를 지켜봤다. 기상학자는 벤저민의 메스클린인 언어에 대한 지식에 상당히 의지했다.

충분한 수면과 갑자기 비트체르말프가 생존해 있다는 사실을 알게 되자, 벤저민에게 남아 있던 돈드래그머 선장의 방침에 대한 분노가 사라져버렸다. 벤저민은 선장의 요구를 받아 확인하고, 엄마에게 자신의 자리를 맡아달라고 소리친 후, 근육이 허용하는 최대한의 속도로 사다리를 타고 연구층으로 올라갔다.

역시 몇 시간 눈을 붙였던 엘리스는 돈드래그머 선장에게 벤저민이 통신실에서 나갔으며 자신이 자리를 맡았다는 사실을 알려주고, 요청받은 대로 발리넌 사령관에게 간략하게 상황을 전달한 후, 마이크 스위치를 다시 선장에게 돌려 자신이 묻고 싶은 질문을 했다.

"아직 두 선원이 실종된 상태에요. 선장님은 아직 헬리콥터 조종사를 찾을 가능성이 있다고 생각하나요?"

돈드래그머 선장은 생각 없이 대답을 뱉을 뻔했다가, 곧 조심스럽게 말을 다듬었다. 물론, 선장은 레펠이 어디에 있는지 알고 있었다. 전령이 야영지와 비행선 그웰프호 사이를 꾸준히 오갔다. 하지만 유감스럽게도, 케르벤서는 비행선의 선원들이나 다른 누구의 눈에도 띄지 않았다. 케르벤서의 실종은 전적으로 진실이었고, 선장은 이제 케르벤서가 생존할 가능성을, 1시간 전 크웸블리호 아래에 있었던 조타수 두 명보다도 낮게 여겼다. 당연히 이에 대해 말하는 것은 안전했다. 그는 주로 레펠에 대해 언급할 때 실수를 했다. 스텐어에서 '그'와 '그들'에 해당하는 단어는 인간의 언어처럼 구별되는데, 돈드래그머 선장은 실종된 두 조종사에 관해 이야기할 때 몇 번이나 '그'라고 말하다 멈칫했다. 엘리스는 알아채지 못한 듯했지만, 나중에 선장은 그녀가 알아챘을지도 모른다고 생각했다.

"지금으로선 판단하기 힘듭니다. 두 명 모두 어떤 상태일지 모르겠습니다. 만일 그가 현재 홍수가 덮은 지역으로 내려갔다면, 지금 그들이 살아 있기 힘들 겁니다. 매우 안타깝습니다. 그들을 잃어서 안타까울 뿐 아니라, 헬리콥터가 한 대만 있었더라도 크웸블리호로 더 많은 선원을 수송해서 더욱 쉽게 돌아오게 할 수 있었을 테니 말입니다. 물론 대부분의 장비는 그런 식으로 옮길 수 없습니다. 하지만 어떤 이유에서든 두 조타수가 탐사선을 여기로 데려오지 못하는 상황이 생길 경우, 정찰기가 한 대 있다면 그들에게 큰 도움이 될 수 있을 겁니다. 여러분의 과학자들이 크웸블리호에 있는 통신기처럼 레펠이 가지고 간 통신기의 위치를 찾을 수 없다는 것은 안타깝습니다."

"선장님만 그렇게 느끼는 건 아니에요." 엘리스가 동의했다. 그 문제는 레펠이 사라진 직후부터 제기되었다. "저는 신호의 강도가 영상의 밝기에 비례하는 이유를 설명해줄 수 있을 만큼 그 기계에 대해 잘 알지 못합니다. 전파를 분류하는 이름도 항상 헷갈려요. 레펠의 통신기는 완전히 어둠 속에 잠겼거나 파괴되었을 겁니다.

이제 여러분의 생명유지장치가 설치되어서 작동하는 모양이군요."

마지막 말은 엘리스가 화제를 바꾸려고 꺼낸 이야기가 아니었다. 그녀는 그 장비를 제대로 본 게 처음이기 때문에 실제로 궁금했다. 수십 개, 어쩌면 백 개가 넘는 투명한 사각형 탱크로 구성된 생명유지장치가 수십 제곱미터 너비를 가득 채웠는데, 각각의 탱크에는 액체가 약 3분의 1 정도 담겼으며, 메스클린의 공기를 구성하는 매우 순수한 수소가 그 액체를 통과하며 보글거렸다. 탱크를 밝게 비추는 전등은 동력 장치로 작동되었지만, 수소 가스를 순환시키는 펌프는 근육의 힘으로 작동했다. 메스클린에서는 다양한 단세포 종들이 육상 조류(藻類)와 거의 흡사한 역할을 했는데, 생명유지장치에서는 식물들이 메스클린인의 생물학적 폐기물인 포화 탄화수소를 산화시키고 자유 수소를 내뿜었다. 그 식물들은 메스클린인들이 먹을 수 있는 것들로 선택되었지만, 엘리스가 알기로는 맛이 없었다. 유지장치에서 고등식물을 이용하고 인간에게 과일이나 채소에 해당하는 식물을 생산하는 부분은 너무 덩치가 커서 탐사선에서 꺼내지 못했다.

엘리스는 생물학적 순환 과정에서 기체 성분이 아닌 물품이 탱크로 어떻게 드나드는지 몰랐다. 그러나 우주복 공기통을 재충전하는 모습을 볼 수 있었다. 그것도 근육으로 움직이는 펌프였는데, 구멍이 많은 금속 고체들이 담겨 있는 통 안에 수소를 짜 넣는 방식이었다. 그 금속 역시 메스클린과 전혀 무관한 물질로서, 구조상 제올라이트와 그럭저럭 유사한 분자구조물이었다. 그 물질은 구조물의 구멍 내부의 벽에 수소를 흡착하고, 폭넓은 온도 범위 안에서 메스클린인의 신진대사에 필요한 수소 부분압의 균형을 유지했다.

엘리스의 말에 대해 돈드래그머 선장이 대답했다. "네, 우리에게 음식과 공기는 거의 충분합니다. 진짜 문제는 무엇을 해야하는가입니다. 여러분의 행성 조사 장비를 거의 구하지 못했기 때문에, 우리는 여러분의 조사를 수행할 수 없습니다. 아무래도 정착지까지 걸어서 돌아갈 수밖에 없는데, 생명유지장치를 단계적으로 옮겨야 합니다. 그 말은 여기서 불과 몇 킬로미터 떨어진 곳에 다시 야영지를 세우고, 장비를 옮기고, 공기 순환을 재개한 후 공기통을 재충전하고, 또 그 과정을 끝도 없이 반복해야 한다는 의미입니다. 여기서부터 정착지까지 거리는 약 3만… 죄송합니다. 여러분의 숫자 체계와 거리 척도로 약 1만9천 킬로미터에 이르기 때문에, 우리가 거기까지 가려면 수년이 걸릴 겁니다. 이건 은유도 아니고, 상대적으로 짧은 여러분의 1년 개념으로 하는 말도 아닙니다. 여러분의 프로젝트를 위해 우리를 조금이라도 더 유용하게 이용하려면, 반드시 크웸블리호를 여기로 가져와야 합니다."

엘리스는 선장이 언급하지 않은 다른 대안이 떠올랐지만, 선장의 말에 동의할 수밖에 없었다. 물론 앨런 기획연구실장은 동의하지 않았을 것이다. 저런 상황이니 동의해줄까? 훈련받고 유능한 탐사 선원들의 존재는 엄청난 투자를 의미하기도 했다. 그 논리를 따르는 게 유용한 전술일 것 같았다. 몇 분 후, 벤저민이 정보를 가지고 돌아왔다. 소년의 뒤로 그 문제에 관심을 가진 과학자들도 따라왔다.

"선장님." 벤저민이 호출했다. "크웸블리호는 아직 움직이는 중이에요. 아주 빠르지는 않지만, 1시간당 약 20밧줄 정도의 속도예요. 크웸블리호의 위치는, 아니 6분 전의 위치는 선장님의 통신기로부터 우리의 척도로 500.039킬로미터 떨어져 있습니다. 여러분의 숫자 체계와 척도로는 233,750밧줄입니다. 두 지점의 고도 차이가 크다면 오차가 약간 있을 수 있습니다. 이

것은 최단 거리입니다. 우리는 강의 길이에 대해 아주 정확하게 알고 있지는 않지만, 탐사선이 떠내려가기 시작한 후부터 그 경로를 따라 약 스무 군데의 지점을 표시해두었기 때문에, 연구실에는 강의 대략적인 지도가 있습니다."

"고맙습니다." 왕복 시간에 맞춰서 선장의 대답이 돌아왔다. "아직 조타수들하고는 구두로 연락이 안 되었습니까?"

"아직 안 됐어요. 하지만 조타수들이 탐사선 안으로 들어왔으니까, 곧 선교의 통신기를 찾아낼 거예요. 하지만 먼저 다른 곳을 확인하고 싶을 것 같기도 해요. 그들에게 우주복의 공기가 아주 희박할 테니까요."

그 추측은 완벽하게 정확했다. 두 조타수가 탐사선이 버려졌다는 사실을 확인하고, 생명유지장치가 많이 사라졌다는 사실을 파악하는 데에는 몇 분이 채 걸리지 않았다. 하지만 지금 그들은 탐사선 내부의 공기가 외부의 산소로 오염되었는지 점검해야 했다. 시험 방법을 생각해내기에는 둘 다 기초 화학을 충분히 알지 못했고, 과학자 보른덴더와 그의 동료들이 사용하는 일상적인 화학 요법도 잘 알지 못했다. 냄새를 맡는다는 다소 과격한 방법을 두고 고민하다가, 과학적인 목적으로 탐사선에 통신기를 남겨두었을 가능성이 있고, 그럴 경우 통신기를 통해 인간에게서 도움을 받을 수 있을 거라는 생각이 비트체르말프에게 떠올랐다. 연구실에는 통신기가 없었는데, 선교가 다음으로 유력한 지점이었다. 조타수들이 승선한 후 약 10분쯤 지났을 때 비트체르말프의 목소리가 우주정거장을 향해 올라갔다.

벤저민은 비트체르말프의 질문을 듣자마자, 인사는 뒤로 미루고 돈드래그머 선장에게 그 질문을 즉시 전달했다. 선장은 과학자들을 불러 상황을 대략 설명했다. 그리고 약 30분 동안 통신 전달이 매우 바쁘게 진행되었다. 과학자 보른덴더가 설명하면, 비트체르말프가 그 설명을 복창한 다음 연구실로 가서 재료와 장비를 실험했다. 그리고 다시 선교로 올라와 몇 가지 사소한 부분들을 확인하고….

이윽고 대화의 쌍방이 지시를 제대로 이해했다고 확신하게 되었다. 중간 지점에 있는 벤저민은 거의 확신했다. 벤저민은 비트체르말프가 실수하더라도 폭발할 가능성이 전혀 없다고 판단할 수 있을 정도로 물리학과 화학을 충분히 이해했다. 벤저민의 유일한 걱정은, 그의 친구가 시험을 적당히 얼버무려 진행하는 바람에 위험한 산소량을 제대로 측정하지 못할 수도 있다는 점이었다. 한 번의 중독이 위험할까, 아니면 수소와 산소가 혼합되었을 때 다른 위험들이 나타날까? 그는 확신하지 못했다. 수소와 산소의 혼합물은 질적으로 다르기 때문이다. 비트체르말프가 선교로 돌아와서 시험을 모두 완료했다고 보고하기 전까지 벤저민은 약간 긴장하고 있었다. 암모니아와의 반응을 가속해서 자유 산소를 제거하는 촉매는 여전히 활성화된 상태였고, 탐사선 공기 안에 있는 암모니아 증기 농도는 그 촉매를 작용시킬 수 있을 정도로 충분히 높았다. 조타수들은 이미 우주복을 벗었지만, 산소의 냄새가 나지 않았다. 하지만 인간이 황화수소를 냄새로 맡는 게 위험한 방법이듯, 메스클린인이 산소를 냄새로 감지하는 것은 그리 믿을 만한 시험 방법이 아니었다.

최소한 두 선원은 한동안 선내에서 생활할 수 있었다. 그들이 가장 먼저 한 행동은 생명유지장치를 통해 공기 거품을 계속 만들어내기 위해 탱크에 '수동' 펌프질을 하는 것이었다. 그리고 대부분의 식물이 아직 살아 있다는 사실에 만족했다. 다음 문제는 항해였다.

벤저민이 친구에게 크웸블리호의 위치, 다른 선원들의 위치, 그리고 탐사선의 현재 항해 속도와 방향에 대해 최대한 자세히 말해주었다. 그 정보를 이용하는 데는 아무런 문제가 없었다. 비트체르말프는 아주 쉽게 방향을 결정할 수 있었다. 별들을 눈으로 볼 수 있었고, 그에게는 아주 훌륭한 자석 나침반이 있었다. 드라운의 자기장은 지구보다 훨씬 강했다. 그래서 오래전부터 일반적인 행성의 자기장과 자전 속도 사이의 상관관계를 당연하게 여겼던 과학자들이 상당히 놀랐었다.

세부적인 항해 계획을 만들기 위한 논의는 앞서 진행했던 산소 시험 과정보다 짧았지만, 여전히 긴 시간 동안 통신 중계가 이어졌다. 돈드래그머 선장이나 조타수들도 무엇을 할지, 어떻게 해야 할지에 대해 별로 고민하지 않았다.

비트체르말프가 타쿠어치보다 훨씬 어렸지만, 벤저민이 통신할 때 의례적으로 크웸블리호를 호출하지 않고 비트체르말프의 이름으로 호출한다는 사실이 그 어린 조타수에게 권한을 부여해준 듯했다. 엘리스와 다른 인간들은, 타쿠어치가 과거에 자신이 이룬 성과에 관해 이야기하는 것을 즐기면서도 너무 많은 책임을 지는 것은 별로 내키지 않는 모양이라고 짐작했다. 타쿠어치는 비트체르말프의 제안에 대체로 즉시 동의하거나, 형식적인 토론만 거친 후 동의했다.

"벤저민, 우리는 여전히 떠내려가는 중이야. 이 강의 밑바닥에 아주 이상한 구멍 같은 게 없는 한, 물결의 도움만 받아서는 다른 선원들에게 가지 못할 거야." 이윽고 어린 메스클린인이 간략하게 요약해서 설명했다. "가장 먼저 해야 할 작업은 물갈퀴를 동력이 있는 트럭들에 설치하는 거야. 모든 트럭에 설치하려면 시간이 영원히 걸릴 테니까, 배꼬리에서 양쪽 바깥 줄에 하나씩, 그리고 조종할 수 있도록 앞쪽 가운데에 하나쯤 설치할 계획이야. 다른 트럭의 동력을 이용하면, 우리가 뭍에 닿았을 때 강물에서 벗어나거나 안전하게 상륙할 수 있을 거야. 타쿠어치 아저씨와 난 지금 밖으로 나가 일을 시작할 거야. 벤저민, 우리에게서 눈을 떼지 말아줘. 통신기는 여기에 그대로 놔둘게."

조타수 비트체르말프는 벤저민의 대답을 기다리지 않았다. 그와 동료는 다시 우주복을 입고, 트럭의 무한궤도에 고정할 물갈퀴를 챙겼다. 물갈퀴는 메스클린에서 시험했지만 드라운에서는 한 번도 사용해본 적이 없어서, 얼마나 잘 작동할지 아무도 알 수 없었다. 물갈퀴를 설치할 공간이 좁았다. 트럭 윗부분에 물갈퀴를 위한 여유가 거의 없었기 때문이다. 그리고 그 좁은 공간 중 일부는 무한궤도가 트럭의 위쪽으로 올라갔을 때 납작하게 접힐 수 있도록 설계된 플라스틱 보호대가 차지하고 있었다. 하지만 그 보호대가 약간의 추진력을 제공한다는 사실이

드러났다. 이게 무엇을 할 수 있을지는 두고 봐야 알 수 있다. 물론, 크웸블리호는 그 배가 처음 건조되었던 행성 메스클린의 액체 탄화수소 바다에 있을 때보다 드라운의 암모니아-물 혼합액 안에서 덜 가라앉았다.

물갈퀴와 보호대를 설치하는 작업은 두 노동자에게 길고 어려운 일이었다. 탐사선이 떠내려가고 있는 상황에서는 장비를 내려놓을 곳이 없어서 한 번에 하나씩 안으로 들어가 꺼내 올 수밖에 없었다. 안전선이 작업을 끈질기게 방해했다. 메스클린인의 집게발은 인간의 손가락보다 조작하는 게 덜 효율적인 기관이었다. 하지만 네 쌍의 집게를 동시에 조화롭게 사용할 수 있다는 사실 덕분에, 그 단점은 어느 정도 상쇄되었다. 메스클린인에게는 인간의 왼손잡이나 오른손잡이에 해당하는 비대칭이 없다.

인공조명이 필요하다는 사실 때문에 더욱 힘들었다. 각 트럭에 물갈퀴 열두 개와 보호대 하나씩, 트럭 세 대 설치하는 데에 거의 15시간이 걸렸다. 각 트럭에 노동자가 네 명씩 달라붙었으면 2시간 안에 끝났을 거라고 비트체르말프는 벤저민에게 장담했다.

이때쯤 탐사선을 추적하고 있던 과학자들이, 크웸블리호가 아직 움직이긴 하지만, 더 이상 야영지에서 멀어지지 않는다는 사실을 알게 되었다. 탐사선은 약 6.5킬로미터 지름의 소용돌이에 잡힌 것처럼 보였다. 비트체르말프가 마침내 동력을 사용할 준비가 되었을 때 이 소용돌이를 이용했다. 그는 탐사선이 남쪽으로 떠내려간다고 인간 분석자들이 말해줄 때까지 기다렸다가 물갈퀴가 달린 트럭 세 대를 작동시켰다. 몇 초 동안은 동력이 도움되는지 명확하게 알 수 없었다. 그러다 매우 느리긴 했지만, 조타수와 인간들 모두 그 거대한 선체가 부드럽게 앞으로 움직이는 것 같다고 판단했다. 선교에서 메스클린인들은 명색뿐인 뱃머리의 파도를 흐릿하게 볼 수 있었다. 배꼬리 쪽을 바라본 인간들은 탐사선 뒤에 양쪽으로 잔물결이 퍼지는 것을 감지할 수 있었다. 비트체르말프가 조타기를 힘차게 돌려 포말하우트와 지구의 태양 쪽으로 뱃머리를 향했다. 그는 반응을 궁금해하며 30초를 기다렸다. 곧 기다란 선체가 경로에서 벗어나며 별들이 머리 위에서 회전하기 시작했다. 일단 회전을 시작하자 멈추기가 힘들었다. 비트체르말프는 몇 분 동안 여러 번 지나치게 조타기를 돌렸고, 몇 번은 탐사선이 거의 직각에 가깝게 회전하기도 했다. 그런 후에야 선체에 대한 감을 찾았다. 처음에 비트체르말프는 실제로 어느 쪽으로 가고 있는지 알지 못했지만, 곧 1시간가량 간신히 남쪽으로 방향을 잡았다. 조타수는 소용돌이가 탐사선을 처음과 같은 방향으로 돌렸다는, 초기의 정보로부터 방향을 짐작할 수 있었다. 하지만 그 짐작이 맞는다면 이제 소용돌이가 탐사선을 동쪽으로 끌고 갈 차례였다.

그러나 그림자 위성의 지향성 안테나와 우주정거장의 컴퓨터가 확인해주기까지는 약간 시간이 걸렸다. 그들이 계산을 끝낼 즈음에 크웸블리호가 부드럽게 호숫가에 닿았다.

비트체르말프는 즉시 물갈퀴가 달린 트럭들을 풀고, 동력상자가 있는 가장 앞의 트럭 두 대를 구동시켜서, 탐사선을 호숫가로 끌어냈다.

"호수에서 나왔어." 비트체르말프가 보고했다. "그런데 사소한 문제가 있어. 땅 위에서 물갈퀴를 달아놓은 상태로 움직이면, 곧바로 물갈퀴를 망가트릴 거야. 혹시 탐사선이 지금 섬에 올라온 것으로 확인되거나, 다른 이유로 물로 돌아가야 하는 상황이 되면, 물갈퀴들을 떼어내고 다시 설치하느라 엄청나게 많은 시간을 낭비하게 될 거야. 먼저 떠오른 생각은, 탐사선을 여기에 그대로 놔두고, 주변을 걸어 다니며 탐사해서 호숫가에 머무를 수 있는 확률이 얼마나 되는지 알아내면 어떨까 하는 거야. 오래 걸리긴 하겠지만, 날이 밝기를 기다릴 만큼 오래 걸리지는 않겠지. 인간들의 조언이나 선장님의 지시를 받고 싶어. 기다릴게."

이 내용을 돈드래그머 선장에게 전달하자, 선장이 즉시 대답했다.

"탐사선 밖으로 나가지 마. 네가 우리와 같은 쪽의 강가에 있는지, 강 건너편에 있는지 우주정거장의 지도 제작자들이 확인해줄 때까지 기다려. 그들이 묘사한 지도를 떠올려보면, 소용돌이가 너희를 동쪽으로 끌고 갔을 가능성이 큰데, 그건 강의 오른쪽 둑일 거야. 우리 야영지는 왼쪽 둑에 있어. 인간들도 그렇게 확신한다면, 물로 돌아가서, 너희가 지나쳤다고 인간들이 생각할 때까지 서쪽으로 향해 가. 아니다, 잠깐만 다시 생각해보자. 네가 호수 입구의 반대편에 있다고 그들이 생각할 때까지 가.

그리고 다시 남쪽으로 뱃머리를 돌려. 나는 너희가 물살을 거슬러 상류 쪽으로 속도를 낼 수 있을지 알고 싶어. 물론 속도는 느릴 거야. 하지만 지상의 강둑을 따라 이동하다 보면 이동하지 못하는 지역들도 나올 테니까 미리 알아두면 좋을 거야."

"조타수 비트체르말프와 지도 제작하는 분들에게 전달할게요, 선장님." 벤저민이 대답했다. "통신실에 지도를 복사해놓고 최신 정보를 계속 표시하도록 할게요. 그러면 나중에 시간을 아낄 수 있을 거예요."

공교롭게도, 탐사선의 방향에 대한 정보는 신뢰성이 약했다. 크웸블리호의 현재 위치는 충분히 잘 확증할 수 있었으나, 탐사선이 실려 내려간 강 하류의 경로는 매우 불확실했다. 위치를 표시한 지점들이 몇 킬로미터씩 떨어져 있었지만, 강이 몹시 구불구불하다는 사실을 보여주기에는 충분했다. 몇 번 더 논의를 진행한 후, 비트체르말프가 다시 물로 돌아가 최대한 호숫가에 붙은 상태로 서쪽을 향하는 게 좋겠다고 결정했다. 탐사선의 조명이 비추는 범위와 호수 바닥의 경사가 괜찮다면 호숫가가 눈에 들어올 것이다. 비트체르말프가 눈으로 강물이 들어오는 호수의 입구를 발견할 수 있다면, 돈드래그머 선장의 바람대로 상류로 올라갈 것이다. 만일 눈으로 찾아내지 못한다면, 위에 있는 인간이 그에게 강의 입구를 지난 게 확실하다고 말해줄 때까지 호숫가를 따라 계속 나아가다 남쪽으로 뱃머리를 돌릴 것이다.

크웸블리호의 불빛으로 호숫가를 비추는 게 가능하다고 입증되었지만, 강에 도달할 때까지 2시간 넘게 걸렸다. 탐사선이 하류로 떠내려오는 동안 인간들이 위치를 확인할 때 놓쳤던 장소는 서쪽으로 완만하게 굽어진 곳이었다. 크웸블리호는 다시 돌아서 동쪽으로 기울어진 호수로 들어갔다. 아마도 그 경사 때문에 반시계방향의 소용돌이가 생겼을 것이다. 인간 행성학자가 저 소용돌이는 코리올리의 힘*의 탓이 아니라고 했다. 드라운이 두 달에 한 번 자전하는 행성인데다, 이 호수가 적도에서 남쪽으로 겨우 7도밖에 떨어지지 않은 곳에 있어서, 코리올리 효과가 지극히 미미했다.

삼각주에 대한 경고가 날아왔다. 그 삼각주 때문에 호안선이 살짝 북쪽으로 틀어졌다. 조타기를 잡은 비트체르말프와 선교 좌현에 있는 타쿠어치가 조종하는 크웸블리호가 약간 불규칙한 반도를 더듬거리며 우회했다. 트럭이 몇 번이나 부드러운 바닥의 침전물에 긁히며 느려지는 게 느껴졌다. 이윽고 물길을 찾아서 그 흐름 속으로 들어갔다.

크웸블리호의 속도가 빠르지 않았지만, 물결에 밀려 떠내려 가지는 않았다. 메스클린인들은 서두르지 않았다. 돈드래그머 선장이 물살을 거스르는 실험을 6시간 이상 실시했다. 그사이 탐사선은 15킬로미터 정도 강물을 거슬러 올라갔다. 이 속도를 유지할 수 있다면, 크웸블리호는 자정 이후 하루나 이틀 후에, 즉 인간의 척도로는 일주일 정도 후에 야영지에 도착할 것이다.

---

* 행성 같은 회전체의 표면에서 운동하는 물체에 작용하는 힘. 지구의 북반구에서 태풍이 항상 반시계방향으로 회전하는 것도 코리올리의 힘 때문이다.

항해 계획을 바꾼 것은 조바심 때문이었다. 물론 이것은 메스 클린인을 탓할 문제가 전혀 아니었다. 1시간에 2.5킬로미터가 만족스럽지 않다고 결정한 사람은, 하고많은 사람들 중에서도 앨런 기획연구실장이었다. 돈드래그머 선장은 그 문제를 예민하게 받아들이지 않았다. 가능하다면 이동 도중에 조사 작업을 하는 게 좋겠다는 기획연구실장의 의견에 선장이 동의했다. 선장은 앨런 기획연구실장의 제안에 따라 조타수 비트체르말프를 강둑이 가깝게 있을 거라 추정되는 서쪽으로 보냈다. 그 땅은 무리 없이 이동할 수 있을 것 같았다. 약간 염려가 된 선장이 조타수들에게 물갈퀴를 철거하라고 지시했다.

탐사선이 현재 마른 땅 위에 있어서, 철거가 설치보다 훨씬 쉬웠다. 물건들을 바닥에 내려놓을 수 있고, 안전선도 필요 없었다.

벤저민이 다음번에 통신실을 방문했을 때, 크웸블리호는 평지에서 1시간에 약 15킬로미터의 속도로 순조롭게 남쪽을 향해 이동했는데, 가끔 튀어나온 바위나 여기저기에 흩어진 무성한 덤불 때문에 방해를 받았다. 덤불은 현재까지 드라운에서 마주친 가장 발달한 형태의 생물이었다. 지면은 단단한 퇴적층이었다. 행성학자들은 그 지역이 상습 침수 지역일 거라고 추정했다. 벤저민이 보기에도 그럴 것 같았다.

조타수 비트체르말프가 평소처럼 자진해서 말을 걸긴 했지만, 그가 대화에 완전히 집중하고 있지 않다는 사실을 쉽게 알 수 있었다. 비트체르말프와 타쿠어치는 그들의 시력과 크웸블리호의 불빛이 허용되는 한 최대한 빈틈없이 앞을 바라봤다. 항행이 안전할 거라는 확신이 없었다. 공중 정찰이 없는 상태에서 그들이 두려워하지 않고 낼 수 있는 최대 속도는 시속 15킬로미터였다. 그보다 빨리 달리면 탐사선의 불빛으로 살펴볼 수 있는 한도를 넘어버린다. 공기 생산용 식물 관리처럼, 수행해야 하는 다른 임무가 생기면, 탐사선을 멈추고 함께 작업했다. 그들은 한 명의 눈만으로는 안전한 항행을 하기에 충분하지 않다고 느꼈다.

시간이 흘러가자, 조타기를 잡은 선원에게 위험한 일이 없을 거라는 불순한 확신이 조금씩 들기 시작했다. 강물에서 눈을 떼지 않은 상태로 방향을 바꾸지 않고 지금껏 수십 킬로미터를 계속 달려왔다. 인간이라면 조금씩 탐사선의 속도를 올렸을 것이다. 메스클린인의 반응은 탐사선을 멈추고 쉬는 것이었다. 타쿠어치조차 기본적인 상식 같은 지시에 반해 행동하고 싶은 욕구가 느껴지면, 자신이 뭔가 조치를 받아야 하는 상태라고 판단했다. 한번은 앨런 기획연구실장이 모니터에 왔을 때 탐사선이 정지한 것을 보고, 정기적인 공기 점검을 위해 멈춘 거라고 짐작했다. 하지만 메스클린인 한 명이 선교에서 빈둥거리며 드러누워 있는 모습이 보였다. 통신기는 옛날 위치로 돌려놓았기 때문에 조타기 너머의 앞쪽을 비췄다. 기획연구실장이 왜 탐사선을 운행하지 않는지 묻자, 자신이 대충 일하고 있다는 사실을 깨달았다고 타쿠어치가 솔직하게 대답했다. 기획연구실장은 매우 깊은 생각에 잠긴 얼굴로 통신실을 나갔다.

이윽고 조심스럽게 일한 보람이 나타났다, 혹은 나타나는 것 같았다.

최근 몇 킬로미터를 지나는 동안 지상으로 돌출된 기반암이 점점 더 자주 나타났는데, 전반적으로 이전보다 더 작고 날카로웠으며 바위 사이의 거리도 더 가까워졌다. 행성학자들은 바닥의 지층에 관한 정보가 거의 없었기 때문에 알맹이 없는 추측만 할 뿐이었다. 기본적인 지표면은 여전히 단단한 퇴적층이었다. 하지만 당직자들은 그 지층이 점점 더 얇아지고 있으며, 크웸블리호가 얼마 지나지 않아 돈드래그머 선장 야영지의 지반을 형성하고 있는 지층과 동일한 암석 지층을 만나게 될 것이라고 예상했다.

조타수들은 종종 돌출된 바위들을 피하기 위해 왼쪽이나 오른쪽으로 살짝살짝 방향을 돌려야 했다. 가끔 속도를 약간 줄여야만 하는 때도 있었다. 지난 몇 시간 동안 행성학자들은 애처로운 목소리로 너무 늦기 전에 탐사선을 세우고, 바위들은 너무 커서 어쩔 수 없지만 현재 탐사선이 지나치고 있는 퇴적층 표본이라도 수집하자고 몇 번이나 애원했다. 앨런 기획연구실장은 그저 그 표본이 우주정거장으로 오려면 최소한 1, 2년은 걸릴 거라고 지적하며, 그들의 요청을 거절했다. 과학자들은 나중에 다시 그 표본을 채집하기 위해 기다려야 하는 시간보다는 훨씬 낫다고 따졌다.

그런데 크웸블리호가 멈췄다. 이번은 조타수 비트체르말프의 결정이었다. 뭔가 사소한 문제 때문인 듯했다. 앞쪽의 흙이 약간 거무스름했는데, 탐사선 아래의 흙과 그 흙 사이의 경계가 매우 뚜렷했다. 모니터의 영상으로는 그 경계가 잘 보이지 않았다. 하지만 두 메스클린인은 동시에 그 사실을 지적하며, 말이 필요 없이 자세한 조사가 필요하다고 동의했다. 비트체르말프가 우주정거장을 호출해서, 인간들과 돈드래그머 선장에게 자신과 타쿠어치가 잠시 밖으로 나가겠다고 알리며 상황을 설명했다. 그 전언을 통역해준 엘리스는 곧 두 행성학자로부터 메스클린인들을 설득해서 표본을 탐사선으로 가져오게 해달라고 부탁받았다. 그녀는 이런 상황이라면 앨런 기획연구실장도 반대하기 힘들 거라 짐작하고, 돈드래그머 선장의 허가를 받아 조타수들에게 요청하겠다고 했다.

이번에 돈드래그머 선장은 선교에서 조명을 이용해 주변을 주의 깊게 살펴본 후 밖으로 나간다면 동의하겠다고 했다. 이는 유익한 지시였던 것으로 확인되었다. 항해등의 범위에서 그리 멀리 벗어나지 않은, 백여 미터 앞쪽에 작은 개울이 탐사선의 진행 경로를 가로질러 강으로 흘러들어 가는 모습이 보였다. 전등을 우현으로 돌리자, 이 지류가 북쪽으로부터 탐사선의 경로와 평행하게 호를 그리며 오는 게 보였다. 곧 이 지류가 굽어지며 커다란 탐사선의 약간 뒤쪽에서 방향을 돌리더니 북서쪽으로 사라졌다. 크웸블리호는 가로가 약 2백 미터, 세로도 그보다 그리 길지 않은 반도 위에 서 있었다. 동쪽에는 탐사선이 따라오던 강이 있고 다른 쪽에는 작은 지류가 막은 형태였다. 메스클린인과 인간들 모두 조타수의 관심을 끌었던 흙색의 변화는 그 작은 개울에 젖어서 생겼을 가능성이 크다고 추정했지만, 앞서 비트체르말프가 제안한 외부 활동을 취소할 정도로 확신할 수 있는 사람은 없었다. 앨런 기획연구실장은 통신실에 없었다.

밖으로 나왔더니 보조 전등의 도움을 받아도 두 흙 사이의 경계선이 더욱 안 보였다. 비트체르말프는 눈동자 사이의 거리가 주된 원인일 거라고 추측했다. 그는 경계선 양쪽의 흙을 따로 긁어서 물질 표본을 담았다. 그리고 두 조타수는 지류로 계속 나아갔다. 빠르게 흐르긴 하지만, 폭이 몸길이 서너 배 정도 되는 얕은 시내였다. 약 5센티미터 아래에, 시냇물이 가르며 흘러가는 바닥의 흙이 보였다. 두 메스클린인은 짧은 토론을 거친 후 강에서 벗어나 시냇물을 따라 올라가기 시작했다. 그 시냇물이 무엇으로 구성되어 있는지 알 수 없었지만, 나중의 시험을 위해 한 병 담았다.

굽어지는 지점에 도착하니, 메스클린인들이 보기에도 그 시내는 생긴 지 얼마 되지 않은 듯했다. 시냇물은 강을 향해 나아가면서 눈에 보이는 속도로 둑을 잠식하고 퇴적층을 마모시켰다. 현재 두 조타수는 시냇물이 굽어지는 바깥쪽에 있었는데, 바로 앞 냇가의 밑 부분이 깎이는 게 보이고, 느껴지기도 했다. 가장자리에 서 있던 비트체르말프의 발밑이 갑자기 부서져 내리더니, 어느새 시냇물에 빠져버렸다.

시내가 겨우 3센티미터 정도의 깊이밖에 안 되었기 때문에, 비트체르말프는 올라오기 전에 그 기회를 이용해 바닥에서 표본을 한 번 더 채집했다. 그들은 10분가량 더 상류로 계속 올라가보기로 했다. 비트체르말프는 물속을 걷고, 타쿠어치가 둑을 걸었다. 10분이 채 되기 전에, 그들은 실제로 물줄기의 원천을 찾았다. 수원지는 크웸블리호에서 8백 미터도 채 안 되는 거리에 있는 샘이었는데, 땅 밑에서부터 그 물이 올라오는 작은 연못의 중앙 부분이 격렬하게 뽀글거렸다. 그 중앙부를 살펴보던 비트체르말프가 넘어져서 상류의 물길을 따라 몸길이의 절반만큼 떠내려갔다.

거기에서는 특별히 할 일이 없었다. 그들에게 통신기를 가져가라고 진지하게 제안한 사람이 없었기 때문에 촬영 장비도 없었고, 더 많은 표본을 채집해서 별로 얻을 수 있는 것도 없었다. 그들은 크웸블리호로 돌아가 발견한 것들에 대해 구두로 묘사했다.

지금 할 수 있는 최선은 과학자 보른덴더와 그의 동료들이 뭔가 유용한 조사를 할 수 있는 야영장으로 이 표본들을 가져가는 일이라는 의견에 과학자들도 동의했다. 조타수들이 다시 탐사선을 신중하게 몰기 시작했다.

크웸블리호가 시냇물에 다가가 물속으로 들어갔다. 트럭이 넓어진 시내 바닥을 가로지를 때 공기 매트리스가 살짝 잠겼지만, 선교에서는 전혀 느껴지지 않았다.

그 후 8초 동안 아무런 느낌이 없었다.

탐사선이 작은 시내를 절반 이상 건넜을 때, 고체와 액체의 차이가 흐릿해지기 시작했다. 선교에서 약간의 요동이 느껴졌다. 우주정거장의 모니터에 비친 영상에는 외부의 모습이 살짝 위로 흔들리는 것처럼 보였다.

앞으로 진행하던 탐사선의 움직임이 거의 즉시 멈췄다. 하지만 구동장치는 계속 바닥을 휘저었다. 지면이 갑자기 미끈거리는 진흙으로 변하고, 트럭이 진흙 속으로 완전히 잠기자 전혀 움직일 수 없게 되었다. 뒤에서 받쳐주는 것도 없고, 끌어줄 것도 없었다. 트럭들이 묻힐 때까지 크웸블리호는 안정된 상태였다. 공기 매트리스들이 보이지 않게 될 때까지도 안정된 상태였다. 탐사선이 반쯤 액체인 진창에서 말 그대로 떠 있는 상태가 될 때까지 거의 안정적이긴 했지만, 완전히 안정된 상태는 아니었다. 크웸블리호가 두 개의 돌출된 바위에 걸리며 멈췄다. 하나는 매트리스 바로 뒤의 후미 아래에 걸렸고, 다른 하나는 중앙 에어로크에서 3미터 정도 떨어진 우현에 걸렸다. 불쾌하게 긁는 소리가 들리며, 선체가 앞쪽으로, 좌측으로 기울어지더니 곧 멈췄다. 그리고 이번에는 비트체르말프의 후각이 너무도 분명하게 경고해주었다. 선체의 어딘가가 부서졌다. 산소가 스며들고 있었다.

15
본질

"요약하면 이렇게 돼요." 앨런 기획연구실장이 회의탁자 상석에 앉아 말했다. "우리는 화물선을 아래로 내려보낼 수도 있고, 안 보낼 수도 있습니다. 보내지 않을 경우, 크웹블리호와 거기에 승선한 메스클린인 두 명을 잃게 됩니다. 그리고 돈드래그머 선장과 나머지 선원들은 정착지에서 보낸 칼리프호 같은 구조선이 그들에게 닿을 때까지 활동할 수 없습니다. 안타깝지만, 우리가 화물선을 착륙시키더라도, 도움이 되지 않을 가능성이 큽니다. 우리는 크웹블리호 아래의 지반이 왜 무너졌는지 모르기 때문에, 그 근처 다른 곳에서도 똑같은 일이 일어나지 않을 거라고 확신할 수 없습니다. 화물선을 잃는 건 곤란합니다. 설령 우리가 돈드래그머 선장의 야영지 근처에 착륙해서 선장과 선원들을 탐사선으로 수송하더라도, 화물선을 잃을지도 모르고, 선원들이 크웹블리호를 수리할 수 있을 거라는 보장도 없습니다. 나는 조타수 비트체르말프의 보고가 미덥지 않습니다. 그는 공기가 새는 큰 구멍들을 찾아서 막았다고 했지만, 여전히 산소가 선체 안으로 수시로 들어오는 상황입니다. 생명유지 탱크 몇 대가 산소로 오염되었습니다. 비트체르말프는 그 탱크들을 씻고, 다른 탱크에서 다시 채워 넣었지만, 틈새들을 다 막지 않은 채 이 짓을 영원히 계속할 수는 없습니다. 또한, 크웹블리호가 처박혀 있는 게 진창인지 뭔지 모르겠지만, 아무튼 비트체르말프든 누구든 거기서 꺼낼 구체적인 제안을 하지 못하고 있습니다.

그 외에도 화물선을 착륙시키지 말아야 하는 타당한 이유가 더 있습니다. 우리가 원격으로 생중계로 제어한다면, 60초의 반응 지연이 생깁니다. 이 때문에 지상에서 가깝게 비행할 때 조종하는 건 실제로 불가능합니다. 컴퓨터로 착륙을 처리하도록 프로그램하는 게 가능할 수도 있겠지만, 지구가 아닌 곳에서 처음으로 착륙할 때는 위험이 큽니다. 스스로 화물선을 비행할 수 있도록 메스클린인들을 속성 교육하는 편이 차라리 낫겠어요!"

"그렇게 바보 같은 소리라는 듯 말하지는 마세요, 앨런." 엘리스가 점잖게 지적했다. "크웹블리호는 중대한 재난에 처한 첫 탐사선입니다. 드라운은 매우 큰 행성인데, 우리가 아는 게 거의 없는 상황이기 때문에, 구조나 다른 목적을 위해 육상 탐사선을 조만간 다 사용해버릴 수도 있다고 생각합니다. 또한 화물선의 조종 장치에 컴퓨터가 연결되어 있고, 가고 싶은 대로 누르기만 하면 작동되는 프로그램이 있다는 정도는 나도 압니다. 그럼에도 불구하고, 사전 훈련이 안 된 상태에서는 드라운의 지상에서 지상으로 화물선을 비행하려 시도하다 십중팔구 죽게 될 수 있다는 점도 인정합니다. 그러나 비트체르말프와 타쿠어치를 살릴 더 나은 방법이 있을까요?"

"다른 방법이 있을 겁니다." 앨런 기획연구실장이 조용히 대답했다.

"도대체 어떻게 합리성이라는 이름으로⋯." 보이드가 끼어들었다. "우리가 여기 내내 있었는데⋯." 엘리스가 손을 들자, 그녀의 손짓과 표정을 보고 보이드가 입을 다물었다.

"당신이 양심에 따라 추천할 수 있는, 크웸블리호나 두 조타수, 돈드래그머 선장의 선원들을 정말로 구할 가능성이 큰 다른 방법이 뭔가요?" 엘리스가 물었다.

앨런 기획연구실장은 얼굴이 새빨개졌지만, 흔들리지 않고 대답했다. "내가 앞서 언급했습니다. 보이드도 기억할 겁니다. 정착지에서 칼리프호를 보내 그들을 데려오면 됩니다."

기획연구실장이 말을 마치자 잠시 침묵이 흘렀다. 그동안 탁자 주변으로 재미있어하는 표정들이 스쳐 지나갔다.

마침내 아이브 호프만이 입을 열었다. "그걸 발리넌 사령관이 승인해줄 거라 생각하나요?" 아이브가 짐짓 모른 척하며 물었다.

✳

"요약하면 이렇게 돼." 돈드래그머 선장이 카브렘에게 말했다. "우리는 발리넌 사령관이 정착지에서 구조선을 보내줄 때까지 여기에 머무르면서 아무것도 안 하면 돼. 에스켓호에는 구조선을 보내지 않았었지만, 사령관은 여기로 구조선을 보내기 위해 너무 괴상하지 않은 그럴듯한 이유를 생각해낼 수 있을 거야."

"그건 어렵지 않을 거예요." 에스켓호의 일등항해사 카브렘이 대답했다. "당시 인간 한 명이 구조선을 보내는 것에 반대했는데, 사령관은 그 인간이 논쟁에서 이기도록 해줬을 뿐이잖아요. 이번에는 사령관이 더 단호한 태도를 보이면 돼요."

"처음에 다른 인간들이 별로 의심하지 않았던 것 같아? 하지만 그건 신경 쓰지 마. 우리가 가만히 기다리고만 있으면, 언제까지 기다려야 할지 몰라. 우리는 정착지에서 여기까지 과연 육로가 가능한지조차 모르잖아. 너는 광산에서 공중으로 왔고, 우리는 그 길의 일부를 물에 떠내려왔으니 말이야.

하지만 기다리지 않기로 결정한다면, 우리는 둘 중에 하나를 할 수 있어. 하나는 크웸블리호를 향해 단계적으로 이동하는 거야. 우주복이 허용되는 한 생명유지장치를 최대한 멀리까지 옮기고, 다시 설치한 후 우주복을 재충전하는 거지. 언젠가는 도착할 거야. 다른 하나는 같은 방법으로 정착지를 향해 이동하다가 구조선이 올 경우 그 구조선과 만나거나, 구조선이 오지 않으면 걸어서 정착지까지 가는 거야. 결국에는 도착하겠지. 크웸블리호로 가더라도, 우리가 수리할 수 있을지는 확실하지 않아. 인간들이 비트체르말프의 의견을 충분히 제대로 전달해줬다면, 수리는 다소 회의적이야. 나는 두 가지 선택지가 모두 싫어. 둘 다 시간만 낭비할 가능성이 있기 때문이야. 이 행성의 지면을 발로 기어 다니는 것보다는 나은 방법이 있잖아.

내 생각에 더 좋은 방법은, 네 비행선을 이용하는 거야. 크웸블리호를 포기하겠다고 결정하면 조타수들을 구조하고, 포기하지 않기로 하면 선원들과 장비를 크웸블리호가 있는 곳으로 운반하기 시작하는 거지."

"하지만 그러면⋯."

"에스켓호 작전은 당연히 아작 나는 거지. 레펠의 헬리콥터만 이용해도 그럴 거야. 네가 어떤 거짓말을 생각해내더라도, 인간들에게 전체 상황을 털어놓지 않으면, 레펠이 싣고 다녔던 통신기에 무슨 일이 있었던 건지 설명할 방법이 없어. 물론, 나는 그 작전이 위험을 감수할 가치가 있다는 점은 인정해. 그러지 않았다면, 그 결정을 따르지 않았을 거야. 하지만 그들의 생명을 고의로 희생시킬 가치가 있는지는 확신하지 못하겠어."

"제가 듣기로는, 우리를 진짜 사람으로 여기지 않는 존재들에게 전적으로 의지할 때의 위험성에 대해 선장님을 설득할 수 있는 사람이 없었다고 하더라고요." 카브렘이 말했다.

"그랬지. 인간이 우리와 다른 것처럼 그들끼리도 서로 다르다는 사실을 잊지 마. 한 인간이 내가 질문했던 차동 승강 장치에 대해 명확하고 자세히 대답해주고, 과학에서 수학을 이용하는 방법에 관해 무료로 첫 수업을 해줬을 때, 나는 그 외계인들에 대한 생각을 정했어. 나는 우리가 서로 다르듯이 그들도 서로 다르다는 사실을 알아. 발리넌 사령관에게 구조대를 보내지 말자고 했던 인간은 엘리스 호프만이나 찰스 래클랜드와 아주 많이 다른 인간일 거야. 나는 네가 생각하는 것처럼 그들을 한 종 전체로 불신하지 않았고, 앞으로 하지 않을 거야. 난 발리넌 사령관도 그런 식으로 인간들을 불신한다고는 생각하지 않아. 사령관은 그 주제에 대해 나와 논쟁하기보다는 차라리 화제를 바꿔버리곤 했어. 자신이 옳다고 확신할 때는 절대로 그러지 않는 사람이잖아. 나는 여전히 에스켓호 속임수는 이만 접고 인간들에게 당장 크웸블리호를 도와달라고 요청하거나, 최소한 거기에 있는 비행선 세 대를 모두 이용해서 그들을 찾아 나서는 게 낫다고 생각해."

"이제는 세 대가 아닙니다." 카브렘도 지금 그런 지적을 하는 게 부적절하다고 생각했지만, 이렇게라도 화제를 바꿀 수 있어서 살짝 기뻤다. "이 행성의 시간으로 이틀 전에 비행선 엘쉬호를 타고 가던 카르프렌긴과 네 명이 실종됐어요."

"당연한 말이지만, 그 소식은 아직 나한테까지 오지 않았어." 돈드래그머 선장이 말했다. "사령관은 그 소식을 듣고 어떻게 반응했어? 아무리 사령관이라도, 사방에서 선원들을 잃기 시작하면, 인간에게 도움을 요청하고 싶은 유혹을 느꼈을 거야."

"사령관도 아직 그 소식을 못 들었습니다. 지상팀이 에스켓호에서 회수한 트럭들을 이용해서 수색하고 있어요. 완벽하게 마무리하기 전까지는 보고하고 싶지 않았거든요."

"얼마나 더 완벽하게 하려고? 카르프렌긴과 부하들은 지금쯤 죽었을 게 틀림없어. 비행선에는 이틀 동안 가동할 수 있는 생명유지장치를 싣고 갈 수 없잖아."

카브렘이 물결치는 몸짓을 했다. 이는 인간이 어깨를 으쓱하는 몸짓에 해당했다. "데스틱메트 선장과 이야기해보세요. 저는 이미 일으킨 말썽만으로도 벅차요."

"왜 수색에 너희 비행선을 이용하지 않았어?"

"저녁이 되기 전까지 이용했어요. 하지만 광산에서 다른 문제가 생겼습니다. 일종의 얼음강이 아주 느리게 다가오고 있었어요. 그게 멈추지 않는다면, 곧 제2정착지 전체를 덮어버릴 상황이었습니다. 벌써 에스켓호까지 도착해서 탐사선을 뒤집기 시작했어요. 그래서 에스켓호에서 트럭들을 그렇게 쉽게 회수할 수 있었던 겁니다. 빙하를 거슬러 올라가서 계속 무한정 올 것 같은지, 아니면 일회성 사건인지 알아보라고, 데스틱메트 선장이 저를 보냈던 거예요. 정말 이렇게 멀리까지는 오지 말았어야 하는데, 멈출 수가 없었어요. 계속 같은 강이 이어지는데, 중간중간에 고체가 되기도 하고, 액체가 되기도 합니다. 이 이상한 행성에서 제가 봤던 것 중 가장 이상한 거였어요. 얼음이 멈출 가능성은 없습니다. 에스켓호 정착지는 끝난 거나 다름없어요."

"물론 발리넌 사령관은 아직 이 소식을 못 들었겠군."

"사령관에게 전할 방법이 없었어요. 우리는 어두워지기 직전에야 얼음이 움직이고 있다는 사실을 알아챘거든요. 당시까지는 광산에서 수십 밧줄 떨어진 곳에 있는 얼음 절벽일 뿐이었는데, 갑자기 그게 움직인 거예요."

"다시 말해서, 내 일등항해사와 헬리콥터만 잃어버린 게 아니라 비행선 한 대와 선원 다섯을 잃어버린 거네. 나중에 에스켓호 프로젝트 전체를 돌아보면, 크웸블리호도 그 목록에 있게 되겠지. 그런데 너는 아직도 이 속임수를 끝내고, 인간에게 자초지종을 말한 후, 그들의 도움을 받으면 안 된다고 생각하는 거야?"

"지금은 그 어느 때보다도 적절하지 않다고 생각합니다. 만일 그들이 우리가 이렇게 많은 문제를 일으켰다는 사실을 알게 되면, 더 이상 그들에게 쓸모가 없다고 판단하고 우리를 여기에 버릴지도 몰라요."

"말도 안 돼. 누구도 이 프로젝트처럼 투자한 사업을 그냥 버리지 않아. 논쟁할 생각은 하지 마. 어차피 소용없는 짓이야. 내가 원하는 건⋯."

"선장님이 진정으로 원하는 건 산소로 호흡하는 친구들에게 정보를 통째로 흘려줄 핑계잖아요."

"내가 그러지 않으리라는 건 너도 알잖아. 현장에서는 언제나 나 자신의 판단을 이용할 준비가 되어 있지만, 기본적인 정책은 부분적으로도 함부로 바꾸지 않아."

"다행이네요. 인간을 좋아하는 건 괜찮지만, 그들이 모두 엘리스 호프만 같지는 않아요. 그건 선장님도 인정하셨죠."

＊

"요약하면 이렇게 돼." 발리넌 사령관이 정착지의 과학자 벤디뷘스에게 말했다. "우리가 디슬렌버를 에스켓호에 보내 통신기 셔터들을 닫도록 지시한 것은 너무 성급했어. 에스켓호에 대한 의문이 잠잠하게 가라앉은 것 같은데, 그렇게 하면 의문들이 다시 살아날 거야. 우리는 가장 중요한 활동에 나설 준비가 아직 안 됐어. 1년은 더 있어야 해. 원주민의 위협이라는 각본에 따라 인간이 생각하도록 만들 기회를 날려버린 건 아쉽지 않아. 인간들이 우리가 가지고 있는 줄 모르는 기계들과 전자 장치를 자체 제작해서 더 많이 갖추기 전까지는, 데스틱메트 선장의 선원들이 그 각본에 맞는 연기를 할 수 없었을 거야. 원주민의 위협이 진짜처럼 보이지 않는 한 인간들이 우리가 원하는 조치를 취할 가능성은 별로 없어.

지금이라도 디슬렌버를 쫓아가서, 그 명령을 취소할 수 있다면 그렇게 하겠어. 너희 과학자들에게 무전기 실험을 계속 진행하게 해서 지금 당장 비행선 디디호에 한 대 달아놓았더라면 좋았을 텐데 말이야."

"무전 실험은 그리 위험하지 않았을 테고, 저는 기꺼이 연구했을 겁니다." 벤디뵌스가 대답했다. "당연히 전파는 인간들에게 감지될 수 있습니다만, 우리가 짧고 드물게 송신하도록 제한하고, 간단히 켜고 끄는 수준의 암호를 이용한다면, 인간들은 전파의 출처가 어디인지 알아채지 못할 겁니다. 하지만 어쨌든 디슬렌버를 붙잡기에는 너무 늦었습니다."

"맞아. 난 왜 저 위에서 카브렘에 대해 한마디도 안 하는지 궁금해. 엘리스 호프만과 마지막으로 대화했을 때, 그녀는 자신이 정말로 카브렘을 봤는지에 대해 예전만큼 확신하지 못한다는 인상을 받았어. 엘리스가 정말로 실수를 한 걸까? 아니면 우리가 인간들을 시험하려던 것처럼, 그들도 우리를 시험하려는 걸까? 아니면 우리를 그 암초에서 빠져나갈 수 있도록 돈드래그머 선장이 뭔가 한 걸까? 엘리스가 정말로 착각했다면, 우리는 처음부터 완전히 다시 생각해야 해….”

“우리는 에스켓호의 바닥에서 뭔가가 미끄러졌다는 것에 대해서도 더 이상 보고를 못 들었습니다.” 과학자가 말했다. “그것도 다른 시험일까요? 아니면 거기서 정말로 무슨 일이 발생한 걸까요? 우리가 그 기지와 150시간 동안 전혀 연락을 못 했다는 사실을 잊지 마세요. 에스켓호가 정말로 뭔가에 의해 움직인 거라면, 우리는 최신 정보에 너무 뒤떨어져서 합리적인 판단을 할 수 없습니다. 에스켓호 작전을 망칠 수 있는 어떤 말도 하지 못하는 상태에서, 그들이 주는 데이터를 믿을 수 없다는 이 상황이 너무 골치 아픕니다.”

“에스켓호에 진짜 문제가 생겼다면, 우리는 디슬렌버의 판단을 믿을 수밖에 없어.” 사령관이 벤디븐스의 마지막 말을 무시하고 말했다. “실은 지금 중요한 문제는 그게 아니야. 진짜 문제는 우리가 돈드래그머 선장과 크웸블리호에 대해 뭘 해야 하느냐는 거야. 나는 선장이 배를 버리고 떠내려가게 할 만한 충분한 이유가 있을 거라고 짐작했는데, 그 결과가 매우 꼴사나워. 선장의 부하가 두 명 승선한 채로 떠내려갔다는 사실 때문에 더 꼴사나워졌어. 그 조타수들이 없었다면, 탐사선을 그냥 잊어버리고, 칼리프호를 보내서 사람들을 데려오면 되는 거였어.”

“어쨌거나, 그렇게 하면 왜 안 되나요? 인간 앨런이 그렇게 제안하지 않았습니까?"

"그랬지. 나는 생각해보겠다고 말할 수밖에 없었어."

"왜요?"

"칼리프호가 그 두 사람에게 조금이라도 도움이 될 수 있는 시간 이내에 거기에 도착할 가능성이 10분의 1도 안 되기 때문이지. 어쩌면 백 분의 1도 안 될 거야. 애초에 칼리프호가 거기까지 갈 가능성 자체가 낮아. 크웸블리호가 첫 홍수 이전에 건넜던 설원 기억하지? 그 지역이 지금 어떻게 되었을 것 같아? 그리고 유능하지만 실질적인 기술이나 과학 교육을 받지 못한 두 사람이 공기가 새는 선체를 얼마나 오랫동안 생존이 가능한 공간으로 유지할 수 있을 거라 생각해?

물론, 인간들에게 작전 전체를 고백하고, 에스켓호의 통신기 모니터를 지켜보는 당직자를 통해 데스틱메트 선장에게 연락하라고 할 수 있어. 그러면 인간들이 데스틱메트에게 구조용 비행선을 보내달라고 할 수도 있겠지."

"그렇게 되면 엄청난 양의 작업이 허사가 되고, 여전히 전도유망한 작전을 망치게 됩니다." 벤디븬스가 사려 깊게 대답했다. "사령관님도 저만큼이나 그러고 싶지 않으실 겁니다. 하지만 당연히 그 조타수 두 명도 버릴 수 없습니다."

"그럴 수 없지." 발리넌 사령관이 천천히 동의했다. "그런데 만일 우리가 다른 가능성을 기다린다면, 그들에게 너무 많은 요행을 바라는 건 아닐까?"

"그게 무슨 말인가요?"

"우리가 구조할 수 없을 거라고 인간들이 확신하면, 인간들 스스로 구조를 위해 뭔가를 하기로 결정할 수도 있어. 특히 엘리스와 벤저민이 논쟁을 벌일 거야."

"하지만 그들이 뭘 할 수 있을까요? 인간들이 '화물선'이라고 부르는 비행선은 자동 조종으로 여기 정착지에만 착륙하게 되어 있습니다. 그게 '1차 구조 계획'인 것으로 압니다. 그들은 절대로 궤도의 우주정거장에서 이 행성으로 화물선을 날릴 수가 없습니다. 조종 실수를 바로잡는 데 1분이 걸리는 상황에서는 화물선이 곧장 추락해버릴 테니까요. 물론, 그들은 인간을 태워서 날릴 수도 없습니다. 화물선은 우리를 구조하기 위해 공기와 온도가 맞춰져 있는데다, 인간은 드라운의 중력 때문에 갑판에 납작해져버릴 테니까요."

"그 외계인들을 과소평가하지 마, 벤디븐스. 인간들이 천재가 아닐지는 모르지만, 지금도 우리가 이해하지 못하는 수많은 관념을 그들의 조상들이 생각해냈어. 우리 힘으로 그곳까지 갈 가능성이 진짜로 있다는 느낌이 든다면 인간들에게 기대지 않을 거야. 조타수들을 지금까지보다 더 위험한 상태로 만들 수는 없어. 인간들이 스스로 조타수들을 구조하겠다는 생각을 하게 만들 거야. 에스켓호 계획을 포기하는 것보다는 그게 훨씬 나아."

*

"요약하면 이렇게 돼요." 비트체르말프가 타쿠어치에게 말했다. "우리는 새는 공기를 막고, 공기 장치의 독소를 씻어내는 틈틈이 어떻게든 시간을 만들어서, 크웸블리호가 구조할 가치가 있다는 사실을 사람들에게 납득시켜야 해요.

최선의 방법은 우리 스스로 크웸블리호를 진창에서 꺼내는 것이겠지만, 우리가 그렇게 할 수 있을지는 매우 의심스러워요. 그들의 정책에서 중요한 건 탐사선이에요. 아저씨와 제 목숨은 인간들에게 별로 의미가 없어요. 벤저민에게는 그렇지 않겠지만, 저 위에서 정책을 결정하는 사람은 벤저민이 아니에요. 이 탐사선이 계속 살아남는다면, 이 탱크들을 관리해서 음식과 공기를 계속 공급하도록 만든다면, 추가로 산소 중독으로부터 우리를 지켜낸다면, 그리고 진짜로 보고할 만한 가치가 있을 정도로 탐사선을 수리하고 방해물을 제거한다면, 그들은 우리를 구조하기 위한 항해가 해볼 가치가 있다고 확신할 거예요. 설령 그들이 구조를 오지 않는다고 해도, 어차피 우리 자신을 위해 이 모든 것들을 해야 돼요. 인간들이 발리넌 사령관에게 우리가 크웸블리호를 직접 꺼내고 항행해서 돈드래그머 선장에게 돌아갈 것이라고 말하게 된다면, 아주 많은 사람이 행복해할 거예요. 특히 사령관이 기뻐하겠죠."

"우리가 그렇게 할 수 있을 거라고 생각해?" 타쿠어치가 물었다.

"아저씨와 제가 가장 먼저 그렇게 납득해야 해요." 젊은 조타수가 대답했다. "그 후에 다른 사람들을 납득시키는 건 훨씬 쉬워요."

"요약하면 이렇게 돼요." 벤저민이 아빠에게 말했다. "화물선이 여기에 있는 건 구조를 위해서지만, 두 목숨을 위해 화물선을 위태롭게 만들지는 않을 것이다."

"그 말이 모두 정확히 맞는 소리는 아니야." 아이브 호프만이 대답했다. "화물선이 응급 장비이긴 하지만, 프로젝트 전체가 붕괴되어 정착지에서 대피시켜야 할 때 사용하도록 계획되었어. 그런 일이 벌어질 가능성은 언제든지 있어. 사전에 적절하게 시험할 수 없는 것들이 많아. 예를 들어, 탐사선 외부와 우주복의 압력을 여분의 아르곤을 이용해 일치시키는 방법은 완벽하게 합리적이야. 그러나 우리는 아르곤이 메스클린인에게 부작용이 없을 거라고 확신할 수 없었어. 아르곤은 통상적인 기준에서 불활성 기체지만, 인간에게 효과적인 마취제인 제논도 불활성 기체야. 생체 조직은 너무 복잡해서, 안전을 보장하기 위해서는 추론만으로 부족해. 그런데 메스클린인은 생리적으로 우리보다 상당히 단순한 것 같아. 어쩌면 메스클린인은 그런 이유로 그렇게 폭넓은 온도 변화를 견딜 수 있는 건지도 몰라.

하지만 핵심은 화물선이 정착지 근처의 광선 송신기로 곧장 날아가도록 사전에 설정되어 있다는 사실이야. 화물선은 드라운의 다른 지역에 착륙하지 않을 거야. 물론 원격으로 조종할 수 있지만, 이 거리에서는 안 돼.

어쩌면 우리가 화물선에 탑재된 컴퓨터 프로그램을 변경하면, 적당하게 편평한 다른 장소의 지면에 착륙시킬 수 있을지 몰라. 그렇지만 내장되어 변경이 불가능한 프로그램이나 오랜 시간 지연되는 원격 조종을 이용해서 네 친구의 근처 어딘가에 그 화물선을 착륙시키고 싶니? 화물선은 양성자 제트를 이용하는데, 질량이 1만2천 킬로그램이라는 사실을 잊지 마. 지구 중력의 40배인 드라운에서 연착륙하려면 제트분사를 엄청나게 할 텐데, 특히 분화구가 너무 깊이 패지 않게 하려면 제트를 바깥쪽으로 분사해야 해."

벤저민이 인상을 찌푸리며 생각에 잠겼다.

"하지만 우리가 드라운에 가깝게 다가가면, 원격 조종 지연 시간을 줄일 수 있지 않나요?" 벤저민이 잠시 생각한 후 질문했다. 아이브 호프만이 깜짝 놀란 표정으로 아들을 바라봤다.

"넌 이미 이유를 알고 있어. 모르고 있다면 알아야 해. 드라운은 지구 질량의 3,471배이고, 자전 주기는 1,500시간이 살짝 넘어. 그렇기 때문에 적도에서 일정한 경도 위에 우리를 고정하기 위한 정지궤도의 고도는 965만 킬로미터보다 약간 높아. 네가 지상에서 고도 160킬로미터 위에 있는 궤도를 이용하고 싶으면, 1초당 145킬로미터보다 빠른 속도로 날아야 하고, 드라운을 약 40분 만에 한 번씩 공전해야 돼. 그 40분 동안 지면에 있는 한 지점을 볼 수 있는 시간은 2, 3분 정도에 불과해. 드라운의 지표면은 지구 지표면의 약 87배인데, 화물선을 한 번 착륙이나 이륙시키려면 조종용 우주정거장을 얼마나 많이 세워야 할까?"

벤저민이 못 참겠다는 듯한 몸짓을 했다.

"저도 그건 다 알아요. 그렇지만 저 아래에는 우주정거장이 이미 잔뜩 있잖아요. 그림자 위성 말이에요. 저도 위성들에 중계 장치가 달렸다는 정도는 알아요. 위성들에서 끊임없이 여기 위에 있는 컴퓨터로 보고하고 있으니까요. 그리고 언제나 위성 중 절반가량은 행성의 뒷면에 있을 게 틀림없어요. 조종사가 그 위성에 올라타거나, 화물선을 타고 같은 높이로 가서 위성의 중계기들을 연결해 착륙이나 이륙을 조종하면 왜 안 되나요? 지연 시간은 행성의 반대편에 있을 때조차 1초 남짓밖에 안 될 거예요."

"왜냐하면…." 아이브 호프만이 대답을 시작하더니, 이내 침묵에 잠겼다. 그는 꼬박 2분 동안 그렇게 있었다. 벤저민은 아빠의 생각을 방해하지 않았다. 언제나 소년은 자신이 상대보다 앞서 있을 때를 잘 파악했다.

"중계 위성들을 잡고 있는 동안 중성미자 데이터 수집이 몇 분동안 방해를 받을 수밖에 없어." 이윽고 아이브가 입을 열었다.

"지난 수년 동안 뉴트리노를 기록했는데, 겨우 몇 분이 문제라는 말인가요?" 벤저민은 평소에 부모와 대화할 때 빈정거리지 않았지만, 감정이 점점 더 달아오르기 시작했다. 소년의 아빠는 말없이 고개를 끄덕이며 그 지적을 인정했다. 그리고 생각을 이어갔다.

벤저민은 그보다 훨씬 오래 걸렸다고 장담하겠지만, 아이브 호프만이 자리에서 벌떡 일어난 것은 5분 후였다.

"가자, 얘야. 네 말이 전적으로 옳아. 그 방법은 '우주에서 지상으로 첫 착륙'과 '지상에서 궤도 이륙'에서도 작동할 거야. 그 정도면 충분해. '지상에서 지상'으로의 비행에서는 제어 지연이 1초만 일어나도 너무 긴 시간이지만, 우리는 지상 비행을 하지 않아도 해낼 수 있어."

"그럼요!" 벤저민이 들떠서 소리쳤다. "궤도로 이륙해서 숨을 고르고, 착륙 지점에 맞춰 궤도를 바꾼 다음 다시 지상으로 착륙하면 돼요."

"그런 방식이 가능하지만, 그건 말하지 마. 무엇보다, 우리가 습관적으로 그 방법을 쓰면 중성미자 데이터 전송에 상당히 방해될 거야. 그건 그렇고, 내가 이 프로젝트에 참여한 이후로 줄곧 이 일을 위한 핑계가 필요했었는데, 이제 하나 생겼으니 그걸 이용해야지."

"뭐를 위한 핑계 말이에요?"

"발리넌 사령관이 줄곧 우리를 교묘히 조종해서 하려고 했던 바로 그 일 말이다. 화물선에 메스클린인 조종사를 집어넣는 일이지. 사령관은 메스클린의 바다에서 익숙하게 하던 것처럼, 별들을 누비며 비슷한 삶을 이끌어 가기 위해 자신만의 성간 우주선을 원하는 것 같아. 하지만 그러려면 어떻게든 일시에 비약적인 도약이 필요해."

"아빠는 사령관이 그런 일을 추구해왔다고 생각하시는 건가요? 자신들의 우주 조종사를 갖는 일에 사령관이 왜 그렇게 관심을 가져야 하나요? 그리고 보니, 지금 메스클린인이 비행 방법을 배울 수 있다면, 일단 좋은 생각 아닌가요?"

"그렇지. 그리고 그들이 배울 수 있을 거라는 사실을 의심할 이유가 없어."

"그렇다면 왜 지금껏 그렇게 하지 않은 거예요?"

"지금 당장 그 주제에 대해 긴 이야기를 늘어놓을 생각은 없어. 나는 상황이 허락하는 한 우리 종족에 대해 자부심을 많이 느끼고 싶은데, 그 설명을 하면 인간의 합리성이나 감정적 자제력에 대한 자부심을 세우는 데에 도움이 안 되거든."

"무슨 이야긴지 짐작이 돼요." 벤저민이 대답했다. "하지만 그런 경우라면, 아빠는 어째서 지금 우리가 그 상황을 바꿀 수 있다고 생각하시는 거예요?"

"왜냐하면 지금은 약간의 수고를 통해 일반적인 수준의 감정적 논리만 건드려도, 인간들의 덜 관대한 충동을 어느 정도 제어할 수 있는 상황이거든. 난 행성학 연구실로 내려가서 일장연설을 할 거야. 그 화학자들에게 크웸블리호가 무엇에 가라앉았는지 왜 모르느냐고 따질 거야. 그들이 진흙의 표본이 없기 때문이라고 대답하면, 왜 표본을 갖고 있지 않으냐고 따질 거야. 지금껏 메스클린인들의 탐사선이 10분 동안 멈출 때마다 채취한 광물 표본들을 분석할 수 있는데, 왜 지진과 중성미자 데이터 따위만 이용하는지 따질 거야. 네가 그런 수준까지 내려가지 않고, 인류의 고상한 감정을 다루면서 가슴이 미어지는 발언을 하고 싶다면, 네 친구 비트체르말프가 고향에서 수 파섹 떨어진 외계 행성에서 서서히 숨이 막혀 죽어가도록 방치하는 이 상황의 무서움과 잔인함에 대해 말해도 좋아. 우리가 이 논쟁을 좀 더 높은 상급 기관, 즉 일반 대중 앞에 가져가야 한다면, 그런 이야기를 이용할 수 있을 거야. 정말로 그렇게까지 할 필요는 없을 거라 생각하지만, 지금 나는 깨끗한 싸움과 논리적인 논쟁에 머무를 생각이 없어.

만일 앨런 기획연구실장이 화물선 운용비용에 대해 딱딱거리면(기획연구실장은 그런 문제에 너무 민감해), 내가 제대로 밟아주겠어. 인간이 핵융합 장치를 사용한 이후로 에너지는 사실상 무료이므로, 들어가는 비용은 기껏해야 개인적 역량 정도야. 어쨌든 기획연구실장은 메스클린인 선원들을 이용할 수밖에 없어. 그리고 이미 화물선에 대한 투자가 이루어졌는데, 현재까지 사용하지 않고 여기에 빈둥거리게 만들어서 비용을 낭비하고 있어. 그 말에 약간 논리적인 빈틈이 있다는 걸 알아. 하지만 네가 앨런 기획연구실장 앞에서 그 사실을 지적하면, 네가 일곱 살 이후 처음으로 엉덩이를 맞게 될 거야. 지난 10년 동안 내 팔이 좀 심심했지. 기획연구실장은 혼자 생각하도록 내버려둬."

"저한테 짜증 내실 필요 없어요, 아빠."

"너한테 짜증 내는 거 아니야. 사실, 난 짜증 내는 게 아니라 두려워."

"두렵다고요? 뭐가요?"

"너희 엄마가 '끔찍한 행성'이라 부르는 그곳에서 발리넌 사령관과 그의 부하들에게 일어날지 모르는 일들이 두려워."

"하지만 왜요? 지금 왜요? 예전보다 지금이 더 두렵다고요?"

"왜냐하면, 이제야 발리넌 사령관이 지적이고, 단호하고, 사려 깊고, 야심적이고, 상당히 잘 교육받은 존재라는 사실을 점차 깨달아가는 중이거든. 6년 전에 내 아들이 그랬던 것처럼 말이야. 그리고 난 네가 집에서 뚝딱거리며 만들었던 잠수용품을 아주 잘 기억하고 있어. 자, 우주학교를 정리하고, 학생들을 모집하러 가자."

에필로그: 교훈

3백 킬로미터 떨어진 곳에서 라란데 21185의 희미한 빛을 반사하고 있는 화물선은 그저 별 같은 천체로 보였다. 벤저민은 조종사가 화물선을 3백 킬로미터 거리에서 멈췄다가, 적절한 궤도라고 판단한 곳으로 이동하는 모습을 지켜봤다. 하지만 벤저민과 조종사는 기술적인 세부 사항에 대해 논의하지 않았다. 벤저민과 비트체르말프는 상대방의 대답을 듣기 위해 1분을 꼬박 기다리지 않고도 대화를 진행할 수 있는 지금의 상황이 너무 편해서, 그저 잡담만 주고받았다.

그런 대화도 조금씩 조금씩 줄어들었다. 이제 벤저민은 진짜 업무로 돌아가서, 잃어버린 시간을 보충하려 노력하는 것 같았다. 비트체르말프는 때때로 비행 연습을 하느라 너무 멀리 떠나서 대화할 수 없었고, 너무 바빠서 교관 외에는 다른 누구와도 대화할 수 없는 때가 많았다.

"잡담을 끝낼 시간이 됐어, 비트체르말프." 천문학자 테베츠의 휘파람 소리가 통로 아래쪽에서 들려오자 벤저민이 잡담을 끝냈다. "교관님이 오는 중이야."

"교관님이 오면 준비할게." 대답이 돌아왔다. "오늘 교관님은 인간과 메스클린인 언어 중 어떤 걸 사용하고 싶어 할까?"

"교관님이 너한테 말해줄 거야. 나한테는 아무 말 안 하셨어. 오셨다." 벤저민이 대답했다.

하지만 수염이 덥수룩한 천문학자는 주변을 빠르게 둘러본 후 먼저 벤저민에게 말했다. 두 사람은 우주정거장 회전축의 중앙에 있는 관찰 구역에서 무중력 상태로 떠 있었다. 테베츠는 화물선과 훈련생이 당연히 바로 옆에 떠 있을 거라 짐작했었다. 그가 빠르게 둘러보자, 타다 남은 장작처럼 칙칙한 빛을 내는 태양이 한쪽에 보이고, 지구에서 보는 달보다 살짝 더 큰 드라운의 어슴푸레한 빛이 반대편으로 보였다.

"벤저민, 비트체르말프는 어디에 있어? 너랑 이야기를 나누는 소리를 들었던 것 같아서, 비트체르말프가 가까운 곳에 있을 줄 알았어. 늦지 않길 바라야겠군. 지금쯤에는 비트체르말프가 고속 컴퓨터 대신 계산 도표를 이용해서도 차단 궤도 문제를 풀 수 있어야 돼."

"비트체르말프도 왔어요." 소년이 말했다. "겨우 3백 킬로미터 떨어진 거리에 있어요. 우주정거장을 17.8분에 한 바퀴씩 도는 궤도죠."

테베츠가 눈을 껌뻑거렸다. "말도 안 되는 소리 하지 마. 그 고물 장비로 3백 킬로미터는 고사하고, 30미터 거리에서도 그렇게 빨리 돌 수는 없을 거야. 비트체르말프가 동력을 사용해서 우리를 향해 곧장 가속해야 할 텐데?"

"교관님, 비트체르말프는 지구 중력의 약 2백 배로 가속 중이에요. 17.8분은 메스클린의 자전 시간이고, 그 가속도는 비트체르말프가 지냈던 항구의 중력이에요. 그 친구 말로는 발리넌 사령관과 계약을 한 이후 이렇게 편안한 적이 없었답니다. 다만, 햇살이 메스클린의 항성보다 약해서 햇빛만 조금 더 키우면 좋겠대요."

천문학자가 느긋하게 미소를 지었다.

"그렇군. 알겠어. 말이 되네. 내가 그런 생각을 했어야 하는데 말이야. 비트체르말프가 여기서 훈련할 것들이 더 있긴 하지만, 저것도 훈련 못지않게 좋네. 내가 저런 훈련을 좀 더 많이 시켰어야 했어. 자, 이제 시작하자. 여기 남아서 내 언어를 봐줄 수 있겠니? 내가 오늘 훈련에서 사용할 스텐어 단어들은 다 아는 것 같고, 비트체르말프와 내가 실수를 하더라도 비교적 해가 없을 정도로 공간이 넉넉하긴 하지만, 굳이 모험할 필요는 없겠지."

✳

"결국, 크웸블리호를 구하지 못하게 되어 무척 안타깝습니다." 앨런 기획연구실장이 말했다. "그러나 돈드래그머 선장의 선원들은 구조를 기다리는 동안 그 지역을 아주 훌륭하고 유능하게 조사하고 있습니다. 그 선원들을 화물선으로 데려오는 대신 칼리프호에 최소한의 선원만 태워서 그들에게 보내고, 구조를 기다리는 동안 일하도록 한 계획은 아주 훌륭한 생각이었다고 생각합니다. 어쨌거나 메스클린인 조종사가 훈련을 마치기 전에 화물선을 내려보내면 몹시 위험했을 겁니다. 크웸블리호 근처에 한 번 착륙해서 두 조타수를 데려온 후, 우주로 곧장 돌아와 그들이 훈련을 받도록 한 것이 아마 가장 안전한 방법이었을 겁니다.

그런데 지금 스모프호에도 이런 문제가 발생했습니다. 이대로 가다가는 알파 저압대를 반 바퀴도 돌기 전에 탐사선을 모두 잃어버릴 겁니다. 엘리스 씨가 돈드래그머 선장과 잘 아는 것처럼, 혹시 스모프호의 선장과 잘 아는 사람 없습니까? 엘리스, 그 선장은 잘 모르죠? 혹시 그 선장이 저 곤란한 상황에서 스스로 벗어날 능력이 있는지 아는 사람 있습니까? 아니면 두 메스클린인이 완벽하게 훈련을 마치기 전에 화물선을 보낼 위험을 무릅써야 하는 건가요?"

"테베츠 말로는, 기계적인 비상사태가 발생해서 상황이 더 복잡해지지 않는다면 비트체르말프가 지금이라도 지상에 착륙할 수 있다고 했습니다." 한 공학자가 지적했다. "개인적인 생각입니다만, 저라면 주저하지 않고 비트체르말프를 보냈을 겁니다."

"당신 말이 맞을 수도 있겠죠. 하지만 화물선은 설원에 착륙시킬 수 없는 게 확실할 뿐만 아니라, 설령 화물선을 착륙시키지 않은 상태에서 탐사선과 결박할 방법이 있다 하더라도, 화물선이 탐사선 한 대를 들어 올릴 수 없다는 게 문제입니다. 비트체르말프와 타쿠어치는 당분간 훈련을 이어가는 게 나을 겁니다. 내가 행성학자들에게 최대한 빨리 해주기를 원하는 것은, 스모프호의 선원들이 탐사선을 버려야 할 경우 이동할 최적의 방향과 거리입니다. 즉, 화물선이 착륙해서 그들을 데려올 수 있는 가장 가까운 지점 말입니다. 혹시 그 지점이 현재 위치와 가깝다면 그들에게 말하지 마세요. 난 그들이 탐사선을 살려내기 위해 최선을 다하길 바랍니다. 그러므로 쉽게 탈출할 수 있다고 그들을 유혹하는 건 좋지 않아요."

아이브 호프만은 약간 동요했지만, 발언은 자제했다. 어떤 면에서는 앨런 기획연구실장의 말이 정당할 수도 있었기 때문이다. 기획연구실장이 계속 말했다. "크웸블리호가 갇혔던 현상에 관해 명확한 답이 나왔습니까? 몇 주 전에 비트체르말프가 가져온 진흙인지 뭔지의 표본을 받았잖아요."

"네." 화학자가 대답했다. "지표면 활동의 흥미로운 사례입니다. 그 현상은 광물의 특성과 입자 크기, 윤활제 역할을 하는 유동액에 포함된 물과 암모니아의 비율, 온도, 압력에 민감합니다. 물론, 크웸블리호의 무게가 문제의 주요한 원인이었습니다. 메스클린인은 충분히 안전하게 주변을 걸어 다닐 수 있습니다. 그러다 압력이 절정에 도달하며 방아쇠를 당기자, 그 힘이 파도처럼…."

"알겠습니다. 나머지는 문서로 제출해주세요." 기획연구실장이 고개를 끄덕이며 말했다. "탐사선을 올려놓지 않고도 사전에 그런 지면을 식별할 방법이 있습니까?"

"흠, 그렇다고 말하고 싶네요. 방사열에 대한 정보가 충분히 주어진다면, 혹은 최소한 추가 시험이 이루어진다면 경고를 할 수 있을 겁니다. 화물선을 착륙시키는 문제는 걱정 안 해도 됩니다. 착륙하기 전에 제트로 지면에 있는 물과 암모니아를 끓여서 증발시켜버릴 테니까요."

앨런이 고개를 끄덕이고, 다른 문제로 넘어갔다. 탐사선 보고, 발표 보고, 공급 보고, 계획서 설명 등.

앨런 기획연구실장은 여전히 약간 거북했다. 그는 자신의 실패를 알고 있었다. 하지만 대부분의 사람들이 그 실패를 용서한 것 같았다. 그래서 실패가 두드러지지 않는다고 확신했다. 그러나 호프만 가족은 그 실패를 주목하고 있었다. 어쩌면 다른 이들도 그럴지 모른다. 계속 존경받고 책임을 수반하는 자리를 유지하고 싶다면 신중해야 했다. 그 실수를 만회하기 위해, 그는 마음속으로 단호하게 반복해서 말했다. '메스클린인들이 벌레처럼 보일지라도, 그들은 사람이다.'

아이브 호프만은 집중이 잘 되지 않았지만, 이 일이 중요하다는 사실은 알고 있었다. 그의 마음은 크웸블리호와 스모프호, 그리고 열한 살 소년을 거의 죽일 뻔했던 잘 설계되고 잘 조립된 잠수장비로 자꾸 돌아갔다. 단조롭게 웡윙거리던 보고들은 때때로 앨런 기획연구실장의 매서운 지적을 받으며 중단되었다. 아이브가 서서히 마음을 정했다.

*

"우리가 앞서고 있어." 발리넌 사령관이 말했다. "크웸블리호
는 버려졌으니까, 거기에서 통신기를 들고나올 좋은 구실이 됐
어. 덕분에 우리는 제한 없이 크웸블리호에 대한 작업을 할 수
있었지. 인간이 레펠의 헬리콥터도 잃어버렸다고 생각해서, 우
리는 그 헬리콥터를 이용할 수 있었어. 젬블라키와 디슬렌버는
언젠가 탐사선을 운영 가능 상태로 수리할 수 있을 것 같다는
군." 사령관이 머리 위로 떠오른 흐릿한 태양을 힐끗 쳐다봤다.

"인간 화학자들이 크웸블리호가 잠겨 있는 진흙에 대해 상당
히 도움을 줬어. 화학자가 디슬렌버에게 그 진흙에 대해 제안하
고 또 제안하면서도, 계속 자신은 그저 추측만 할 뿐이라고 주
장하는 게 얼마나 웃긴지 몰라. 그의 제안이 대부분 아주 성공
적이었다는 사실을 말해주지 못해서 몹시 유감이야."

"이렇게 말하는 게 괜찮을지 모르지만 거칠게 말해보자면,
자신감 부족이 인간의 특징인가 봅니다." 통신부장 구즈민이 대
답했다. "이 소식은 언제 들어온 건가요?"

"비행선 디디호가 1시간 전에 왔다가 다시 나갔어. 그 비행선
이 해야 할 일이 너무 많아. 비행선 엘쉬호를 잃은 것만 해도 아
쉬운데, 카브렘과 비행선 그웰프호가 연착되어서 밀린 일이 쌓
여가고 있어. 그웰프호를 찾아야 할 텐데 말이야. 아마 칼리프
호가 뭔가를 찾아낼 거야. 돈드래그머 선장의 야영지까지 이동
하는 동안 정찰을 하기로 되어 있거든. 그러니 케난켄 선장의

비행선을 찾아낼 거야. 연착된 지 하루도 안 지났으니까, 아직 기회가 있어….."

"그런데 사령관님이 했던 '우리가 앞서고 있다'라는 말은 그런 뜻이었나요?" 구즈민이 사령관의 말을 끊었다.

"그렇지. 에스켓호 작전의 목표가 인간을 설득해서 우리가 우주선을 이용하도록 만든다는 거였다는 사실을 기억해봐. 자급자족 체계는 유용하긴 해도 부차적인 목표였어. 앨런 기획연구실장을 설득해서 우리에게 비행할 수 있도록 허용할 때까지 원주민 이야기를 주요한 위협으로 써먹을 작정이었어. 그때까지 몇 달은 걸릴 거라고 봤지. 그런데 우리가 목표하던 시간보다 훨씬 앞섰어. 그리고 별로 손해를 본 것도 없잖아. 물론 에스켓호 기지, 비행선 엘쉬와 선원들, 그리고 어쩌면 카브렘과 부하들을 잃긴 했지만 말이야."

"하지만 카브렘과 카르프렌긴은 소모품이 아닙니다. 선원들이 별로 많지 않아요. 칼리프호가 도착할 때까지 돈드래그머 선장과 선원들이 살아남지 못한다면, 우리는 정말로 심각한 손실을 보게 될 겁니다. 비행선의 선원들은 과학자나 공학자들이 아니었지만, 돈드래그머 선장의 선원들은 달라요."

"돈드래그머 선장 일행은 위험하지 않아. 그들은 언제라도 비트체르말프가 인간의 우주선으로, 다시 말해 우리의 우주선으로 싣고 올 수 있어."

"하지만 그 구조 활동에 무슨 문제라도 생긴다면, 우리는 유일한 우주선뿐 아니라 조종사까지 잃게 됩니다."

"그 말을 들으니…." 발리넌 사령관이 생각에 잠긴 표정으로 말했다. "잃어버린 땅을 되찾기 위해 노력해야 한다는 생각이 드는군. 크웹블리호가 준비되자마자 적절한 장소를 잡아서 에스 켓호 정착지를 대체해야 되겠어. 돈드래그머 선장의 과학자들은 별로 어렵지 않게 좋은 장소를 찾을 수 있을 거야. 드라운은 금속 광석이 풍부한 것 같아. 하지만 통신을 훨씬 빠르게 구축하 려면 이 근처의 가까운 곳들을 수색하라고 하는 게 좋겠어.

우리는 더 많은 비행선을 건조해야 해. 우리에게 남은 비행선 한 대로는 그 작업을 하기에 충분하지 않아. 좀 더 큰 비행선을 설계하는 게 나을지도 모르겠어."

"그 문제가 계속 궁금했습니다." 지금까지 조용히 이야기를 듣고 있던 공학자가 말했다. "인간들에게서 비행선에 관한 정보 를 더 얻어내는 게 현명한 방법이라고 생각하시나요? 들키지 않 고 민첩하게 얻어내더라도 말입니다. 지금까지 우리는 비행선에 대해 인간들과 이야기를 나눠본 적이 없습니다. 그들은 오래전 에 사령관님에게 풍선에 관해 가르쳐줬을 뿐입니다. 그리고 우 리 사람들 중 일부가 인간의 동력원을 비행선에 이용할 생각을 해냈죠. 우리는 인간들이 동력을 그런 식으로 이용한 적이 있는 지, 없는지도 모릅니다. 어쩌면 우리가 이렇게 짧은 기간에 비행 선 세 대 중에 두 대나 잃어버린 것은 그냥 불운이 아닐 수도 있 습니다. 개념 전체에 근본적인 오류가 있는지도 모른다는 거죠."

사령관이 참을 수 없다는 듯한 몸짓을 했다.

"바보 같은 소리 마. 난 그 외계인들에게 과학 교육을 전부 받을 생각이 없었어. 그러면 너무 오래 걸릴 게 분명했거든. 하지만 그 바탕에 깔린 규칙들이 본질적으로 단순하다는 사실 하나는 이해했어. 인간들은 기본적인 규칙들에 집중하기 시작하자, 단 2백 년 만에 범선에서 출발해 우주선까지 갔어. 풍선은 동력이 있든 없든 단순한 장치야. 난 풍선에 대해 완벽하게 이해했어. 엔진을 그 위에 싣는다고 변하지 않아. 같은 규칙이 작동해야 되는 거야."

통신부장이 사령관을 곰곰이 쳐다보더니, 대답하기 전에 진공관과 텔레비전 회로를 잠깐 떠올렸다.

"강풍에 날아가는 천막 조각과 바람을 가르며 나아가는 돛단배도 같은 규칙이 작동하는 사례일 겁니다." 통신부장이 생각에 잠긴 얼굴로 말했다.

발리넌 사령관은 그 말도 일리가 있다는 말을 하기 싫었지만, 대신할 다른 말이 떠오르지 않았다.

20시간이 지난 후 전령이 통신실로 와달라는 전언을 전할 때까지, 사령관은 통신부장의 말을 떨쳐내려 애쓰는 중이었지만, 점점 더 자신의 상황에 대한 의심이 커지고 있었다. 사령관이 통신실에 들어가자마자, 구즈민 통신부장이 마이크에 대고 짧게 말했다. 1분 후 한 인간의 얼굴이 모니터에 나타났는데, 아무도 그 얼굴을 알아보지 못했다.

"난 아이브 호프만입니다. 엘리스의 남편이고, 벤저민의 아버지죠." 낯선 인간이 단도직입적으로 말했다. "나는 다른 사람들과 떨어져서 발리넌 사령관과 돈드래그머 선장 두 사람에게 말하고 있습니다. 여기에 있는 다른 당직자들은 어떤 탐사선에 새로 생긴 비상사태에 집중하고 있습니다. 최선을 다해 여러분의 언어를 사용하겠습니다. 옆에 아내가 도와주기 위해 기다리고 있습니다. 엘리스는 내가 하려는 말이 무엇인지 알기 때문에, 내가 너무 심하게 실수할 경우에는 교정해줄 겁니다. 나는 몇 가지 오해를 바로잡아야 할 때가 되었다고 생각합니다. 하지만 여기에 있는 인간들에게는 그 문제를 이야기할 계획이 없습니다. 내가 말을 마치기 전에 여러분도 그 이유를 알게 될 겁니다. 어쩌면 이미 알아챘을지도 모르겠군요. 나는 어떤 언어로도 누군가를 거짓말쟁이라고 부르기 싫기 때문에 괴롭습니다.

먼저, 발리넌 사령관님, 진심으로 축하합니다. 나는 우리가 화물선을 메스클린인 조종사에게 넘겨주었을 때, 사령관의 가장 중요한 계획을 달성시켜주었을 거라고 거의 확신합니다. 그 계획이 무르익을 시점에 대해 당신이 의도했거나 기대했던 때보다 훨씬 빨랐을 것입니다. 그건 좋은 일입니다. 난 그렇게 되기를 바랐거든요. 아마 사령관님은 나중에 성간 비행을 하고 싶을 것입니다. 나는 그것도 좋다고 생각합니다. 내가 도와주겠습니다.

당신은 많은, 혹은 대부분의 인간이 당신의 계획을 방해할 거라고 느끼는 것 같습니다. 일부는 그럴 거라고 인정할 수밖에 없군요. 하지만 나는 우리가 그런 인간 중에 가장 유력한 사람을 제어하고 있다고 생각합니다. 당신은 내가 이 문제를 솔직하게 말하고 있는 것인지 확신하기 힘들 겁니다. 당신 자신이 너무 음흉한 사람이기 때문에 다른 사람이 솔직하게 말하리라고 기대하지 못하는 거죠. 너무 안타깝습니다. 내가 하는 말을 당신이 얼마나 믿을지는 내 손에서 벗어난 문제이고, 나는 이 문제를 이야기할 수밖에 없습니다.

당신이 기본적인 환경을 얼마나 구축했는지 알 수 없지만, 짐작은 할 수 있습니다. 난 에스켓호의 실종이 진짜가 아니었다고 거의 확신합니다. 크웸블리호의 진짜 상태에 대해서도 의문을 가지고 있습니다. 당신은 지금까지 우리에게 보고해주었던 것보다 드라운에 대해 훨씬 많이 알 겁니다. 난 드라운에 관심이 없다고 말하지 않겠습니다. 관심이 있으니까요. 우리는 드라운에 대해 최대한 많은 것들을 알아내기 위해 여기에 왔습니다. 그러므로 당신이 우리에게 말하지 않은 것들은 이 프로젝트의 손실입니다. 나는 계약 위반에 대한 벌칙으로 당신을 위협할 수 없습니다. 당신이 계약을 어겼는지 완벽하게 확신할 수 없고, 위협을 할 지위에 있지도 않기 때문입니다. 그리고 어떤 경우라도 협박을 하고 싶은 욕구가 전혀 없습니다. 하지만 우리가 서로에게 감추지 않고 일한다면, 둘 모두에게 훨씬 나을 거라는 사실을 당신에게 납득시키고 싶습니다. 우리는 이제 서로에게 완벽하게 솔직하지 않으면, 우리는 많은 희생을 치르고, 여러분은 모조리 희생해야 될 시점에 왔습니다. 그 점을 지적하기 위해, 이야기를 하나 들려주겠습니다.

당신들이 수소로 호흡하듯, 인간은 산소로 호흡한다는 사실을 알 겁니다. 하지만 우리는 덩치가 너무 큰 탓에, 산소를 온몸에 보내려면 훨씬 복잡한 펌프 체계가 필요합니다. 그 체계의 사소한 문제들 때문에, 기체로 이루어진 자유 산소가 아주 좁은 범위의 압력을 벗어날 정도로 줄어들면 우리는 질식합니다.

지구의 4분의 3은 물로 덮여 있습니다. 우리는 인공적인 장비 없이 물속에서 숨을 쉴 수 없습니다. 하지만 그런 장비를 이용하는 것은 인간들에게 흔한 스포츠입니다. 그 장비는 기본적으로 압축된 공기가 담긴 탱크와 필요할 때마다 우리의 호흡계에 공기를 넣어줄 밸브 시스템으로 구성됩니다. 단순하고 이해하기 쉽죠.

지구의 시간으로 6년 전, 벤저민이 열한 살이던 때, 아이가 그런 장치를 만들었습니다. 내 도움을 받으며 직접 설계했죠. 벤저민은 소형 가스 터빈 같은 더 복잡한 장치들을 만들 때처럼, 대부분의 가정 내 작업장에 있는 제작 장비를 이용해서 압력 탱크와 조절 장치를 만들었습니다. 아이는 내 도움을 받아 그 부품들을 시험했는데, 완벽하게 작동했습니다. 벤저민은 탱크 안의 공기가 얼마나 지속될지 계산한 후, 전체를 조립해서 물속에서 시험했습니다. 나는 상업적인 입수 장비를 이용해서 상식적인 안전을 지키기 위해 아이와 함께 갔습니다.

사령관도 유체 정역학의 원리와 기체의 법칙을 알고 있을 겁니다. 최소한 엘리스가 여러분의 언어로 그와 관련된 용어들을 가르쳐주긴 했습니다. 당신은 폐에 가득한 공기가 어떤 깊이까지 내려가면, 그 부피가 수면 위에 있을 때의 절반으로 줄어든다는 사실을 알 겁니다. 벤저민도 그런 사실을 알았지만, 산소 함유량은 그대로 유지될 거라고 추론해서, 탱크의 압력이 물의

387

압력보다 높기만 하면 1시간용 탱크는 깊이와 상관없이 1시간용 탱크로 작동할 거라고 생각했습니다.

간단히 결론만 말하자면, 그렇지 않았습니다. 벤저민이 계산했던 시간의 3분의 1도 안 돼 공기가 다 떨어져서, 내가 긴급 구조를 해야 했죠. 빠른 압력 변화와, 여러분과는 다른 인간의 몇몇 특성 때문에, 녀석은 거의 죽을 뻔했습니다. 문제는 인간의 호흡 속도가, 우리 혈액 안의 산소가 아니라 배출하는 노폐물 중 하나인 이산화탄소에 의해 조절된다는 사실입니다. 정상적인 균형을 유지하기 위해서는, 산소 함유량이나 전체 압력에 관계없이 폐를 통해 정상적인 양의 공기를 공급해야 합니다. 그렇기 때문에, 정상 압력에서 1시간 분량의 공기는 10미터 아래의 물에서는 30분밖에 안 되고, 20미터에서는 20분밖에 안 됩니다.

내 이야기의 요점을 이해하느냐고 물어서 다른 사람의 지성을 모독하고 싶지는 않지만, 그 이야기에 관해 두 분의 의견을 조금 듣고 싶습니다."

대답은 그 특성과 도착 시간 모두에서 흥미로웠다. 발리넌 사령관의 목소리는 빛이 갔다가 돌아오는 지연 시간보다 아주 조금 늦게 스피커에서 튀어나왔다. 돈드래그머 선장의 목소리는 훨씬 더 늦게 돌아와서, 사령관의 목소리와 겹쳐지지 않았다.

"불완전한 지식이 실수를 유발할 수 있다는 것은 명백합니다." 발리넌 사령관이 말했다. "그러나 나는 그 이야기가 현재 사건과 특별히 무슨 상관이 있는 건지 모르겠습니다. 우리는 우리의 지식이 완전할 수 없다는 것을 알고, 그런 이유 때문에 여기서 우리의 일이 위험하다는 사실도 압니다. 우리는 언제나 그 점을 인식하고 있습니다. 그런데 왜 지금 그 점을 강조하는 건가요? 차라리 앞서 당신이 말했던 탐사선에 생긴 문제에 대해 듣고 싶습니다. 당신이 지금 설계 공학자들이 몰랐던 어떤 문제 때문에, 내가 탐사선을 또 한 대 잃었다는 사실을 조심스럽게 말하려는 게 아닌가 하는 의심이 들고 있습니다. 걱정하지 마세요. 그 문제로 여러분을 비난하지 않겠습니다. 미래를 전부 내다볼 수 있는 사람은 없으니까요."

아이브 호프만은 인간의 또 다른 특징을 들킨 것 같아 쓴웃음이 났다.

"사령관님, 방금 말씀에 타당한 측면이 있기는 하지만, 내가 그 점만을 염두에 두고 이야기한 것은 아닙니다. 그래도 내가 더 말하기 전에 돈드래그머 선장의 대답을 기다리고 싶습니다."

살짝 긴장된 1분이 다시 지난 후에야 크웸블리호 선장의 목소리가 도착했다. "당신의 설명은 충분히 명확합니다. 그래서 당신이 너무 암시적으로 말하려 하지 않았더라면, 이야기를 훨씬 짧게 끝낼 수 있었을 겁니다. 당신 이야기의 요점은, 당신의 아들이 무지로 인해 곤경을 당했다는 것보다는, 경험 많은 어른의 관리를 받았음에도 곤경을 당했다는 게 아닐까 합니다. 여러분 외계인들이 전지하다거나 전능하다고 주장하지는 않았지만, 당신들이 아무리 가깝게 관리하고 지원하더라도 우리는 여기에서 어느 정도 위험한 상황에 처해 있으며, 우리가 단독으로 행동할 때마다, 혼자 실험하는 화학과 학생처럼 불필요하게 위험을 가중시키고 있다는 의미로 이해하겠습니다." 돈드래그머 선장은 사령관보다 대학에서 훨씬 오랜 시간을 보냈었다.

"맞아요. 그게 바로 내가 하려던 말이었어요." 아이브가 말했다. "나는 그게….."

"잠깐만." 엘리스가 말을 끊었다. "발리넌 사령관에게 돈드래그머 선장의 말을 먼저 전달해주는 게 좋지 않을까?"

"그러네." 그녀의 남편은 선장의 말을 한 문장으로 요약해서 전달해준 다음 계속 말했다. "나는 당신들에게 어떤 정책도 강요할 수 없고, 할 수 있다고 해도 하지 않을 것입니다. 나는 여러분이 정착지를 처음 건설했을 때부터 드라운에서 일어난 모든 일을 완전히 공개할 거라고는 기대하지 않았습니다. 사실, 나는 전부 공개하지는 말라고 강력하게 조언하고 싶습니다. 지금도 내가 여기 관리자와의 관계가 충분히 복잡한 상태거든요. 하지만 예를 들어, 혹시 엘리스가 오랜 친구인 데스틱메트 선장이나 카브렘 일등항해사와 가끔 대화를 나눌 수 있다면, 무슨 일이 어떻게 진행되는 잘 이해하고, 이쪽에서도 상황이 계속 순조롭게 진행되도록 더욱 나은 입장을 유지할 겁니다. 사령관님, 나는 중요한 정책의 변화 같은 문제를 즉시 결정할 것이라고 기대하지 않습니다. 그러나 다시 생각해주길 바랍니다."

훈련과 무역을 통해 선장이 되었던 발리넌 사령관은 빠른 결정이 필요한 상황에 익숙했다. 게다가, 최근 진행 상황 때문에 사령관은 사전에 비슷한 구상들을 그의 작은 머리로 계산해볼 수밖에 없었다. 결정적으로, 그에게 유일한 진짜 기본 정책은 자신과 선원들의 생존을 보장받는 것이었다. 사령관이 아이브에게 즉시 대답했다.

"엘리스 부인은 데스틱메트 선장과 대화를 나누게 될 겁니다. 하지만 바로 되지는 않습니다. 에스켓호가 여기에서 먼 거리에 있으니까요. 내가 하고 싶은 모든 이야기를 당신에게 말하는 것도 기다려야 할 겁니다. 왜냐하면 당신이 처음에 호출했을 때 언급했던 문제의 자세한 내용을 먼저 들어야 하겠거든요. 우리 탐사선 중 또 다른 한 대에 문제가 생겼다고 했었죠.

무슨 일이 생겼는지 말해주세요. 그러면 내가 당신에게 어떤 도움을 요청할지 계획을 세울 수 있을 겁니다."

아이브와 엘리스 호프만은 서로를 바라보며 안도감과 승리감이 뒤섞인 함박웃음을 지었다.

하지만 핵심적인 발언을 한 사람은 벤저민이었다. 그 일은 나중에 두 사람이 기상연구실에 가서 드라운과 주고받은 모든 대화를 벤저민과 수머스 박사에게 이야기해줄 때 일어났다. 소년이 드라운의 거대한 지도를 올려다보며, 부분적으로 알고 있는 지점을 나타내는 불빛들이 표시된 좁은 영역을 바라봤다.

"두 분은 사령관이 지금 저 아래에서 훨씬 안전한 상태라고 생각하시는 모양이네요."

정신이 번쩍 드는 이야기였다.

〈끝〉

하드 SF의 대가가 그려내는
'별이 되지 못한 별'에 관한 이야기

이런 경험을 이 작품이 아니면 어디서 할 수 있을까?

    기묘한 행성 메스클린의 탐험가이자 상선 브리호의 선장 발리넌과, 그의 일등항해사 돈그래그머가 돌아왔다. 그들의 모험은 메스클린에서 10광년 떨어진 초거대행성 드라운까지 이르렀고 발리넌은 메스클린 정착지의 사령관이, 돈그래그머는 드라운 탐사선 크웸블리호의 선장이 되었다. 메스클린의 남극에서 '중력의 임무'를 수행한 이후 반세기가 지난 시점이다. 아쉽게도 그 위대한 임무에 함께 했던 지구인들은 대부분 이미 은퇴하거나 세상을 떠나고 없지만 새로운 인간들이 그들을 대신해 메스클린인과 함께 '온도의 임무'를 수행한다.

    《온도의 임무》의 배경인 행성 드라운의 중력은 지구의 40배 정도로 메스클린의 극지방에 비하면 가볍기 그지없다. 물론 인간을 팬케이크로 만들어놓기에는 충분하기 때문에 이번에도 직접적인 탐사는 메스클린인들이 대행한다. 인간들은 이번에도 비교적 안전한 곳에서 모니터와 무전기를 붙잡고 회의하기 바쁘다. 《중력의 임무》와 비슷한 구도로 보이지만 이번 이야기는 메스클린에서 그랬던 것처럼 스릴 넘치는 모험이라기보다는 조난당한 탐사선을 두고 벌어지는 권모술수의 정치극에 가깝다.

전작에서 결정적 순간에 인간들이 과학과 기술을 가르치도록 하는 데 성공한 발리넌은 이번엔 더 체계적이고 대담한 계획을 세운다. 돈그래그머는 발리넌의 계획이 도무지 마음에 들지 않는 듯하다. 우주정거장에 있는 인간들 역시 메스클린인과의 관계에 대한 의견 차이가 분분하다. 그 와중에 일부 탐사선이 실종되고 돈그래그머 선장의 크웸블리호는 뜻밖의 사건을 통해 표류하다가 좌초된다. 일련의 사건을 거치면서 인간과 메스클린인 모두 서로가 서로에게 무언가 감추고 있다는 사실을 조금씩 깨닫게 되면서 이야기는 흥미를 증폭시켜 나간다. 인간과 메스클린의 이런 불투명한 관계는 드라운이라는 미지의 세계를 탐험하는 데 어떤 영향을 미치게 될까? 전혀 다른 물리적 환경에서 진화해 전혀 다른 생물학적 조건을 가진 두 종이 벌이는 세계관과 가치관의 크고 작은 충돌은 《중력의 임무》에 이어 이번에도 재치있게 펼쳐진다. 메스클린인이 인간을 볼 때의 심정은 우리가 항성간 워프 기술을 가진 문어를 볼 때와 비슷할지도 모르겠다. 수명이 길어도 5년에 불과한 초월적 문어와 우주여행을 떠나서 무언가를 얻고 배우려면 우리도 발리넌이 될 수밖에.

*

　권모술수의 정치극도 두 문명의 협력과 충돌도 좋지만 할 클레멘트의 하드 SF 역작《중력의 임무》의 속편이라면 작품 속 그려지는 놀라운 세계 속에 숨겨진 과학과 허구를 들여다보지 않을 수 없다. 이것이야말로 할 클레멘트가 스스로 말하는 '재밋거리'니까. 할 클레멘트의 작품을 읽을 때 필요한 건 거창한 철학도 깊은 감수성도 아니다. 과학과 허구를 오가는 게임을 즐길 수 있는 마음이다.

　할 클레멘트는 이번에도 극단적이기 그지없는 세상을 창조했다. 행성 드라운은 반지름이 6만 킬로미터에 이르고 질량은 지구의 3천4백 배가 넘는다. 목성과 비교해보자. 목성은 반지름이 약 7만 킬로미터이고 질량은 지구의 317배 정도이다. 드라운은 목성보다 크기는 조금 작지만 질량은 오히려 목성의 10배가 넘는다는 얘기다. 고속자전으로 짜부라진 행성 메스클린만큼이나 황당한 설정이다. 하지만 놀랍게도 드라운은 메스클린보다 훨씬 현실적인 행성이다.

　작품 속 드라운 탐사의 목적 중 하나는 드라운이 행성인지 항성(별)인지 밝혀내는 것이다. 현대천문학에는 이처럼 행성과 항성 사이의 회색지대에 있는 천체 갈색왜성이 있다. 갈색왜성은 흔히 '별이 되는 데 실패한 별'이라고도 불린다. 별이 되기 위해서는 내부에서 수소핵융합이 일어나야 하는데 수소핵융합에는 경수소 핵융합과 중수소 핵융합 두 가지 종류가 있다. 두 핵융합이 어떻게 다른지는 그냥 넘어가자. 중요한 건 경수소 핵융합은 아주 높은 온도와 압력이 필요하고 한 번 시작되면 오랫동안 지속되며, 중수소 핵융합은 비교적 낮은 온도와 압력에서 시작되고 아주 잠깐 동안만 지속된다는 것이다. 우리가 일반적으로 별 또는 항성이라고 부르는 것은 경수소 핵융합으로 빛을 내는 천체를 말한다. 태양이 바로 그것이다. 행성은 온도와 압력이 너무 낮아 어떤 핵융합도 일으키지 못해 스스로 빛을 내지 못하는 천체다. 목성은 태양계 행성 중에서 중심부 압력과 온도가 가장 높지만 어떤 핵융합도 일으키기엔 역부족이다. 그래서 행성으로 남았다. 그리고 그 사이, 경수소 핵융합을 일으킬 정도는 아니지만 중수소 핵융합은 일으킬 수 있는 만큼의 온도와 압력을 가진 천체가 바로 '갈색왜성'이다. 중수소 핵융합은 아주 잠깐 동안만 일어나기 때문에 갈색왜성은 그 순간만 밝게 빛나다가 그다음부터는 점차 식어가며 어두워진다.

갈색왜성과 행성의 경계는 목성 질량의 10배에서 14배 정도이다. 질량이 이보다 크면 중수소 핵융합이 일어나 갈색왜성이 되고 이보다 낮으면 행성이라고 할 수 있다. 하지만 질량 외에도 여러 가지 조건이 복합적으로 작용하기 때문에 그 경계가 분명하지는 않다. 게다가 갈색왜성은 크기도 목성보다 비슷하거나 조금 큰 수준이다. 내부에서 충분한 열이 만들어지지 않는다면 질량이 커도 중력 때문에 가스가 수축하기 때문이다. 드라운도 목성과 비슷한 크기인 데다 질량은 목성의 11배로 갈색왜성과 행성의 경계에 있으니 작품 속 주인공들이 혼란스러워할 만도 하다.

갈색왜성의 존재는 1960년대에 이론적으로 등장했지만(그때는 흑색왜성이라는 멋들어진 이름이었다) 본격적으로 연구가 진행된 건 1970년대 이후이고 실제로 발견된 건 1994년의 일이다. 그래서 1971년에 출간된 이 작품의 집필 당시에는 작가가 갈색왜성의 개념을 알았을 가능성이 낮다. 하지만 자고로 과학적 모험이란 모르는 것을 탐구하며 통찰을 얻는 것이다. 하드 SF의 대가 할 클레멘트가 갈색왜성의 존재를 모르는 상태에서 그려내는 갈색왜성(일지도 모르는 곳)을 들여다본다니, 이런 경험을 이 작품이 아니면 어디서 할 수 있을까?

✳

물론 드라운의 다른 디테일은 갈색왜성이나 거대행성의 조건에 부합하지 않는다. 드라운에는 얼음과 화성암으로 된 표면이 존재하지만 갈색왜성은 가스천체이며 행성 역시 질량이 어느 정도 커지면 목성처럼 표면이 없는 가스행성이 되어버리기 때문이다. 하지만 하드 SF에서 중요한 것은 사소한 설정의 사실성이 아니라 낯선 환경에서도 논리적이고 합리적으로 펼쳐지는 사고실험이다. 거울을 들고 빛의 속도로 날아가는 슈퍼맨이 자기 얼굴을 볼 수 있을까를 고민하며 빛의 등속성과 상대성 이론을 설명하는 것처럼 말이다. 게다가 하버드에서 천문학을 전공한 할 클레멘트가 이 사실을 몰랐을 리도 없다. 작가는 드라운에 어떻게 단단한 표면이 존재하는지에 대해 설명하는 대신 그 위로 얼음 호수와 암모니아 안개, 그리고 극단적인 기상기후를 가져와 어떤 일이 일어날지를 살핀다.

드라운은 기압이 아주 높기 때문에 약간의 고도 차이만 나도 기단의 온도가 급변한다. 그곳의 태양에 가까울 때와 멀 때의 거리 차이가 두 배에 이르고 공전주기는 6년이나 되기 때문에 방문자들이 드라운의 계절 변화를 예상하기란 어렵다. 또 앞에서 말한 것처럼 드라운은 목성 규모의 세상이다. 표면적으로 따지면 지구의 80배가 넘는다. 이런 곳에서는 태풍 하나가 지구보다 커도 이상할 게 없다. 그래서 날씨 예측은 거의 불가능에 가깝고 지구인과 메스클린인 모두 이 사실을 알고 있다. 그저 주어진 환경에서 최선을 다해 앞을 내다볼 뿐이다. 그리고 무엇보다 형태를 바꾸며 열을 운반하는 순환계가 두 종류나 존재한다. 물과 암모니아다. 지구에서는 당장 물의 순환만 고려해도 날씨 예측에 슈퍼컴퓨터가 필요한 정도인데 드라운에서는 암모니아마저 고체와 액체, 기체를 넘나들며 환경을 바꾸고 있는 것이다. 게다가 물과 암모니아가 섞이기도 한다. 이쯤 되면 지구의 일기예보는 애들 장난처럼 보인다(물론 정말 그렇다는 얘기는 아니다).

돈드래그머 선장의 크웸블리호를 곤경에 빠뜨린 건 얼음 상태의 물과 암모니아 안개가 만나 화학작용을 일으켰기 때문이다. 기체는 물에 녹을 때 열(용해열)을 만들어내는데 고압의 암모니아 증기가 얼음 상태의 물에 녹아들었고, 이때 발생한 용해열이 얼음을 녹여버린 것이다. 게다가 물과 암모니아가 섞인 암모니아수는 녹는점이 얼음보다 낮다. 구체적인 온도는 압력과 물-암모니아의 비율에 따라 달라지겠지만 순수한 물로 된 얼음보다는 훨씬 낮은 온도에서 녹아버린다(1기압에서 암모니아수 얼음은 영하 91.5도에서 녹아버린다!). 이렇게 얼음이 녹아 일어난 홍수가 강을 만들고 크웸블리호를 표류시켰다. 그런데 크웸블리호의 난관은 여기서 끝나지 않는다. 암모니아 안개가 사라진 뒤에는 암모니아가 다시 빠져나가면서 강물의 어는점이 올라가 다시 얼어버린 것이다. 그야말로 진퇴양난이다. 드라운이 온도와 압력으로 만들어낸 이 위기를 메스클린인과 인간은 역시 온도와 압력을 이용해 이겨내야 한다.

드라운의 이런 독특한 물-암모니아 시스템은 스스로 얼어붙으며 거대한 댐을 만들고는 옆으로 빠져나가 다시 흐르는 강물이라는 진귀한 풍경을 만들어 낸다. 인간 벤저민이 상상한 것처럼 마치 촛농이 굳었다가 흐르기를 반복하며 양초의 표면을 내려가는 모습일지도 모른다. 이 촛농을 닮은 강은 액체와 고체, 곤죽 같은 상태를 오가며 드라운의 표면에 우리는 결코 볼 수 없는 크고 복잡한 그림을 그려낸다. 그 모습이 장엄하게 느껴지지 않는다면 우리의 부족한 상상력을 탓할 수밖에 없으리라. 지구의 좁디좁은 표면에서도 물과 바람, 암석이 만들어내는 경이롭고 다양한 풍경들을 볼 수 있는데, 지구보다 80배가 넓은 드라운에서는 물과 암모니아, 얼음과 바람이 얼마나 다양한 경관을 그려낼까? 촛농 강물의 캔버스는 일부의 일부에 지나지 않을 것이다.

앞에서 드라운처럼 무거운 천체는 고체로 된 표면을 가질 수 없다고 이야기했다. 그래서 드라운의 단단한 표면을 거울을 들고 날아가는 슈퍼맨에 비유했다. 하지만 우리는 아직 우주에 대해 잘 모른다. 지금까지 4천 개가 넘는 외계행성이 발견되었고 그중 많은 행성들이 천문학자들을 경악하게 만들 만큼 놀라운 특징을 가지고 있었다. 어떤 행성은 실시간으로 증발하고 있고 또 어떤 행성은 별보다 뜨겁다. 그래서 드라운 같은 행성이 존재할 수 없느냐는 질문에는 사실 확답을 할 수 없다. 그저 지금 우리가 알고 있는 행성형성이론으로는 드라운과 같은 초거대고체행성을 만들어낼 방법이 없다고만 할 수 있다.

그런데 최근 놀라운 발견이 하나가 있다. 지구에서 730광년 떨어진 곳에서 발견된 TOI 849b라는 행성은 밀도가 지구와 비슷하고 가스는 거의 없는 암석행성이었는데 놀랍게도 크기는 해왕성 수준이었다. 즉, 표면을 가진 고체행성이다. 보통 행성의 질량이 지구의 10배를 넘으면 주변의 가스를 빠르게 흡수해서 목성이나 토성, 천왕성, 해왕성처럼 두꺼운 가스로 뒤덮인 행성이 된다고 알려져 있다. 하지만 TOI 849b는 단단한 표면을 가진 고체행성이면서도 질량은 지구의 40배에 이른다! 이 행성은 천문학자들을 행복한 난관에 빠뜨렸다(과학자들은 이렇게 모순적인 존재들이다). 천문학자들은 현재 이 행성이 원래는 거대한 가스행성이었지만 모종의 이유로 가스를 모두 잃어버리고 단단한 핵만 남은 것이거나, 역시 모종의 이유로 가스를 흡수하지 못한 상태에서 어린 행성들끼리 충돌하며 덩치만 커진 것이 아닐까 추측하고 있다. 어느 쪽이 사실인지, 아니면 둘 다 틀렸는지는 알 수 없지만 중요한 건 드라운처럼 단단한 표면을 가진 거대한 행성이 정말 존재할지도 모른다는 것이다. TOI 849b은 비록 드라운에 비하면 여전히 너무나도 가볍고 표면 중력은 지구의 3배를 조금 넘는 수준이지만 그래도 이 발견을 통해 우리 우주는 할 클레멘트의 우주를 조금 더 닮게 된 셈이다.

현실의 우주와 SF의 우주가 앞서거니 뒤서거니 하며 벌이는 치열한 경이로움의 경쟁. 이것이 우리가 SF를 읽는 중요한 이유 중 하나가 아닐까? 적어도 나는 그렇다. 부디 TOI 849b의 표면에 물과 암모니아가 존재하기를 빌어본다. 별명은 '미니 드라운'이 어떨까?

— 해도연(천문학 박사, 소설가)

옮긴이 **최세진**

SF 전문번역가. 옮긴 책으로 《별을 위한 시간》, 《리틀 브라더》, 《별의 계승자 2: 가니메데의 친절한 거인》, 《별의 계승자 3: 거인의 별》, 《별의 계승자 4: 내부우주》, 《별의 계승자 5: 미네르바의 임무》, 《홈랜드》, 《크로스토크》, 《우주복 있음, 출장 가능》, 《화재감시원》(공역), 《여왕마저도》(공역), 《계단의 집》, 《마일즈 보르코시건: 바라야 내전》, 《마일즈 보르코시건: 남자의 나라 아토스》, 《SF 명예의 전당 2: 화성의 오디세이》(공역), 《SF 명예의 전당 3: 유니버스》(공역), 《제대로 된 시체답게 행동해!》(공역) 등이 있다.

온도의 임무

초판 1쇄 인쇄 2021년 2월 15일
초판 1쇄 발행 2021년 2월 20일

지은이 할 클레멘트
옮긴이 최세진
펴낸이 박은주
편집장 최재천
기획 김아린
편집 최지혜
디자인 김선예, 서예린
마케팅 박동준

발행처 (주)아작
등록 2015년 9월 9일(제2020-000038호)
주소 04389 서울특별시 용산구 한강대로 26
한강트럼프월드3차 102동 1801호
대표전화 02.324.3945   **팩스** 02.324.3947
이메일 decomma@gmail.com
홈페이지 www.arzak.co.kr

ISBN 979-11-6668-011-3 04840
979-11-6668-009-0 04840 (세트)